Universale Economica Feltrinelli

DORIS LESSING
IL DIARIO DI JANE SOMERS

Feltrinelli

Titolo originale dell'opera
THE DIARY OF A GOOD NEIGHBOUR

Traduzione dall'inglese di
MARISA CARAMELLA

Prima edizione ne "I Narratori" febbraio 1986
Prima edizione nell'"Universale Economica" gennaio 1988
Nona edizione gennaio 1995

ISBN 88-07-81022-0

Questa prima parte è il riepilogo di circa quattro anni. Non tenevo un diario, allora. Vorrei averlo fatto. Quello che so è che ora vedo quel periodo in maniera diversa da quando lo stavo vivendo.

La mia vita fino al momento in cui Freddie cominciò a morire era una cosa, poi diventò un'altra. Fino a quel momento mi ero sempre considerata una brava persona. Come tutti, voglio dire, questo lo so. Come la gente con cui lavoro, principalmente. Ora so che non mi ero mai posta la domanda di come fossi in realtà, che avevo solo preso in considerazione il giudizio degli altri.

Quando Freddie cominciò a sentirsi tanto male il mio primo pensiero fu: non è giusto. Non per me, pensavo in segreto. Sapevo, anche se non con certezza, che stava morendo, ma continuavo a comportarmi come se non fosse vero. Questo non era bello. Freddie doveva sentirsi solo. Ero orgogliosa di me stessa perché continuavo a lavorare come sempre, "continuavo a guadagnarmi da vivere" – be', dovevo farlo, lui non poteva lavorare. Ma ero grata di avere una scusa per non stare con lui durante quei momenti *terribili*. Il nostro non era il tipo di matrimonio in cui si parla di cose vere. Adesso lo capisco. Non eravamo veramente sposati. Era piuttosto un matrimonio come tanti al giorno d'oggi, vantaggioso per l'uno, o l'altra, o entrambi gli interessati. Per me Freddie era un vantaggio in più.

La parola cancro fu pronunciata solo una volta. I medici mi dissero, Cancro, e *ora* capisco che la mia reazione fu di impedire loro di parlare, di discutere se fosse meglio dirglielo o no. Non so se glielo abbiamo detto. Non so se sapesse. Credo di sì. Quando lo ricoverarono in ospedale andai a trovarlo tutti i giorni, ma restavo là seduta con un sorriso, come ti senti? Aveva un aspetto orribile. Giallo. Ossa aguzze sotto la pelle gialla. Come un pollo lesso. Cercava di proteggermi. *Ora* lo capisco. Perché non ero in grado di affrontare la realtà. Moglie-bambina.

Quando alla fine morì, e tutto fu finito, capii di averlo trattato molto male. Sua sorella veniva a trovarlo qualche volta. Credo che parlassero. Lei si comportava con me nello stesso modo. Gentilmente. Povera Janna, non bisogna pretendere troppo da lei.

Da quando Freddie è morto non l'ho più vista, non ho più visto nessuno di quella famiglia. Meglio così. Voglio dire, probabilmente questo è ciò che pensano loro di me. Non mi sarebbe dispiaciuto di parlare di Freddie con sua sorella, perché non sapevo molto di lui, non le cose importanti. Ma è un po' tardi per questo.

Quando morì, e scoprii di sentire terribilmente la sua mancanza, avrei voluto sapere dei periodi della sua vita di cui non mi aveva mai parlato. Di quando era andato in guerra, per esempio. Diceva di aver odiato quel periodo. Cinque anni. Dai diciannove ai ventiquattro. Quelli furono anni meravigliosi per me. Avevo diciannove anni, nel 1949, cominciavo a dimenticare la guerra e a pensare alla carriera.

Eppure eravamo uniti. C'era tutto quel sesso, fantastico. Andavamo perfettamente d'accordo a letto, se non altro. Eppure non riuscivamo a parlare. Mi correggo. Non ci parlavamo. Mi correggo. Lui non riusciva a parlare con me perché quando ci provava io lo sfuggivo. La verità è che Freddie era una persona seria, spirituale. Proprio il tipo di uomo che darei qualunque cosa per incontrare ora.

Quando morì, e io impazzivo per il sesso, perché per dieci anni avevo sempre avuto tutto quello che volevo, bastava chiedere, cominciai ad andare a letto con tutti, non voglio nemmeno pensare con quanti. O con chi. Una volta a un party dell'ufficio mi guardai intorno e mi resi conto di essere stata a letto con metà degli uomini presenti. Fu uno choc. E avevo sempre odiato quello che facevo: ubriacarmi un po' e dopo una buona cena, in fretta, il sesso. Non era colpa loro.

Tutto questo finì quando mia sorella Georgie venne a trovarmi e mi disse che era arrivato il mio turno, di occuparmi della mamma. Ricaddi nell'autocommiserazione. *Ora* penso che Georgie avrebbe dovuto dir qualcosa molto prima! Un marito, quattro figli, una casa piccola – e si era tenuta la mamma dalla morte di papà, otto anni. Io non avevo figli, e dato che io e Freddie lavoravamo entrambi, i soldi non mancavano di certo. Eppure nessuno aveva mai suggerito che la mamma venisse a stare con noi. *Non che io ricordi, almeno*. D'altra parte io non ero il tipo di persona che si prende cura della madre vedova. La mamma diceva sempre che quello che spendevo in cosmetici e vestiti sarebbe bastato per nutrire un'intera famiglia. Vero. Non serve a niente fingere di provare rimorso. Ora a volte mi sembra che questa sia stata la miglior cosa della mia vita – andare in ufficio la mattina, conscia del mio bell'aspetto. Tutti lo notavano, che cosa indossavo, come. Attendevo con impazienza il momento in cui avrei aperto la porta e avrei attraversato l'ufficio delle dattilografe, con le ragazze che sorridevano invidiose. E poi gli uffici della direzione, con le ragazze che mi guardavano ammirate desiderando di avere il mio buon gusto. Be', se non altro questa è una cosa che ho sempre avuto. Mi comperavo tre, quattro vestiti alla settimana. Li indossavo una volta o due, poi li regalavo. Mia sorella li prendeva per passarli a chi ne aveva bisogno. Così il mio non era uno spreco. Naturalmente questo succedeva prima che Joyce mi prendesse sotto la sua ala e mi insegnasse a vestirmi sul serio – stile, non semplicemente moda.

Fu quando la mamma venne a vivere con me che mi resi conto di essere vedova.

Da principio fu piacevole. La mamma non stava molto bene, ma si divertiva. Non potevo portarmi a casa gli uomini che mi piacevano, ma di questo ero segretamente contenta. Non posso farti salire, vedi, c'è la mia vecchia mamma da me, povera Janna!

Un anno dopo la mamma si ammalò. Dissi a me stessa, Questa volta non farai finta che non stia succedendo. Andai con lei all'ospedale. Le dissero che aveva il cancro. Le parlarono a lungo di quello che sarebbe successo. Furono gentili e saggi. I medici non avevano avuto il coraggio di dirmi quello che stava succedendo a mio marito, ma ebbero il coraggio di dire in faccia a mia madre che cosa le stava succedendo. *Per via di com'era lei*. Per la prima volta in vita mia desiderai di essere come lei. Prima di allora l'avevo sempre considerata un personaggio imbarazzante, con quei vestiti, con quei capelli. Quando uscivo con lei pensavo sempre, nessuno penserebbe che sono sua figlia, due mondi diversi, lei con la sua rispettabilità piccolo borghese – e io. Ma seduta là accanto a lei, che parlava coi medici della propria morte, con tanta dignità e gentilezza, mi sentii orribile. Avevo una paura tremenda, perché anche lo zio Jim era morto di cancro, e adesso lei – cancro da parte di padre e di madre. Pensavo: toccherà a me, dopo? Quello che pensavo era, *non è giusto*.

Mentre la mamma moriva, cercai di comportarmi come meglio potevo, non come con Freddie, allora semplicemente non avevo nemmeno voluto sapere. Ma non ci riuscii. È questo il punto. Ero terrorizzata fino alla nausea, costantemente. Lei crollò così in fretta. *Crollò* – proprio così. Odio la distruzione fisica. Non riesco a sopportarla. Passavo qualche minuto con lei tutti i giorni, prima di andare al lavoro. La trovavo in cucina a trafficare, in vestaglia. La faccia gialla, con quel luccichio malato. Le ossa a fior di pelle. Se non altro non dicevo, Ti senti un po' meglio, ma bene! Mi sedevo con lei a bere il caffè. Dicevo, Devo andare in farmacia – perché c'erano tutte quelle pillole, quelle medicine. E lei diceva, Sì, prendimi questo o quello. Ma non riuscivo a baciarla. Be', non siamo mai stati una famiglia dedita alle manifestazioni fisiche di affetto! Non ricordo di aver mai abbracciato davvero mia sorella. Un bacetto sulla guancia, ecco tutto. Avrei voluto stringere la mamma tra le braccia e magari cullarla un po'. Quando si arrivò alla fine, e lei era così coraggiosa e stava così male, così male, pensai che avrei semplicemente dovuto prenderla tra le braccia e tenerla così. Ma non riuscivo a toccarla, a toccarla davvero. Non con dolcezza. Quell'odore... e poi dicono che non sia infettivo, ma che ne sanno in realtà? Non molto. Lei mi guardava, così schietta, così aperta. E io riuscivo appena a guardarla negli occhi. Non che lei chiedesse niente, con lo sguardo. Ma io mi vergognavo di quello che provavo, ero terrorizzata per me stessa. No, non fui terribile, come con Freddie. Ma lei deve aver pensato che ero insensibile – voglio dire, che non ero granché. Pochi minuti la mattina, prima di correre in ufficio. Tornavo da lei sul tardi, dopo aver cenato con qualcuno dell'ufficio, Joyce di solito, e di solito la mamma era già a letto. Non dormiva, però: se almeno avesse dormito! Andavo a sedermi vicino al letto. Spesso aveva i dolori. Le preparavo le medicine. Questo le piaceva, lo sapevo. Aiuto. Di un certo tipo. Parlavamo. Poi Georgie cominciò a venire due o tre pomeriggi la settimana, per stare con lei. Be', io non potevo, dovevo lavorare: Georgie invece era libera, i figli erano a scuola. Quando tornavo a casa le trovavo insieme, sedute. L'invidia nel vederle così unite mi faceva star male. Madre e figlia.

Poi quando la mamma venne ricoverata in ospedale io e Georgie cominciammo a darci il cambio. Georgie doveva venir su da Oxford. Non so come avrei potuto farle visita più spesso. Un giorno sì e uno no, passavo due o tre ore all'ospedale. Odiavo ogni secondo di quelle visite. Non riuscivo a trovare niente da dire. Georgie e la mamma invece parlavano in continuazione. Di che cosa? Le ascoltavo, assolutamente incredula. Parlavano delle vicine di Georgie, dei figli delle vicine di Georgie, dei loro mariti, delle amiche delle loro amiche. Non smettevano mai. Era incredibile. Perché erano davvero coinvolte, interessate a tutte quelle storie.

Quando la mamma morì fui contenta, naturalmente. E anche Georgie lo fu. Ma sapevo che era molto diverso se era Georgie a dirlo, o io. *Lei aveva il diritto di dirlo*. Per via di quello che era. Georgie era stata con la mamma ogni minuto del giorno e della notte, per un mese, prima della fine. Nel frattempo io avevo imparato a non odiare tanto il lato fisico della cosa. La mamma ridotta a uno scheletro coperto di pelle gialla. Ma i suoi occhi erano quelli di sempre. Soffriva molto. E non fingeva. Teneva la mano di Georgie.

Il punto era questo: Georgie era la mano che le ci voleva.

Poi mi ritrovai sola nel nostro appartamento. Un paio di volte portai a casa uno dei miei uomini. Non andò molto bene. Ma non per colpa loro. Come potrei dar loro la colpa? Avevo già cominciato a capire di essere cambiata. Non riuscivo più a pensare al sesso! Una scoperta stupefacente. Non che avessi smesso di desiderarlo. Certe volte mi pareva addirittura di impazzire. Ma c'era qualcosa di deprimente e ripetitivo, nel sesso. E la casa era piena di Freddie. A volte pensavo che sarei diventata una specie di monumento a Freddie. *Costretta* a ricordarlo. E a cosa serviva tutto questo? Decisi di vendere l'appartamento e cercarne un altro solo mio. Ci pensai per molto tempo, mesi interi. Sul lavoro, al giornale, è diverso, devo prendere decisioni rapide, è come stare in cima a un getto d'acqua. Sono bravissima in questo. Ecco perché mi è stato offerto il lavoro, innanzitutto. Strano, non me l'ero aspettato. Tutti tranne me sapevano che mi sarebbe stato offerto il posto di vicedirettrice. In parte, ero così presa dalla mia immagine, dalla proiezione che facevo di me stessa. Da principio la mia immagine era quella dell'allegra, divertente Janna, coi suoi vestiti pazzi, sempre così brillante e Ragazza Venerdì. Poi, dopo Joyce, elegante, impeccabile, fidata, la persona che aveva lavorato più a lungo al giornale, con il marito intelligente e alla moda sullo sfondo. Non che Freddie si riconoscesse in una descrizione del genere. Poi, all'improvviso (così mi parve) una donna di mezza età.

Capace. Attraente. Difficile da accettare. Lo è ancora adesso.

Un'attraente vedova di mezza età con un buon lavoro in un importante periodico.

Nel frattempo *pensavo* a come avrei dovuto vivere. Nell'appartamento mio e di Freddie mi sembrava di essere un batuffolo, una piuma spinta dal vento. Quando tornavo a casa dopo il lavoro, era come se mi aspettassi di trovare una specie di zavorra, un'ancora, ma non c'era. Mi resi conto di essere terribilmente fragile, dipendente. Non economicamente, di certo, ma come persona. Figlia-bambina, moglie-bambina.

Non ero nell'ordine di idee di riprendere marito. Non mi ci vedevo. Eppure dicevo a me stessa, devi risposarti, devi, prima che sia troppo tardi. Ed è quello che perfino ora, a volte, mi vien voglia di fare. Particolarmente ora che mi sembra di non essere più orribile come prima. Ma quando *penso*, capisco che non dovrei assolutamente risposarmi. Comunque, nessuno me l'ha mai chiesto!

Vendetti l'appartamento e comperai questo. Una stanza per dormire, una per vivere, uno studio. In un grande, costoso caseggiato. Ma non ci sto quasi mai. Quando ci sono, non faccio che pensare.

Questo modo di pensare... non è tanto pensare quanto tenere tutte le cose bene in mente e lasciare che si smistino da sé. Se si riesce a far questo davvero, con calma, si hanno risultati sorprendenti. Per esempio, si capisce che le proprie idee sono diverse da quello che si credeva.

Ci sono cose sulle quali ho ancora bisogno di meditare, che non sono ancora riuscita a risolvere.

Joyce, per cominciare. Quel nostro ufficio, all'ultimo piano, luce e cielo tutt'intorno. La lunga scrivania con lei dietro, la lunga scrivania con me dietro, l'una di fronte all'altra. Sono anni ormai che sediamo così, che mandiamo avanti la rivista da quelle scrivanie. Poi il tavolo a cavalletti lungo una parete, con tutti gli oggetti di cui abbiamo bisogno, macchine, tavoli da disegno, fotografie. E la piccola scrivania sull'altro lato, dove siedono le segretarie quando vengono a prendere appunti, o le persone con le quali vogliamo parlare. Mi dà piacere pensarci, perché è una stanza così giusta, così appropriata, così in sintonia con quello che vi succede. Ma devo pensare, devo *pensare*... provo una sensazione di disagio, come se ci fosse qualcosa che *non* va.

Quando mi trasferii nel nuovo appartamento capii subito che la mia vita si svolgeva soltanto in ufficio. Non avevo vita domestica. La *casa*. Che parola! Era il posto in cui mi preparavo per l'ufficio, o mi riposavo dopo il lavoro.

Una delle cose alle quali *penso* è che se perdessi il mio lavoro non resterebbe molto di me. Guardo le ragazze intelligenti che cercano di far carriera. Mi sorprendo a guardarne una, Phyllis, per esempio, e a riflettere. Sì, ha della stoffa, sa mettere insieme le parole, fare le interviste, ha un cervello come un paio di forbici, non perde mai la testa.

Capisce *veramente* come funzionano le cose? Cosa voglio dire con questo? Molto. Tutto. Phyllis è intraprendente e impaziente, ma bisogna anche esser capaci di lasciare che le cose succedano da sé.

Quello che non riuscivo a smettere di pensare, però, era che avevo deluso Freddie, che avevo deluso mia madre, e che in definitiva ero *quel tipo di persona*. Se dovesse succedere qualcos'altro, se dovessi affrontare un'altra situazione difficile, come la malattia o la morte, se dovessi dire a me stessa, Ora, cerca di comportarti come un essere umano, non come una bambina – non ci riuscirei, non potrei. Non è questione di volontà, ma di chi si è, di come si è.

Ecco perché decisi di imparare qualcos'altro.

Vidi l'annuncio sul giornale. Volete aiutare una persona anziana? La foto di una deliziosa vecchina. Una creatura fragile, incantevole. La nonna che tutti vorrebbero. Ah! Telefonai e andai da Miss Snow. Filantropa. Con lei andai a trovare Mrs. York. Prendemmo il tè tutte insieme in un piccolo appartamento di Kensington. Mi sembrò tutto falso, orribile. Pensai che Miss Snow era condiscendente e non se ne accorgeva nemmeno. Mrs. York, un donnone grosso, invalido, pallido, con la faccia gonfia. Occhi piccoli e lamentosi. Miss Snow non le piaceva e si capiva. Restai seduta al mio posto e pensai, che diavolo ci faccio, qui? Che razza di lavoro è questo? Dovrò far visita a Mrs. York tutte le domeniche e portarle un dolce e chiederle come vanno i reumatismi? Miss Snow capì benissimo cosa mi passava per la testa, e quando ci salutammo sul marciapiede fu sbrigativa. Sì, mi dia un colpo di telefono, Mrs. Somers, se crede di voler fare questo lavoro, poi salì sulla sua Mini e partì. Un fallimento. Be', cose che succedono in un lavoro come questo, deve aver pensato.

Avrebbero trovato qualcun altro per Mrs. York. Quella volta però non mi sentii inadeguata. Semplicemente Mrs. York non faceva per me. Da allora, tutte le volte che vedevo sul giornale la foto della deliziosa vecchina pensavo all'orribile Mrs. York e mi veniva da ridere.

Nel frattempo, sul mio pianerottolo, nell'appartamento di fronte, Mrs. Penny. Mrs. Penny ha settant'anni, è sola e vorrebbe che diventassimo amiche. Lo so benissimo. Ma io non voglio. E lei lo sa. Mi invaderebbe la vita. L'idea di trovarmi in balia delle sue richieste e delle sue esigenze mi terrorizza, mi toglie il respiro.

Ma poi andai in farmacia e accadde questo.

Vidi una vecchia strega. Stavo guardando una vecchia e pensai, una strega. Questo perché avevo passato l'intera giornata a lavorare a un servizio, Stereotipi di donne, allora e adesso. Quell'*allora* non era specificato con esattezza, la tarda età vittoriana, forse, la vecchia signora di classe, la madre di tanti figlia, la zia nubile e invalida, la Donna Nuova, la moglie del missionario, eccetera. Dovevo scegliere tra circa quaranta fotografie e schizzi. Tra questi, anche quello di una strega, ma l'avevo scartato. Ed ora era lì, accanto a me, in farmacia. Una donnina minuscola, curva, con un naso che scendeva a incontrare il mento, vestiti pesanti e polverosi, neri, e qualcosa di non troppo dissimile da una cuffia vittoriana in testa. Si accorse che la guardavo, mi mise in mano una ricetta medica e disse, "Cos'è questo? Me lo prenda lei." Occhi azzurri bellicosi, sotto ripide sopracciglia grigie, ma c'era qualcosa di meravigliosamente dolce nel suo sguardo.

Mi piacque subito, chissà perché. Presi la ricetta e sapevo che la cosa non sarebbe finita lì. "Certo," dissi. "Ma perché? Il farmacista è stato poco gentile con lei?" Scherzavo: e lei rispose subito, scuotendo vigorosamente la testa.

"No, quel ragazzo non capisce e io non so mai di cosa sta parlando."

Il *ragazzo* era il giovane farmacista ritto dietro il banco con le mani appoggiate al ripiano, attento, sorridente: la conosceva bene, si vedeva.

"La ricetta è per un sedativo," dissi.

Lei disse, "Questo lo so," e piantò le dita sulla carta che avevo appoggiato, aperta, alla borsetta. "Ma non aspirina, no?"

Dissi, "È una cosa di nome Valium."

"Proprio quello che pensavo. Non è un analgesico, è uno stupefacente," disse lei.

Il farmacista rise. "Ma no, niente di così drammatico," disse.

Io dissi, "L'ho preso anch'io qualche volta."

Lei disse, "L'ho detto, al dottore, aspirina – ecco cosa gli ho chiesto. Ma anche loro, i dottori, sono dei buoni a nulla."

Tutto questo aspra e tremante, con una sorta di gaiezza. Ce ne stavamo lì tutti e tre in piedi, a ridere, eppure lei era così arrabbiata.

"Vuole che le dia dell'aspirina, Mrs. Fowler?"

"Sì, sì. Non ho intenzione di prendere questa roba che istupidisce."

Lui le diede l'aspirina, prese i soldi, che lei tirò fuori dalle profondità di una gran borsa color ruggine contandoli lentamente, una moneta dopo l'altra. Poi il farmacista prese i soldi dei miei acquisti – smalto per unghie, fard, ombretto, eye liner, rossetto, lucidalabbra, cipria, mascara. Tutto quanto: avevo finito ogni tipo di cosmetico. La vecchia restò a guardarmi, con un'espressione sua, caratteristica, ora lo so, l'espressione dura e riflessiva di chi vuol davvero capire. Di chi cerca di afferrare un concetto.

Adattai il mio passo al suo e uscii dal negozio con lei. Fuori, sul marciapiede, non mi guardò, ma c'era una richiesta nel suo comportamento. Le camminai accanto. Era difficile camminare così piano. Di solito io vado velocissima, ma non lo sapevo, me ne accorsi in quel momento. Lei faceva un passo, poi si fermava, guardava il marciapiede, e faceva un altro passo. Pensai al modo in cui giravo per le strade, tutti i giorni, velocissima, e a come non mi fossi mai accorta di Mrs. Fowler, che pure abitava vicino a me, e all'improvviso guardai su e giù per la strada e le vidi – donne anziane. Anche uomini anziani, naturalmente, ma per lo più erano donne. Camminavano lentamente. Si fermavano a coppie o a gruppetti, a parlare. Oppure sedevano sulla panchina all'angolo, sotto il platano. Non le avevo mai viste. Questo perché avevo paura di essere come loro. Avevo paura, mentre camminavo accanto alla vecchia. Era il suo odore, un odore dolce, acre, polveroso. Vidi la sporcizia sul suo vecchio collo sottile, e sulle sue mani.

La casa aveva il parapetto rotto, i gradini rotti e scheggiati. Senza guardarmi, perché non aveva intenzione di chiedermi di entrare, la vecchia scese attentamente i gradini e si fermò davanti a una porta rabberciata alla meglio con una rozza asse di legno inchiodata di traverso. Quella porta non avrebbe tenuto a bada nemmeno un gatto deciso a entrare, ma la vecchia frugò in cerca di una chiave, la trovò, finalmente, aguzzò lo sguardo in cerca della serratura, e aprì. Io entrai con lei, col cuore che mi doleva e lo stomaco in rivolta per via dell'odore. Che quel giorno era di pesce troppo cotto. Entrammo in un lungo corridoio buio.

Lo percorremmo fino alla "cucina". Non avevo mai visto niente del genere se non tra le foto della pratica "Indigenti" che tenevamo in ufficio, case destinate a essere abbattute e roba del genere. La cucina era un prolungamento del corridoio, con un vecchio fornello a gas, nero e unto, un vecchio lavandino di porcellana bianca, pieno di crepe e giallo di grasso, con un solo rubinetto, quello dell'acqua fredda, avvolto in vecchi stracci, che sgocciolava metodicamente. Un vecchio tavolo di legno, piuttosto bello, con alcuni piatti evidentemente "lavati" ma incrostati di sudiciume. Le pareti umide e macchiate. L'intera stanza puzzava, un puzzo orribile... Mrs. Fowler non mi guardò, mentre deponeva il pane, i biscotti e il cibo per gatti. I colori brillanti, nitidi, delle confezioni e delle scatolette in quel posto orribile. Lei se ne vergognava, ma non aveva nessuna intenzione di scusarsi. Disse in tono brusco ma in un certo senso accattivante, "Lei vada nella mia stanza e si sieda dove vuole."

La stanza in cui entrai conteneva una vecchia stufa di ferro nero che mandava un luccichio di fiamme. Due poltrone vetuste e incredibilmente malridotte. Un altro bel tavolo di legno, vecchio, coperto di carta di giornale. Un divano pieno di vestiti e fagotti. E un gatto giallo sul pavimento. Era tutto così sudicio, squallido, triste, orribile. Pensai a tutte noi che scrivevamo di decorazioni, mobili e colori – a come cambiava il gusto, alla quantità di oggetti che buttavamo via, sempre stanche di tutto. E c'era questa cucina, la cui foto, se l'avessimo pubblicata, ci avrebbe sommerso di donazioni di lettori.

Mrs. Fowler arrivò con una vecchia teiera marrone e un paio di tazze da tè, di porcellana, piuttosto graziose. Fu la cosa più difficile che avessi mai fatto, bere da quella tazza sporca. Non parlammo molto perché non volevo rivolgerle domande dirette, e lei tremava di orgoglio e dignità. Continuava ad accarezzare la gatta – "Bellezza mia, tesoro," in tono duro ma con una sorta di dolcezza – e disse senza guardarmi, "Quand'ero giovane mio padre aveva un negozio, e poi abbiamo avuto una casa in St. John's Wood, e così lo so come dovrebbero essere le cose."

E quando mi accomiatai disse, sempre senza guardarmi, "Suppongo che non ci vedremo più..." E io dissi, "Potremmo vederci, se vuole." Allora mi guardò, e c'era un leggero sorriso nei suoi occhi, e io dissi, "Verrò sabato pomeriggio a prendere il tè, se vuole."

"Oh, ma certo che voglio, certo che voglio." E tra di noi si stabilì un attimo di intimità: ecco la parola giusta. Eppure lei era così orgogliosa, non voleva chiedermi niente, poi si voltò dall'altra parte e ricominciò ad accarezzare la gatta: Oh, carina, bellezza mia.

Quella sera tornai a casa in preda al panico. Mi ero compromessa, mi ero impegnata. Ero piena di disgusto. L'odore acre, sudicio permeava i miei vestiti e i miei capelli. Mi feci un bagno, mi lavai i capelli, mi vestii e mi truccai con cura, poi telefonai a Joyce e dissi, "Andiamo a cena fuori." Consumammo un'ottima cena da Alfredo, e parlammo. Io non dissi niente di Mrs. Fowler, naturalmente, eppure non feci che pensare a lei: seduta nel ristorante, con tutta quella gente ben vestita, pulita, continuavo a pensare, se lei entrasse in questo posto... be', non glielo permetterebbero mai. Non potrebbe entrare qui, nemmeno come sguattera, o donna delle pulizie.

Il sabato le portai delle rose e dei garofani, e una torta con la panna. Ero contenta di me stessa, e questo mi aiutò a superare la sua reazione – era contenta, ma avevo esagerato. Non c'era un vaso per i fiori. Li misi in una brocca di smalto bianco. Lei mise la torta su un vecchio piatto pieno di crepe. Manteneva un atteggiamento distante. Ci sedemmo accanto alla stufa di ferro, sulla quale aveva messo a scaldare la teiera marrone. Le fiamme erano troppo alte. Mrs. Fowler indossava una camicetta di seta, pois neri su fondo bianco. Seta pura. È sempre così, con lei. Una bellissima teiera Worcester a fiori, ma piena di crepe. Una sottana di buona lana pesante, ma logora e macchiata. Non voleva che vedessi la sua "camera da letto", ma io riuscii a dare un'occhiata mentre lei era in "cucina". Alcuni dei mobili erano di ottima qualità: librerie, un cassettone, poi un tavolino da toilette dozzinale e un armadio simile a una cassa da imballaggio verniciata. Sul letto c'era una trapunta antiquata, spessa, di chintz. Lei non dormiva nel letto, mi accorsi, ma sul divano, nell'altra stanza, dove eravamo sedute. Dappertutto nella stanza c'erano mucchi di ciarpame, stracci, giornali vecchi, ogni oggetto possibile e immaginabile: era questo che non voleva che vedessi.

Mentre mangiavamo la torta, disse, "Oh, ma questa è vera panna," e mi raccontò di quando, in estate, lei e le sue sorelle venivano mandate in vacanza nell'Essex, da una vecchia signora.

"Ogni giornata la passavamo all'aria aperta. Stupende estati calde, non come quelle di adesso. Diventavamo scure come cioccolata. Le vecchia signora aveva un piccolo cottage ma senza cucina. Aveva costruito un focolare sotto una tettoia di paglia in cortile, e cucinava tutti i nostri pasti in un pentolone di ferro appeso a catene. Prima ci metteva dentro il pezzo di carne, e intorno le carote e le patate, poi avvolgeva il pudding in un panno infarinato e lo faceva cuocere insieme al resto. Ricordo che mi chiedevo sempre come mai il pudding sapesse di marmellata e frutta invece che di carne, ma naturalmente c'era la farina, sul panno. E poi ci metteva in mano le fondine, ci faceva sedere sui gradini, e mangiavamo la carne e le verdure. Alla fine svolgeva dal panno il pudding, ricco e croccante, e ce ne metteva una fetta nello stesso piatto in cui avevamo mangiato la carne – tanto lo leccavamo così bene che sembrava lavato. Poi diceva, Adesso andatevene – e bolliva un pentolone d'acqua per i piatti, e anche per lavarsi, dopo, e noi andavamo nei campi a cogliere i fiori. Oh, mi piace star seduta qui e pensare a queste cose."

"E quanti anni avevate, voi bambine?"

"Piccole. Eravamo piccole. Ci andavamo ogni estate – parecchie estati. Questo prima che mia madre morisse, capisce."

Parlò per tutto il pomeriggio della vecchia signora, che era tanto gentile, del piccolo cottage, che non aveva l'acqua corrente e solo un gabinetto esterno, in un piccolo capanno di mattoni, e di quelle estati calde. Lei parlava e io ascoltavo. Non me ne andai che verso le sette. Tornai a casa, accesi il riscaldamento, e pensai che era ora di fare un po' di pulizie. Restai a lungo seduta a pensare a Mrs. Fowler, tutta sola, con le fiamme che guizzavano dietro la grata della stufa. Aprii una scatoletta di minestra e guardai la televisione.

Il sabato seguente le portai un vasetto di violette africane e un'altra torta.

Tutto come la volta prima: il fuoco acceso, la gatta gialla, e la camicetta di seta a pois, sporca.

C'era una certa reticenza, nella vecchia signora, e pensai che fosse dovuta al fatto che la volta prima aveva parlato per tre ore, quasi ininterrottamente.

Ma non era quello il problema. Venne fuori proprio quando stavo per andarmene.

"Lei è una buona vicina?" mi chiese.

"Spero di diventarlo," dissi io, ridendo.

"Come, le fanno fare un periodo di prova?"

Non capivo, e lei se ne accorse. La faccenda era questa: il comune assumeva delle donne, di solito anziane, che si impegnavano a far visita ai vecchi soli, per bere con loro una tazza di tè, e controllare che andasse tutto bene. Non dovevano far molto, solo dare un'occhiata ai vecchi. Queste donne venivano chiamate Buone Vicine, e pagate così poco che non lavoravano di certo per il denaro. Mi preoccupai di chiarire tutta questa storia personalmente, tramite l'ufficio. Il terzo sabato, le portai della frutta, e capii subito di aver fatto la cosa sbagliata. Lei non disse nulla, come al solito, solo in seguito osservò come per caso che lo stato della sua dentatura le rendeva difficile mangiare frutta.

"Non può mangiare nemmeno l'uva? O le banane?"

Lei disse, con molto senso dell'umorismo, che la pensione non le consentiva certo di comperarsi l'uva.

E partì in un lungo monologo sulla pensione, sul prezzo del carbone e del cibo, e su "quella donna del comune che non sa nemmeno cosa dice". Restai ad ascoltarla, un'altra volta. Non sono ancora riuscita a capirla bene. So che ci vorrà molto tempo, prima che la mia ignoranza, la mia mancanza di esperienza, e la sua reticenza, i suoi rancori – perché ora li vedo ribollire, le illuminano gli occhi di quella che da principio vien fatto di scambiare per gaiezza, per comicità, addirittura – molto tempo, prima che il suo essere, la sua natura, e il mio essere la mia rozzezza, permettano che io mi formi un'impressione globale di lei.

La "donna del comune", una certa Mrs. Rogers, aveva insistito perché lei, Mrs. Fowler, accettasse un Aiuto Domestico. Ma l'Aiuto barava, non lavorava, si rifiutava di lavare i pavimenti. L'Aiuto era come tutte le altre ragazze moderne, pigra troppo schizzinosa per abbassarsi a lavare i pavimenti. Lei, Mrs. Fowler, invece, non era troppo schizzinosa per abbassarsi a lavare i pavimenti, lei era abituata a portar dentro il carbone lungo tutto quel corridoio, lei era abituata a pulire il camino una volta alla settimana, a spazzarlo fin dove riusciva ad arrivare con le spazzole, perché aveva paura degli incendi. E continuò a lungo su questo tono, a parlare degli assistenti sociali, degli Aiuti Domestici, e – una di quelle altre, una Buona Vicina, be', è venuta una volta a trovarmi, bontà sua, e ha detto che era ora che mi facessi ricoverare in un istituto, così io le ho detto, Quella è la porta.

"Ma, Mrs. Fowler, io e lei ci siamo conosciute in farmacia, come potrei essere una Buona Vicina – voglio dire, una dipendente del comune?"

"Si insinuano dappertutto, in qualunque modo," disse lei, amara, ma ansiosa, perché aveva paura che mi offendessi e non tornassi più.

Quando andai via mi accompagnò fino alla porta esterna, e fece qualcosa che ho visto solo a teatro, o letto nei romanzi. Indossava un vecchio grembiule a righe, che si era messa per fare il tè, e si mise a pieghettare la stoffa con le mani, poi la lasciò andare, poi ricominciò a pieghettarla.

"Vuole che faccia un salto a trovarla durante la settimana?" le chiesi.

"Se ha tempo," disse lei. Poi non resistette, "Così farà un po' di straordinario." Ma mentre diceva questa frase restò quasi senza fiato: non avrebbe voluto dirla, voleva credere che io fossi semplicemente un essere umano che la trovava simpatica, non un'impiegata del comune, una prezzolata.

Quando andai a trovarla dopo il lavoro, il mercoledì seguente, le portai una copia della nostra rivista. Ne provavo vergogna, così luccicante e levigata, lustra, così *intelligente* – era questa l'immagine, la presentazione. Ma lei la prese con un sorriso malizioso, da ragazzina, e una mossa giovanile della testa – quello che restava del gesto con cui le ragazze buttano indietro i capelli – e disse, "Oh, le adoro, queste riviste, adoro guardare le cose che riescono a escogitare."

Dato che erano le sette, non sapevo come comportarmi. A che ora cenava? A che ora andava a letto? Sul tavolo, sopra la carta di giornale, c'erano una bottiglia di birra e un bicchiere.

"L'ho bevuta tutta, altrimenti gliene offrirei un po'," disse.

Mi sedetti nella poltrona di fronte alla sua e mi accorsi che la stanza, con le tende chiuse e la luce elettrica, aveva un'aria piuttosto gradevole, intima, non sembrava più così sudicia e squallida. Ma perché mi preoccupo tanto del sudiciume? Perché giudichiamo la gente da queste cose? Mrs. Fowler non stava certo peggio per via della polvere e della sporcizia, o degli odori. Decisi di non farci caso, se possibile, di smettere di giudicare la vecchietta usando come metro il grado di pulizia della sua casa e della sua persona, cosa che stavo indubbiamente facendo. Mi accorsi che gli interruttori della luce elettrica erano rotti, e trovai una scusa per andare in "cucina": fili logori correvano lungo i muri, e c'era un solo interruttore nella stanza, sulla lampadina appesa, alla quale lei con ogni probabilità riusciva appena ad arrivare.

Stava sfogliando la rivista, con un sorriso che era piacere puro.

"Io lavoro per questa rivista," dissi, ma lei sembrò non far caso alla mia uscita, e rimase seduta a guardarmi con quella sua espressione così particolare, come se stesse cercando di capire bene come stessero le cose, che senso avessero.

"Davvero? E che cosa..." Ma non sapeva che domande fare. Io non riuscivo a decidermi a dire che ero la vicedirettrice. Dissi, "Scrivo a macchina, e faccio un sacco di altre cose." Che è più o meno la verità.

"La specializzazione," disse lei, "è la cosa più importante. È la cosa che sta tra una persona e il nulla. Quello, e una casa tutta per sé."

Quella sera mi raccontò delle lotte che aveva dovuto fare per farsi dare l'appartamento, perché da principio aveva occupato quello all'ultimo piano, di una sola stanza, ma aveva sempre tenuto d'occhio il seminterrato, l'aveva desiderato, aveva aspettato, aveva studiato il modo di farselo dare, e alla fine l'aveva avuto. *E non riusciranno mai a mandarmi via, è meglio che non ci pensino nemmeno.* Parlava come se tutto questo fosse successo il giorno prima, e invece doveva trattarsi dei tempi della prima guerra mondiale.

Mi raccontò di quando non aveva i soldi per l'affitto di quelle stanze, di averli risparmiati per anni, un penny dopo l'altro, di come poi glieli avesse rubati, due anni di risparmi faticosi, quella strega del primo piano, e di come avesse ricominciato a risparmiare per poi finalmente andare dal padrone di casa e dirgli, Adesso me lo deve dare, quell'appartamento nel seminterrato, i soldi ce li ho. E lui mi disse, E come farà a continuare a pagare l'affitto? Lei fa la modista, no? E io dissi, A questo ci penso io, lei non si preoccupi. Se non riuscirò a pagare potrà sempre buttarmi fuori. "E non ho mai tardato a pagare, nemmeno una volta. Stavo senza mangiare, piuttosto. No, questa è una cosa che ho imparato molto presto. Se hai una casa, hai tutto. Senza casa, sei come un cane. Non sei nessuno. Lei ce l'ha una casa?" – e quando io dissi di sì, lei fece, annuendo con furia, con rabbia, "Molto bene, e veda che non gliela portino via. Con una casa, non può succederle niente di brutto."

L'"appartamento" di Mrs. Fowler è a fitto bloccato, ventidue scellini la settimana. Una sterlina circa, in moneta nuova, ma naturalmente lei non pensa in questi termini, non riesce a capirla, questa novità. Racconta che la casa fu comprata da "quel greco" dopo la guerra – l'ultima guerra, sa, non la prima – per quattrocento sterline. E adesso ne vale sessantamila. "E lui vuole mandarmi via, per prendere più soldi. Ma io non sono nata ieri. I soldi dell'affitto li tengo sempre qui, sempre. E se lui non viene a prenderli vado al telefono, lo chiamo in ufficio e gli dico, "Perché non è venuto a prendere l'affitto?"

Io ero digiuna di queste cose e così le dissi, "Ma, Mrs. Fowler, per ventidue scellini non val nemmeno la pena di venire fin qui," e i suoi occhi mandarono lampi, si fece paurosamente bianca e disse, "È così che la vede, lei, eh? È lui che la manda, allora? Ventidue scellini è quello che devo pagare per legge, e così ho intenzione di fare. Non sono niente, eh? Sono il tetto che ho sopra la testa, ecco cosa sono."

I tre piani sopra il seminterrato sono occupati da famiglie di irlandesi, bambini, gente che va e che viene, rumore di passi: Mrs. Fowler dice che "lei" fa apposta a sbattere l'anta del frigorifero per tenerla sveglia la notte, perché vuole la sua casa... Mrs. Fowler vive in un incubo di persecuzioni immaginarie. Mi ha raccontato della campagna durata dieci anni, dopo la prima guerra, non l'ultima, quando "quella puttana di Nottingham" cercava di portarle via l'appartamento, e lei... Lei, sembra, fece di tutto per impedirglielo, non c'è niente che non fece, e sembra proprio vero. Ma ora al piano di sopra c'è una coppia di irlandesi, quattro figli, e io ho incontrato la donna sui gradini. "Come sta la vecchia signora?" mi ha chiesto, gli occhi irlandesi color pervinca stanchi e tristi, perché il marito sta per lasciarla, a quanto sembra per un'altra donna. "Continuo a ripropormi di andarla a trovare, ma lei non sembra particolarmente contenta di vedermi, e allora lascio perdere."

Portai a Mrs. Fowler il numero di *Lilith* con il servizio Immagini Femminili. Lei lo prese educatamente e lo tenne in grembo senza aprirlo. Solo quando fu pronto per andare in stampa mi venne in mente che tra le Immagini non ne figurava alcuna di donna anziana. Lo dissi a Joyce, e osservai le sue reazioni: prima, sorpresa. Poi choc, leggeri movimenti della testa e degli occhi che dicevano che si stava rendendo conto del pericolo. Poi distacco, spense l'interruttore, si fece vaga, i suoi occhi guardarono da un'altra parte. Sospirò: "Oh, ma perché? Non può interessare i nostri lettori, non hanno l'età adatta." Io dissi, rispecchiandomi nel suo comportamento, "Ma hanno tutti madri, o nonne." Che paura abbiamo dell'età: facciamo di tutto per non pensarci, per guardare da un'altra parte! "No," disse lei, ancora un po' vaga, con aria distratta, come se stesse rendendo giustizia a un argomento immensamente difficile al quale aveva prestato infinita attenzione. "No, non credo che si possa fare. Ma potremmo preparare un servizio sui Parenti Anziani per uno dei prossimi numeri. Lo terrò presente." E mi fece un gran sorriso, un sorriso davvero complesso, misto di senso di colpa, sollievo, e – sì, non era ancora sparita – sorpresa. Si stava chiedendo, che cos'è preso, a Janna? E c'era anche una supplica, nella sua espressione: non minacciarmi, non farlo! E anche se aveva avuto intenzione di sedersi a bere con me una tazza di tè mentre discutevamo del numero dopo il prossimo, disse, Devo scappare. E scappò.

Mi è appena venuta in mente una cosa interessante.

Joyce è l'innovatrice, l'iconoclasta, colei che non esita a buttare nel cestino un numero appena finito e a ricominciare da capo, lavorando tutta la notte, per produrre esattamente quello che vuole: Joyce si presenta come – è – una persona impulsiva, impetuosa, audace, per la quale non c'è nulla di sacro.

Io, Janna, sono classica e cauta, prudente e conservatrice – questa è l'immagine che offro di me e quello che penso di me.

Eppure tra di noi ci sono spesso di questi momenti, ci sono sempre stati. Joyce dice, "Non possiamo farlo, ai nostri lettori non piacerebbe."

Io invece ho sempre pensato che i nostri lettori – e anche quelli delle altre riviste, o giornali, o libri, se è per questo – accetterebbero molto di più di quanto non venga loro offerto.

Dico, "Joyce, possiamo provare?"

Ma più spesso che no, di qualunque cosa si tratti, finisce nella pratica che ho intitolato Troppo Difficile e che lascio sempre fuori, sulla scrivania, dimodoché Joyce possa vederla e – così spero, ma quasi sempre invano – esser costretta a ripensarci.

Le Immagini. (a) Una ragazzina di dodici o tredici anni, quella che ci ha dato maggiori problemi. Abbiamo scartato un centinaio di fotografie, e alla fine abbiamo mandato Michael a fotografare la nipote di Joyce, quindici anni, in realtà, ma un po' infantile. Abbiamo ottenuto un'immagine di sana sensualità, per nulla Lolita, siamo state ben attente a evitare l'effetto Lolita. Miss Promesse. (b) Una ragazza di circa diciassette anni, tutta indipendenza e fiducia in se stessa. Ancora in casa coi genitori ma pronta a lasciare il nido. (c) Vivere la propria vita. Venti-venticinque anni. Dato che secondo la nostra esperienza le donne che vivono la propria vita, dividendo l'appartamento con altre, tenendosi stretto il lavoro, si sentono come se stessero camminando in equilibrio su una fune, abbiamo scelto un soggetto grazioso e vulnerabile. In cerca dell'uomo giusto ma capace di farne a meno. (d) Giovane donna sposata, con bambino. Enfasi sul bambino. (e)

Donna sposata con lavoro part-time, due bambini, ottima moglie e padrona di casa.

Ecco tutto.

D'altra parte alcune settimane fa io non mi rendevo nemmeno conto dell'esistenza degli anziani. I miei occhi venivano attratti dalle persone giovani, belle, eleganti, piacevoli, e *vedevo* solo quelle. Ora è come se un velo fosse stato steso su quelle immagini, e sopra il velo, tutt'a un tratto, ci sono i vecchi, i malati.

Sono stata sul punto di dire a Joyce, "Ma un giorno anche noi saremo vecchie," ma si tratta di un cliché così ovvio, così noioso! Mi pare già di sentirla, "Oh, Janna, dobbiamo proprio essere così ovvie, così noiose, non è per questo che la gente ci compera." Dice sempre ci, La gente *ci* compera, dobbiamo far venir voglia alla gente di comprar*ci*. Un giorno mi sono fermata a una stazione di servizio e, stanca del lungo viaggio, ho detto, "Per favore mi riempia." E il benzinaio ha detto, "Sarò ben felice di riempire la sua macchina, signora."

Quando Mrs. Fowler andò in cucina a prendere dei biscotti, io la accompagnai e la guardai tirar fuori uno sgabello e salirci sopra per accendere la luce. Esaminai i cordoncini sfilacciati, le pareti umide.

Più tardi le dissi, "Voglio chiedere al mio elettricista di venire a dare un'occhiata qua dentro, altrimenti ho paura che prima o poi lei finirà con l'ammazzarsi."

Lei restò seduta in silenzio per qualche minuto, poi alzò gli occhi, mi guardò, e sospirò. Sapevo che quello era un momento importante. Avevo detto una cosa che lei aveva sempre sognato che qualcuno dicesse: ma ora questo le pesava, e avrebbe voluto che il momento non fosse mai arrivato, e che io sparissi.

Disse, "Me la sono cavata bene, finora." Esitante, supplichevole, e scontrosa.

Dissi, "È una vergogna che lei debba vivere in queste condizioni. Il suo impianto elettrico è una vera e propria trappola, mortale."

A questo, lei fece una risata. "Una trappola mortale, eh?" Ci mettemmo a ridere insieme. Ma io ero in preda al panico, qualcosa dentro di me diceva di correre, scappare via da quella situazione.

Mi sentivo in trappola. Sono in trappola. Perché le ho fatto una promessa. Silenziosa. Ma sempre una promessa.

Andai a casa e, mentre aprivo la porta, quella dell'appartamento di fronte si mosse lentamente: Mrs. Penny, all'erta. "Mi scusi," esclamò, "ma aspettavo proprio che tornasse a casa. Devo assolutamente chiederle un favore."

Dissi sgarbatamente, "Che cosa?"

"Mi sono dimenticata di comperare il burro, quando sono andata a fare la spesa e..."

"Gliene porto subito un po'," dissi io, e piena di energia entrai in casa, presi due etti e mezzo di burro, glielo ficcai in mano, dissi, "Di nulla," e tornai di corsa in casa sbattendo la porta. La sbattei di proposito. Lei ce l'aveva, il burro, lo sapevo. Quello che stavo pensando era, ha un figlio e una figlia, e se non ci pensano loro, a lei, *tant pis*. Non sono io la responsabile.

Ero in preda a un'irritazione frenetica, a un bisogno di scuotermi di dosso qualcosa – Mrs. Fowler. Riempii la vasca. Misi ogni singolo indumento che avevo indossato durante il giorno nella cesta per la lavanderia. Sentivo l'aria puzzolente della casa di Mrs. Fowler sulla pelle e nei capelli.

Il bagno, mi resi conto quella sera, è la stanza in cui vivo. La mia casa, praticamente. Quando mi sono trasferita qui ho copiato la stanza da bagno che avevo nel vecchio appartamento, fin nei minimi dettagli. Ma non mi sono assolutamente curata di arredare in modo particolare il soggiorno, la stanza da letto, lo studio. Freddie diceva sempre, scherzando, che la stanza da bagno era la sua vera rivale.

Assistetti di persona alla preparazione del colore, avorio con una punta di rosa. Scelsi piastrelle spagnole, molto leggere e delicate, rosa corallo, turchese, e ocra, e feci dipingere le persiane negli stessi colori. La vasca è grigio-azzurra. A volte succede che una stanza sia perfetta – che non ci sia nulla da aggiungere e nulla da cambiare. Quando la vide, Joyce mi chiese di farla fotografare per la rivista. Dissi di no: sarebbe stato come farmi fotografare nuda. Mi faccio il bagno tutte le mattine, tutte le sere. Mi sdraio nella vasca e ci resto per ore. Leggo, nella vasca, con la testa e le ginocchia appoggiate a cuscini impermeabili. Ho due scaffali pieni di sali e schiume da bagno. Quella sera mi sdraiai nella vasca, continuai ad aggiungere acqua calda man mano che si freddava, e osservai il mio corpo. È un corpo solido, sodo, bianco. Privo di grasso. Dio me ne scampi! Ma solido. Non ha ancora cominciato a rilasciarsi, a cedere. Be', non ho avuto figli. Non c'è mai stato tempo per i figli, e quando mi ero decisa a dire a Freddie, Va bene, ora te ne faccio uno, non ero rimasta incinta. Lui fu molto carino, la prese con spirito. Non so quanto gli dispiacesse. So che voleva dei figli, ma non so quanto li desiderasse davvero. Sono sempre stata ben attenta a non sviscerare la questione, suppongo.

Uscii dalla vasca, mi fermai sulla soglia avvolta nell'asciugamano, guardai la stanza a pensai a Mrs. Fowler. Lei non ha mai avuto l'acqua calda. Ha vissuto in quello sporco buco, senza acqua calda, da prima della grande guerra.

Desiderai di non averla incoraggiata, e per tutta la sera mi chiesi come potevo sfuggirle.

La mattina mi svegliai e fu come se mi trovassi ad affrontare un terribile destino. Perché ormai sapevo che mi sarei presa cura di Mrs. Fowler. Fino a un certo punto, almeno.

Telefonai all'elettricista. Gli spiegai tutto. Andai al lavoro depressa, e anche un po' spaventata.

Quella sera l'elettricista mi chiamò: Mrs. Fowler l'aveva accolto con uno strillo, *Che cosa vuole?* E lui se n'era andato.

Gli diedi appuntamento da Mrs. Fowler per la sera seguente.

Ce lo trovai, puntuale, alle sei, e vidi la sua espressione quando la vecchietta aprì la porta e la puzza e lo squallore della casa lo investirono. Le disse, volutamente sfacciato, ma con grande gentilezza, "Be', mi ha fatto prendere un bello spavento, ieri sera."

Lei lo osservò a lungo, poi mi guardò come se fossi stata una perfetta sconosciuta, si fece da parte, e andò nel "soggiorno", mentre io dicevo all'elettricista cosa fare. Avrei dovuto restare con lei, ma mi ero portata del lavoro a casa, e glielo dissi.

"Io non le ho chiesto niente," fece lei.

Lottai con me stessa, ma alla fine la abbracciai. "Oh, avanti, non faccia la bisbetica," dissi, e me ne andai. Lei aveva gli occhi pieni di lacrime. Quanto a me, lottavo contro il disgusto, contro quel suo odore vecchio, stantio. E quell'altro odore, dolce, penetrante, che non conoscevo.

Poi Jim mi telefonò per dirmi che aveva fatto quello che poteva, a casa di Mrs. Fowler, aveva messo del filo nuovo, e degli interruttori a un'altezza ragionevole. Le aveva anche messo una lampada da notte.

Mi disse il prezzo di tutto questo – alto, come pensavo. Dissi che gli avrei mandato un assegno. Silenzio. Voleva il denaro in contanti: pensando che avrei avuto ancora bisogno di lui per Mrs. Fowler – e quel pensiero era terrorizzante, era come ammettere di essermi assunta un compito assai gravoso, e per sempre – dissi, "Se fa un salto qui adesso, la pagherò in contanti." "Va bene," disse lui. Arrivò un'ora dopo. Prese i soldi, indugiò come in attesa, e poi, "Perché non è in un ricovero? Non dovrebbe vivere sola in quelle condizioni." Io dissi, "Non vuole andare al ricovero. Le piace vivere così."

Jim è un bravo ragazzo, per nulla stupido. Si vergognava di quello che stava pensando, proprio come me. Esitò, poi disse, "Non sapevo che ci fosse gente che vive ancora in questo modo."

Io dissi, dall'alto della mia anzianità, della mia esperienza, della mia saggezza, "Ci sono molte cose che lei non sa."

Non si decideva ad andarsene, preoccupato, vergognoso, ma insistente. "A cosa serve la gente così vecchia?" disse. E poi, in fretta, per annullare quello che aveva appena detto, quello che stava pensando, "Be', diventeremo vecchi anche noi, uno di questi giorni, suppongo. Salute, allora!"

E se ne andò. Era stato per delicatezza che aveva detto, *diventeremo*, non *diventerò*: perché per lui io sono già vecchia.

Allora mi sedetti e pensai. Quello che Jim aveva detto era quello che tutti dicevano: *Perché non sono in un ricovero? Bisogna toglierli di mezzo, metterli dove la gente giovane e sana non li possa vedere, perché non sia costretta a pensare a loro.*

E quello che pensavano – quello che anch'io penso – *pensavo*, è, a che serve che siano ancora vivi?

E fu allora che pensai, come valutiamo noi stessi? In base a quali criteri? Il lavoro? Jim l'elettricista è a posto, gli elettricisti sono chiaramente una categoria importante – ammesso che si riesca a convincerli a prestare la loro opera. E le vicedirettrici di riviste femminili? *Senza figli*? E Joyce, una posizione di massima responsabilità, una figlia, che rifiuta di parlarle, che la considera il minimo, per quale ragione non ricordo bene: un figlio, difficile. Non li sopporto, gli adolescenti, queste prime donne capricciose.

E mia sorella Georgie? Be', lei è a posto, figli, marito, opere di carità. Ma che ne sarà di lei tra quindici anni? Secondo le statistiche sarà vedova, sola (i figli se ne saranno andati), in un appartamentino, inutile. Come verrà giudicata, allora?

E Freddie, se non fosse morto? Un santo, quantomeno, a sopportare quella moglie-bambina, viziata. Ma, e quindici anni dopo? Li vedo, i vecchi, magri, trasparenti, polverosi, oppure grassi, sfatti e grigi, li vedo girare per le strade con la spesa, o ritti agli angoli delle strade, con aria sperduta.

Dobbiamo giudicare le persone dai loro bei pensieri?

I miei pensieri non sono belli nemmeno adesso, come saranno tra quindici, vent'anni?

A che cosa *serve* Maudie Fowler? Stando ai criteri che mi sono stati inculcati, a niente.

E Mrs. Penny, una seccatura per i suoi figli, per tutti gli inquilini di questo palazzo, e in particolare per me – un problema che non voglio e non posso affrontare, semplicemente? Sciocca Mrs. Penny, con quelle vocali vibranti da ho-vissuto-in-India-ai-vecchi-tempi, con la bottiglia scolata in segreto, le pretese di "raffinatezza", l'ipocrisia.

Be', come viene considerata Mrs. Penny? Non c'è persona al mondo che verserebbe una lacrima, se morisse.

Dopo aver pagato Jim, mi feci uno dei miei lunghi bagni. È come se, nella vasca, il mio vecchio io scomparisse, annegasse, e ne emergesse uno nuovo, dalla Schiuma di Pino, dalla Gelatina Satinata, dai Granuli Brezza Marina.

Quella sera andai a letto dicendo a me stessa che avevo contribuito al benessere di Mrs. Fowler assai più di quanto lei potesse realisticamente aspettarsi. E questo bastava. Non sarei più andata a trovarla, semplicemente.

La mattina dopo, quando mi svegliai, mi sentivo male, mi sentivo in trappola, e così pensai a com'ero stata educata. Molto interessante: in un ambiente morale, direbbe chiunque. Religione, ma senza esagerazioni. L'atmosfera era senza dubbio di consenso, tutti soddisfatti di sé: *noi* facevamo le cose giuste, eravamo buoni. Ma in pratica cosa succedeva? Nessuno mi aveva mai insegnato la disciplina, l'autocontrollo. Se non in tempo di guerra, ma quelli erano insegnamenti che venivano dall'esterno. Nessuno mi aveva insegnato a far attenzione a quello che mangiavo, avevo dovuto arrivarci da sola. O ad alzarmi presto la mattina, e quella era stata la cosa più difficile da affrontare, quando mi ero messa a lavorare. Non ho mai saputo dire no a me stessa, quando voglio qualcosa. Non ci era mai stato negato niente, nei limiti delle nostre possibilità economiche. La guerra! Era per via della guerra, per via dello stretto razionamento, che ai bambini non si negava mai quello che volevano? Ma c'è una cosa per cui devo ringraziare mia madre, una sola: e quella mattina, ancora a letto, le dissi, "Grazie. Se non altro mi hai insegnato che se faccio una promessa devo mantenerla. Che se dico che farò una cosa, devo farla. Non è molto, ma è già qualcosa."

Grazie.

E dopo il lavoro tornai da Mrs. Fowler.

Per tutto il giorno non avevo fatto che pensare alla mia meravigliosa stanza da bagno, alle mie lunghe sedute in vasca, alla mia dipendenza da cose del genere. Pensai che quello che io spendevo in un mese per l'acqua calda sarebbe bastato a cambiare la vita di Mrs. Fowler.

Ma quando andai da lei, con sei lattine di birra e dei bicchieri nuovi, e gridai dalla porta, "Ehi, sono qui, mi faccia entrare, guardi cosa le ho portato!", e scesi giù per quell'orribile corridoio, mentre lei si faceva da parte, la sua faccia era come un pugno chiuso, velenosa. Voleva punirmi per l'impianto elettrico nuovo, per le comodità che le avevo procurato, ma io non avevo nessuna intenzione di permetterglielo. Girai per la casa a grandi passi, aprendo e chiudendo porte, versai la birra e le feci vedere i bicchieri, e quando mi sedetti lei mi imitò subito, vivace e sorridente.

"Ha visto i miei stivali nuovi?" le chiesi, mostrandoglieli. Lei si chinò a guardarli, la bocca che tremava di riso, di malizia.

"Oh," sussurrò, "mi piacciono le cose che indossa, sono sempre bellissime."

E così passammo la serata insieme, e le mostrai ogni punto dei vestiti che indossavo. Mi tolsi il golf e restai immobile mentre lei mi girava intorno ridendo. Portavo una sottoveste nuova, *crêpe de chine*. Tirai su la gonna per farle vedere il pizzo. Mi tolsi gli stivali per farglieli toccare.

Lei rideva e si divertiva.

Mi raccontò dei vestiti che indossava quando era giovane.

Ce n'era uno, il suo preferito, di popeline grigia a fiori rosa. Lo indossava per andare a trovare la zia. Era stato il vestito dell'amante di suo padre, ed era troppo grande per lei, ma se lo metteva lo stesso.

"Prima che mia madre morisse, avevo tutto quello che volevo. Ma dopo, solo gli scarti. Quel vestito però era delizioso, così bello, e mi stava benissimo."

Parlammo dei vestiti, dei mutandoni, delle sottovesti, delle camicie, delle scarpette, dei boa e dei corsetti di cinquanta, sessanta, settanta anni prima. Mrs. Fowler ha più di novant'anni.

Lei parlò soprattutto dell'amante di suo padre, che era la proprietaria di un pub. Quando la madre di Mrs. Fowler morì... "Avvelenata, mia cara! Fu *lei* ad avvelenarla – oh sì, lo so cosa sta pensando, glielo leggo in faccia, ma fu proprio *lei*, e tentò di avvelenare anche me. Venne a vivere con noi. In St. John's Wood.

Facevo tutto io in casa, ero la serva, lavoravo giorno e notte, e quando *loro* andavano a letto dovevo portar su il porridge con whisky e panna. Lei era sempre accanto al camino, con una vestaglia rossa con le piume, e mio padre sedeva dall'altra parte, con la giacca di seta. Lei mi diceva, Maudie, ti senti forte stasera? E si toglieva quell'affare pieno di piume, restava in camicia. Non ne fanno più di camicie come quelle. Lei era una bella donna, grande e grossa, bene in carne, e mio padre restava seduto là nella sua poltrona a guardarla, sorrideva e si tirava le basette. Io dovevo allentare i lacci del corsetto. Che lavoro! Ma sempre meglio che allacciarlo, quel corsetto, quando lei usciva, tutto quel tirare, quello stringere. E non mi dicevano mai, Maudie, lo vuoi anche tu un po' di porridge? No, mangiavano e bevevano come re, non si facevano mancare nulla. Quando le veniva voglia di granchio, o sogliola, o aragosta, lei li mandava a prendere. Ma mai che dicesse, Maudie, ne vuoi un po'? Diventò sempre più grassa, e dopo un po' il ritornello cambiò: Lo vuoi il mio vestito di seta azzurra, Maudie? Se lo volevo! Con uno dei suoi vestiti riuscivo a farmi vestito e camicetta, e qualche volta perfino una sciarpa. Ma non mi piaceva indossare le sue cose, no di certo. Mi sembrava che fosse roba rubata alla mia povera mamma."

Tornai a casa molto tardi, e mi sdraiai nella vasca a pensare alla possibilità di un servizio su quei vecchi vestiti. Ne parlai a Joyce, che sembrò piuttosto interessata.

Mi guardò con espressione curiosa. Non voleva far domande, perché non avevo un'aria incoraggiante. Ma disse, "Chi ti ha parlato di questa roba?" quando io le descrissi il vestito rosa da pomeriggio della proprietaria di un pub degli anni precedenti la prima guerra mondiale – la quale, secondo Mrs. Fowler, aveva avvelenato la moglie del suo amante, e tentato di far morire nello stesso modo la figlia. E il peignoir di satin color prugna con le piume di struzzo nere.

"Oh, ho una doppia vita," le dissi, e lei fece, "Così pare," con quell'aria indifferente, assente, che comincio a riconoscere.

Ieri sera sono tornata da Maudie. Le ho detto, "Posso darle del tu?" Ma lei non è sembrata contenta. Odia l'eccessiva confidenza, la mancanza di rispetto. Così ho lasciato perdere. Accomiatandomi, le ho detto, "Allora, per favore, mi dia lei del tu, almeno." Così ora mi chiamerà Janna, ma lei sarà sempre Mrs. Fowler, in segno di rispetto.

Le ho chiesto di descrivermi tutti quei vestiti vecchi, per la rivista: le ho detto che le avrei pagato la consulenza. Ma quello è stato un errore, ha esclamato subito, sconvolta, offesa, "Oh no, come puoi... io adoro parlare dei vecchi tempi."

E così ho lasciato perdere ancora una volta. Quanti errori sto commettendo, nel tentativo di fare la cosa giusta.

Quasi tutti i miei impulsi sono sbagliati, come vergognarmi della mia stanza da bagno, e della rivista.

Ieri sera ho passato un'ora a descriverle la mia stanza da bagno nei minimi particolari, mentre lei sedeva sorridente, felice, e faceva domande. Non è invidiosa. No. Ma ogni tanto assume un'espressione cupa, arrabbiata, e so già che dirà qualcosa, senza parere, più tardi.

Ha parlato ancora della casa di St. John's Wood. Mi pare di vederla! I mobili pesanti e scuri, le comodità, il buon cibo, i liquori.

Suo padre era il proprietario di una casetta costruita proprio nel punto in cui "loro" volevano far passare la linea di Paddington. O qualcosa del genere. E ne ricavò una fortuna. Suo padre aveva un negozio d'angolo in Bell Street, vendeva ferramenta ed elargiva carbone e pane ai poveri. Quando faceva freddo, c'era sempre un pentolone di minestra per i poveri. "Mi piaceva stare là dentro, ero così orgogliosa di lui, che aiutava tutta quella povera gente..." Poi, il colpo di fortuna, e, tutt'a un tratto, la grande casa calda, e il padre di Maudie cominciò a uscire tutte le sere, perché gli piaceva vedere la gente elegante, andava a cena e a teatro, al music hall, e proprio lì incontrò *lei*, e la madre di Maudie ne ebbe il cuore spezzato, e morì avvelenata.

Maudie dice di aver avuto un'infanzia stupenda, non potrebbe augurarne una migliore a nessuno, nemmeno alla regina. Parla in continuazione di un'altalena in giardino sotto i meli, e dell'erba alta, che non veniva tagliata. "Salivo sull'altalena e mi spingevo da me, per ore di fila, e cantavo tutte le canzoni che conoscevo, poi la povera mamma veniva a chiamarmi e io correvo da lei, e mi dava la torta e il latte, e un bacio, e poi tornavo sull'altalena. Oppure vestiva me e mia sorella Polly coi nostri abiti migliori e ci lasciava uscire. Avevamo un penny ciascuna e ci compravamo la cioccolata. Io mangiavo la mia briciola dopo briciola, e speravo di non incontrare nessuno per non doverla dividere. Mia sorella invece si mangiava la sua tutta in un colpo, poi mi tormentava perché gliene dessi un po'."

"Quanti anni aveva, Mrs. Fowler, ai tempi dell'altalena?"

"Oh, cinque, sei..."

I conti non tornano. Di certo non è possibile che ci fosse un giardino con l'erba alta dietro il negozio di ferramenta di Bell Street. E a St. John's Wood, Maudie doveva esser già troppo grande per l'altalena e per giocare da sola nell'erba con gli uccellini che cantavano. E in che periodo, esattamente, suo padre andava a quelle cene eleganti e a teatro? Gliele chiedo, queste cose, ma a lei non piace entrare nei dettagli cronologici, nella sua mente ci sono solo le immagini brillanti che ha dipinto per se stessa, e che sono rimaste intatte attraverso tutti quegli anni, quei decenni.

In quale casa, suo padre disse a sua madre, "Tu, brutta zoticona, non sai proprio fare altro che piagnucolare?" E le diede uno schiaffo. Ma non ci riprovò mai più, perché Maudie gli si buttò addosso e lo colpì alle gambe fino a quando lui si mise a ridere, la sollevò per aria, e disse alla moglie, "Se avessi un po' del suo carattere, saresti qualcuno," per poi scappare dall'amante. E allora la madre mandava Maudie su al pub con una brocca, a comperare la Guinness, in mezzo a tutta quella gente. "Sì, dovevo entrare là dentro perché tutti mi vedessero, e *lei* fosse costretta a vergognarsi. Ma lei non si vergognava, oh no, non lei, mi faceva passare dall'altra parte del banco, mi faceva entrare nella stanzetta sul retro, così calda che le nostre facce diventavano paonazze. Questo, prima che avvelenasse mia madre e cominciasse a odiare anche me, per il rimorso."

Tutto quello che ho scritto finora è una ricapitolazione, un riepilogo. Da ora in avanti scriverò quello che succede giorno per giorno, se ci riesco. Oggi è sabato, ho fatto la spesa, sono tornata a casa a lavorare per un paio d'ore, poi ho fatto un salto da Mrs. F. Ho bussato ma nessuno ha risposto. Sono tornata su per quei vecchi gradini, fino in strada, e l'ho vista trascinarsi sul marciapiede spingendo il carrello della spesa. L'ho vista come quel primo giorno: una vecchia strega curva, deforme. Una visione terrorizzante, naso e mento adunchi, pesanti sopracciglia grigie, ciocche scomposte di capelli bianchi sotto il cappello nero tutto macchiato. Mi è venuta incontro ansimando pesantemente. Quando l'ho salutata ha scosso la testa con quel suo gesto impaziente, poi ha sceso i gradini senza parlare. Ha aperto la porta, sempre senza parlare, ed è entrata in casa. Sono stata lì lì per andarmene. Invece l'ho seguita, e senza che lei me lo chiedesse sono andata nella stanza col fuoco acceso. Lei è arrivata parecchio tempo dopo, forse mezz'ora dopo, e nel frattempo la sentivo armeggiare. La vecchia gatta gialla è venuta a sedersi ai miei piedi. Lei ha portato dentro il vassoio con la teiera marrone e i biscotti, tutta gentile e sorridente. Ha tirato le tende sporche, ha acceso la luce, e ha aggiunto carbone nella stufa. Nel secchio non ne è rimasto nemmeno un pezzo. Le ho preso il secchio di mano e sono andata giù per il corridoio fino alla cantina. Un'oscurità senza un briciolo di luce. Odore di gatto. Ho riempito il secchio di carbone e l'ho riportato in casa, e lei ha teso la mano a prenderlo senza dire grazie.

Il problema di questo riepilogo, di questa ricapitolazione, è che tende a tralasciare gran parte dei cambiamenti di umore, di atmosfera. Potrei dire, All'inizio Maudie era arrabbiata, poi è tornata di buon umore, e ci siamo divertite molto prendendo il tè, mi ha raccontato... Ma, e tutti gli stati d'animo, l'affetto, l'irritazione, la rabbia – oh, tanta rabbia – che provavamo entrambe?

Mi sono arrabbiata, là sui gradini, quando lei è entrata in casa senza parlarmi, e probabilmente anche lei era arrabbiata, pensava, adesso stiamo esagerando! E seduta in quella stanza, con la gatta, ero furiosa, pensavo, bel modo di ringraziare! Poi l'irritazione se n'è andata per far posto al piacere di stare davanti al fuoco, con la pioggia che cadeva fuori. E ci sono sempre i momenti brutti, come quando devo prendere la tazza unta e bisunta e portarmela alle labbra: quando devo inalare le zaffate di quell'odore dolce e penetrante che emana da lei: quando vedo come mi guarda, a volte, il ribollire di qualche rabbia antica... È un'altalena di emozioni, ogni nostro incontro.

Mi ha raccontato di una vacanza estiva.

"Naturalmente noi non potevamo permetterci le vacanze estive, non del tipo che avete voi ragazze di oggi. E che date per scontate! La modista per cui lavoravo mi aveva lasciata a casa. Non sapevo quando mi avrebbe ripresa a lavorare. Mi sentivo stanca ed esaurita, perché non mangiavo abbastanza, allora, ci pagavano così male. Risposi a un annuncio per una cameriera in un albergo di mare, a Brighton. Di qualità, diceva. Referenziata. Io non avevo referenze. Non ero mai stata a servizio. Mia madre sarebbe morta al solo pensarci. Scrissi, e ricevetti in risposta una lettera che diceva di presentarmi, spese di viaggio pagate. Preparai la mia valigetta e partii. Sapevo che si trattava di un'offerta seria, si capiva dal tono della lettera. Era una grande casa, un po' discosta dalla strada. Risalii il vialetto, pensando, be', non sono ancora in servizio, dopotutto! E la governante mi fece entrare, era davvero una brava donna, e disse che Mrs. Privett mi avrebbe vista subito.

Be', adesso posso proprio dirlo, era una delle donne migliori che abbia mai conosciuto in vita mia. La più gentile. Penso spesso a lei. Sai, quando tutto va veramente male, e si pensa che non ci sia nessuno a cui rivolgersi, c'è sempre una persona, una persona speciale... Lei mi guardò per bene, e disse, Be', Maudie, tu dici di non avere esperienza, e io apprezzo molto la tua sincerità. Ma voglio una ragazza di qualità perché i miei clienti sono persone di qualità. Quando puoi cominciare? Subito, dissi io, e ci mettemmo entrambe a ridere, e più tardi lei disse di aver avuto la stessa sensazione nei miei confronti, che sarebbe andato tutto bene. La governante mi portò su in cima alla casa. C'erano una cuoca, una sguattera e un ragazzo tuttofare, poi la governante, le due ragazze che servivano ai tavoli, e quattro cameriere ai piani. Io era una di loro. Dormivamo in una delle stanze in soffitta, due letti, due per letto. Non dovevo cominciare che la mattina dopo, e così corsi giù alla spiaggia e mi tolsi le scarpe. C'era il mare, bellissimo. Non lo vedevo da quando era morta mia madre, e così mi sedetti sulla spiaggia a guardare l'acqua scura che si muoveva avanti e indietro, e mi sentii felice, così felice... poi corsi via nel buio, a casa, terrorizzata per via dello Strangolatore..."

"Per via di *che*?"

E qui mi ha raccontato una lunga storia, messa in giro dai giornali dell'epoca, di un uomo che strangolava le ragazze che giravano sole... Era una storia che non aveva niente a che fare con tutto il resto del racconto, ma d'altra parte questa è proprio una caratteristica di Maudie, una tendenza al masochismo, ai brividi e all'orrore, che salta fuori all'improvviso e sparisce in modo altrettanto repentino. Comunque, lei corse via tremante nel buio, attraversò il giardino pieno di ombre, col fiato caldo dello Strangolatore sul collo, e la porta le venne aperta della governante, che disse, Oh, eccoti qua, Maudie, ero preoccupata per te, ma la padrona disse, No, non preoccuparti, io sapevo dov'era... "Capisci, ci ho pensato tante e tante volte, a questa storia, perché la gente è cattiva quando è così facile essere buoni, gentili? Tutto era bello e buono, in quella grande casa, le persone che ci abitavano, e perfino i clienti, nessuno si spazientiva mai, nessuno rispondeva male. Ed era tutto merito di Mrs. Privett. Allora perché la gente è cattiva, poco gentile coi suoi simili?

"Mi aveva tenuto la cena in caldo, una cena buonissima, e si sedette a farmi compagnia mentre mangiavo. Poi salii in camera. La casa era buia, c'erano delle lampade a gas accese, ma solo ai pianerottoli. Lassù in cima però il cielo era chiaro, c'erano le altre

tre ragazze, e oh, ci divertimmo un mondo. Restammo sveglie metà della notte a raccontarci storie, storie di fantasmi e roba del genere, a spaventarci con racconti sullo Strangolatore, a mangiare dolci e a ridere come matte...

"E la mattina dopo ci alzammo alle sei, dovevamo. All'ora di colazione avevo una fame nera, ma lei, Mrs. Privett, ci diede le stesse cose che dava ai clienti dell'albergo, anche migliori, e venne in cucina mentre stavamo mangiando, per assicurarsi che tutto fosse come lei aveva ordinato. C'erano grandi piatti di porridge e latte vero, e poi aringa affumicata, o altro pesce, se qualcuno lo preferiva, oppure uova a piacere, e tutto il pane tostato, burro e marmellata che riuscivamo a ingoiare, e a volte anche lei si sedeva con noi e diceva, Mi piace vedervi mangiare, ragazze. Dovete mangiar bene, altrimenti non potete lavorare. Ed era sempre così, a ogni pasto. Non mi era mai capitato di mangiare così bene, e non mi capitò mai più. E poi..."

"E il lavoro com'era? Duro?"

"Sì, era duro, suppongo. Ma a quei tempi sapevamo lavorare. Ci alzavamo alle sei e preparavamo i camini di tutta la casa, poi li accendevamo, pulivamo la grande sala da pranzo, fino a farla luccicare, prima di portare agli ospiti i vassoi col té e i biscotti. Poi era la volta delle sale comuni, e finalmente arrivava l'ora di colazione. Dopo colazione rifacevamo le stanze da letto, per bene, senza tralasciare niente. Mrs. Privett era molto esigente. E accomodavamo i fiori con lei, oppure pulivamo l'argenteria, o i vetri. Poi arrivava l'ora di pranzo, cibo delizioso, lo stesso che mangiavano i clienti. Dopo il pranzo portavamo la roba da rammendare su in soffitta, e quello era il momento in cui potevamo permetterci di ridere e scherzare. Mrs. Privett non si arrabbiava. Diceva che le piaceva sentirci ridere, purché intanto facessimo quello che dovevamo fare. Poi scendevamo giù a preparare il tè, vassoi e vassoi di pane e burro e dolci e altra roba, eravamo noi a servirlo, mentre le ragazze dei tavoli andavano in libera uscita. Quando veniva il nostro turno, di uscire andavamo giù alla spiaggia per un'ora, più o meno. Poi badavamo ai bambini delle clienti che volevano andare a teatro o da qualche altra parte. Adoravo quel lavoro, adoravo i bambini. Tutte, li adoravamo. E più tardi c'era la cena, verso le dieci di sera, con dolci, prosciutto e tutto il resto. E avevamo un intero pomeriggio libero, il sabato o la domenica. Oh, era meraviglioso. Restai tre mesi, in quel posto, e diventai così grassa, per la felicità, che non riuscivo a entrare nei vestiti."

"E poi?"

"E poi arrivò l'autunno e l'albergo chiuse. Mrs. Privett venne da me e mi disse, Maudie, vorrei che restassi con me. In inverno apro un altro albergo al mare. A Nizza, andava. In Francia. Voleva che andassi con lei. Ma io dissi no, io ero una modista, era quello il mio lavoro. Ma mi si spezzò il cuore, a lasciarla."

"Ma perché non andò con lei? Quale fu la vera ragione?" le ho chiesto.

"Ah, sei intelligente, tu," ha detto lei. "È vero. C'era un'altra ragione. Si chiamava Laurie. Me n'ero andata da Londra a Brighton senza dire niente perché pensavo che mi avrebbe rimpianta. E così accadde. Quando scesi dal treno lo trovai ad aspettarmi, anche se ancora oggi non so come avesse fatto a sapere che arrivavo proprio con quel convoglio. E disse, Così sei tornata? Come vedi, dissi io. Domani vieni con me a fare una passeggiata, disse lui. Davvero? dissi io."

"E così lo sposai. Sposai lui invece del tedesco. Sposai l'uomo sbagliato."

Ho fatto una smorfia, a quelle parole, e lei ha detto, "Anche tu hai sposato l'uomo sbagliato?"

"No," ho detto io, "nel mio caso, è stato lui a sposare la donna sbagliata."

Questa uscita l'ha divertita tanto che si è lasciata andare nella poltrona, le vecchie mani scure e grinzose intrecciate sulle ginocchia, e ha riso, ha riso a crepapelle. Ha una risata giovane e fresca, non sembra affatto una vecchia, quando ride.

"Oh, oh, oh," faceva, "non ci avevo pensato. Be', anche Laurie pensava di aver sposato la donna sbagliata, ma d'altra parte, quale donna sarebbe andata bene per uno come lui? Non restò mai a lungo con nessuna."

Tutto questo è successo oggi pomeriggio. L'ho lasciata solo dopo le sei. Lei mi ha accompagnata alla porta e ha detto, "Grazie per esser andata a prendere il carbone. Non devi far caso ai miei modi, cara, non devi."

Domenica.

Ho visto *Il corvo bianco*. Ho capito di essere come Maudie, come le sue amiche cameriere – mi piace aver paura. Dopo il film sono tornata qui per la solità attività della domenica sera, controllare e preparare i vestiti per tutta la settimana. Mi sono accorta di aver passato tutto il giorno da sola, ed è così che passo i miei fine settimana, di solito. Sola. Solitaria. Non sapevo di esserlo fino a quando morì Freddie. A lui piaceva dare almeno una cena o un party tutte le settimane, invitavamo i suoi colleghi con le mogli, e le mie amiche, di solito Joyce col marito. Il cibo era sempre perfetto, e Freddie si occupava del vino. Eravamo orgogliosi della nostra bravura di padroni di casa. Tutto questo è andato in fumo, finito. Dopo il funerale non ho mai più visto i suoi amici. Mi sono chiesta se valesse la pena di continuare con quelle cene perfette, ma non ne ho fatto niente. Al lavoro, tutti continuano a considerarmi una donna autosufficiente, competente, con una vita piena. Amici, weekend, divertimenti. Ogni settimana partecipo a tre o quattro colazioni, cocktail, ricevimenti per la rivista. Queste cose non mi esaltano e non mi dispiacciono, si tratta semplicemente di impegni di lavoro. Conosco quasi tutti, ci conosciamo tutti. Dopo il lavoro, se non ceno con Joyce per discutere di qualcosa, torno a casa con qualche contenitore di cibo già pronto, e poi comincia la serata. Vado in bagno e ci resto due o tre ore. Poi guardo un po' di televisione. Gli weekend li passo da sola. Come descrivereste una persona del genere? Eppure non mi sento sola. Se qualcuno mi avesse detto, prima della morte di Freddie, che avrei potuto vivere in questo modo, senza volere qualcosa di diverso... Ma lo voglio, qualcosa di diverso? Passerò uno weekend da Georgie. *Ci proverò ancora.* Oggi non sono andata da Maudie, mi sembrava troppo. Sono seduta qui, a letto, a scrivere, e mi chiedo se abbia sentito la mia mancanza. Se sia rimasta delusa.

Lunedì

Dopo il lavoro ho fatto un salto da Maudie, con dei cioccolatini. Mi è sembrato che facesse la sostenuta. Arrabbiata perché non sono andata a trovarla ieri? Ha detto di non essere uscita perché faceva freddo e non si sentiva bene. Arrivata a casa, mi sono chiesta se per caso non volesse che andassi a farle un po' di spesa. Ma dopotutto se la cavava da sola, prima che io entrassi – *irrompessi* – nella sua vita.

Martedì.

Joyce ha detto che non vuole andare a Monaco per la Fiera dell'Abito, ha dei problemi col marito, e i ragazzi le hanno chiesto di restare, volevo andarci io? Non mi sono sentita entusiasta, anche se questi viaggi mi piacciono: mi sono resa conto che era per via di Maudie Fowler. Mi è sembrata una cosa folle, e ho subito detto che sarei andata.

Dopo il lavoro ho fatto un salto da Maudie. Le fiamme

guizzavano fuori dalla stufa, e lei era accaldata e irritata. No, non si sentiva bene, e no, non dovevo preoccuparmi. Era addirittura villana, ma io sono andata nella cucina, che puzzava di stantio, di cibo per gatti andato a male, e ho visto che non aveva quasi niente da mangiare. Ho detto che sarei andata a fare la spesa. Comincio a riconoscere i momenti in cui è contenta che io faccia qualcosa per lei, ma troppo orgogliosa per ammetterlo. Abbassa il mento piccolo e aguzzo, con le labbra un po' tremanti, e fissa in silenzio le fiamme.

Non le ho chiesto cosa dovevo comperare, ma mentre uscivo lei mi ha gridato dietro di prendere un po' di pesce per la gatta. Ho comperato un sacco di roba, ho mezzo tutto sul tavolo della cucina, ho fatto bollire un po' di latte e gliel'ho portato.

"Dovrebbe essere a letto," le ho detto.

"Sì, così avresti una scusa per chiamare il dottore," ha detto lei.

"Be', cosa ci sarebbe di tanto terribile?"

"Mi manderebbe via di qua."

"E dove?"

"All'ospedale, dove sennò?"

Io le ho detto, "Ma lei parla dell'ospedale come se fosse una prigione."

Lei ha detto, "Ho le mie idee io, e tu tienti pure le tue."

Nel frattempo mi sono accorta che stava davvero male. Ho dovuto litigare, per metterla a letto. Mi sono guardata intorno in cerca di una camicia da notte, ma alla fine ho capito che non ce l'aveva. Va a letto in sottoveste e mutande, con un vecchio cardigan chiuso alla gola da una bella spilla di granati.

Stava soffrendo perché il letto non era pulito, e la biancheria che indossava era sudicia. Il solito odore dolciastro era molto forte: ora so che si tratta di urina.

L'ho infilata a letto, le ho preparato il tè, ma lei ha detto, "No, no, altrimenti dovrò continuare a correre in bagno."

Mi sono guardata intorno, ho scoperto che una sedia in un angolo della stanza era in realtà una commode, e l'ho trascinata vicino al letto.

"E chi me la vuota, poi?" ha chiesto lei, furiosa.

Sono andata a vedere com'era il gabinetto: una scatola di cemento, con una tazza molto vecchia, senza coperchio, e una catena di metallo rotta cui è stata attaccata una cordicella. Era pulito. Ma molto freddo. Per forza ha la tosse. Fa molto freddo ora, in febbraio – e io lo *sento* davvero, il freddo, solo quando penso a lei, Maudie, perché i posti che frequento sono di solito ben riscaldati, riparati. Se lei passa da quella stufa incandescente a quel gabinetto...

Le ho detto, "Farò un salto domani prima di andare al lavoro."

Sono seduta qui, a letto, dopo la solita lunga toilette, capelli compresi, scrivo e mi chiedo come ho fatto a mettermi in questa situazione con Maudie.

Mercoledì.

Ho prenotato per Monaco. Dopo il lavoro ho fatto un salto da Maudie. C'era il dottore. Il dottor Thring. Un vecchio, nervoso e impaziente, in piedi accanto alla porta, per via del calore e dell'odore, *io* lo sapevo. Stava dicendo, a quella donnina minuscola, arrabbiata, ostinata, ritta in mezzo alla stanza come davanti al plotone di esecuzione, "Non andrò all'ospedale, non ci andrò, non può costringermi," "Allora io non verrò più a visitarla, nemmeno lei può costringermi." Stava gridando. Quando mi ha vista, ha detto, in tono diverso, sollevato, esasperato, "Glielo dica lei, se è amica sua, che deve andare all'ospedale."

Lei mi guardava terrorizzata.

"Mrs. Fowler," ho detto, "perché non vuole andare all'ospedale?"

Lei ha voltato la schiena a entrambi, ha preso in mano l'attizzatoio, e ha dato una rimestata al carbone.

Il dottore mi ha guardata, rosso di rabbia, e per il gran caldo, poi ha scrollato le spalle. "Lei dovrebbe essere in un ricovero," ha detto. "Sono anni che glielo dico."

"Nessuno può costringermi."

Lui ha fatto un'esclamazione di rabbia ed è uscito in corridoio, facendomi segno di seguirlo. "La convinca lei," ha detto.

"Anch'io credo che dovrebbe essere all'ospedale," ho detto io, "ma perché al ricovero?"

Lui era al limite dell'esasperazione e – si vedeva – della stanchezza. "Ma si guardi intorno," ha detto. "Si guardi intorno. Bene, credo che telefonerò all'Assistenza." E se n'è andato.

Quando sono tornata dentro, lei ha detto, "Suppongo che ti sia messa d'accordo con lui."

Le ho detto esattamente com'erano andate le cose, e mentre parlavo lei tossiva, con la bocca chiusa, il respiro affannoso, gli occhi lacrimosi, e si batteva il petto col pugno. Era chiaro che non voleva ascoltare quello che dicevo.

Giovedì.

Sono passata a trovarla prima di andare al lavoro. Era in piedi, vestita, di fronte alla stufa, la faccia luccicante di febbre. La gatta miagolava disperata, per fame.

Ho portato fuori la commode, piena di urina puzzolente, e l'ho svuotata. Ho dato da mangiare alla gatta in un piattino pulito. Ho preparato il tè e qualche fetta di pane tostato. Lei è rimasta seduta, con la faccia voltata dall'altra parte, sofferente e vergognosa.

"Dovrebbe avere un telefono," le ho detto. "È ridicolo, stare senza telefono. Se ce l'avesse, potrei telefonarle dall'ufficio."

Non ha risposto.

Sono andata al lavoro. Non avevo impegni sociali, oggi, niente colazioni eccetera, e la seduta coi fotografi era stata annullata – c'è lo sciopero della metropolitana. Ho detto a Joyce che avrei continuato a lavorare a casa, e lei ha detto che andava bene, ci sarebbe rimasta lei, in ufficio. Mi ha fatto capire che stare a casa è difficile per lei, al momento: suo marito vuole il divorzio, lei non sa cosa fare, sta vedendo un sacco di avvocati. Ma è contenta di stare in ufficio, anche se di solito lavora molto a casa.

Sulla via del ritorno ho fatto un salto da Maudie, e ci ho trovato Hermione Whitfield, esponente di quella che la vecchina chiama "Geriatria".

Ci siamo capite subito, è bastata un'occhiata: siamo molto simili, stesso stile, stessi vestiti, stessa *immagine*. Lei era seduta in poltrona, davanti a Maudie avvolta in tutti i suoi stracci neri. Si sporgeva in avanti, sorridente, accattivante, divertente.

"Ma, Mrs. Fowler, ci sono tante cose che potremmo fare per lei, se solo volesse col..." Ma ha lasciato cadere il "collaborare" e ha detto "... permettercelo."

"E lei chi è?" mi ha chiesto poi, nello stesso tono accattivante, quasi scherzoso. Ma si è subito resa conto che non era il tono giusto e ha aggiunto, col piglio democratico e confidenziale della nostra categoria (non avevo mai pensato a tutte queste distinzioni fino a oggi), "È una Buona Vicina? Nessuno mi ha mai parlato di lei."

"No," ho detto, "non sono una Buona Vicina, sono un'amica di Mrs. Fowler."

Una risposta scandalosa, da almeno dieci diversi punti di vista, ma soprattutto perché non l'avevo messa tra virgolette, e solo in quel momento mi sono resa conto che non si fa amicizia con gente di classe inferiore. Potevo essere un sacco di cose, per Mrs. Fowler, compresa una Buona Vicina, ma non un'amica.

Lei se ne stava seduta al suo posto, mi guardava di sottecchi, con la luce delle fiamme nei capelli. Una massa di capelli morbidi e dorati, tutti onde e riccioli. Lo so quanto costa quel disordine ordinato. La faccia rosea e morbida, con i grandi occhi azzurri, adorni di ombretti grigi e azzurri. Il golfino bianco morbidissimo, i pantaloni di pelle scamosciata grigia, gli stivali di pelle scamosciata blu... stavo pensando, o la Pubblica Assistenza paga molto meglio di quanto credessi, oppure questa donna ha una rendita personale. Mi sono accorta, in quel lungo istante di pura discordanza, dopo la mia risposta assolutamente incongrua, difficile da accettare, che la stavo esaminando con gli occhi della redattrice di moda, e che in realtà, per quanto ne sapevo, avrebbe potuto essere assai diversa dall' "immagine" che voleva fornire.

Nel frattempo, lei aveva meditato. "Mrs. Fowler," ha detto, alzandosi, con un bel sorriso, irradiando disponibilità e luce, "molto bene, non andrà all'ospedale. Nemmeno a me piacciono gli ospedali. Ma posso mandarle un'infermiera tutte le mattine, e anche un Aiuto Domestico, e..."

"Non voglio niente di tutto questo," ha detto Maudie, la faccia girata dall'altra parte, affondando l'attizzatoio nel carbone con furia selvaggia.

"Bene, ma tenga presente che potrebbe avere tutte queste cose," ha detto la donna, e mi ha lanciato un'occhiata che mi invitava a seguirla.

Era arrivato il momento di scegliere: potevo parlare di Maudie alle sue spalle, oppure dire a Hermione, "No, parliamo pure qui." Per debolezza, ho seguito Hermione.

"Mi chiamo..." eccetera eccetera, e mi ha dato tutte le sue credenziali, poi ha aspettato che le fornissi le mie.

"Mi chiamo Janna Somers," ho detto io.

"Abita qua vicino, per caso?" ha detto lei, irritata.

"Voglio bene a Mrs. Fowler," ho detto io: finalmente la risposta giusta, che ha permesso a Hermione di lasciar andare un involontario respiro di sollievo: tutte le cose erano tornate di nuovo al loro posto.

"Oh sì," ha esclamato lei, "come la capisco, alcune di queste vecchine sono così deliziose, così..." Ma la sua faccia diceva che Maudie era tutt'altro che deliziosa, una vecchia bisbetica e insopportabile, piuttosto.

Eravamo in piedi in quell'orribile corridoio, con le pareti gialle e unte coperte di strati e strati di polvere di carbone, l'odore di gatto che veniva dalla cantina, la porta traballante e piena di crepe che portava al mondo esterno. Lei aveva già la mano sul pomo.

"Ogni tanto vengo a trovare Mrs. Fowler," ho detto io, "e faccio quello che posso." Ho precisato come stavano le cose per farle capire che non poteva contare su di me, che non avrei fatto io il suo lavoro.

Lei ha sospirato ancora. "Be', fortunatamente tra un po' la manderanno via di qui e le troveranno un'altra sistemazione."

"Che cosa? Ma lei non ne sa niente!" Nella mia voce c'era lo stesso panico che avrebbe espresso Maudie, se avesse potuto sentire.

"Certo che lo sa. Sono anni che si parla della ristrutturazione di questo posto."

"Ma appartiene a un greco o qualcosa del genere."

"Oh no, non credo proprio!" ha attaccato lei in tono deciso, poi l'ho vista esitare. Sotto il braccio aveva una cartelletta gonfia. Ha appeso la borsetta alla maniglia, ha aperto la cartelletta. Una lista di case destinate alla demolizione o alla ristrutturazione.

Sapevo già che si sbagliava, e mi chiedevo se avrebbe ammesso l'errore o avrebbe tentato di tergiversare. Se l'avesse ammesso, l'avrei promossa a pieni voti – perché quella era una disputa tra professioniste. Eravamo in competizione, non per Mrs. Fowler – povera Maudie – ma per il monopolio dell'autorità. Anche se io avevo specificamente rifiutato ogni autorità.

Una biro tra le labbra graziose, la fronte aggrottata sulle carte aperte sul ginocchio alzato, in piedi su una gamba sola.

"Be', dovrò dare un'occhiata con più calma," ha detto. E ho capito che non sarebbe più tornata sull'argomento, che avrebbe lasciato perdere. Oh, la conosco bene quell'espressione, quando qualcuno ha deciso dentro di sé di non far nulla, ma continua a ostentare un'aria di totale sicurezza e competenza!

Stava per andarsene.

Io ho detto, "Se riuscissi a convincerla, quali Servizi le spetterebbero di diritto?"

"Aiuto Domestico, certamente. Ma ci abbiamo già provato e non ha funzionato. Una Buona Vicina, anche, ma non la vuole..." Mi ha lanciato un'occhiata rapida e dubbiosa, poi ha continuato. "Non le spettano i Pasti a Rotella, perché è in grado di prepararseli da sola e noi abbiamo tante richieste..."

"Ma ha più di novant'anni," ho detto io.

"Sapesse quanti ce n'è, di quell'età!"

"Allora provvederà a mandare l'infermiera?"
"Ma lei ha detto che non la vuole. Non possiamo mica obbligare la gente a fare a modo nostro. Devono collaborare!" Con aria trionfante. Un punto a suo favore.

Ha superato con un balzo i gradini, è saltata dentro una Escort rossa, e mi ha salutato con la mano, mentre partiva. Contenta di essersi liberata di me. Un bel sorriso, e il suo corpo diceva, Questi dilettanti, che noia!

Sono tornata da Maudie piena di rimorsi per aver parlato di lei alle sue spalle. Era seduta, con la faccia girata dall'altra parte, e non ha detto parola.

Alla fine è sbottata: "Allora, cos'avete deciso?"

"Mrs. Fowler, io credo che lei debba usufruire di alcuni Servizi, perché no?"

Le tremava la testa, e con quella faccia avrebbe potuto personificare qualunque Strega Cattiva delle favole.

"Quello che voglio sono i Pasti a Rotella, ma figuriamoci se me li danno."

"Niente Aiuto Domestico?"

"No. Ho già provato. Mi hanno mandato una tizia che ha detto, Dov'è l'aspirapolvere! Troppo preziosa per spazzare il tappeto. E non ha fatto che bere il mio tè e mangiare i miei biscotti. E quando l'ho mandata a fare la spesa non si è degnata di fare un passo in più per risparmiare qualcosa, avrebbe pagato qualunque cifra, so fare meglio da me, e allora le ho detto di non tornare."

"Be', comunque..." E ho sentito che c'era una nota diversa nella mia voce. Perché, guardando Hermione, mi ero vergognata: avevo visto me stessa, quell'aria accattivante, quel tono adulatore, come se stesse – se stessi! – recitando. E compiaciuta: che brava! Come sono bella e gentile... Stavo lottando per eliminare quella nota dalla mia voce per essere semplice e diretta. "Comunque, io credo che dovrebbe pensarci su, e prendere quello che le viene offerto. E per cominciare, l'infermiera alla mattina, finché non guarisce."

"Perché dovrei aver bisogno di un'infermiera?" mi ha chiesto, la faccia girata dall'altra parte.

Questo voleva dire, Perché, se ci vieni tu, a trovarmi, due volte al giorno? E anche, Ma perché dovresti venire, non è mica il tuo lavoro. E, più forte, *Ti prego, ti prego, ritorna.*

Se invece che di Maudie si fosse trattato di qualcuno come Hermione, mio marito, Joyce, o mia sorella Georgie, avrei detto,

"Questo è un ricatto! Ma con me non funziona." Il naso fino della nostra classe per i tentativi di sfruttamento.

Invece me ne sono andata promettendole di tornare, mattina e sera. E di telefonare a "quella gente" per dire che lei non la voleva, l'infermiera. E quando ci siamo salutate Maudie era fredda e arrabbiata, furiosa per la propria impotenza, perché sapeva che non avrebbe dovuto aspettarsi tanto da me, e perché...

E ora sono seduta qui, furiosa anch'io, intrappolata, ecco come mi sento. E sono rimasta tutta la sera nella vasca da bagno, a pensare.

A quello che mi preme davvero. La mia vita, la mia vera vita, si svolge in ufficio, al lavoro. Lavoro da quando avevo diciannove anni, sempre nello stesso posto, e così ho finito per dare tutto per scontato, non mi sono mai resa conto che era *quella*, la mia vera vita. Ho cominciato quando la rivista usciva ancora nel vecchio formato, ho partecipato a tre cambiamenti, e il secondo di questi è stato in parte opera mia. Abbiamo fatto tutto io e Joyce. E io ci lavoro da prima: Joyce è arrivata, come direttrice di produzione, a metà degli anni sessanta, e io ero già lì da quindici o vent'anni, e avevo lavorato in tutti i reparti. Se c'è qualcuno che può dire di *essere Lilith*, questa sono io.

Eppure do tutto per scontato. E non ho intenzione di mettere a repentaglio la cosa che più mi sta a cuore per amore di Maudie Fowler. Andrò a Monaco, non per due giorni, come ho detto oggi, ma per i soliti quattro, e le dirò che deve accettare l'aiuto di un'infermiera.

Venerdì - a Monaco.

Stamattina sono passata da Maudie. Era seduta nella sua poltrona, con gli occhi fissi sulla stufa fredda, avvolta in una corazza di stracci neri. Sono andata a prendere il carbone, le ho preparato il tè, ho dato da mangiare alla gatta. Sembrava infreddolita, con gli occhi ancora lucenti di febbre, però. Tossiva e tossiva.

Le ho detto, "Mrs. Fowler, vado a Monaco e starò via quattro giorni." Nessuna risposta. Ho detto, "Mrs. Fowler, devo andare. Ma ho intenzione di telefonare a Hermione Whitfield e dirle di mandare un'infermiera. Solo fino a quando sarò di ritorno." Lei ha continuato a fissare la grata fredda. Così ho cominciato a preparare la stufa – ma non lo sapevo fare, e lei è uscita fuori dal suo nido caldo, e piano, pianissimo, ha cominciato a metter dentro pezzetti di carta, pezzetti di legno, un po' di miccia, e ha preparato tutto. Io mi sono guardata intorno – niente giornali, niente più miccia, niente di niente.

Sono uscita per fare un po' di spesa, e tornando ho visto che nella strada, davanti alla porta, c'era un montacarichi pieno di pezzetti di legno, vecchie assicelle di pareti demolite – la roba che Maudie raccoglie per accendere il fuoco. Conscia dello spettacolo che dovevo offrire, con i miei vestiti eleganti e tutto il resto, ne ho riempito un sacchetto. Mentre lavoravo, ho alzato gli occhi verso le finestre, e mi sono accorta di essere osservata da più parti. Facce vecchie, vecchie signore. Non ho fatto in tempo a guardare meglio, però, perché dovevo correre da Maudie con la legna e le provviste. L'ho trovata ancora immobile e indifferente davanti al fuoco, che ora divampava.

Non so se l'infermiera si sarebbe data la pena di accendere la stufa.

Le ho chiesto, "Crede che l'infermiera le accenderà il fuoco?"

Lei non ha risposto. Stavo cominciando ad arrabbiarmi. Ed ero angosciata quanto lei. Quella situazione era assurda. Eppure non avrebbe potuto essere diversa.

Quando mi sono alzata per andarmene ho detto, "Ho intenzione di telefonare per richiedere l'infermiera. Lei mi deve fare il favore di non mandarla via."

"Non voglio infermiere."

Sono rimasta lì in piedi, preoccupata perché stavo facendo tardi, era giorno di riunione, e io sono sempre puntualissima. Preoccupata per lei, anche. E arrabbiata. E risentita. Eppure Maudie mi commuoveva, avrei voluto prendere quel vecchio fagotto di stracci sporchi e abbracciarlo. Avrei voluto scuoterla e darle uno schiaffo.

"Che cos'è tutta questa paura dell'ospedale, poi," le ho chiesto. "Si direbbe che la minaccino di chissà che... cosa c'è di così terribile in un ospedale? Ha mai provato ad andarci?"

"Sì, due inverni fa. A Natale."

"E?"

Ora sedeva con la schiena dritta, il mento aguzzo alzato con aria bellicosa, gli occhi spaventati e arrabbiati.

"No, sono stati abbastanza gentili. Ma non mi piace. Ti riempiono di pillole e pillole, e hai l'impressione di non aver più il cervello, ti trattano come una bambina. Non voglio..." E poi ha aggiunto, col tono di chi tenta di essere obbiettivo, e il tentativo l'ha portata oltre, più in là di quanto intendesse andare, "...C'era una piccola infermiera. Quando tossivo mi massaggiava la schiena..." Mi ha lanciato un'occhiata rapida, poi ha distolto subito gli occhi, e ho capito che voleva che le massaggiassi la schiena. Non mi era nemmeno venuto in mente! Non ne sarei mai capace!

"Be'," ho detto, "nessuno la costringerà ad andare all'ospedale, se non vuole."

E lei ha detto, "Ammesso che mi ci vogliano, all'ospedale, dopo l'ultima volta." E all'improvviso si è fatta allegra, vivace, si stava divertendo.

"Che cosa ha combinato?" ho detto io, contenta di poter ridere con lei.

"Sono scappata!" Ha ridacchiato. "Sì, ne avevo abbastanza. Ed ero diventata stitica con tutta quella roba buona da mangiare, non dico mica che non ti diano da mangiare, in quei posti, e mi sentivo sempre più strana, sempre più svanita, per via delle pillole. Allora ho detto. Dove sono i miei vestiti? E loro hanno detto, Non può mica andare a casa con questo tempo, Mrs. Fowler, morirebbe. Perché fuori nevicava. E io ho detto, Datemi i miei vestiti altrimenti me ne andrò così in camicia. E allora me li hanno portati. Erano così arrabbiati che non volevano più guardarmi né parlarmi. Sono scesa giù fino all'ingresso e ho detto al portiere, Mi chiami un taxi. In quella corsia mi avevano rubato tutte le monete che avevo. Ma avrei chiesto al tassista di portarmi a casa per amore di Dio. Ammesso che si sappia ancora chi è, Dio, al giorno d'oggi. Ma nell'ingresso c'era una donna che ha detto, Ti porto a casa io, nonnina. E mi ha portata a casa. Ci penso, ogni tanto, a quella donna. Penso sempre a quelli che mi fanno del bene, davvero." E mi ha lanciato il più meraviglioso e allegro dei sorrisi, il suo sorriso da ragazzina.

"Bene. Però io devo andare a Monaco. Starò via quattro giorni, e lei sa benissimo di non essere in grado di far da sola. Adesso voglio sentirle dire ancora, chiaramente, che non vuole l'infermiera. Io la sto trattando come un'adulta, non come una bambina! Se lei dice niente infermiera, non telefonerò. Ma credo che dovrebbe lasciarmi fare. Un'infermiera non è la fine del mondo."

"E le pillole, allora?"

"Va bene. Ma deve dirlo, a chiare lettere, che non vuole che io telefoni per l'infermiera." E ho aggiunto, veramente disperata, "Per l'amor di Dio, Maudie, cerca di ragionare." Mi sono resa conto di averle dato del tu, ma lei non ci ha fatto caso.

Ha scrollato le spalle. "Non ho scelta, suppongo."

Mi sono avvicinata, mi sono chinata per baciarla, e lei mi ha offerto la guancia. L'ho baciata.

Me ne sono andata, l'ho salutata con la mano dalla porta, spero di non aver fatto uno di quei gesti graziosi e affettati.

Sono arrivata tardi alla riunione.

Per la prima volta. Queste riunioni sono, secondo me, essenziali alla vitalità della rivista. Ho intenzione di analizzare questa cosa per iscritto, in un altro momento, un'analisi mi aiuterebbe a chiarire le idee, e ho davvero bisogno di chiarirmele, su un sacco di cose, sull'ufficio, sul lavoro. Oggi pomeriggio ero sola: Joyce era rimasta a casa perché dovrà restare in ufficio per tutto il tempo che io passerò in Germania. Stavo cercando di informarmi sui Servizi. Possiedo tutti i volantini che vengono distribuiti agli utenti, *I diritti dei pensionati* e roba del genere. Ma voglio scoprire come tutto questo funziona nella realtà. Dopo un po' ho capito cosa dovevo fare. Dovevo trovare la Persona Giusta. Se questo vale per il mio tipo di lavoro, probabilmente vale anche per tutti gli altri. (Maudie dice che c'è sempre *la persona giusta*, anche se intende una cosa diversa.) Io e Joyce usiamo continuamente questo modo di dire. Abbiamo scoperto molto tempo fa che se si vuol far funzionare le cose, bisogna cercare *la Persona Giusta*, quella davvero responsabile della direzione di un ufficio o di un reparto, quella che sa come vanno davvero le cose, una persona – in un modo o nell'altro – reale. Be', di certo Hermione non appartiene a questa categoria. No. Personaggi come Hermione sono necessari, soprattutto perché non ce n'è a sufficienza, dell'altro tipo: non che non facciano il loro lavoro, o siano inutili, ma sono periferici. Per scoprire come ottenere le cose di cui Maudie ha veramente bisogno, come esserle di aiuto, non posso servirmi di Hermione. Ma oggi pomeriggio le ho telefonato – era fuori – e le ho lasciato un messaggio, specificando che Mrs. Fowler avrà bisogno di un'infermiera per cinque giorni. Poi mi è venuto un dubbio, e ho incaricato la mia segretaria, e anche quella di Joyce, di telefonare a Hermione in mia assenza. Maudie non può esser lasciata sola, per quattro interi giorni.

Mercoledì.

Prima di tutto, il mio stato d'animo *prima* della visita a Maudie. Sono tornata in volo da Monaco a mezzogiorno, e sono andata dritta in ufficio, ricaricata, al massimo dell'efficienza. Adoro questi viaggi. Quello che adoro in realtà è la mia efficienza.

Mi piace far funzionare le cose, sapere come si fa. Mi piace essere riconosciuta, mi piace che mi diano la *mia* stanza, che si ricordino i miei gusti. Durante lo weekend ho visto degli amici. O meglio, dei conoscenti di lavoro. Poi, lunedì e martedì, la fiera. Quello che mi piace è *controllare* la situazione. Sono piena di energia, mangio esattamente quello che dovrei mangiare, non bevo un sorso di più, dormo poco, corro in giro tutto il giorno. So esattamente come presentarmi, e come usare la mia immagine. Lunedì mattina mi sono vista con gli occhi degli altri, arrivare alla sfilata, sedermi, tutti che mi sorridevano e mi salutavano. E contemporaneamente sono tornata indietro di quindici anni, e mi sono vista con gli occhi di allora, mi sono guardata nel modo in cui io, a trent'anni, guardavo le donne arrivate, le donne che facevano quel lavoro da tempo. Le ammiravo, volevo essere una di loro, e mentre le osservavo, attentamente, nei più piccoli particolari, cercavo anche quei segni di cui loro non si accorgevano di certo, i segni dei processi che avrebbero portato alla loro sostituzione. Altre le avrebbero sostituite, e io sarei stata una di loro. Di quelle donne, una sola è ancora al suo posto, alcune delle altre continuano a lavorare nel campo, con mansioni diverse, però. Ho passato quattro giorni a cercare di capire cosa c'è in me che mi porterà al licenziamento, o a restare in ufficio con mansioni meno gravose, mentre un'altra – chissà chi – farà questi viaggi al mio posto. Non riesco a capirlo, però. L'età, semplicemente? No, l'età non c'entra! La noia, la *mia* noia? No, non posso crederci, non ancora.

Quando sono tornata in ufficio Joyce mi stava aspettando per andarsene a casa: senza mai prendere accordi formali, facciamo in modo che una delle due sia sempre presente in ufficio. Joyce aveva l'aria stanca. Ha detto di avere passato giorni tremendi, in mia assenza, per via del marito, mi avrebbe raccontato tutto, ma non subito, poi se n'è andata. C'era un messaggio di Hermione: diceva di non aver ricevuto il mio, di messaggio, che il lunedì, e che Mrs. Fowler si era rifiutata di far entrare l'infermiera. Questo mi ha riportata immediatamente alla quotidianità londinese. Ho lavorato tutto il pomeriggio, al telefono per lo più, poi ho organizzato i fotografi per domani. Ma intanto continuavo a pensare a Joyce. Ho già capito che questa storia con il marito significherà la fine del nostro lavoro insieme, o comunque un cambiamento. Ne sono sicura. Questo mi ha resa depressa e ansiosa, prima ancora di lasciare l'ufficio. Un'altra cosa ho capito come non avevo mai capito prima: che Joyce è la mia unica vera amica. Voglio dire, *amica*. Ho un rapporto, con lei, che non ho mai avuto con nessun altro, mai. Di certo non con Freddie.

Stavo per andare dritta a casa, perché all'improvviso mi sentivo stanchissima Ma ho chiesto al tassista di lasciarmi da Maudie Fowler. Ho cominciato a bussare e picchiare alla porta. Gelo. Silenzio assoluto. Sono stata presa dal panico – che fosse morta? – ma mi sono anche accorta, non senza interesse, che una delle mie reazioni era di sollievo. Alla fine, un movimento delle tende alla finestra del suo "salotto", una stanza che Maudie sembra non usare mai. Ho aspettato. Niente. Ho continuato a bussare e bussare, assolutamente furiosa, ormai. Ero pronta a strangolarla. Poi la porta si è aperta verso l'interno, scricchiolando e grattando, ed è comparsa lei, un minuscolo fagotto nero, con quella faccetta bianca in cima. E *l'odore*. Non serve a niente che mi dica che non devo far caso a questi particolari. Ci faccio caso, eccome. L'odore... tremendo, acre, un lezzo dolce e penetrante. Ma era chiaro che la vecchina era appena in grado di reggersi in piedi.

Ero così arrabbiata che di certo dovevo aver dimenticato di agire in modo "accattivante".

"Perché mi tieni qua fuori al freddo?" ho detto, e sono entrata, passandole davanti, costringendola a spostarsi. Lei mi ha preceduta giù per il corridoio, appoggiandosi con una mano alla parete.

Nella stanza sul retro, un mucchio di ceneri spente nella stufa. C'era una stufetta elettrica, però: un solo elemento, e faceva rumore, il che significava che non era sicura. La casa era fredda, sporca, puzzolente, e la gatta mi si è attorcigliata subito alle gambe. Maudie si è lasciata scivolare nella sua poltrona ed è rimasta seduta a guardare la stufa.

"Be', perché non hai fatto entrare l'infermiera?" le ho gridato.

"L'infermiera," ha detto lei in tono amaro. "Quale infermiera?"

"Lo so che è venuta."

"Non fino a lunedì. Per tutto lo weekend sono rimasta sola, senza nessuno."

Stavo per mettermi a urlare, "E perché non l'hai fatta entrare quando è venuta lunedì?" ma ho capito che non ne valeva la pena, non sarebbe servito a niente.

Ero di nuovo piena di energia – rabbia.

"Maudie," le ho detto, "sei impossibile, impossibile, fai di tutto per peggiorare le cose. Be', ora metto su il bollitore."

E così ho fatto. Sono andata a prendere il carbone. Ho trovato la commode piena di urina, ma niente di peggio, grazie al cielo. Grazie al cielo è stato quello che ho pensato in quel momento, ma d'altra parte ci si abitua davvero a tutto. Poi sono uscita con un sacchetto. Pioggia grigia, nevischio. E io, coi miei vestiti eleganti di Monaco, a raccogliere pezzetti di legna da terra. E di nuovo quelle facce alle finestre, che mi guardavano.

Tornata dentro, ho ripulito la stufa, nuvole di polvere dappertutto. Poi ho preparato la legna e il carbone, e ho acceso il fuoco, con l'esca. Dopo un po' la stufa ha cominciato a funzionare.

Ho preparato il tè, dopo aver scaldato le tazze *luride*. Devo smettere di essere così pignola. È davvero tanto importante, che le tazze siano sporche o pulite? Certo! Certo, certo, certo, *certo*.

Lei non si è mossa, ha continuato a guardare il fuoco.

"La gatta," ha detto.

"Le ho dato da mangiare."

"Allora falla uscire un po'."

"Piove, nevica, praticamente."

"Non importa. Lei non ci bada."

Ho aperto la porta sul retro. Sono stata subito investita da un'ondata di pioggia gelida, e la gatta, grassa e gialla, che spingeva per arrivare alla porta, ha miagolato ed è tornata subito dentro. Si è diretta verso la cantina.

"È andata in cantina," ho detto.

"Allora dovrò pensarci io, suppongo," ha detto Maudie.

Sono stata presa da una rabbia cieca. Fremevo, addirittura. Come al solito, avevo voglia di scuoterla, di picchiarla, e come al solito avevo anche voglia di abbracciarla.

Ma fortunatamente non ho perso la testa, e ho fatto tutto quello che dovevo fare, senza, grazie a Dio, trasformarmi all'improvviso in un essere condiscendente, accattivante o "divertente".

"Hai mangiato qualcosa?"

Nessuna risposta.

Sono uscita di nuovo, per fare la spesa. Il negozio all'angolo era deserto. L'indiano seduto alla cassa aveva l'aria grigia e infreddolita, e aveva tutte le ragioni, poveretto.

Ho detto che volevo qualcosa per Mrs. Fowler, per scoprire se era stata lì in quei giorni.

Lui ha detto, "Oh, la vecchina, non è mica malata, vero?"

"Sì, è malata," ho detto.

"Perché non la mettono in un ricovero?"
"Non vuole andarci."
"Non ha parenti?"
"Forse sì, ma non si fanno mai vedere."
"È una cosa terribile," ha detto lui, per farmi capire che tra la sua gente una cosa del genere non sarebbe mai accaduta, che nessun indiano avrebbe mai abbandonato a se stessa una povera vecchia.
"Sì, è una cosa terribile, e lei ha proprio ragione," ho detto io.
Quando sono tornata dentro, ho di nuovo pensato alla morte. Maudie era seduta con gli occhi chiusi, immobile, sembrava addirittura non respirare.
Ma poi, all'improvviso, ha aperto gli occhi azzurri e ha fissato il fuoco.
"Bevi il tuo tè," le ho detto. "E adesso ti preparo un po' di pesce. Ce la fai, a mangiare?"
"Sì."
In cucina, ho cercato disperatamente qualche oggetto che non fosse unto e bisunto ma ho dovuto rinunciarci. Ho messo il pesce sulla griglia, e ho aperto un attimo la porta per far entrare un po' di aria fresca. Sempre quel nevischio.
Le ho portato il pesce, e lei si è raddrizzata nella poltrona e l'ha mangiato tutto, lentamente, con le mani che le tremavano. Ma l'ha finito, e ho capito che doveva essere affamata.
Le ho detto, "Sono stata a Monaco. A vedere le collezioni d'autunno. Tutti i nuovi modelli."
"Io non sono mai uscita dall'Inghilterra."
"Be', ti racconterò tutto quando starai un po' meglio."
A questo non ha risposto. Ma alla fine, proprio quando stavo pensando di andarmene, ha osservato, "Ho bisogno di qualcosa di pulito da mettermi addosso."
Non sapevo come interpretare quella frase. Una cosa ho capito subito, però – ormai sono diventata abbastanza sensibile – che quella non era affatto una richiesta semplice
Voleva che le comperassi dei vestiti nuovi?
L'ho guardata. Lei si è sforzata di restituirmi lo sguardo, e ha detto, "Sono nell'altra stanza, le cose."
"Quali cose?"
Lei ha scrollato le spalle, un po' tremante, con aria scoraggiata.
"Maglia. Mutande. Sottoveste. Non porti la biancheria, tu, che devi chiedere che cosa?"

Di nuovo, automaticamente, quella rabbia, come se avesse schiacciato un bottone. Sono andata nell'altra stanza, quella dove lei di solito non vuole che vada.

Il letto con la trapunta buona, l'armadio, il tavolino da toilette con i ninnoli di porcellana, le librerie buone. Ma dappertutto mucchi e mucchi di spazzatura. Non riuscivo a crederci. Giornali di cinquant'anni prima, ormai friabili: rimasugli di stoffa, orribili, gialli e macchiati, pezzetti di pizzo, fazzoletti sporchi, nastri strappati – non avevo mai visto niente del genere in vita mia. Non buttava via niente da anni, da decenni, credo. Nei cassetti, disordine, ed erano pieni di – ma ci vorrebbero pagine e pagine, per descriverne il contenuto. Avrei voluto avere con me un fotografo – riflesso condizionato! Sottovesti, camicie, mutande, corsetti, maglie, vecchi vestiti, o pezzi di vecchi vestiti, camicette... e niente che avesse meno di vent'anni, c'era anche roba della prima guerra mondiale. La differenza tra i vestiti di adesso e quelli di allora: erano tutti di fibre "vere", cotone, seta, lana. Non c'era niente di artificiale. Ma strappati, o macchiati, o sporchi. Ho tirato fuori un fagotto di roba, e ho passato in rassegna un capo dopo l'altro, da principio per curiosità, e poi per vedere se c'era qualcosa di portabile, o di pulito. Alla fine ho trovato una maglia di lana, un paio di mutande lunghe pure di lana, una sottoveste di seta rosa piuttosto bella, un vestito di lana, blu, e un cardigan. Era tutta roba pulita, o quasi. Ho lavorato di buona lena, là dentro, tremando di freddo, e intanto pensavo a come avevo amato me stessa negli ultimi giorni, a come amo me stessa per il controllo che ho sulle situazioni, per la posizione che detengo, privilegiata: e ho pensato che se volevo cercare di capire lo stato di impotenza della povera Maudie dovevo ricordare com'era la mia vita da piccola, quando speravo sempre di farcela a non bagnare le mutandine prima di arrivare al gabinetto.

Ho portato i vestiti nell'altra stanza, ormai caldissima, con il fuoco che divampava. Le ho detto, "Vuoi che ti aiuti a cambiarti?" Subito quel movimento laterale, irritato, della testa, che significava che mi stavo comportando da stupida, ormai lo sapevo.

Ma non riuscivo a capire perché.

Così mi sono seduta di fronte a lei e ho detto, "Finirò di bere il mio tè prima che diventi freddo." Mi sono resa conto, con interesse, che lo stavo bevendo senza provar nausea: mi sono abituata a bere da quelle tazze sudicie. Una volta Maudie doveva esser stata come me: sempre a lavarsi, a lavar tazze, piatti, a spolverare, a lavarsi i capelli.

Stava parlando, senza un filo logico, mi sembrava, di quando era stata in ospedale. Io la ascoltavo un po' distratta, perché pensavo che non sarebbe stato male che medici e infermiere sentissero che cosa pensano dei loro ospedali le persone come Maudie. Prigioni. Riformatori. Ma poi mi sono resa conto che mi stava raccontando di come, quando stava troppo male per fare il bagno nella vasca, due infermiere l'avessero lavata senza muoverla dal letto, e ho capito.

"Ora metto su i bollitori," ho detto. "Tu però mi devi dire cosa fare."

Ho messo l'acqua sul fuoco, ho trovato una bacinella di smalto e l'ho esaminata con molto interesse, perché erano anni che non ne vedevo che di plastica, e ho cercato del sapone e un panno morbido. Li ho trovati in un buco nella parete sopra il lavandino: Maudie aveva tolto un mattone e dipinto la cavità.

Ho preso la bacinella, i bollitori, il sapone, il panno e una brocca di acqua fredda dall'altra stanza. Maudie si stava dando da fare per togliersi il primo strato di vestiti. L'ho aiutata e mi sono subito resa conto di non essermi organizzata per quel lavoro. Mi sono messa a cercare dei giornali, ho sgombrato il tavolo, ce li ho stesi sopra, a strati, ho preparato la bacinella, i bollitori, la brocca, il necessario per lavarsi. Non c'erano asciugamani. Sono corsa in cucina, ho trovato un vecchio strofinaccio umido e sporco, ho cercato nel salotto. Mi sembrava di essere al lavoro da un giorno intero. Ma in realtà erano passati solo pochi minuti. Mi preoccupava l'idea di Maudie nell'altra stanza, seminuda, malata, con la tosse. Finalmente ho trovato un asciugamano abbastanza pulito. Maudie era ritta vicino al lavandino, nuda dalla vita in su. È magrissima. Una cassa toracica fragilissima sotto uno strato di pelle gialla e rugosa, le clavicole e le scapole di uno scheletro, e, in fondo alle braccia sottilissime, un paio di mani, forti, ancora efficienti. Lunghi seni penduli e sottili.

Ho faticato a strofinare il sapone sul panno, che, manco a dirlo, era unto. Avrei dovuto lavarlo, prima. Sono tornata di corsa nell'altra stanza, ho strappato un pezzetto da un vecchio asciugamano pulito, e gliel'ho portato. Sapevo che avrebbe voluto sgridarmi per aver strappato l'asciugamano: e l'avrebbe fatto, se non avesse dovuto risparmiare il fiato.

Le ho lavato delicatamente il torace, con molto sapone e acqua calda, ma sul collo c'erano spesse incrostazioni di sporcizia: per toglierle avrei dovuto sfregare forte, e non potevo certo farlo. Maudie tremava per la debolezza. Io stavo confrontando quel corpo vecchio e fragile con quello di mia madre: ma ero riuscita a dare solo di sfuggita qualche occhiata al corpo malato della mamma. Si era sempre lavata da sola – e solo adesso comincio a capire con quanta fatica – fino a quando era stata ricoverata in ospedale. E ci pensava Georgie, quando veniva, a darle una rinfrescata. Ma non la sua figlia-bambina, non io. E ora lavavo Maudie Fowler, e pensavo a Freddie, alle sue ossa che sembravano piatte, sottilissime, sotto la pelle tesa. Può darsi che Maudie sia solo pelle e ossa, ma il suo corpo non ha quell'aspetto distrutto, sconfitto, della carne che affonda nelle ossa. Maudie era gelata, era malata, era debole – ma sentivo qualcosa pulsare dentro di lei: la vita. Com'è tenace, la vita. Non ci avevo mai pensato prima, non l'avevo mai recepita in quel modo, non come in quel momento, mentre lavavo Maudie Fowler, una vecchietta arrabbiata e indomita. E lo era davvero, arrabbiata. All'improvviso ho capito che tutta la sua vitalità risiede in quella rabbia. Non devo, non devo assolutamente risentirmene, non devo reagire violentemente.

Poi si è presentato il problema della parte inferiore del corpo. Ho deciso di aspettare istruzioni.

Le ho infilato la maglia "pulita" dalla testa, le ho avvolto il cardigan "pulito" intorno al torace, e ho visto che lei intanto si stava sfilando lo spesso strato di sottane. È stato allora che mi ha colpita dritta in faccia: la puzza. Oh, non serve che non ci pensi, mi è *impossibile* far finta di nulla. Troppo debole o troppo stanca per muoversi, ha cacato nelle mutande, ha cacato dappertutto.

Mutande, luride... Be', non ho intenzione di continuare, nemmeno per sfogarmi, mi sento ancora male solo a pensarci. Ma stavo guardando la maglia e le sottovesti che si era tolta, ed erano gialle e marroni di merda. Comunque. Se ne stava là in piedi, la metà inferiore del corpo completamente nuda. Le ho fatto scivolare dei giornali, uno spesso strato, sotto i piedi. E ho cominciato a lavare e lavare, la parte inferiore del corpo. Lei si teneva al bordo del tavolo con quelle mani forti. Quando sono arrivata al sedere, Maudie l'ha spinto in fuori, come avrebbe fatto una bambina, e io ho lavato anche quello, pieghe e rughe comprese. Poi ho buttato via tutta l'acqua, ho riempito di nuovo la bacinella, ho rimesso in fretta i bollitori sul fuoco. Le ho lavato le parti intime, e per la prima volta ho pensato davvero al significato di quell'espressione: Maudie soffriva orribilmente proprio perché una sconosciuta stava invadendo la sua intimità. Le ho lavato di nuovo le gambe, più volte, perché la sporcizia era scesa giù per le cosce. L'ho messa in piedi nella bacinella e le ho lavato le estremità, vecchi piedi gialli e nodosi. L'acqua aveva ricominciato a bollire sul gas acceso al massimo, e io l'ho aiutata a indossare le mutande "pulite". Erano solo un po' polverose, e dopo aver visto quello che avevo visto, non potevo che considerarle pulitissime. E poi la bella sottoveste rosa.

"La faccia," ho detto. Non avevamo pensato alla faccia. "Che ne dici di fare anche i capelli?" Ciocche e ciuffetti bianchi sullo scalpo giallo e sporco.

"I capelli possono aspettare," ha detto lei.

Così le ho lavato la faccia, attentamente, con uno straccetto pulito strappato dall'asciugamano vecchio.

Poi le ho chiesto di sedersi, ho cercato un paio di forbici, le ho tagliato le unghie dei piedi – era come tagliare del corno, le ho infilato un paio di calze pulite, il vestito, il golf. E quando ha cominciato a rimettersi addosso gli strati neri, ho detto senza volere, "Oh, no..." e me ne sono pentita subito, perché l'ho ferita, ha cominciato a tremare ancora più forte, ed è rimasta seduta in silenzio, come una bambina cattiva. Era sfinita.

Ho buttato via l'acqua sporca, ho sterilizzato la bacinella, e ho riempito di nuovo un bollitore per fare il tè. Ho dato un'occhiata fuori, sul retro: torrenti di pioggia mista a nevischio grigio, un vento fortissimo – l'acqua stava entrando da sotto la porta della cucina: come pensare che potesse uscire sotto quel diluvio per andare al gabinetto, una gelida cella – eppure l'aveva fatto di già, e con ogni probabilità l'avrebbe fatto ancora.

Continuavo a ripetere a me stessa, Ha più di novant'anni, vive così da chissà quanto: ed è riuscita a farcela!

Le ho portato dell'altro tè, dei biscotti, e l'ho lasciata a mangiare accanto al fuoco.

Ho avvolto tutti i vestiti sporchi che le avevo tolto in un giornale e li ho buttati nella spazzatura, senza chiederle il permesso.

Poi ho passato in rassegna tutto il contenuto dei cassetti, e ho fatto una cernita: ho tolto le lenzuola sporche e le federe dal letto, e sono andata, sotto la pioggia, alla lavanderia a gettone. Ho dato tutto da lavare alla ragazza.

Ho ripulito alla meglio la casa, ho messo un po' di roba nel piattino per la gatta, che si strofinava contro le gambe di Maudie, per farsi accarezzare. Ho lavato tazze e piatti. Intanto Maudie continuava a fissare le fiamme, senza guardarmi quando io la guardavo, ma girando gli occhi verso di me quando mi muovevo, quando pensava che non me ne accorgessi.

"Non credere che non apprezzi quello che fai," ha detto mentre io continuavo a lavorare. Ormai ero arrivata al pavimento, lo stavo pulendo con spazzola e bacinella. Non ero riuscita a trovare altri strumenti. Non sono riuscita a capire bene cosa volesse dire con quella frase, per via del tono con cui l'aveva pronunciata. Piatto. Addirittura disperato, ho pensato: forse si sentiva, come avevo intuito prima, per un attimo, ricordando me stessa bambina, impotente in un modo nuovo. Perché, molto chiaramente, nessuno aveva mai fatto queste cose per lei prima di allora.

Sono tornata alla lavanderia. La ragazza, un'irlandese grossa ed efficiente con la quale avevo avuto un breve scambio di frasi da pari a pari quando avevo portato la roba a lavare, me l'ha restituita, pulita, in un grosso sacchetto, e, guardandomi bene in faccia, ha detto, "Che roba. Non avevo mai visto niente del genere. Che sporcizia." Mi odiava.

Io ho detto, "Grazie," senza darmi la pena di spiegarle niente, e me ne sono andata. Ma bruciavo di imbarazzo! Oh, come dipendo dal fatto di essere ammirata, amata, apprezzata. Ho riportato la biancheria a Maudie, sotto quella pioggia gelida. Avevo freddo, ed ero molto stanca, a quel punto. Volevo andare a casa...

Invece ho sgomberato i cassetti di un grosso mobile, ci ho messo la roba pulita, e ho spiegato a Maudie dove poteva trovarla.

Poi ho detto, "Farò un salto domani sera."

Ero curiosa di vedere cos'avrebbe risposto.

"Arrivederci, allora" è stato quello che ha risposto.

E adesso sono qua sola, ho fatto il mio bagno, ma è stato un bagno veloce, sbrigativo, non sono rimasta nella vasca per ore. Avrei dovuto ripulire, dopo, ma non l'ho fatto. Sono semplicemente stanca. Non posso credere che ieri a quest'ora ero in un albergo, ospite vezzeggiata, a cena con Karl, un adorato collega. Fiori, cacciagione, vino, panna – tutto quanto.

Mi sembra impossibile che ci possano essere quelle cose – *laggiù*: e poi Maudie, *qui*. Oppure sono io, a essere impossibile? Di certo sono disorientata.

Devo pensarci bene, a tutte queste cose. Cosa devo fare? Con chi posso parlarne? Joyce è amica mia, è amica mia. È amica mia?

Giovedì.

Joyce è venuta in ufficio a prendere il lavoro da portare a casa. Ha un aspetto orribile. Le ho detto, "Come va?" Lei ha detto, "Vuole che vada con lui negli Stati Uniti." Le ho chiesto, "Definitivamente?" Lei ha detto, "Definitivamente." Lei mi ha guardato, io l'ho guardata. È così che parliamo: stenograficamente. Lei ha detto, "Devo scappare. Di' a John che ho finito la copertina. E le Note. Domani resterò in ufficio tutto il giorno, Janna." E se n'è andata. Questo significa: a suo marito è stata offerta una cattedra in un'università americana, ha intenzione di accettare l'incarico, vuole che lei rinunci al suo lavoro e lo segua, lei non vuole andare, hanno litigato al punto da decidere di divorziare, i figli non vogliono trasferirsi negli Stati Uniti – e oggi pomeriggio ho avuto la netta sensazione che con ogni probabilità Joyce finirà con l'andare negli Stati Uniti. Ecco tutto.

Sulla via del ritorno, sono passata da Maudie: la porta era chiusa col chiavistello. Il fuoco acceso. La gatta addormentata sul letto. Maudie addormentata. Una tazza da tè, vuota, sul bracciolo della poltrona. Ho messo in salvo la tazza, ho lasciato un biglietto: Ci vediamo domani, e sono scappata via sperando che non si svegliasse prima che potessi tagliare la corda.

Sono seduta qui vicino alla stufetta elettrica, in vestaglia. Dovrei pulire la casa. Dovrei lavarmi i capelli.

Sto pensando a Maudie: un bel giorno deve aver deciso che non valeva la pena di pulire il salotto, perché era così pieno di cianfrusaglie, comunque, e deve aver continuato così, rimandando di giorno in giorno, magari tornando di tanto in tanto nella stanza e pensando, be', non è poi così sporca. Nel frattempo continuava a tener pulite la cucina e l'altra stanza. Perfino adesso spazza il camino una volta alla settimana, poi pulisce la stufa, toglie la polvere, butta via la cenere – anche se con sempre minor attenzione. Una volta o due ha trascurato di farlo, non si sentiva molto bene – e poi ha cominciato a non pulire più tutta la stanza, solo il pavimento nel mezzo, qualche volta, ha imparato a non guardare vicino alle pareti, sotto il letto. La cucina dev'esser stata l'ultima. Lavava sempre gli scaffali per bene, ma a un certo punto ha deciso di lasciar perdere. Ha continuato a lavarsi, però, in piedi davanti al tavolo, con l'acqua riscaldata nei bollitori. E a tener puliti i capelli. Ogni tanto andava ai bagni pubblici, me l'ha detto lei, che le piaceva andarci. Poi ha cominciato a lavarsi i capelli a intervalli sempre più lunghi... a non lavare più i vestiti, limitandosi a usare i più puliti che trovava, a rimetterli nei cassetti così com'erano, fino a quando non ha avuto più niente di veramente pulito. E alla fine, quegli spessi strati di nero, le mutande non proprio immacolate, nemmeno sporche, però, il collo un po' incrostato, ma meglio non pensarci, idem per lo scalpo. Quando l'hanno portata all'ospedale l'hanno lavata da capo a piedi, capelli compresi. Ogni tanto deve aver pensato, divertita, quando mi riporteranno all'ospedale, mi daranno un'altra bella lavata! Ma lei, Maudie Fowler, è sempre stata molto presente, molto attenta, sotto quell'aspetto trascurato, da vecchia strega. *Lei* è ancora presente, mentre tutto quello che le sta intorno crolla, è troppo difficile per lei, è troppo, per lei.

E io, Janna, sono seduta qui, nella mia vestaglia pulita, profumata, appena uscita dalla vasca. Dovrei rifarmi le unghie, però. Dovrei pulire la casa, o chiamare qualcuno che lo faccia. Stasera sono rimasta in bagno solo pochi minuti.

L'anno venturo di questi tempi la mia vita sarà diversa. Lo so, anche se non so in che modo.

Il prossimo weekend andrò a trovare Georgie. *Se avrò il coraggio di lasciare Maudie*. È ridicolo. *Dov'è la Persona Giusta?*

Venerdì.

Sono passata da lei prima di andare al lavoro. Stava meglio. Era uscita a fare la spesa. Aveva l'aria fresca, allegra – è così che la vedo, adesso, non vedo più la vecchia strega. Le ho detto che sarei andata a trovare mia sorella Georgie. Lei si è messa a ridere per quel nome. Ha detto, "Anch'io uno di questi giorni andrò a trovare mia sorella, credo." Sapevo cosa voleva dire, e le ho detto, "Ti porterò io, Maudie." "Janna e Georgie," ha detto lei. "Io e mia sorella eravamo Maudie e Polly, e quando uscivamo tutte messe su con la giacca bianca e il cappellino, eravamo davvero carine." Io ho detto, "Anch'io e Georgie dovevamo essere carine. Ricordo dei vestitini e dei berretti rosa. Ci vediamo domenica sera, al mio ritorno." "Se avrai tempo," ha detto lei. Ho provato la solita voglia di darle uno schiaffo, invece mi sono messa a ridere e ho detto, "Arrivederci."

Domenica sera.

Il treno aveva molto ritardo. Non sono passata da Maudie. Ora è mezzanotte. Ho fatto le solite cose della domenica sera, ho preparato i vestiti per tutta la settimana, poi i capelli, le unghie, le creme.

Be', è stato uno weekend orribile. Quando sono arrivata, Georgie era sola, perché Tom aveva portato i ragazzi a far visita a non so chi. Per me andava benissimo, non li sopporto, i viziatissimi rampolli di mia sorella. Tom invece è simpatico, però una coppia sposata è sempre una coppia sposata. Volevo parlare con Georgie. La mia idea era questa: ora sono cresciuta, chissà se comincerà a prendermi sul serio. Per anni, quando (raramente) sono andata a trovarla, mi sono sempre comportata da principessa. La buona vecchia Georgie e il buon vecchio Tom. Georgie non si è mai interessata molto di vestiti e cose del genere. Io mi mettevo addosso gli indumenti più scandalosi, le portavo qualche copia della rivista, e mi divertivo a raccontarle della mia vita e dei miei impegni mondani. Lei ascoltava con quella sua aria impassibile. La sorellina Janna, così brava e intelligente. No, non Janna, Jane. Si è sempre rifiutata di chiamarmi Janna. Jane ero e Jane restavo, per lei. Quante volte le ho detto, Georgie, nessuno mi chiama più Jane, nessuno, voglio che mi si chiami Janna. Non me lo ricordo mai, dice lei, ribadendo il concetto, e non c'è niente da fare. Georgie pensa che Janna sia un bel nome elegante, perfetto per una donna che ha un bel lavoro elegante come il mio. Ma niente di più. Passavo quei rari weekend a chiedermi come facesse a sopportare quella vita. Ma naturalmente lei si chiedeva la stessa cosa di me. Non che mi disprezzi, non proprio, anche se pensa che le cose che faccio abbiano scarsa importanza, il fatto è che non riesce a immaginare come una persona sana di mente possa vivere come vivo io.

Quando sono arrivata da lei ero sul chi vive, molto attenta a tutto, come sempre, da un po' di tempo a questa parte – per via di Maudie Fowler. La casa di Georgie è esattamente come quella dove hanno passato tutta la vita i miei genitori. Io definisco lo stile borghese-rustico: una casa comoda, tradizionale, tutta d'un pezzo, dai paesaggi alle pareti ai libri sul tavolino da notte. Il mio appartamento, invece, si può definire moderno-internazionale. E anche quello che dividevo con Freddie era di questo tipo. Nelle rare occasioni in cui Georgie ha passato la notte da me, non ha mai mancato di osservare che i miei oggetti erano *divertenti*. Ma così divertenti, dice ancora adesso.

Georgie aveva preparato una cena fredda, e, finito il pasto, non sapeva bene cosa farmi fare. Eravamo nel soggiorno, con le tende tirate, la neve fuori, non tanta, poca per i miei gusti, troppa per i suoi. Dice che per lei la neve significa solo una maggior quantità di lavoro. Lavora molto, Georgie, senza dubbio: la casa, i pasti, il marito, i quattro figli, presidentessa di questo o quel comitato, segretaria del club del libro locale, opere di carità. Io sedevo accanto al caminetto, da un lato, lei dall'altro. Ho cercato di portare il discorso sulla mamma. Ho bisogno di sapere di lei. Non parlavamo molto, quando era viva, parlavo di più con mio padre, io. Ma Georgie mi ha ormai relegata nella categoria degli irresponsabili a cui non importa niente della famiglia. E non c'è niente da fare, non vuol cambiare idea. Ho insistito, però, le ho perfino detto, a un certo punto, Chissà cosa ne direbbe la mamma.

Alla fine ho parlato del mio viaggio a Monaco. Questo le è piaciuto. La bella vita che conduci, dice sempre. Ha voluto sapere com'era l'albergo, ha chiesto dei miei amici, poi dell'organizzazione delle sfilate, di una cosa, dell'altra. Riconosco me stessa, nel suo atteggiamento. Non una parola sulle tendenze della moda, sulle novità, solo come *funziona* il mondo della moda. Questo significa che dopotutto siamo abbastanza simili. All'improvviso, mentre ero a letto, mi è venuta un'idea che mi ha costretta ad alzarmi a sedere e ad accendere la luce. Si tratta di questo. Prima di morire, la nonna era stata male per due o tre anni, non ricordo con esattezza (e già questo significa parecchio), e stava dalla mamma, che si prendeva cura di lei. Io lavoravo come una matta, a quei tempi, al primo grosso cambiamento nella rivista, e mi comportavo semplicemente come se la malattia della nonna non avesse niente a che vedere con me. Non era affar mio! Ricordo benissimo di aver girato un interruttore mentale appena mi avevano comunicato la notizia. Ma la mamma ce l'aveva in casa, e nemmeno papà stava benissimo, a quei tempi. La nonna aveva il diabete, problemi di cuore, la cataratta, un'operazione dopo l'altra, disturbi di reni. Tutte queste cose me le comunicava la mamma nelle sue lettere vivaci: non le ho tenute, quelle lettere, ricordo di aver dovuto fare uno sforzo, per leggerle. *Ora* so cosa vuol dire, prendersi cura dei vecchi, degli infermi. Dopo un'ora o due con Maudie mi sento esausta, vorrei solo scappar via, lontano. Ma dove poteva scappare la mamma? Chi poteva aiutarla? Non io di certo! Cercavo di stare alla larga, sistematicamente.

Domenica mattina. Io e Georgie abbiamo fatto colazione insieme, sole. Un po' di neve fuori. Bello. Alberi e arbusti coperti di neve e gli uccellini che beccavano il cibo che Georgie sparge sui rami. Georgie ha detto che Tom stava tornando coi ragazzi, perché il tempo era terribile dov'erano. Io le ho detto, disperata, perché sapevo che appena fossero tornati gli altri non avrei più avuto alcuna occasione di parlare con lei, "Georgie, c'eri, tu, in casa, quando la nonna stava morendo?"

Lei mi ha lanciato un'occhiata sorpresa. Ha detto, "No, non c'ero quasi mai. Ho avuto due gravidanze proprio in quel periodo, e Kate era piccolissima." Ora mi stava guardando con una sorta di impazienza.

"Voglio sapere," ho detto io. "È da un po' che penso di non aver fatto praticamente niente per essere d'aiuto."

Alla fine lei ha detto, "È vero," e non avrebbe di certo continuato. Sono stata costretta a digerire il fatto che lei e Tom abbiano un atteggiamento ormai consolidato nei miei confronti, nei confronti della mia condotta: Jane è questo e quello e quest'altro: e probabilmente si tratta degli stessi atteggiamenti che avevano mamma e papà.

Ho detto, "Solo di recente mi è venuto in mente di non aver mai alzato un dito per aiutare la mamma, quando la nonna stava morendo."

"Proprio così," ha detto lei, nello stesso tono perentorio di prima, che significava, meglio non parlarne.

"Be'," ho detto, "da ultimo mi è capitato di dovermi occupare di una persona anziana, e ora so cosa deve aver passato la mamma."

"Meglio tardi che mai, suppongo," ha detto Georgie.

Molto peggio di quanto mi aspettassi. Voglio dire, il concetto che ha di me è assai peggiore di quanto credessi. Bruciavo di... no, ahimè, non di vergogna, ma di imbarazzo. Non volevo che si pensasse tanto male di me. Le ho detto, "Non puoi raccontarmi niente, di quel periodo?"

"Be', si può sapere cosa vuoi che ti racconti?" Era esasperata. Esattamente come se un bambino le avesse detto, dopo averla vista schiacciarsi un dito con un martello, Ti fa male?

"Senti, Georgie," ho detto allora, "va bene, adesso capisco che avrei potuto fare di più. Contenta? O vuoi che strisci? Meglio tardi che mai, è vero, non si tratta solo di una frase fatta. Voglio sapere qualcosa di più della mamma."

"È stata a casa *tua* per due anni, prima di morire," ha detto Georgie, con un'aria assolutamente stupefatta, incredula, esageratamente stupefatta e incredula.

"Sì, lo so. Ma è da allora che..."

Georgie ha detto, "Senti, Jane, mi dispiace ma... arrivi qui come se niente fosse, dopo tutto questo tempo, e mi dici, vorrei fare una chiacchieratina sulla mamma. Jane, le cose non vanno in questo modo, non sta succedendo *adesso*," ha detto. Era letteralmente senza parole per la rabbia. E io per la sorpresa. Mi sono resa conto che c'erano anni di risentimento dietro il suo atteggiamento, anni passati a criticare la sorellina Jane.

Ho fatto un ultimo tentativo. "Georgie," ho detto, "mi dispiace. Mi dispiace davvero di non essere stata di aiuto alla mamma. Vorrei parlarne con te."

"Suppongo che uno di questi giorni, quando non avrai niente di meglio da fare, riceverò una telefonata, poi arriverai tu, fresca come una rosa, coi tuoi vestiti eleganti, non un capello fuori posto, e dirai, Oh, Georgie, mi stavo chiedendo come sia stato, per te, avere la mamma qui per dieci anni, con quattro bambini, senza nessuno che ti desse una mano, e lei che stava sempre peggio..."

A questo punto il telefono ha cominciato a suonare e lei è andata a rispondere. Io sono rimasta seduta al mio posto, stordita. Ecco la parola giusta. Non che non avessi mai provato rimorso, quando la mamma stava con Georgie, ma dopotutto io dovevo lavorare, io e Freddie avevamo un appartamento piccolo, e... e... e. Ma non avevo assolutamente preso in considerazione la possibilità che Georgie non volesse parlarne con me, questo weekend. Forse non ne avrebbe parlato mai. Era troppo arrabbiata. Lo era, lo è, arrabbiata con me, e piena di amarezza.

Quando è tornata, ha detto, "Vado giù alla stazione a prendere Tom e i ragazzi." Poi ha aggiunto, "Mi dispiace, Jane, ma se stai finalmente decidendo di diventare una persona responsabile, forse dovrebbe anche venirti in mente che non è facile vederti arrivare qui con una domandina o due: *E la morte della nonna? Com'è stata? Difficile?* È stato orribile, Jane. *Capisci?* Orribile. Io andavo giù quando potevo, incinta all'ultimo stadio o col bambino piccolo, e trovavo la mamma distrutta. La nonna non poteva alzarsi dal letto, alla fine. *Non si è alzata per mesi interi.* Riesci a immaginarlo? No, scommetto di no. Dottori sempre intorno. Dentro e fuori dall'ospedale. E la mamma sola. Papà non poteva aiutarla molto, era quasi invalido a sua volta... Comunque, ora devo andare alla stazione."

E se n'è andata.

Per un attimo sono stata lì lì per correrle dietro, per chiederle di mettermi su un treno e spedirmi a casa, ma ho resistito. Tom e i ragazzi hanno subito riempito la casa di rumore, giradischi accesi, la radio, un fracasso che faceva tremare le pareti. Tom è arrivato e ha detto, "Come stai?" – poi se n'è andato. I ragazzi hanno fatto irruzione in cucina, dove mi trovavo: Jilly, Bob, Jasper, Kate. Ciao, ciao, ciao, ciao, tutti quanti. È stabilito che io penso che i figli di Georgie siano delle bestioline viziate, ma che forse diventeranno simpatici crescendo. Io sono la zia chic, la zia di Londra, quella che fa la bella vita. A Natale, mando a tutti regali in denaro. Quando ci vediamo, dico loro in faccia che sono viziati e insopportabili. Loro rispondono che io non capisco niente. Una bella gara di insulti. Ma io penso davvero che siano insopportabili. Non riesco a capire perché debba esser loro permesso di fare tutto quello che vogliono, di avere tutto quello che vogliono, di andare dove vogliono. Non ho mai, nemmeno una volta, sentito Georgie o Tom dire, No, questo no. Mai. La casa trabocca dei loro oggetti, vestiti, giocattoli, attrezzi, per lo più inutili, intatti, o usati un paio di volte. Continuo a pensare alla guerra, alla mia infanzia di guerra, priva di tutto. E di recente ho cominciato a pensare al terzo mondo, ai bambini del terzo mondo, privi di tutto. Naturalmente Georgie direbbe che è *chic* avere pensieri del genere, ma, per dirla con le sue parole, Meglio tardi che mai.

Comunque, sono rimasta seduta in cucina ad ascoltare il fracasso di quei ragazzi in tutta la casa, poi Georgie è tornata e ho capito che era pronta a parlare, se volevo, ma all'improvviso mi sono trovata a dire, "Georgie, sei brava, tu, a criticarmi, ma intanto guarda i tuoi figli."

"Sì, lo so cosa pensi," ha detto lei, voltandomi la schiena. E ho capito subito di aver messo il dito sulla piaga.

"Dimmi," ho continuato, "quando mai questi ragazzi hanno fatto qualcosa che non volevano fare. Tu e Tom, avete mai tentato di insegnar loro che il mondo non è una gigantesca gelateria dove basta schiacciare un bottone per avere tutta la panna montata che si vuole?"

"Forse hai ragione," ha detto lei, buttandola sul ridere, "non dico di no. E adesso devo preparare la colazione. Se vuoi aiutarmi, resta pure qui, altrimenti vai a parlare un po' con Tom."

L'ho presa in parola e sono andata a cercare Tom, ma lui non aveva voglia di parlare con me, aveva da fare. Il livello dei decibel in quella casa stava diventando insopportabile, e così mi sono infilata gli stivali e sono andata a fare una passeggiata nella neve. Sono tornata per colazione. Come sempre, i genitori non erano che le appendici della scena occupata dai quattro ragazzi, che impedivano loro di finire qualunque conversazione avessero l'audacia di intavolare, o si rimbeccavano a vicenda senza ascoltare gli adulti, e si comportavano esattamente come se

Georgie e Tom fossero due bravi domestici da maltrattare a piacere.

Com'è potuto succedere che le famiglie moderne siano tutte così, ormai? In soggiorno, nel pomeriggio, la scena era questa. Jilly, diciassette anni, protestava perché avrebbe voluto far visita a un'amica ma per una ragione o per l'altra non poteva, e col suo atteggiamento imbronciato faceva pagare la sua delusione a tutta la famiglia. Bob, sedici anni, un bel ragazzo, grasso però, si esercitava alla chitarra, incurante delle orecchie degli astanti. Jasper, quindici anni, piagnucolava e tormentava suo padre perché lo accompagnasse a una partita di football. Kate, tredici anni, guance rosse, capelli arruffati, si pavoneggiava per la stanza con uno dei vestiti di Georgie, in preda a una sorta di isteria controllata, un tipico comportamento da adolescente. Questo, a mio uso e consumo, perché vorrebbe venire a Londra e "fare la modella". Povera ragazza! Tom era seduto in un angolo, tentava di leggere, e rispondeva alle domande dei suoi rampolli con voce distratta e irritata: e Georgie era al servizio di tutti quanti, con una pazienza e un buon umore ammirevoli. Sì, Kate, va bene. Sì, Jilly, domani, lo farò domani. Sì, Jasper, è sotto il letto della camera degli ospiti. Eccetera.

Alla fine ho detto, "Be', la zia cattiva sta per andarsene. No, non disturbatevi, ci vado da sola, alla stazione."

Con quale sollievo ho voltato la schiena a quella scena di moderna vita domestica e ho imboccato la porta d'ingresso, seguita da Georgie!

"Bene," ho detto, "so già quello che stai per dire, io non capisco i ragazzi e non ho diritto di dire una parola sul loro comportamento dato il mio proverbiale egoismo, ma una cosa posso dirla..."

"E probabilmente hai ragione," ha detto lei, esattamente nello stesso tono spiritoso e altruistico che usa con i ragazzi.

Sono andata alla stazione a piedi, nella neve già fangosa, e ho aspettato il treno. Mi piacciono le stazioni, l'anonimato, la libertà di esser soli tra la folla. Mi piace star sola. Punto e basta.

E anche ora sono qui, sola. Dovrei andare da Maudie.

Dovrei pensare a tutto quello che sta succedendo, al più presto.

Ma una cosa la so già. Quando qualcuno muore, si ha un rimpianto, quello di non aver parlato abbastanza. Non ho mai parlato con la nonna, non so come fosse. Riesco appena a ricordare il nonno. La stessa cosa posso dire della mamma. Non so cosa pensasse della maggior parte delle cose, so però che pensava che io fossi sciocca ed egoista. (Che è quello che io penso dei ragazzi di Georgie.) Che cosa pensava di Tom? Di Georgina? Dei nipoti? Che cosa aveva voluto dire, per lei, assistere la nonna, e il marito, per quattro anni interi, temo. Ora non saprò mai queste cose. E, naturalmente, c'è Freddie: certe volte non riesco a dormire, e vorrei, non che fosse qui per fare all'amore con me, anche se questo mi manca da morire, ma poter parlare con lui. Perché non gli ho parlato quando era vivo?

Non volevo, allora, ecco la risposta. *Non volevo sapere.*

Lunedì sera.

Stamattina mi sono svegliata in preda al panico, col cuore che batteva forte, gli occhi che bruciavano, la bocca secca. Mi sono detta, un brutto sogno, ecco tutto: ma la sensazione non è sparita. Mentre andavo al lavoro, mi sono resa conto che probabilmente era per via di Joyce che se ne va negli Stati Uniti. Non solo ne sentirò la mancanza, ma tutto cambierà, in ufficio. Offriranno a me la direzione, ma non è questo il punto.

Mentre attraversavo l'ufficio delle segretarie, Phyllis mi ha lanciato un'occhiata penetrante, poi mi è venuta dietro e mi ha chiesto, Tutto bene? Dieci e lode per essersi accorta del mio stato. Naturalmente sapevo che lei sapeva che ero ansiosa per la faccenda di Joyce. Ma quando, mentre ero seduta sconsolatamente alla mia scrivania, mi ha portato una tazza di caffè nero e ha detto che se volevo poteva occuparsi lei dei fotografi, ho capito che aveva fatto i suoi piani. Ha preso una pila di pratiche dalla mia scrivania, l'ho vista lanciare un'occhiata, lunga e tranquilla alla scrivania di Joyce, al posto di Joyce, e ho capito che stava pensando, Sarà mio.

Perché no?

Perché Phyllis non è Joyce. Voglio dire, Phyllis ha trent'anni, è una ragazza intelligente, decisa, attenta, ma non è pronta. Lo so perfettamente che non mi piace molto perché mi ricorda me stessa a quell'età. Ma c'è di più. Mi chiedo, cercando di essere obbiettiva, senza pensare a cosa vorrei io, Phyllis possiede le qualità di cui ha bisogno *Lilith*?

Sono rimasta là in quell'ufficio, l'ufficio mio e di Joyce, e ho deciso di non pensare a Phyllis, non posso affrontare subito anche questo problema. Ho pensato a Joyce, invece: come mai solo un mese fa avrei scommesso che non sarebbe mai andata in America? Che cosa mi è sfuggito, di lei? Semplice: ho giudicato il suo matrimonio usando il mio come punto di riferimento. Ma lei, naturalmente, ha dei figli: no, non si tratta nemmeno di questo. Lui è un uomo simpatico. Non lo conosco, però. Non gli ho mai parlato: il nostro è un rapporto basato sulla battuta, sullo scherzo.

Avrei voluto che Joyce arrivasse, presto, ma era quasi l'ora di colazione quando ha fatto la sua comparsa. Aveva un aspetto orribile, trasandato, sembrava malata. Si è seduta, si è alzata di nuovo per prendere una tazza di caffè, è tornata alla scrivania con la tazza, si è lasciata andare sulla sedia, ha cominciato ad accendere una sigaretta dopo l'altra senza fumarle, ha pasticciato con i fogli, ha innaffiato le piante sul davanzale, ha fatto di tutto tranne che guardarmi.

Poi ha suonato il citofono, è arrivata Phyllis, e Joyce le ha detto, "Quell'articolo sul vino non mi convince, ecco qua qualche appunto, vai a parlare col nostro esperto di vini, come-si-chiama. Come si chiama? E il suo indirizzo, dov'è?"

"Non si preoccupi," ha detto Phyllis, "lo so io dov'è."

Ha preso gli appunti di Joyce, ha fatto un bel sorriso, e se n'è andata.

Ora Joyce mi concede un breve sorriso, una smorfia, in realtà, e mi guarda. Ci mettiamo a ridere.

Ci mettiamo anche a guardare Phyllis, attraverso la porta dell'archivio. Studiamo i suoi vestiti, i suoi capelli, il suo trucco, le sue scarpe. Abitudine. Poi Joyce perde interesse nella ragazza, ritorna ai suoi pensieri.

Phyllis non ha ancora uno stile. Non come quello che abbiamo io e Joyce. Sono rimasta seduta a pensare che forse potrei aiutare Phyllis a trovare uno stile, come Joyce ha aiutato me. Solo adesso che sono seduta qui a scrivere queste parole, mi vien da pensare che è molto strano che mi sia messa ad analizzare Phyllis e il suo aspetto, quando in realtà ero pazza di infelicità per Joyce, e avrei voluto dire, Per l'amor di Dio, Joyce, *parliamone*. Sapevo che aveva deciso di partire, e che si sentiva in colpa nei miei confronti: avevo bisogno di *parlare* con lei.

Joyce è l'unica persona con la quale io abbia mai parlato davvero. Eppure i nostri dialoghi sono fatti di sorrisi, silenzi, segnali, musica senza parole, tutto sottinteso.

Alla fine non ce l'ho fatta più a star zitta e ho detto, "Joyce, voglio sapere perché, sono sicura che mi capisci."

Lei stava guardando dall'altra parte, la guancia appoggiata alla mano. Ha fatto un gesto irritato, lasciami-in-pace.

E ora sono seduta qui, all'una di notte, a scrivere tutto questo. La mia mente è chiara, acuta, un vortice di pensieri. Mi è appena venuta un'idea nuova, questa: scrivere è il mio mestiere, non faccio che scrivere, appunti per me stessa, memorandum, articoli, e tutto per *presentare* idee, eccetera, se non a me stessa, agli altri. Non permetto ai miei pensieri di volatilizzarsi, li metto sulla carta, li *presento*, presuppongo la presenza di un occhio esterno. Ed è quello che sto facendo anche adesso. Anche mentre scrivo questo diario, ho ben chiaro in mente l'occhio esterno, l'osservatore. Ciò significa forse che ho intenzione di pubblicare quello che sto scrivendo? Di certo non era questo che avevo in mente quando ho cominciato. È una cosa strana, questo bisogno di scriver giù le cose, come se non avessero un'esistenza propria fino a quando non sono registrate. Presentate. Quando ascolto Maudie parlare, provo questa sensazione, svelta, afferra quello che dice, non lasciare che svanisca, registralo. Come se non avesse valore se non sulla carta.

Oh, i miei pensieri girano su se stessi, devo afferrarli...

Ero seduta in ufficio con Joyce, tutt'e due fredde e infelici, sconvolte, e la osservavo, osservavo me stessa, per abitudine, come avevo fatto con Phyllis. Due giornaliste, una rivista di moda di prima categoria (letta da un sacco di uomini), fine anni settanta, verso gli ottanta.

Quando leggo i diari di tanto tempo fa, quello che mi affascina è cosa indossava, cosa mangiava la gente, tutti i particolari. Non è difficile immaginare cosa pensasse, la gente – non erano tanto diversi da noi, almeno credo – ma come rifacevano il letto, o apparecchiavano la tavola, o lavavano la biancheria? Che cosa mangiava a colazione una donna della classe media, nel 1780, in una città della provincia inglese? Com'era la giornata della moglie di un agricoltore del nord dell'Inghilterra, ai tempi della battaglia di Waterloo?

Quando è venuta a lavorare qui, Joyce ci ha fatto subito capire che ci considerava delle straccione! A metà degli anni sessanta – eravamo tutte straccione! Eppure nemmeno il suo era uno stile nitido, ordinato, piuttosto, sono parole sue, da zingara di lusso. Joyce è alta, sottile, con una massa di riccioli neri, volutamente arruffati, e un viso pallido e sottile. Almeno, è così che sembra, incorniciato da tutti quei capelli. Occhi neri che sono in realtà un po' piccoli, ma ingranditi, drammatizzati dal trucco. I suoi vestiti costano un patrimonio. Oggi indossava, una gonna a righe nere e ruggine, un gilet, una maglia di seta nera e la sua grossa catena d'argento con pezzi d'ambra. I suoi gioielli sono molto belli, niente paccottiglia orientale del tipo che io posso permettermi di portare, per via del *mio* stile. Joyce è bella: ma si veste come una ragazza. I suoi capelli sono sempre neri. Presto dovrà cambiare stile, perché non sarà più giovane.

Quando Joyce ha preso in mano la situazione, io portavo ancora minigonne, collanine, fronzoli vistosi e volgari. Da allora il mio stile è diventato classico-costoso. Porto gonne di seta e calze di seta, non di nylon, e vestiti che a una prima occhiata sembrano da niente. Ho trovato una vera sarta, che lavora a mano, punto dopo punto, e cerco bottoni speciali al mercato, pizzi fatti a mano, golfini e maglie li faccio fare, su misura. Il mio stile è di quelli che la gente non nota a prima vista, poi i loro occhi tornano indietro, si soffermano sui particolari, l'impuntura di un colletto, una fila di bottoni di perle. Non sono sottile, ma solida. Ho i capelli lisci, sempre perfetti, color oro-argento. Occhi grigi, grandi di natura, resi ancora più grandi dal trucco.

Non potremmo essere più diverse, io e Joyce: l'unica cosa che abbiamo in comune è l'attenzione, la cura che mettiamo nel vestire. Ma Joyce è più sbrigativa per via della famiglia.

Phyllis è una ragazza snella, forte, attraente. Biondiccia. Veste sempre all'ultima moda, quindi non c'è nulla di particolare da osservare, nel suo abbigliamento. L'ho vista guardare Joyce e decidere, giustamente, che il suo stile non sarebbe andato bene per lei. L'ho vista osservare anche me: *qual è il trucco?* Glielo direi, se me lo chiedesse, la accompagnerei dalla sarta e dalla magliaia, la aiuterei a scegliere un parrucchiere giusto... ecco cosa pensavo mentre ero in ufficio con Joyce, infelicissima: stavo abdicando mentalmente, ed esprimevo la mia rinuncia attraverso i vestiti, lo stile!

Eppure non ho nessuna intenzione di abdicare, a livello conscio.

A colazione abbiamo preso una tazza di caffè e fumato una sigaretta. Poi Joyce ha detto, "Devo andare a casa," e io ho esclamato, *"Joyce!"* Lei ha detto, "Ma non capisci, non posso, non ce la faccio!" E io ho detto, "Joyce, non puoi andartene a casa così, come se niente fosse, io devo sapere."

Lei ha sospirato, è tornata a sedersi, si è ricomposta, e mi ha addirittura guardata.

"Sapere?"

"Capire. Non riesco a capire come tu possa rinunciare a tutto questo... per che cosa?"

Lei ha detto, "Ti è mai capitato di scoprire all'improvviso di non conoscere te stessa?"

"Eccome!"

"Bene, io credevo di non avere alcuna difficoltà a concedere il divorzio."

"Ha un'altra donna?"

"Sì, sempre la stessa, sai. Se io non vado in America, ci porta lei."

"Allora per tutto questo tempo lui è stato sposato con te e anche con lei?"

"Così pare. A un certo punto mi ha detto, Tu hai il tuo lavoro, e io mi prendo Felicity."

Io ascoltavo con molta attenzione, non volevo spaventarla, non volevo che scappasse via, e sapevo che avrebbe potuto farlo da un momento all'altro.

I miei pensieri erano di quelli che chiamo "femministi". *Lui* ce l'ha, un lavoro, naturalmente, ma se anche *lei* si mette a lavorare, allora lui deve puntellarsi con un'amante. Ma questi pensieri ormai mi annoiano, non sono una soluzione: non sono mai stati una soluzione, non per me, non per Joyce. Phyllis è femminista, fa l'autocoscienza, e ha messo bene in chiaro che io e Joyce non siamo donne liberate. Io e Joyce ne abbiamo anche discusso, di questa cosa, ma non spesso – perché non è una soluzione! Una volta Joyce ha detto a Phyllis, con aria curiosa, più che bellicosa, Phyllis, io ho un lavoro molto buono, molto ben pagato. Ho un marito, due figli, e mi occupo della mia casa e della mia famiglia. Perché non dovrei essere una donna liberata? *Forse tutto questo non basta?* E Phyllis ha fatto il sorriso di chi la sa lunga e ha ammesso: un passo nella direzione giusta. Più tardi, io e Joyce ci siamo messe a ridere. Abbiamo avuto uno di quegli improvvisi attacchi di risa, musica senza parole, che costituiscono una delle cose migliori del nostro rapporto di amicizia.

"E se tu non lo segui in America, lui ci porterà Felicity?"

"La sposerà."

"E a te dispiace?"

Lei ha scosso la testa. Evitava di nuovo di guardarmi. Io ero confusa, non capivo di cosa avesse paura, perché non volesse affrontarmi. Alla fine ha detto, "Tu sei una persona così autosufficiente."

Era l'ultima frase che mi sarei aspettata – la moglie-bambina, la figlia-bambina – e ho detto, "Autosufficiente, *io*?"

Lei si è limitata a scuotere la testa, oh, è troppo per me, e ha chinato le spalle, tenendosi alla scrivania con entrambe le mani, lo sguardo fisso davanti a sé, la sigaretta appesa alle labbra. L'ho vista come sarà da vecchia, Mrs. Fowler: faccetta aguzza, naso e mento adunchi. Aveva un'aria decrepita. Poi ha fatto un sospiro, si è riscossa, mi ha guardata.

"Non riesco a stare da sola," ha detto, in tono piatto. "Tutto qui."

Il mio cervello era un turbine, ecco cos'era.

Avrei voluto dire, Ma, *Joyce* – mio marito è morto, da un momento all'altro, mi sembra, se ci ripenso – come puoi contare su un marito? Avrei potuto dire, Joyce, se lasci questo lavoro per andare con lui, potresti ritrovarti a mani vuote, tra un po'. Avrei potuto dire... invece non ho detto niente, perché dentro di me stavo urlando per la sorpresa e la rabbia, per l'impossibilità di quella situazione, e, peggio ancora, perché all'improvviso mi sembrava di non riconoscere Joyce, di non sapere niente di lei. Non avrei mai creduto che potesse dire, pensare una cosa del genere. Non solo: sapevo di non poter dire a Joyce, Il tuo atteggiamento nei confronti della morte è stupido, sbagliato, infantile! Non è come pensi tu, di cosa hai paura? Di star sola – cosa vuol dire? Non vuol dire niente!

Perché avevo scoperto di essermi allontanata moltissimo da Joyce, e in breve tempo. Mio marito era morto, mia madre era morta: avevo creduto di non aver assorbito questi avvenimenti, di essermi fatta una corazza. E invece qualcosa era cambiato dentro di me, in profondità. E c'era Maudie Fowler, anche.

Mi sembrava, mentre me ne stavo lì a piangere e a cercare di smettere di piangere, mordicchiando il fazzoletto (di lino, col monogramma, di ottima qualità), che Joyce fosse una bambina. Sì, era proprio una bambina, dopotutto, e non potevo comunicarle niente di quello che avevo imparato, di quello che ero diventata. Ecco perché piangevo.

"No," ha detto Joyce, "non piangere, ti prego. Non avevo intenzione di... riaprire vecchie ferite."

"No, non è questo." Ma non potevo fare altro, per farle capire. Per farle capire cosa stavo pensando. Poi abbiamo parlato, un dialogo asciutto, assennato, abbiamo parlato di un sacco di cose, un fatto positivo, non lo nego. Perché era da tanto che non parlavamo così. Il modo di comunicare delle donne – a cenni, segni, sottintesi, sorrisi – è ottimo, è divertente, è una delle cose che mi piacciono di più. Ma al dunque, resta il fatto che non ho saputo spiegare a Joyce perché non potevo fare a meno di piangere.

Lei ha detto, "Tu sei diversa da me. Ti ho osservata, e l'ho capito. Ma se lui va negli Stati Uniti, io resterò sola. Non mi risposerò, lo so già. E comunque, se si è state sposate a un uomo, non si può semplicemente metterlo da parte e prendersene un altro – loro sì, loro sono capaci di farlo..."

"O almeno, così credono."

"Sì, o così credono. Credono di poterlo fare senza subirne le conseguenze, voglio dire. Io invece non riesco a vedermi sposata a qualcun altro. I ragazzi non vogliono andare negli Stati Uniti, ma se lui partisse e io restassi, dovrebbero fare la spola, e io so già che dopo un po' preferirebbero stare laggiù, maggiori possibilità per i giovani, tutto più facile. E io resterei sola. Non sono capace di stare sola, Jan." E io non potevo dirle, "Joyce, tuo marito ha cinquantacinque anni, è pazzo per il lavoro, non fa che lavorare..."

"E ti vedi, fare la moglie del professore universitario all'americana?"

A questa uscita, ha fatto una smorfia. "Naturalmente, so benissimo che non riuscirò mai a trovare un lavoro nemmeno lontanamente paragonabile a questo. Ma qualcosa troverò." Andandosene, ha detto, "No, e poi non ho ancora deciso sul serio. Lo so che mi mancherà tutto questo – e anche tu mi mancherai, Janna. Ma non ho scelta." E con questa frase, se n'è andata, senza guardarmi.

E io sono rimasta con quella frase nelle orecchie, *Non ho scelta.* Non so cosa ci sia, in quel suo matrimonio – non l'avrei mai sospettato – ma qualunque cosa sia ha il potere di farle dire, *Non ho scelta.*

Joyce è la miglior giornalista che questa rivista abbia mai avuto. Non ha mai messo la casa e la famiglia davanti a tutto... eppure... ora capisco, ricordo, quando è venuta a lavorare qui, la flessibilità che tutti hanno accolto di buon grado: lavorare da casa, per telefono, lavorare prima o dopo l'orario, se necessario. Abbiamo detto tutti, È un modo di lavorare da donna, senza orari rigidi, adattandosi, a seconda delle necessità. Quello che penso adesso è che per Joyce, la *necessità* era il suo matrimonio, la sua casa.

È sempre rimasta volentieri a pranzo con me, dopo il lavoro, in ufficio, al ristorante: pranzi di lavoro. Ma c'erano giorni in cui doveva essere a casa. Ero io a rendere tutto questo possibile: io non ho mai detto, No, non posso stare fino a tardi, stasera, devo andare a casa. O solo quando io e Freddie avevamo una delle nostre cene. Non ho mai detto, Oggi pomeriggio devo andare via presto, Freddie rientra prima del solito. Ma ora mi sembra che invece Joyce si sia sempre barcamenata in questo modo: il suo matrimonio, i suoi figli, il suo lavoro: Joyce è riuscita a tenere insieme tutte queste cose, con grande abilità, con grande duttilità. "Ce la fai ad arrangiarti da sola, oggi pomeriggio, Jan?" in un certo senso, anch'io faccio parte del suo matrimonio, come quella Felicity! Questo intersecarsi di rapporti, di situazioni, la vera realtà delle cose, il loro modo di funzionare... è ciò che mi ha sempre affascinato, ciò che mi interessa di più. Eppure mi è appena venuta, questa idea, di aver fatto parte, in un certo senso, del matrimonio di Joyce.

Joyce ha davvero deciso di andare in America. Rinuncerà a un lavoro meraviglioso. Pochissime donne riescono ad avere un lavoro come questo. Rinuncerà ai parenti, agli amici, alla sua città. I suoi figli sono quasi adulti. Si troverà in un paese sconosciuto che dovrà imparare ad amare, con un uomo che sarebbe stato altrettanto contento di partire con un'altra donna, più giovane. Non ha scelta.

Bene, femministe, bene, Phyllis, cosa mi dite, ora?

Che cosa c'è, nei vostri piccoli manifesti, nel vostro sbattere porte in faccia agli uomini, nella vostra retorica, di tutto questo? Per quanto mi riguarda, niente. E, credetemi, Phyllis fa di tutto per tenermi informata sulla vostra propaganda, mi mette tutti i documenti sulla scrivania.

La ragione per cui di questi tempi le ragazze si radunano in gruppi, gruppetti e greggi, e sbattono la porta in faccia agli uomini, per quanto è loro possibile, almeno, è che hanno paura di quel potere, qualunque esso sia, che possiedono gli uomini di costringere una donna come Joyce a dire, Non ho scelta.

Io riesco davvero a vivere sola, mi piace, anche. Ma d'altra parte non sono mai stata veramente sposata.

Appena arrivata a casa, il telefono: Joyce, con una vocina fragile, affannosa. Perché ha pianto tutte le sue lacrime, questo lo so. Ha detto, "Jan, noi facciamo le nostre scelte molto tempo prima di renderci conto di averle fatte! Dio mio, è terrorizzante! Capisci cosa voglio dire?"

"Sì," ho detto. "Capisco cosa vuoi dire."

Ed è vero. Ed è terrorizzante. Quali scelte ho già fatto, io, senza rendermene conto?

Non vado a trovare Maudie da venerdì scorso.

Martedì.

Joyce non è venuta in ufficio. Abbiamo fatto tutto io e Phyllis da sole. Dopo il lavoro, sono passata da Maudie. Ci ha messo molto, a rispondere alla porta, è rimasta lì a guardarmi a lungo, senza sorridere, senza dar segni di contentezza: alla fine si è fatta da parte, per lasciarmi entrare, mi ha preceduta giù per il corridoio, senza una parola. Si è seduta al solito posto, vicino al fuoco acceso, e ha aspettato che dicessi qualcosa.

Io mi stavo già arrabbiando, stavo pensando, be', è forse colpa mia se non ha nemmeno il telefono?

Ho detto, "Domenica sera sono tornata molto tardi, e ieri sera ero stanca."

"Stanca, eh?" E poi, "Ti ho aspettata, domenica sera. Avevo preparato qualcosa da mangiare anche per te."

Mi sono accorta di provare le solite emozioni nel solito ordine: sensazione di essere in trappola, bisogno di scappare, poi – naturalmente – senso di colpa.

"Mi dispiace, Maudie," ho detto.

Lei ha girato la testa verso il fuoco, gli occhi fissi, la bocca semiaperta, ansimante.

"Come stai, meglio?"

"Sto bene."

Stavo pensando, senti, ti ho lavata da capo a piedi, ho pulito tutta quella merda puzzolente, e tu adesso... ma non ho potuto fare a meno di pensare anche che avevo fatto una promessa e non l'avevo mantenuta. Non devo fare mai più una cosa simile.

Ci è voluta quasi un'ora perché si calmasse, e si alzasse per fare il tè. Ho dovuto fermarmi altre due ore. Dopo un po' ha ricominciato a parlare liberamente. Una lunga storia sull'amante di suo padre, la quale, una volta "morta e sepolta" sua madre, avava ridotto lei, Maudie, allo stato di domestica – "ma questo te l'ho già raccontato, lo so" – non solo, aveva anche tentato di avvelenarla.

"Ha avvelenato mia madre, lo so, anche se nessuno mi ha mai creduta tranne la zia Mary. La zia Mary disse che non serviva a niente andare alla polizia, era la mia parola contro quella di mio padre, non mi avrebbero mai creduta, lui era amico dei poliziotti, cercava sempre di tenersi buona la gente che poteva servirgli, invitava l'ispettore a casa per Natale, gli offriva whisky e torta, e lui e la sua amante mandavano su ai ragazzi della stazione di polizia un barile di birra, un prosciutto e un dolce. Se fossi andata da loro, piccola e terrorizzata com'ero, con tutto quel dolore dentro, e avessi detto, La donna di mio padre ha avvelenato mia madre e adesso sta tentando di avvelenare anche me, con l'arsenico – be', chi mi avrebbe ascoltata? La zia Mary disse, Ascolta, devi andar via di casa e venire a stare da me, ma non subito. Non posso litigare con mio fratello, è meglio non litigare coi tipi come lui, è uno che non perdona. Ma al momento giusto troverai un letto a casa mia. Be', ero sempre più debole e malata. Andò avanti così per mesi. Cercavo di non mangiare a casa, andavo da mia sorella, quella che è morta – no, non te ne ho mai parlato, mi fa troppo male parlarne. Lei era sempre stata la più debole, dava loro sui nervi. Si sposò a quindici anni. Si sposò contro la volontà di mio padre e lui disse, Non farti vedere mai più. Suo marito era un buono a nulla, incapace di mantenere la famiglia. Avevano tre bambini e mia madre mi mandava da loro con una torta o un po' di pane, cose che non davano nell'occhio, e lei era sempre pallida e sfinita, i bambini affamati. Mia sorella mangiava un boccone, quello che bastava per reggersi in piedi, e il resto lo dava tutto ai bambini. Poi mia madre morì e in quella casa non ci fu più niente da mangiare. Io andai da mio padre e gli dissi, Mia sorella sta morendo di fame e di freddo. Lui disse, Gliel'avevo detto di non sposare quello là, e non volle mai più parlare di lei. Mia sorella morì e lui non andò nemmeno al funerale. Il marito se ne andò con l'unico bambino sopravvissuto e non sentii mai più parlare di loro. Prima che morisse, andavo da lei, e restavamo là tutt'e due, io che non mi reggevo in piedi per la debolezza perché avevo paura di mangiare a casa, lei affamata perché non aveva niente da mangiare, e ci tenevamo compagnia. Tempi brutti, orribili – non so perché la gente dica sempre 'ah, i bei tempi', erano tempi orribili. Tranne per quelli come mio padre..." E Maudie ha continuato a parlare e parlare di suo padre.

Quando le ho chiesto, "E l'altra sorella?" ha detto, "Si era sposata e se n'era andata, non si faceva mai viva, si teneva alla larga da papà, a lui non piaceva nemmeno il suo, di marito. Una volta andai da lei e le dissi, Polly, nostra sorella Muriel muore di fame, e i suoi bambini con lei, e tutto quello che mi disse lei fu, Be', io non posso darle niente, ho appena quello che basta per me. Invece aveva la dispensa piena di carne, torte, creme.

"Dopo la morte di Muriel non ebbi più un posto dove andare a rifugiarmi, e continuavo a mangiare il meno possibile perché sapevo che il cibo era avvelenato. *Lei* veniva su in camera mia – mi avevano messa a dormire in soffitta, come una serva – con latte e brodo e diceva, Bevi, bevi, e io versavo tutto nella spazzatura e poi la portavo giù di nascosto perché lei non si accorgesse di niente. Lo sentivo, il veleno che metteva nel cibo, sapevo che c'era. A volte andavo a raccogliere i pezzetti di pane che la gente buttava agli uccelli, ma avevo paura che qualcuno mi vedesse. Eravamo gente in vista, capisci, gente importante, con papà che andava e veniva in carrozza, e quel suo modo di fare libero, e *lei* col suo pub. Io ero la figlia di famiglia, e la gente mi invidiava. Invece dormivo su una brandina in soffitta, senza riscaldamento, senza mai un vestito nuovo, o una cosa mia, solo i suoi vestiti vecchi rifatti, e non potevo mangiare niente. Be', una sera si arrivò al dunque, perché io ero a letto, troppo debole e malata per riuscire a stare in piedi, e lei arrivò con un bicchiere di latte zuccherato e disse, Starò qui fino a quando l'avrai bevuto. Non lo voglio, dissi io. Non lo voglio. Ma lei disse, Ecco mi siedo qui fino a quando non l'avrai bevuto.

"Indossava una vestaglia di seta rosa, con piume e *ruches* di velluto grigio intorno al collo, e pantofole rosa col tacco alto. Era ingrassata parecchio, con tutto quello che mangiava e beveva, aveva la faccia rossa, e sospirava e diceva, Oh Dio mio, le scale, oh Dio mio, che freddo fa quassù. E non le veniva neanche in mente che anch'io dovevo andare su e giù per quelle scale e stare sempre in quella soffitta fredda. E c'erano due camere riscaldate, vuote, sullo stesso piano della loro. In seguito la zia Mary mi spiegò, Certo che non ti volevano sullo stesso piano, non volevano che sentissi quello che facevano. E cosa facevano? dissi io, perché a me non importava niente di quelle cose, le odiavo, sono come mia madre, io. Facevo finta che non esistessero, quelle cose. E poi loro non erano sposati: lei aveva un marito all'ospedale da qualche parte, e così non poteva sposare mio padre. Ora, ripensandoci, era una situazione strana: a quei tempi la gente era molto severa su cose del genere, eppure non ricordo di averla vista soffrire perché conviveva con mio padre senza essere sposata. Ma se anche avesse sofferto non me ne sarei accorta: il mio unico pensiero era cercare di non mangiare in quella casa. Quella sera fui costretta a bere il latte, alla fine, anche se aveva un gusto strano, mi faceva venire da vomitare. Poi finsi di addormentarmi. E finalmente lei scese rumorosamente di sotto. Mi infilai subito un dito in gola e tirai su il latte. Poi misi l'altro vestito che possedevo nella piccola borsa di mia madre e me ne andai di nascosto da quella casa.

"Non avevo soldi, mio padre non me ne dava mai, nonostante mi occupassi io della casa, pulissi, facessi tutto. Andai a piedi fino al villaggio dove abitava la zia. Ora fa parte di Londra, non si direbbe mai che sia stato un villaggio fino a poco tempo fa. Ci arrivai che le strade si stavano riempiendo di carri, cavalli, rumore. Non riuscivo più a stare in piedi, da quanto avevo camminato. Arrivai alla casa della zia, suonai il campanello, lei venne ad aprirmi e io le caddi tra le braccia. Disse che potevo restare con lei, e ricompensarla più tardi, quando fossi cresciuta e avessi cominciato a guadagnare. Scrisse a mio padre che Maudie era venuta a stare da lei per un po', solo questo gli disse. E mio padre non disse proprio niente, anche se io aspettai e aspettai una risposta, un segno. Per anni ignorò la mia esistenza. E la zia mi nutrì, mi fece mangiare. Era povera anche lei. Non poteva darmi quello che pensava dovessi avere, panna, vino, roba del genere, ma faceva quello che poteva. Ero così magra e piccola che mi mettevo a tremare appena facevo qualche passo, ma la mia salute migliorò, e allora la zia mi mandò a imparare il mestiere da una modista del West End. Si fece dare i soldi da mio padre. Non so cosa gli disse, ma riuscì a farseli dare."

Sono arrivata a casa che erano quasi le dieci. Ero piena del tè nero e fortissimo di Maudie e non mi sentivo molto bene, così non ho mangiato. Simpatia con l'anoressia di Maudie, credo, perché probabilmente proprio di quello aveva sofferto la poverina, dopo la morte di sua madre. Mi sono fatta un bagno, rapida ed efficiente, ho finito di scrivere queste pagine, e adesso devo andare a letto. Ma in realtà vorrei scrivere i pensieri che mi sono venuti sul mio lavoro.

Ho detto a Maudie che domani sera non sarei passata, ma che di certo sarei andata a prendere il tè con lei giovedì.

Mercoledì.

Joyce non è venuta in ufficio e non ha lasciato messaggi. Una cosa che non è mai successa prima. L'atmosfera in ufficio era irrequieta, tutta mezze frasi e risatine, come a scuola quando la situazione non è ben chiara. Io e Phyllis abbiamo lavorato insieme tutto il giorno, e senza dire una parola su come comportarci per calmare le acque. Svelte ed efficienti, siamo riuscite a non cambiare atteggiamento. Sarà facile lavorare insieme. Ma, oh, lei è così *giovane*, così giovane, così bianco o nero, e/o, prendere o lasciare. Quella sua boccuccia seria e decisa. Quel suo sorriso freddo e competente. Phyllis si è comperata l'appartamento in cui vive, noi – l'azienda – l'abbiamo aiutata. Vive per il suo lavoro, chi potrebbe capirla meglio di me? Si vede già alla direzione della rivista. Perché no?

Scrivo queste cose, e mi soffermo a pensarci.

Ora scriverò della mia carriera, perché ho tutto ben chiaro in mente, dopo gli choc e le tensioni degli ultimi giorni, con Joyce, e lo sforzo di stare continuamente all'erta con Phyllis.

Io ho cominciato a lavorare qui subito dopo la scuola. Niente università, non c'erano soldi: e non ero abbastanza brava, per l'università! Non mi si presentò mai come una possibilità, ecco tutto.

Quando cominciai a lavorare per *Piccole Donne* – così battezzammo io e Joyce quella fase della rivista, un'espressione per intenderci – ero così contenta e sollevata all'idea di avere quel lavoro affascinante, nel giornalismo, che non cercai nemmeno qualcosa di più importante. 1947, ancora un'atmosfera di guerra. La rivista era brutta, la carta orrenda, per via della guerra: piena di consigli su come cucinare pessimi tagli di carne e uova in polvere. Come trasformare qualcosa in qualcos'altro – ecco come la descriveva Joyce. Io, come tutti gli altri, non ne potevo assolutamente più. Non vedevamo l'ora di liberarci delle conseguenze della guerra, il razionamento, lo squallore. Anche a quei tempi il direttore era una donna. Non mi sognavo nemmeno di criticare i miei superiori, allora, le mie prospettive non andavano più in là del lavoro di segretaria del direttore di produzione. Non ci pensavo proprio, a Nancy Westringham. Quelli che stavano lassù erano tutti dei e dee, per me. Ora capisco che Nancy era proprio quello che ci voleva per quella fase della rivista. Vecchio stile, come mia madre e mia sorella, competente, gentile, coscienziosa – *veramente* gentile e carina, non vedevo altro di lei. Se c'è una cosa che rimpiango, è di non essere stata abbastanza sveglia, durante quella fase, da capire che cosa stava succedendo. Ma naturalmente a quei tempi non avevo ancora imparato *come* capire quello che stava succedendo: che cosa cambia dentro una struttura, che cosa cercare, *come funzionano le cose*.

La rivista stava cambiando, carta migliore, articoli più vivaci, ma non bastava. Bisognava nominare un nuovo direttore, e io avrei dovuto capirlo, avrei dovuto stare più attenta, osservare le cose. Non che non sapessi come osservarle: ero troppo ubriaca di gioventù, bellezza, successo. A scuola nessuno aveva mai nemmeno insinuato che avessi delle capacità, e di certo non se n'erano accorti i miei genitori. Ma in ufficio riuscivo a fare qualunque cosa. Dopo un po' fui l'unica persona capace di sostituire chiunque si ammalasse o non potesse lavorare. Non ricordo di aver mai provato piacere maggiore in vita mia: il sollievo, la sensazione di leggerezza, di esuberanza, di gioia, iniziare un nuovo lavoro ed esser certa di saperlo fare bene. Ero innamorata dell'intelligenza, di me stessa. E saperci fare con i vestiti. Naturalmente, gli anni cinquanta non erano particolarmente eccitanti, per quanto riguardava i vestiti, ma nonostante questo riuscivo a destare l'interesse di tutti, con le cose che indossavo. A quei tempi il mio stile era sexy, ma disinvolto e sexy, solo un pochino spinto, con una punta di parodia: in quello anticipavo gli anni sessanta e la moda di prendersi gioco delle cose che si indossavano.

Ora darei chissà cosa per capire *come* accadde che Boris diventasse direttore. Ma è troppo tardi. Quando lo chiedo ai vecchi impiegati che lavorano ancora con noi, non capiscono nemmeno di cosa sto parlando, perché non ragionano in questi termini.

Comunque, Boris diventò direttore nel 1957, e rappresentava "la nuova tendenza". Ma non era la persona adatta. A quei tempi io ero nella posizione che Phyllis occupa adesso: la ragazza intelligente, brillante, da cui tutti si aspettano grandi cose. La differenza è che io non lo sapevo. Mi piaceva saper fare di tutto, e non mi dispiaceva lavorare a qualunque ora. Adoravo qualunque compito mi venisse affidato. Ne stavo già svolgendo parecchi, molti più di quanti non ne giustificasse lo stipendio che mi veniva dato, il ruolo che mi veniva riconosciuto. Ero una delle segretarie di produzione. A quel punto avevo già cominciato a capire quello che stava davvero succedendo. Una cosa assolutamente ovvia era che Boris non sapeva far bene il suo lavoro. Era affabile, garbato, alla moda, certo. Era stato nominato dal consiglio di amministrazione quando Nancy aveva dato le dimissioni: quando a Nancy era stato chiesto di andarsene. Occupava la grande stanza che ora viene usata dai fotografi, con un'enorme scrivania, una segretaria che aveva a sua volta una segretaria, e un'addetta alle pubbliche relazioni. Era sempre in riunione, al telefono, a colazione, occupato a rilasciare interviste sul ruolo e la funzione delle riviste femminili. Il Movimento di Liberazione della Donna non era ancora nato, anche se non me ne sono ricordata se non quando mi sono messa a scrivere queste pagine.

In realtà stava succedendo che altre persone, me compresa, svolgevano il lavoro che avrebbe dovuto esser suo. *La struttura formale dell'ufficio non corrispondeva assolutamente a quello che succedeva in realtà.* La rivista era migliorata, era diventata un po' più vivace, ma non tanto, e la filosofia era ancora quella del Principe Azzurro. Noi non eravamo conscie di tutto questo, continuavamo a lavorare più o meno come prima, con carta migliore e qualche fotografia decente.

Fu quando arrivò Joyce che ci rendemmo tutte conto di quello che stavamo facendo, esattamente, e per chi. Analisi di mercato, relazioni di esperti: di certo tenevamo conto di tutto questo, ma avevamo le nostre idee. La base, la spina dorsale della rivista, quello che ci interessa di più, è l'*informazione*. Controllo delle nascite, sesso, salute, problemi sociali in generale. Quasi tutti gli articoli che pubblichiamo ora su questi argomenti non avrebbero trovato spazio su *Piccole donne*, tutto doveva essere edulcorato, nascosto. Questa è la parte della rivista di cui mi occupo io. Per quanto riguarda i vestiti, la cucina, i vini, l'arredamento, quello che è cambiato è il livello della fotografia. Non le cose da dire, la moda resta moda, la cucina cucina, ma il modo di presentarle. Quando cominciai a lavorare alla rivista c'erano un sacco di articoli tipo "Parla una vedova: come ho allevato due figlie senza l'aiuto di un uomo", oppure, "Ho sposato un paraplegico", oppure, "Alice è cieca ma dirige una scuola aziendale". Tutto questo non esiste più: troppo marginale! *Lilith* ha fatto un passo avanti, ha raggiunto un livello più elevato, e tutto questo grazie a noi.

Ho già detto che l'arrivo di Joyce, a metà degli anni sessanta, cambiò me e il mio stile: cambiò anche tutto il resto. Quello che ora mi interessa è sapere che quel cambiamento avvenne *nonostante* la struttura apparente. Joyce era la direttrice di produzione e io la sua vice. Lavoravamo insieme nell'ufficio che abbiamo anche ora. Eravamo noi due a mandare avanti la rivista, ma Boris non se ne accorgeva. Joyce diceva sempre che nel posto dove aveva lavorato prima era lei a lavorare, invece del suo capo, al quale però bisognava lasciare l'illusione di dirigere tutto. Quindi per lei non era cambiato niente. Non solo non ci indignavamo per quella situazione, avevamo paura che la gente si accorgesse di come stavano veramente le cose. E naturalmente la gente se ne accorse. Ora ci chiediamo come abbiamo potuto pensare che non se ne sarebbe accorta. Il fatto era che noi adoravamo il nostro lavoro, adoravamo trasformare la rivista. Partecipavamo alle riunioni del consiglio di amministrazione, una volta ogni quindici giorni, e ce ne stavamo sedute in silenzio, da un lato del tavolo, con Boris al centro, e i rappresentanti del consiglio di amministrazione dall'altro lato. Non ci azzardavamo quasi mai ad aprir bocca. Prima di queste riunioni, io davo addirittura consigli a Boris, gli suggerivo quello che doveva dire.

La struttura reale a quei tempi era composta da me e Joyce, che mandavamo avanti tutto quanto, con i fotografi che acquistavano un ruolo sempre più importante, perché fu proprio negli anni sessanta che cominciò il boom della fotografia. Tutte le decisioni venivano prese nel nostro ufficio, che era sempre pieno di gente. All'improvviso – a un paio d'anni soltanto dal suo arrivo – Joyce venne nominata direttrice, e le venne data carta bianca. Era molto brava: parecchie riviste troppo "folli anni sessanta" cominciarono a segnare il passo, ma la veste tipografica ideata da Joyce – e da me – riuscì a resistere.

Quasi subito la struttura reale arrivò a coincidere con quella formale, ufficiale. Quando Boris se ne andò, il suo enorme brutto ufficio *morto* venne dato ai fotografi, e tornò immediatamente in vita: e la stanza che io e Joyce avevamo sempre occupato diventò la direzione. Fu allora che mi resi conto di quanti sforzi e tensione nervosa avessimo sprecato quando quello che succedeva in realtà non coincideva con l'organizzazione formale. Ora, quando osservo quello che accade in altri uffici, altre aziende, mi rendo conto che esistono spesso discordanze di questo genere.

E che cosa è cresciuto all'interno di *questa* struttura, qual è il futuro? Ora so che non siamo io e Joyce! Ma mi chiedo anche se saremo io e Phyllis. Di che cosa non mi sto accorgendo in tempo, a causa dell'eccessivo coinvolgimento con quello che la rivista è *al momento*? Mi sembra che le cose cambino all'improvviso, nello spazio di una notte: ma il cambiamento è cresciuto lentamente, dentro la struttura. Io non riesco a vederlo: eppure ci penso molto.

L'unica cosa di cui mi accorgo è che ci sono molti meno soldi da spendere, e che quindi probabilmente saremo costretti a cambiare la veste tipografica luccicante, vivace, sfacciata addirittura, e a trasformare la rivista in qualcosa di più severo e impegnato.

Impegnato in che senso? Be', come se potessi prevederlo! Non ricavo alcuna sensazione di piacere, né mi vien voglia di partecipare al cambiamento, quando penso che forse cominceremo a "trasformare tutto in qualcos'altro". Vestiti meno effimeri – be', questo è già cominciato – arrosto inteso come lusso invece che come piatto forte, gioielli da comperare come investimento... nel penultimo numero abbiamo pubblicato alcune ricette del tempo di guerra, scherzosamente, ma per quelle di noi che erano state giovani durante o subito dopo la guerra non si è trattato affatto di uno scherzo. Ho sentito le dattilografe ridere, Phyllis prendersi gioco dell'idea di mescolare ai piatti di carne del macinato di seconda scelta. Potrei fare un articolo sul cibo che Maudie ricorda. Credo che le dattilografe si rotolerebbero dal ridere, se sentissero Maudie raccontare di come, quando lei era piccola, le madri di famiglia preparassero grossi sformati di pastella per "riempire" lo stomaco dei bambini prima del piatto di carne, dimodoché ne mangiassero pochissima e tornassero poi a riempirsi di sformato, ripresentato come dolce, con la marmellata. Quando penso alla guerra, a tutti quei trucchi per sfruttare al massimo il cibo a disposizione, alla tremenda, tremenda noia di tutto questo, oh, non riesco a sopportare l'idea che ricominci, non ce la faccio, non ce la faccio... ma finora nessuno ha detto che succederà.

Mi sposai nel 1963. Poco prima che Joyce venisse a lavorare alla rivista. Ho scritto tutta la storia, e solo ora mi viene in mente di raccontare che mi sono sposata.

Una settimana – no, dieci giorni – dall'ultima volta che ho visto Maudie.

Sono andata da Maudie come avevo promesso, anche se ero sovraccarica di lavoro. Non mi sono fermata molto, me ne sono andata subito. Poi via, in ufficio: Joyce non c'era, né aveva lasciato messaggi. Phyllis e io ci siamo arrangiate da sole. Tutti si sono arrangiati da soli. Un'atmosfera elegiaca, per i bei tempi perduti. È stata Joyce a creare *Lilith*, ma se continuerà a non venire al lavoro per giorni di fila, l'acqua si chiuderà sulla sua testa. Nessuno parla di lei o quasi. Ma di certo qualcuno la pensa, io, se non altri. E come la penso! Sono quasi pazza di dolore. Mi sento a disagio, mi vergogno di me stessa, perché quando Freddie è morto, quando mia madre è morta, non ho versato una lacrima, o quasi, solo una sensazione di gelo, di vuoto, ma ora Joyce sta uscendo dalla mia vita, e io soffro. Da principio ho pensato, che errore, che donna malvagia, ma poi ho capito che se posso soffrire tanto per Joyce, se non altro sono arrivata ad ammettere la possibilità del dolore, del lutto. Mi sveglio la mattina fradicia di lacrime. Per Freddie, per mia madre, per Dio solo sa chi altri.

Ma non ho tempo per il dolore. Lavoro come una matta. E intanto soffro come un animale ferito. Non credo che questo sia necessariamente un passo verso la maturità. Avere un cuore gelido non è poi così male, anzi.

Quando sono tornata da Maudie, l'ho trovata fredda, arrabbiata. Con me? No, è saltato fuori che "quell'irlandese" del piano di sopra ha ricominciato ad accendere il frigorifero per "insultarla". Dato che venivo da un'atmosfera dove le cose vengono discusse, invece che mugugnate o sussurrate, ho detto, "Vado su a parlare con lei," e così ho fatto, senza ascoltare Maudie che strillava, "Tu vieni qui solo per impicciarti di cose che non ti riguardano." Ho bussato alla porta del pianterreno. Un ragazzo lungo e magro, pieno di lentiggini, mi ha fatto entrare. Dentro c'era la bella ragazza alta con gli occhi azzurri stanchi, e altri tre bambini magri e pieni di lentiggini dorate che guardavano la televisione. Il frigorifero è una grossa macchina, probabilmente acquistata al negozio di usato in fondo alla strada, e si è acceso proprio mentre c'ero io, un rumore profondo, un tremito che scuoteva l'intero appartamento. Non potevo mica dire, Le dispiacerebbe vendere quel frigorifero? Era facile capire che quella era una casa di poveri. Di poveri anni settanta, voglio dire. Da quando conosco Maudie giudico la povertà con criteri diversi. Tutta roba da pochi soldi, ma i bambini naturalmente erano ben nutriti e puliti.

Ho detto, Mrs. Fowler mi sembrava malata, l'avevano vista?

Sul viso della donna è apparsa quell'espressione che da un po' di tempo mi sembra di vedere dappertutto, un'indifferenza programmata, una vaghezza voluta: "Oh be', non ci ha mai chiesto, od offerto, niente, e così l'abbiamo lasciata stare."

Intanto sembrava intenta a prestare ascolto a qualcosa – e in effetti dopo un po' è arrivato il marito, un piccolo irlandese magro, scuro, esplosivo, e molto ubriaco. I bambini si sono scambiati una serie di sguardi a occhi sgranati e sono spariti in un'altra stanza. Avevano paura, e anche la donna aveva paura. Mi sono accorta che aveva gli avambracci pieni di lividi.

Ho ringraziato e me ne sono andata, e prima ancora di chiudere la porta ho sentito le loro voci dure, ostili. Giù da Maudie mi sono seduta davanti a lei, piccola, vecchia e arrabbiata, con quella faccetta bianca voltata dall'altra parte, e ho detto, "Ho visto il frigorifero. Non ne hai mai avuto uno, tu? È molto vecchio e rumoroso."

"Ma perché deve accenderlo proprio all'una di notte, o addirittura alle tre o alle quattro, quando io cerco di dormire?"

Be', ho tentato di spiegarle tutto. In modo ragionevole. Avevo pensato molto a Maudie. Le voglio bene. La rispetto. Mi piace. E quindi non ho nessuna intenzione di insultarla trattandola come una bambina... almeno, così avevo deciso. Ma quella sera, faccia a faccia con lei, con quella figurina pallida, chiusa e tremante, mi sono trovata a mitigare, ad addolcire il tono.

"Bene, allora, se è come dici tu, perché deve mettermelo proprio sopra la testa, sopra il letto?"

"Probabilmente ha dovuto metterlo dove c'è una presa elettrica."

"E poco importa se io non riesco a dormire, eh?"

Mentre eravamo sedute là, a parlare, il frigorifero si è acceso, proprio sopra le nostre teste. Le pareti hanno cominciato a tremare, e anche il soffitto, ma non era un rumore proprio insopportabile. Io, almeno, sarei riuscita a dormire lo stesso.

Maudie mi ha guardato con un'aria in parte trionfante: Vedi, adesso lo senti anche tu, vedi che non esagero! e in parte curiosa – io la incuriosisco, non riesce a catalogarmi.

Avevo deciso di raccontarle tutto quello che stava succedendo in ufficio, ma non era facile.

"Devi essere una specie di ape regina, là dentro," è stata la sua osservazione.

Io ho detto, "Sono la vicedirettrice."

Non è che non capisse, capiva benissimo, ma doveva in qualche modo rifiutare – me – la situazione. Stava sempre con la faccia voltata dall'altra parte, e ha anche alzato una mano a coprirsela.

"Oh be', allora non verrai più a trovarmi, è così, no?" ha detto alla fine.

Io ho detto, "Questa settimana sarà molto difficile. Ma se vuoi, farò una scappata domani."

Lei ha scrollato le spalle, con un gesto duro, addolorato. Prima di andar via ho dato un'occhiata in cucina: provviste quasi finite. Ho detto, "Porterò un po' di roba, domani, quello di cui hai bisogno."

Dopo un lungo, lungo silenzio, che pensavo non avrebbe mai rotto, ha detto, "Il tempo è brutto, altrimenti farei da sola. Le solite cose – il cibo per il gatto, e vorrei anche un po' di pesce..." Il fatto che non finisse l'elenco significava che mi stava accettando, che si fidava di me, in un certo senso. Ma mentre stavo per andarmene ho visto i suoi occhi vacui fissarmi, e c'era qualcosa di frenetico in quello sguardo, come se l'avessi tradita.

Il giorno dopo, in ufficio, nessun segno di Joyce. Le ho telefonato a casa. Mi ha risposto il figlio. Attento. Misurato. No, è in cucina, ha da fare, credo.

Joyce non ha mai avuto "da fare" prima d'ora. Mi sono arrabbiata da morire. Sono rimasta là seduta a pensare, posso andare da Maudie Fowler e aiutarla, ma non posso fare la stessa cosa per Joyce, la mia migliore amica. E intanto Phyllis si occupava della corrispondenza. Non alla scrivania di Joyce, a quella delle segretarie. Dieci e lode per il tatto che stava dimostrando. Le ho detto, "Così non si può andare avanti, vado da Joyce, subito. Occupati tu dell'ufficio." E me ne sono andata.

Sono stata a casa di Joyce centinaia di volte, ma sempre, comunque, invitata, attesa. È venuto ad aprirmi il figlio, Philip. Quando mi ha vista ha cominciato a balbettare, "La mamma è – è – è..." "In cucina," ho detto io per lui. Si è completamente richiuso in se stesso: assentato. Quello sguardo vacuo, ancora! Può essere che non l'abbia mai notato prima? Una superficie predisposta, di un tipo o dell'altro: difese ben organizzate.

Sono andata in cucina. Philip mi è venuto dietro, come un carceriere, o così mi è sembrato (giustamente). In cucina, una vera cucina patriarcale, tutta legno di pino e terracotta, la figlia, seduta al tavolo, con una tazza di caffè, faceva i compiti. Joyce era ritta accanto al lavandino. Non sembrava affatto una zingara di lusso, tutt'al più una zingara povera. Non si era pettinata, i capelli erano un ammasso arruffato, il trucco sciatto, le unghie spezzate. Ha girato verso di me uno sguardo vuoto, un viso morto, e io ho detto, "Joyce, così non va," e lei si è riscossa, è tornata in sè. Gli occhi le si sono riempiti di lacrime, è rimasta senza fiato, si è girata in fretta, voltandomi la schiena, tremante, come Maudie. Io mi sono seduta al tavolo e ho detto ai due ragazzi. "Voglio parlare con Joyce, per favore." Si sono scambiati un'occhiata. Forse insolente, forse spaventata. Ho capito che sarebbe bastato pochissimo perché cominciassi a provar pietà per loro: se non altro perché avrebbero dovuto lasciare la scuola e partire per gli Stati Uniti, un mondo nuovo, diverso. Ma ero arrabbiata, arrabbiatissima.

"Dammi un po' di caffè," ho detto, e Joyce ha preso una tazza e si è seduta di fronte a me.

Ci siamo guardate dritte negli occhi, seriamente, a lungo.

"Non sopporto questa cosa di non parlarne, di non dirci niente."

"Non se ne parla nemmeno qui in casa."
"Stanno ascoltando dietro la porta?"
"Ma non capisci? La mamma è stata catturata. È stata riportata a casa."
"Vuoi dire che ce l'avevano con te, per il tuo successo e tutto il resto?"
"No, sono orgogliosi di me."
"Ma..."
"Il loro mondo sta crollando, per mesi non sono nemmeno stati sicuri se avrebbero avuto me o Felicity, come madre. Ora sanno che andrò con loro, si sentono più sicuri, ma sono terrorizzati. Questo di certo lo capisci, no?" Aveva lo stesso tono della mia cara sorella Georgie, quando parla con la delinquente – con me – e non avevo nessuna intenzione di sopportarlo.
"Certo che lo capisco," ho detto, "ma stiamo parlando di un ragazzo e di una ragazza, cresciuti, non di due bambini."
"Dorothy ha diciassette anni e Philip quindici."
Mi ha fissata con occhi duri, feroci, e io l'ho fissata a mia volta, arrabbiata.
Ha detto, "Come abbiamo fatto a diventare così, pavide, stupide, infantili? Come?"
"Oh Dio," ha detto lei. "Oh Dio, oh Dio! Oh Dio – Janna!"
"Oh Dio, *Joyce*," ho detto. "Ma è proprio quello che penso. E non trattarmi con condiscendenza. Possibile che niente di quello che dico abbia valore per qualcuno?"
"Di che cosa diavolo stai parlando?"
Ora eravamo entrambe furiose, e ci piacevamo di più. Avevamo alzato la voce, e tutt'e due pensavamo che "i bambini" stessero ascoltando.
"Sto parlando di questi orribili viziatissimi figli che produciamo."
"Tu non ne hai prodotto nemmeno uno."
"Oh, grazie – e così non ho diritto di parlare, non sono nessuno, eh? Grazie a Dio non ho fatto figli. Quando guardo quelli..."
"Senti, Janna..." Sillabando, come se stesse parlando con un'idiota. "Non gli si deve proprio niente? Proprio niente? Si ritrovano un padre che per anni ha praticamente avuto una seconda famiglia. Di recente hanno dovuto accettare il fatto che i loro genitori stavano per divorziare. Adesso che la famiglia ha deciso di restare unita..."

"E quello che devi a noi, al nostro lavoro, a me?"

È rimasta là seduta, il cucchiaio infilato nel boccale col caffè che tintinnava contro la porcellana per via del tremito che le scuoteva le mani.

"Una crisi in famiglia, una scelta, ti chiedi se forse non sarai costretta a vivere sola, a un certo punto, come milioni di altre donne – e tutto quello che sei in rapporto al tuo lavoro non conta più niente."

Ormai tremavamo tutt'e due, di rabbia, e vergogna. Un bello spettacolo: due donne che gridavano, che litigavano furiosamente, in una casa silenziosa.

"Aspetta, Janna," ha detto lei, "Aspetta." E si è data la pena di alzarsi per rimettere il bollitore sul fuoco: ci ha messo un bel po' a tornare a sedersi. E poi, "Credi davvero che non soffra, per te, per la nostra amicizia? Certo che soffro." Stava di nuovo gridando. "Non capisci? Soffro moltissimo. Mai in vita mia mi sono sentita così. Divisa a metà, strappata in due. Vorrei gridare, ululare e rotolarmi per terra... e invece preparo da mangiare e aiuto i ragazzi a fare i compiti. Guarda caso."

"E guarda caso anch'io soffro."

All'improvviso siamo scoppiate a ridere, come ai vecchi tempi: abbiamo appoggiato la testa sul tavolo della cucina e ci siamo messe a ridere. I "bambini" sono arrivati subito, a quel rumore: sorridevano spaventati. Io, Janna Somers, l' "ufficio", mi ero rivelata davvero pericolosa come avevano temuto. Davanti a quelle facce spaventate, ho capito che se non fossi stata attenta avrei ceduto: ma il mio cervello diceva, ho ragione io, ho ragione io, ho ragione io...

E invece magari mi sbaglio.

Ho detto, "Sarà meglio che torni in ufficio."

Joyce ha detto, "Lo so che tu e Phyllis ve la cavate benissimo senza di me."

"Benissimo, sì."

"Bene, allora."

E sono tornata in ufficio più in fretta che potevo. Sono tornata alla mia vera casa. E ho lasciato Joyce alla sua.

Più tardi.

Ho portato la spesa a Maudie e sono rimasta un po' con lei. Ero molto stanca e lei se n'è accorta.

Ha detto con una vocina vecchia e incerta: "Non devi considerarti obbligata a passare di qui, se sei stanca."

"Perché no?" ho detto io. "Tu hai bisogno di aiuto, lo sai bene." E ho aggiunto: "Mi piace venire qui. E mi piace stare con te, Maudie. Sono contenta di conoscerti."

Ha annuito con gesto misurato, compassato, e ha fatto un sorrisetto compiaciuto. "Non dico di non esserne contenta, perché lo sono."

Sono uscita di nuovo per andare al negozio di fronte a prendere il tè che avevo dimenticato di comprare.

Cadeva una pioggia gelida mista a nevischio. Ho preso qualche pezzetto di legna dal montacarichi davanti a casa. Lungo queste strade stanno ristrutturando un sacco di case. Quattro solo nella stradina di Maudie. Quattro montacarichi pieni di "scarti". Comprese alcune sedie in buonissimo stato, materassi, tavoli, e una quantità di legname in ottime condizioni. La gente lo porta via di nascosto. Ci devono essere ancora un sacco di caminetti, in queste case. Ma non per molto, quando le avranno "ristrutturate" i caminetti spariranno.

Sono uscita dal negozio e sul marciapiede c'erano due vecchie, imbacuccate come pacchi. Ho riconosciuto una delle facce che ogni tanto guardano dalla finestra di fronte.

Ero gelata. Volevo tornare dentro.

Ma sapevo già che in questi casi non ci si può affrettare.

La conversazione:

"Mi scusi, volevo chiederle, come sta Maudie Fowler?"

"Bene, mi sembra."

"Lei è la figlia, mia cara? È molto premurosa con lei."

"No. Non sono la figlia."

"Allora è una Buona Vicina?"

"No, non sono nemmeno una Buona Vicina." Mi sono messa a ridere, e le due vecchine hanno sorriso educatamente.

Dico "vecchine" e so che non dovrei, in questo modo non concedo loro alcuna individualità, solo "due vecchine". Ma sono tanto simili, piccole, grassocce, vecchie, con la faccia appena visibile dietro le sciarpe, i cappotti, i cappelli.

"Maudie Fowler è sempre stata così riservata, e ci stavamo chiedendo come sta."

"Be'," ho detto, "ha più di novant'anni, no?"

Un silenzio pieno di rimprovero. "Io ne ho novantadue, mia cara, e Mrs. Bates qui, novantuno."

"Be', Maudie Fowler li sente, i suoi novanta."

Questa era una risposta troppo diretta e lo sapevo, ma ormai avevo cominciato e non potevo cambiare rotta. Oh sì, ormai lo so benissimo come bisognerebbe portare avanti queste conversazioni.

"Lei conosce Mrs. Rogers, mia cara, non è vero?"

"Mrs. Rogers?"

"Lavora per la pubblica assistenza."

"No, non la conosco."

Tutto questo con il nevischio in faccia e le guance che stavano diventando livide dal freddo.

"Lei vorrebbe conoscerla, così dice."

"Be', e perché?"

"C'è un'altra persona che ha bisogno di una Buona Vicina."

"Ma io non sono una Buona Vicina," ho detto.

"Allora arrivederci, cara. Non vogliamo tenerla qui al freddo." E si sono avviate insieme lungo il marciapiede, con quella loro andatura barcollante, a braccetto, lentamente, molto lentamente.

Il giorno dopo Joyce è venuta in ufficio, si è seduta alla sua scrivania, e ha fatto i soliti gesti, come se stesse lavorando, e in effetti ha lavorato, ma senza *esserci*. Non è lì con noi, semplicemente. Aveva un aspetto orribile, malvestita, polverosa, perfino, i capelli grigi alla radice, e un golfino nero un po' stinto.

L'ho guardata, e ho fissato subito un appuntamento con il parrrucchiere. Ho anche deciso di dedicare un'intera serata alla cura della mia persona.

È questa, la serata. Mi sono fatta un vero bagno, ore intere immersa nella vasca. Mi sono rifatta le unghie delle mani e dei piedi, depilata le sopracciglia, pulita le orecchie, l'ombelico, e ho grattato via la pelle indurita dai piedi.

Quello che da tanti anni fa di me una persona perfettamente curata, che la gente guarda pensando, ma come fa? è proprio questo rito della domenica sera. Non ho mai permesso a nulla e nessuno di interferire con questo rito. Freddie era solito scherzarci sopra, ma io gli dicevo, Prendimi pure in giro, non me ne importa niente, *devo* farlo. La domenica sera, dopo cena, per anni e anni, ho scelto i vestiti da indossare ciascun giorno della settimana, mi sono assicurata che non fossero spiegazzati o sciupati, ho controllato orli e bottoni, ho pulito le scarpe, ho svuotato e lucidato le borsette, spazzolato i cappelli, e messo da parte tutte le cose anche solo poco fresche per portarle in lavanderia e in tintoria. Lavoravo per ore e ore, ogni domenica sera, e quando tutti quegli occhi esperti e smaliziati mi osservavano, in ufficio, non trovavano mai, letteralmente, un capello fuori posto. Cura estrema. Be', se non riesco a continuare, il mio stile finirà nel cestino della carta straccia, proprio come quello di Joyce in questo momento. Una zingara di lusso trasformata in sciattona, è bizzarro: se comincio a trascurare il mio stile, finirò come lei.

Ora costringerò me stessa a lavorare: bottoni, scarpe, colletti, stirare, stirare, stirare, non dovrà restare nemmeno un pizzo scucito su una sottoveste.

Sono passati più di tre mesi.

Ho dovuto scegliere tra i lunghi bagni e il diario. Dovevo avere qualcosa a cui aggrapparmi.

Joyce è tornata al lavoro, ma sembra un fantasma, uno zombie. Felicity ha annunciato di essere incinta: Jack ha chiesto a Joyce di essere "generosa", Joyce gli ha detto di decidere una volta per tutte tra lei e l'altra, lui ha detto, Sei vendicativa, devo esser pazzo a volerti ancora. I poveri ragazzi non capiscono più niente e quindi se la prendono con Joyce – dice lei.

Non che non faccia il suo lavoro come prima, il fatto è che non partecipa, sembra assente. Quanto alla cosa su cui ho sempre contato, l'atmosfera propizia, che ci permetteva di lavorare insieme come una persona sola – non c'è più, andata. Noi – io e Phyllis – continuiamo a sostenerla, a coprirla, sempre, con molto tatto, oh dieci e lode a tutte noi, a tutta la sezione editoriale: e io osservo tutto questo, affascinata, per via di *come funziona*. La donna che ha creato la rivista, perché è stata lei a farlo, a dare la spinta iniziale, sta crollando. Ho visto un film alla televisione, elefanti che si affannavano a tener su con la proboscide un compagno moribondo. Mi ha fatto venire in mente Joyce. Perché Joyce sta davvero crollando. Non si può andare avanti così, è il pensiero *inespresso*. Inespressa resta anche la certezza che sarò io a sostituirla. Nel frattempo Joyce dice che resterà a Londra, con i figli, e chiederà il divorzio. I figli per la prima volta telefonano in ufficio per chiedere ogni sorta di cose. Ridicole, tipo, dov'è la marmellata, dove hai messo il mio maglione? Joyce è paziente e *angosciata*. Per loro. Molto bene, ma ci sono dei limiti al numero di persone per cui ci si può preoccupare. I miei li conosco: sono strettissimi. Mi riesce di preoccuparmi solo di Maudie Fowler.

Il tempo è brutto, freddo, umido, deprimente. Quasi ogni sera, dopo il lavoro, passo a trovare Maudie. Ho rinunciato perfino a pensare che dovrebbe acconsentire a farsi assegnare un'altra casa: gliene ho parlato una volta sola, e ci sono voluti tre giorni perché smettesse di vedermi come una nemica, come una di "loro". Ce l'ho già, una casa, dice , e tossisce, tossisce continuamente perché è costretta a uscire per andare in quel bagno gelido con qualunque tempo, a lavarsi in piedi nella cucina priva di riscaldamento. Ma perché dico queste cose? Anche le donne di novant'anni che vivono nel lusso tossiscono e sono cagionevoli di salute.

Ormai è diventata una routine. Vado da lei verso le sette, le otto, dopo il lavoro, e le porto le cose di cui mi ha detto di aver bisogno la sera prima. Di solito dimentica qualcosa, e allora devo andare a prenderla nel negozio dell'indiano. Lui, l'indiano, un omone pallido, grigio, praticamente, che soffre per il clima, mi chiede sempre di Maudie, scuote la testa e mi dà un regalino per lei: dolci, o biscotti. Io li porto a Maudie e lei si arrabbia: è molto orgogliosa, ma si commuove, anche.

Mentre io vado a fare la spesa, lei prepara il tè. Cena alle sei, con dolci, marmellata, biscotti. Dice che non ha nessuna voglia di cucinare. E non vuole che io sprechi il mio tempo a farlo al posto suo, perché allora "non avremmo più tempo per stare insieme". Quando ha detto questo, mi sono resa conto che per lei la cosa più importante è parlare con me: per qualche ragione non me n'ero accorta, perché sono sulla difensiva e piena di sensi di colpa, come se fossi io la responsabile di tutte le cose orribili che le sono successe. Restiamo sedute nell'aria viziata e puzzolente – ormai riesco quasi sempre a dimenticarla appena entro, non sento più la puzza e non mi accorgo più delle tazze sporche. E lei... mi intrattiene. Non mi ero mai accorta che si trattasse di questo. Non fino a quando, un giorno, mi ha detto, "Tu fai tanto per me, e tutto quello che io posso fare per te è raccontarti le mie storie, perché ti piacciono, no? Sì, lo so che ti piacciono." E naturalmente è vero, mi piacciono. Io le parlo di quello che faccio, e non occorre che mi dilunghi molto. Quando vado a un ricevimento in onore di qualche VIP, o a un cocktail o qualcosa del genere, riesco a farle capire subito com'era. Delle sue esperienze fa parte anche il lusso, e poi c'era suo padre: "A volte, ascoltandoti, ricordo quando tornava a casa e ci raccontava che era stato da Romano, o al Café Royal, o al music hall, e ci spiegava che cosa mangiavano e bevevano quelli dell'alta socierà." Ma non mi piace ricordarle suo padre, perché allora se ne sta col mento sul petto, gli occhi bassi e nascosti, e tormenta la stoffa della sottana. Mi piace vedere quei suoi occhi azzurri scintillare fieri e vivaci, mi piace vederli ridere: mi piace guardarla, allora, perché dimentico la vecchia bisbetica e riesco a vederla com'era una volta, da ragazza.

In questi giorni indossa un grembiule di cotone color fiordaliso a grandi macchie bianche, ricavato da un vestito che portava da ragazza. Le avevo detto che mi piaceva molto, e così lei ha strappato via le maniche e l'ha tagliato sulla schiena: ne ha fatto un grembiule. I vestiti neri e pesanti che avevo buttato nella spazzatura sono stati subito recuperati. Li ho trovati avvolti in carta da giornale nel salotto. Puzzavano. Non li aveva indossati, però. C'è una sua fotografia, da giovane, prima del matrimonio, una faccetta stretta, triangolare, occhi bellicosi, una gran massa di capelli splendenti. Conserva una ciocca di capelli, l'ha tagliata prima che diventassero bianchi: erano di un ricco color oro.

Ci sediamo ai lati della stufa nera, con le fiamme che guizzano verso l'alto e tutt'intorno, la teiera sulla piastra, coperta da un vecchio aggeggio di stoffa grigia, lurido... ma perché continuo a parlare della sporcizia? Le tazze appoggiate ai braccioli delle poltrone, un piatto di biscotti su una sedia in mezzo a noi. La gatta ci gira intorno, si lava, oppure dorme sul divano. Intimo, oh sì. Fuori, la pioggia fredda, e sopra, la famiglia di irlandesi, che litigano, i bambini che pestano i piedi sui pavimenti nudi, il frigorifero che trema e rumoreggia.

Lei mi racconta di tutti i momenti della sua vita in cui è stata felice. Dice di esser felice anche adesso, *per merito mio* (e questo è difficile da accettare, mi viene una gran rabbia, a pensare che basti così poco a cambiare una vita), e quindi le piace riandare ai tempi felici.

Un momento felice.

"Il mio ragazzo tedesco, quello che avrei dovuto sposare e invece rifiutai perché ero una sciocca: passavamo sempre la domenica insieme. Prendevamo l'autobus fin quassù, dove siamo sedute adesso, o forse un po' più su. Prati verdi, ruscelli, alberi. Ci siedevamo sul bordo di un ponticello e guardavamo l'acqua scorrere, oppure cercavamo un prato senza mucche e mangiavamo le cose che ci eravamo portati. Che cosa mangiavamo? Io prendevo della carne da casa, perché allora la mamma non era ancora morta e potevo fare quello che volevo, e la infilavo tra due fette di pane. Ma le cose che portava lui mi piacevano di più, perché i suoi genitori erano pasticceri. Lo sai che a quei tempi quasi tutti i pasticceri erano tedeschi? Be', i suoi genitori sapevano appena leggere e scrivere, ma lui era davvero intelligente, uno studioso. Fece carriera, alla fine, sono stata davvero stupida a rifiutarlo, avrei potuto avere una casa tutta mia, col giardino.

Invece non l'ho sposato, no. Non so perché. Naturalmente, mio padre non avrebbe approvato il matrimonio con uno straniero, ma d'altra parte non ha approvato nemmeno il matrimonio con un inglese, non diceva mai sì a una nostra scelta, quindi non avrebbe fatto nessuna differenza. No, non voglio pensarci, adesso, ho già passato abbastanza tempo a pensarci quand'ero giovane, Che stupida, mi dicevo, quando ho cominciato a capire com'erano fatti gli uomini. Vedi, allora non lo sapevo. Hans era così gentile, un vero signore, mi trattava come una regina. Mi prendeva in braccio per superare gli steccati, con gesti così delicati e gentili, poi stendevamo una piccola tovaglia bianca sul prato e tiravamo fuori quegli stupendi panini bianchi e i dolci della pasticceria. Io dicevo sempre, No, io devo mangiare la mia roba e tu la tua, ma poi finivamo col dare la mia agli uccelli.

"Penso a quei giorni, a quelle domeniche. Chi ci crederebbe, ora? Proprio qui dove siamo sedute, invece delle strade, c'erano i ruscelli, e gli uccelli... Lo so che stai pensando, Dove sono finiti quei ruscelli? Lo so perché ora riesco a leggerti in faccia quello che pensi. Be', fai bene a chiederti dov'è finita tutta quell'acqua. È qua sotto, sotto le fondamenta di metà delle case lungo queste strade, ecco dov'è. Quando cominciarono a costruire tutta questa roba, e distrussero i campi e i prati, io venivo quassù tutta sola a guardare. Tutta sola. Ormai il mio ragazzo tedesco non c'era più, se n'era andato perché io avevo rifiutato di sposarlo. I costruttori rovinavano tutto anche allora, proprio come adesso: certe cose non cambiano mai. Avrebbero dovuto incanalare l'acqua in appositi condotti, lontano dalle case, ma non lo fecero, troppo disturbo. A volte, perfino ora, quando cammino per la strada, mi fermo davanti a una casa e penso, sì, se le fondamenta sono umide è per via dell'acqua di quei vecchi ruscelli. C'è una casa, il numero settantasette, che cambia continuamente padrone, nessuno la tiene a lungo, ed è perché l'hanno costruita proprio alla confluenza di due di quei ruscelli, e hanno messo giù le fondamenta nel fango, senza curarsi di incanalare via l'acqua. Avevano costruito un vero e proprio canale un po' più giù, ora corre lungo la strada principale, ma i ruscelli più piccoli li hanno lasciati dov'erano, e l'acqua si è infiltrata nelle costruzioni. E quelle domeniche, quando calava la sera, oh, com'era bello, lui diceva, Posso metterti un braccio intorno alla vita? E io dicevo, No, non mi piace – che stupida. E lui diceva, Prendimi a braccetto, almeno, allora. E attraversavamo a braccetto i campi fino all'autobus, e tornavamo a casa che era già buio. Lui non entrava mai, per via di papà. Mi baciava la mano, e diceva, Maudie, sei un fiore, un piccolo fiore."

Un momento felice.

Maudie venne mandata a imparare il mestiere da una modista, e lavorò in quel posto per anni, a più riprese. L'apprendistato era molto duro. Dato che viveva con la zia, che era molto povera, e le dava già la colazione e la cena, Maudie doveva rinunciare al pasto di mezzogiorno oppure andare al lavoro a piedi. Il laboratorio era vicino a Marylebone High Street. Così aveva deciso di calcolare se costasse di più prendere l'autobus o consumare la suola delle scarpe. Si faceva dare le scarpe smesse dalla cugina che non le consumava mai fino in fondo, oppure comperava stivaletti usati al mercato. ma doveva andarci ben vestita, al lavoro, e quello era il problema più grosso. La zia non poteva darle soldi per i vestiti.

Una volta la moglie del padrone le regalò una sottana e una camicetta. "Mi apprezzava, capisci? Dovevamo avere un aspetto decente, perché i compratori venivano fin dentro il laboratorio. Oh, non credere che mi facesse quel regalo per gentilezza d'animo, non aveva affatto un animo gentile. Ma non voleva perdermi. Passarono anni, prima che potessi comperarmi un bel vestito marrone tutto mio, e un paio di scarpe nuove. E quando lo feci, oh, non dimenticherò mai quel giorno. Avevo rinunciato a una quantità di cose, per quel vestito. E me lo misi una domenica, per la prima volta, per farlo vedere a Laurie. Chi te l'ha dato? mi chiese lui, perché era fatto così, e intanto mi tirava per il braccio, mi faceva male. Chi è stato, dimmelo? Non tu, di certo, risposi io, e mentre cercavo di liberare il braccio mi feci uno strappo sotto l'ascella. Non un grosso strappo, ma il vestito era rovinato. Oh sì, certe persone ce l'hanno scritto in faccia, quello che sono, si vede subito. Capisci cosa voglio dire? Ma io allora non lo sapevo. Non ci misi molto, però, a capire che qualunque cosa facesse era sempre lo stesso: rovinava tutto. Risparmiavo, mi privavo di un sacco di cose per comperarmi un vestito, e lui lo strappava la prima volta che lo indossavo. Ma non importa. Lo rammendai, lo strappo non si vedeva più, me lo misi e andai a pavoneggiarmi in laboratorio, e le ragazze tutte a battere le mani e a cantare 'Fa bene avere quel che si vuole'.

"Questo accadde proprio prima che mi dessero un aumento, e allora mi comperai un altro vestito, di seta azzurra, ma non ho mai amato nessun vestito tanto quanto il primo che comperai coi miei risparmi.

"Oh come ci divertivamo in quel laboratorio. Eravamo quindici, tra apprendiste e modiste. Siedevamo intorno a un lungo tavolo, con le scatole di passamanеria e ornamenti su trespoli alle nostre spalle, e i cappelli e le cuffie da confezionare sulle loro forme, davanti. Non facevamo che ridere, cantare e scherzare. A volte, quando esageravo un po', arrivava *lei*, e diceva, Ma chi fa tutto questo rumore? Maudie! La regola è, silenzio quando si lavora. Ma io dovevo cantare, mi piaceva da morire, e dopo un po' cantavano anche tutte le altre, e lei non voleva perdermi, capisci?

"Ti ho mai detto come feci a capire che lei ci teneva, a me? Magari l'ho già fatto, ma te lo racconto ancora, perché mi piace ricordarlo. Dunque, *lui* andava spesso a Parigi, a dare un'occhiata ai nuovi modelli nelle vetrine, e nei laboratori, anche, perché conosceva gente che lo faceva entrare. Era bravissimo a ricordare tutti i particolari di un cappello o di una cuffia che poteva andar bene per noi. Mandava tutto a memoria, poi usciva fuori in fretta e furia e buttava giù uno schizzo. Non sapeva disegnare, in realtà, ma afferrava le cose importanti, la forma, o la disposizione di un nastro. Quando tornava a Londra mi diceva, Fai questo, così, vedi, ecco la forma e il colore, di velluto o di satin, fai quello che puoi. Be', era come se io riuscissi a vedere il cappello vero, dietro quegli scarabocchi sulla carta, e mi mettevo subito al lavoro, finivo il cappello, e gli dicevo, Cosa ne dice, Mr. Rolovsky, gli somiglia? Lui lo prendeva in mano, lo guardava per bene, e diceva, Be', non c'è male, Maudie. Questo mi faceva piacere. Ma poi cominciai ad accorgermi che quando lavoravo mi si metteva alle spalle e guardava, lo faceva solo con me, non con le altre, e quando avevo finito prendeva su il cappello con un gesto avido, frettoloso, capisci, non riusciva a nascondere il suo interesse. Allora capivo di esser andata molto vicino al modello che aveva visto a Parigi. Anche le altre ragazze avevano capito, e ci scambiavamo delle occhiate, facevamo l'occhiolino. *Lei* se ne accorgeva, e diceva, Basta, adesso, non capisco cosa ci sia da fare l'occhiolino. Perché era furba, la padrona, ma solo nel suo lavoro, e guadagnava bene. Ti sei mai accorta di questa cosa? Che certe persone sono molto intelligenti per certe cose e stupide per altre. *Lei* credeva che non sapessimo che cosa stava cercando di nascondere, invece era tutto chiarissimo. Io avevo un dono, capisci, un dono nelle dita e nella mente, e loro lo sapevano, e lo valutavano al punto giusto, perché quando venivano i compratori erano sempre i miei lavori quelli che mostravano per primi, ed erano sempre i miei lavori quelli che facevano pagare di più.

"Andavo a guardare le vetrine del negozio, vicinissimo a Bond Street, esponevano solo due o tre cappelli, naturalmente, non tanti come nei negozi a buon mercato, ed erano sempre i miei. Andavano a ruba, non facevo in tempo a finirli che venivano venduti.

"Sì, capisco dalla tua faccia cosa vorresti dire, e hai ragione. Non mi pagavano nessun extra per la mia bravura. Prendevo il massimo della paga, per quel lavoro, ma non era molto, non serviva certo a liberarmi dalla preoccupazione per il futuro. Sì, hai ragione, non credere che non abbia mai pensato di andare a lavorare da un'altra parte, o di dire, Datemi quello che mi spetta oppure mi licenzio. Ma innanzitutto lo adoravo, quel lavoro, adoravo tutto, i colori, la consistenza delle stoffe, degli ornamenti: e poi c'erano le altre ragazze, lavoravamo insieme da tanto tempo, ormai, e ci conoscevamo bene, sapevamo tutto una dell'altra, e... Be', naturalmente c'era di più. Intanto, era anche mia, la colpa di quella situazione. *Lui* voleva che lo accompagnassi a Parigi. Oh no, non aveva in mente nient'altro. Mi aveva detto, Verrà anche la signora, non preoccuparti, è una cosa seria. Quello che voleva era che andassi con lui nei laboratori dove riusciva a infilarsi, e dessi un'occhiata ai cappelli. Era un'idea che gli stava molto a cuore, mi vedeva già, tornare a Londra e copiare tutti quei cappelli e quelle cuffie, centinaia di cappelli e di cuffie, non solo quei pochi che riusciva a mandare a memoria lui. E diceva che mi avrebbe pagata bene, per quel lavoro. Be', trattandosi di lui, di quella coppia, sapevo che non mi avrebbero dato granché, ma sarebbe stato comunque molto, per me. Eppure non riuscii a decidermi, dissi di no.

"Così sono stata invitata due volte in Francia, da ragazza, una volta da Mrs. Privett e una volta da quel paio di... Una volta da una vera signora, e l'altra da due taccagni malvagi, il buono e il cattivo.

"Sì, lo so cosa stai pensando. Il problema era Laurie. Se fossi andata a Parigi non me l'avrebbe mai perdonato, nemmeno se ci fossi andata con un reggimento di guardie del corpo, me l'avrebbe rinfacciato in eterno. Era già un inferno così, prima ancora che ci sposassimo, avevo le braccia piene di lividi, ed era sempre, Chi è stato? Chi ti ha guardata? Chi ti ha dato quel fazzoletto? – perché io mettevo via un soldo dopo l'altro per potermi comprare dei fazzoletti di lino col pizzo vero, li adoravo, adoravo le belle cose. Ma lui non seppe mai che avrei potuto andare a Parigi, allora. E se ci fossi andata, forse ci sarei rimasta, avrei sposato un francese.

Dopotutto ero stata chiesta da un tedesco, no? A volte guardo indietro e vedo la mia vita, con queste occasioni che avrebbero potuto portare a chissà cosa, forse a qualcosa di molto bello. Ma le ho rifiutate, ho sempre detto, No, no, a quello che mi veniva offerto.

"Sono stata anche molto felice, però, in quel laboratorio, tranne che per Johnnie quello è stato il periodo più felice della mia vita, più bello perfino delle domeniche con Hans. Mi piace starmene qui a pensare a noi ragazze, sedute intorno a quei deliziosi cappelli, oh, erano così belli, quei cappelli, a cantare e ridere e raccontare storie, e *lei* sempre tra i piedi, Maudie qui e Maudie là, sei sempre tu a cominciare, diceva, ma io ero la più brava e lei lo sapeva, e anche se le sarebbe piaciuto molto non vedermi mai più, perché *lui* mi guardava in un certo modo e tutti lo sapevano, era costretta a sopportarmi. A me non importava. Io continuavo a cantare, cantavo sempre – vuoi che ti canti una delle mie canzoni? Bene, ecco..."

E Maudie si mette a cantare vecchie canzoni da music hall, alcune delle quali del tutto nuove per me. La sua voce è un po' stonata, ora, si incrina, ma si capisce cosa dovesse essere tanti anni fa dal modo in cui ride, dal suono della sua risata.

Un momento felice.

"Probabilmente rimasi incinta la prima notte di matrimonio. Nove mesi esatti. E Laurie fu così contento, quando glielo dissi. Ci crederesti, ero così sciocca, allora, che non capivo cosa mi stesse succedendo! Andai di nascosto dal dottore e gli dissi, Sto male, sto morendo, mi sento così male. Poi mi sdraiai e lui mi tastò lo stomaco, andò a sedersi alla scrivania e si mise a ridere. Oh, era una risata allegra, e non mi preoccupai, ma mi sentii un po' stupida. Disse, Mrs. Fowler, non le è venuto in mente di poter essere incinta? Che cosa? dissi io. Lei aspetta un bambino, disse lui. Oh via, dissi io, non può essere – perché era una cosa che non mi aspettavo, che non mi era mai nemmeno passata per la mente.

Poi lo dissi a Laurie e lui ne fu così contento che si mise a piangere. Eravamo nel salotto di una casa nella via vicina a questa. Lui aveva ridipinto tutta la stanza, benissimo, perché ci sapeva fare, nessuno poteva negarlo, l'aveva dipinta di un lucente color crema, con le ghirlande sul soffitto azzurro e oro, e lo zoccolo e la cornice azzurri. Aveva comperato un piccolo cassettone e aveva dipinto anche quello di azzurro, e continuava ad arrivare a casa con golfini e cuffiette – oh, sempre troppo grandi, Johnnie non poté usarle se non due o tre anni dopo la partenza di Laurie. Ma ero così felice, mi sentivo come una regina. Lui mi trattava come se fossi stata un vaso di cristallo o una tazza nuova. Mi comperava ogni sorta di cose buone, perché avevo le voglie di sottaceti, cioccolata, zenzero, roba del genere, e chissà quanto gli costava tutto questo.

"Poi nacque il bambino, il mio Johnnie. Ci crederesti? Da quel momento in poi non ci fu più una parola buona per me. Com'è che un uomo adulto riesce a comportarsi come un bambino? Era geloso, geloso del piccolo! Ma allora non sapevo che era quello il problema. Lo prendevo in giro, e lui mi picchiava. I tempi felici erano finiti. Sedevo nella poltrona che lui aveva fabbricato per me, perché potessi allattare comodamente, e allattavo, guardavo il soffitto dipinto con quei bei colori, e pensavo, oh, che fame, che fame, perché Johnnie mangiava moltissimo, non faceva che succhiare. Dicevo, Laurie, compera un pezzetto di agnello per fare lo stufato, compera un po' di bacon, voglio farlo con gli gnocchi. E lui diceva, Con che cosa dovrei comperare tutte queste cose, eh? Eppure lavorava. Be', non voglio riempirti le orecchie con tutta l'infelicità che provai quando capii come sarebbe stato il mio futuro, perché quello che mi piace è guardare indietro e rivedermi seduta come una regina in quella bella stanza, in quella bella poltrona, con Johnnie, a pensare che tutto si sarebbe accomodato quando Laurie si fosse abituato all'idea del bambino."

Un mese dopo.

Non ho mai lavorato tanto! Se riesco a continuare a buttar giù qualcosa in questo diario, forse dopo...

Joyce riesce a non crollare del tutto, ma non è con noi. Faccio io tutte le interviste, le commissioni, vado io a tutti i ricevimenti, le colazioni, le riunioni. Cerchiamo di tenerla nascosta. Le sue difese sono interiori, non esteriori, come le mie, vestiti, capelli, eccetera. Ha un aspetto orribile, un disastro. Per di più, c'è questa serie di articoli sui vestiti come espressione dell'atmosfera degli anni settanta, sessanta, cinquanta. Me ne hanno chiesti altri. Non la perderò mai, l'abitudine di sottovalutarmi. Non credevo di essere in grado di scrivere per una rivista seria, di sociologia, e invece eccomi qua. Mi alzo alle sei per scrivere.

Passo da Maudie tutte le sere, e quando non posso glielo faccio sapere. Arrivo già esausta, poi devo farle un po' di spesa e pulire. Alla fine sprofondo in poltrona e ascolto, ascolto. A volte racconta bene, e ride, e capisce che mi diverto. Altre volte borbotta, è arrabbiata, violenta, e non mi guarda. Io me ne resto lì coi miei bei vestiti. Ho comperato un completo nuovo, carissimo, lo considero un argine contro il caos. Lei si sporge, tocca la seta della camicetta, non roba cinese a buon mercato, no. Accarezza la sottana, poi mi alza gli occhi in faccia, con un sospiro, perché lei sa che la roba che porto è di ottima qualità, chi potrebbe saperlo meglio di lei? Gira quel suo faccino dall'altra parte e alza una mano alla guancia per nascondersi, con gli occhi fissi sul fuoco. Mi taglia fuori. Poi ricomincia, mi perdona con una risatina: Allora, che cos'hai fatto di bello oggi? Ma non vuol sapere, il mio mondo la spaventa, preferisce parlare...

"E poi un giorno se ne andò, disse. Non ti importa più niente di me adesso che hai *lui*, prese su le sue cose e se ne andò. Io non gli credetti. Aspettai che tornasse, per anni. Non avevo un soldo per pagare l'affitto. Andai dai Rolovsky a chiedere lavoro – oh, fu tremendo, non avevo mai dovuto chiedere, mendicare. Avevo detto che stavo per sposarmi, capisci, e *lei* me l'aveva fatta pagare cara, mi aveva costretta a lavorare giorno e notte, per sfruttarmi al massimo prima di perdermi. E dopo nemmeno due anni, ero lì a mendicare lavoro. Be', lei me lo concesse come un favore. Ma c'era un'altra, a capo del laboratorio. E non era più come una volta. Intanto, io non avevo più voglia di cantare e ballare. Affidai Johnnie a una donna. Non che fosse cattiva, ma non era quello che avrei voluto per lui. Non riuscivo a fidarmi di lei, ero sempre preoccupata, gli avrà dato la medicina, e il latte? Perché Johnnie era delicato, aveva sempre la tosse. Comunque, avevo abbastanza soldi per me e per lui. Poi le persone da cui stavo mi dissero che avevano bisogno della stanza. In realtà, non volevano bambini tra i piedi. E volevano tutto quell'oro e quell'azzurro per sé. E così venni a stare qui. Alla padrona di casa non davano fastidio i bambini, ma mi disse che non voleva sentir piangere. Allora stavo all'ultimo piano, nella stanzina sul retro. Costava poco, e dalla finestra si vedevano gli alberi, era bellissimo. Ma mi era difficile trovare i soldi per pagare tutto. Andai dalla zia, ma lei ce la faceva appena a mantenere se stessa. Mi disse, Vai da tuo padre. Ma lui aveva detto che se avessi sposato Laurie non avrei mai più dovuto bussare alla sua porta. E aveva ragione, per una volta... Ti ho raccontato del mio matrimonio?"

E Maudie ha cominciato a ridere, a ridere, ha aperto un cassetto e ha tirato fuori una fotografia. Una donnina minuscola, sotto un enorme cappello fiorito, fasciata da un bel vestito. "Sì," mi dice, "ero un vero disastro. C'era stata tutta un'altalena di sì e no, sì e no, perché succedeva questo: io dicevo, No, e lui cominciava a stringermi e a dirmi che mi voleva, e allora io dicevo, Sì, e lui diceva, Ah, Harry non ti vuole, eh? (Harry era un altro ragazzo che mi faceva la corte), e allora io dicevo, No. Ma un bel giorno alla fine dicemmo tutt'e due sì. Mi feci prestare i guanti e il cappello buono da mia cugina Flo. Il vestito era mio. Mandai un messaggio a papà e gli dissi che mi sarei sposata quella domenica. Lui venne dalla zia e c'era anche Laurie, quel giorno. In piedi sulla porta, mi disse, Se lo sposi, non mi vedrai mai più. Be', era già una decina d'anni che non lo vedevo. Così gli dissi, Verrai almeno al matrimonio?

"La mattina del matrimonio Laurie era di umore pessimo, come non l'avevo visto mai: occhiatacce, pizzicotti, mugugni. Andammo in chiesa a piedi, con la zia, e litigammo per tutto il percorso. C'era papà, con il suo più bel vestito a righe e il cilindro, oh, sapeva vestirsi, era elegantissimo! E c'era anche *lei*, era diventata così grassa che non potei fare a meno di esultare in segreto, riusciva appena a camminare, tutta piume nere e viola: ormai io le sapevo distinguere benissimo, le persone eleganti da quelle volgari, e lei non era niente, un disastro, non l'avremmo voluta nemmeno nel nostro laboratorio. Ma nemmeno io ero granché, quel giorno, avrei potuto farmi prestare un cappello dei Rolovsky, per il matrimonio, ma non volevo chiedere un favore a quei due. E così ci sposammo, imbronciati, senza guardarci. Dopo il matrimonio, un fotografo prese questa foto, poi papà si diresse verso la sua carrozza, con *lei*, e io gli corsi dietro e gli dissi, Posso venire con te? Ma se ti sei appena sposata, disse lei, era veramente stupefatta, e non so darle torto. E papà disse, Benissimo, vieni a casa, non perdere tempo con *quello*. Così salii in carrozza e lasciai Laurie là in chiesa..." A questo punto Maudie comincia a ridere, a ridere, la sua risata squillante, da ragazza.

"Rimasi un po' a casa, tutta contenta, mangiai a crepapelle, di tutto, e poi pensai, Be', ho un marito, dopotutto, e così dissi a quei due, Bene, vi ringrazio, ma ora sarà meglio che vada a casa, e me ne andai, con papà che diceva, Non bussare mai più alla mia porta. E così fu, perché dopo un po' lui morì di un colpo. E non mi dissero nemmeno del funerale.

"Ma mia sorella ci andò, e fece bene. All'improvviso cominciò a farsi vedere in giro tutta elegante, poi si trasferì in una casa più bella. Sapevo che papà aveva lasciato qualcosa a entrambe, per cui andai da *lei* e le dissi, Dov'è, quello che mi ha lasciato papà? E lei evitò di guardarmi in faccia. Che cosa ti fa pensare che ti abbia lasciato qualcosa? disse. Non sei mai venuta a trovarci, no? Ma è stato lui a buttarmi fuori, dissi io. E cominciammo a litigare, e lei urlava come un'ossessa. Allora andai da mia sorella, dovetti farmi forza perché anche lei mi aveva sempre trattata male, e le dissi, Polly, dov'è la mia parte di soldi? Ce l'ha *lei*, disse mia sorella. Dovrai andare da un avvocato. Be', come potevo fare? Ci vogliono soldi, per gli avvocati. A quei tempi io e Laurie eravamo due piccioncini, filavamo il perfetto amore, per cambiare, e volevamo solo godercela, non avevamo tempo per nient'altro.

"Molto tempo dopo, quando mi ritrovai sola, senza un soldo, infelice e bisognosa di tutto, andai da mia sorella, e probabilmente mia sorella parlò con *lei*, perché un giorno quando tornai dal lavoro la padrona di casa mi disse che era venuta una donnona grande e grossa vestita di rosso, tutta piume, e aveva lasciato un pacco per me. Nel pacco c'erano alcuni vestiti di mia madre, nient'altro, e una sua vecchia borsetta con due ghinee d'oro. Ecco tutto quello che ebbi da mio padre. *Lei*, non la rividi mai più."

Un momento molto infelice.

"Lavoravo, lavoravo fino a sfiancarmi. Mi alzavo all'alba e portavo Johnnie da quella donna, poi andavo al laboratorio e ci restavo fino alle sei, alle sette. E poi via a prendere Johnnie, e la donna si arrabbiava, molto spesso, perché ero sempre in ritardo e lei voleva liberarsi del bambino a una cert'ora. Arrivavo a casa e non c'era mai abbastanza da mangiare per me e per lui. Guadagnavo pochissimo, allora, una miseria. Mrs. Rolovsky non mi aveva mai perdonato di esser andata via per sposarmi e poi di essere tornata. Non ero più la favorita, e lei non perdeva mai occasione di multarmi, o di affidarmi cappelli complicatissimi, due volte più lunghi da confezionare degli altri. Eravamo pagate a cappello, capisci? E io non sono mai stata capace di tirar via, sul lavoro. Dovevo far tutto per bene, anche se questo significava soffrire. E poi ci sospesero dal lavoro. Succedeva quasi sempre, d'estate. Oh, allora non c'era la previdenza sociale, non c'era la pensione, niente di niente. Lei diceva, Prendete le vostre carte, quando ve ne andate, e lasciate l'indirizzo, ci metteremo in contatto con voi quando ci sarà lavoro.

"Stava per scoppiare la guerra, ed erano tempi duri. Non sapevo cosa fare. Avevo messo da parte qualche soldo, ma non molto. Tolsi Johnnie a quella donna, e questo era già qualcosa, perché quando lavoravo riuscivo appena a vederlo sveglio, con gli orari che avevo. Ma cosa dargli da mangiare? La padrona di casa disse, No, niente credito sull'affitto. E così continuai a pagare l'affitto, ma sempre più spesso ero costretta ad andare a letto con un bicchier d'acqua per lasciare a Johnnie una tazza di latte. Continuò così per tutta l'estate, un'estate bellissima, quella. Impazzivo dalla fame, andavo ai giardini per vedere se gli uccelli avevano lasciato qualche briciola di pane. Ma non ero la sola ad aver avuto quell'idea, e allora ci andavo prestissimo, e girellavo intorno facendo finta di nulla, e invece tenevo d'occhio quelli che buttavano il pane agli uccelli. Una volta dissi a una vecchia, Io ne ho bisogno più degli uccelli. Allora guadagnatelo, disse lei. Non l'ho mai dimenticato, e non lo dimenticherò mai. Perché lavoro non ce n'era. Tentai di farmi assumere come domestica, ma non mi volevano, col bambino. Non sapevo più cosa fare.

"Poi all'improvviso ricompare Laurie, e mi trova a letto, una domenica pomeriggio, abbracciata a Johnnie. Ero così debole, capisci? Oh, non puoi immaginare che scenata! Da principio, naturalmente, urli e strepiti, Perché hai traslocato senza dirmi niente? Poi cambiò tono, Lo sai che non ti lascerei mai senza mangiare! E allora dimostramelo, dissi io, e lui uscì e tornò con un pacco di roba. Se almeno avesse preso tè e biscotti, e piselli secchi e roba da conservare, ma invece no, Laurie, essendo quello che era, arrivò con dolci alla crema e prosciutto. Be', mangiai, e mangiò anche Johnnie, e poi Laurie ci portò fuori a mangiare ancora. Sono il tuo papà, dice a Johnnie, e naturalmente il bambino è tutto contento. Poi sparì di nuovo. Tornerò domani, disse, ma non lo vidi per mesi.

"Nel frattempo avevo toccato il fondo. Andai alla Pubblica Assistenza. A quei tempi c'era un comitato pieno di signore e signori snob, e bisognava stare in piedi davanti a loro che dicevano, Perché non vendi il medaglione, se sei così povera – era di mia madre – e, Non hai delle proprietà? Non possiamo mantenere gente che ha delle proprietà. Proprietà! Tu dici che hai un bambino, e loro dicono, Allora devi costringere il padre a provvedere. Impossibile spiegare a gente come loro che esisteva gente come Laurie. Be', alla fine dissero che potevo avere due scellini la settimana. Era ancora piena estate, e di lavoro nemmeno l'ombra. Mandarono un uomo a controllare. Io avevo impegnato tutto, tranne una coperta che tenevo per Johnnie, io dormivo col cappotto. Venne quell'uomo. C'era un letto col materasso ma senza lenzuola, un tavolo di legno – questo qui, lo so che ti piace.

Due sedie di legno. Uno scaffale con un po' di zucchero e mezza pagnotta. Lui restò in piedi in mezzo alla stanza, coi suoi bei vestiti, guardò me e Johnnie, poi disse, Hai venduto tutto quello che potevi vendere? Io ormai avevo venduto anche il medaglione di mia madre. Poi si sporse in avanti e indicò questo..." Maudie mi mostrò il lungo bastone di legno scuro col quale apre e chiude le tende. "E questo? disse. Ma come farei ad aprire e chiudere le tende? dissi io. Oppure vuole che venda anche le tende? E il letto. E che dorma sul pavimento.

"A quel punto vidi che si vergognava un po', non molto, però, non era affar suo vergognarsi di quello che doveva fare. Fu così che ebbi i miei due scellini la settimana."

"E riuscisti a tirare avanti con quelli?"

"Ah, sapessi cosa si riesce a fare, per sopravvivere. Io e Johnnie mangiavamo solo pane, lui anche un po' di latte, e così arrivammo all'autunno, e in autunno ricevetti un messaggio dei Rolovsky: mi avrebbero ripresa a lavorare, ma con una paga inferiore. Perché i tempi erano duri. Io avrei lavorato anche per la metà di quello che offrivano. Piano piano, recuperai le coperte che avevo impegnato, per l'inverno, poi i cuscini, e poi... Un giorno, quando andai da quella donna per prendere Johnnie, non ce lo trovai. Era venuto Laurie e se l'era preso. Urlai, supplicai, urlai ancora, ma lei disse che quello era il padre del bambino, che non avrebbe certo potuto rifiutare il figlio al padre – e io impazzii, corsi in giro per le strade, dappertutto. Nessuno sapeva niente. Nessuno aveva visto o sentito niente. Mi ammalai. Mi misi a letto, non mi importava più di niente, pensavo che sarei morta e la invocavo, la morte. Persi il lavoro dai Rolovsky, e non li rividi mai più. Quando cominciai a star meglio, mi trovai un lavoro come domestica, ora che non avevo più il bambino era facile. E quando ebbi risparmiato abbastanza, andai da un avvocato. Dissi, Come posso fare a riavere mio figlio? Ma dov'è suo marito? disse lui. Non lo so, dissi io. Allora come posso aiutarla? disse lui. Non lo so, dissi io. Bisogna spargere la voce, cercarlo, disse lui. Ma dove? dissi io. Non c'è modo di scoprire dove sono le persone? Sì, ma ci vogliono tanti soldi, disse lui. E io non ne ho, dissi io.

"Allora si avvicinò e mi mise le mani dappertutto, e disse, Bene, Maudie, lo sai cosa puoi fare se vuoi che ti aiuti. E io corsi via, corsi via da quell'ufficio, e non trovai più il coraggio di andare da un altro avvocato.

"Nel frattempo, Laurie aveva portato Johnnie giù nella West Country da una donna con cui stava a quei tempi. Molto tempo dopo, quando lo rividi, Johnnie mi disse che era stata buona con lui. Non così suo padre, no, che se n'era andato subito con un'altra, non riusciva mai a stare a lungo con una donna, lui. No, fu quella donna ad allevarlo. E lui non sapeva di avere una madre, non sapeva di me. L'ha saputo solo di recente, ma questa storia te la racconterò un'altra volta, un'altra volta, ora sono troppo agitata per tutte le cose che ho ricordato, e dire che avevo intenzione di raccontarti qualcosa di bello, stasera, volevo parlarti dei tempi felici, dei tempi che mi piace ricordare, non di queste cose tristi..."

Un buon ricordo.

Maudie camminava giù per High Street, quando vide dei cappelli in una vetrina. Guardò incredula la pessima fattura. Entrò nel negozio e disse alla donna che stava confezionando un cappello, Ma non lo sa, come si fa un cappello? E la donna disse, No, era rimasta vedova con qualche soldo e aveva pensato di mettersi a fare cappelli. Be', disse Maudie, allora bisogna che impari, come si impara a lavare i pavimenti o a fare il pane. Ora le faccio vedere. Da principio la donna fece un po' l'offesa, ma aveva voglia di imparare.

"Andavo al negozio, e lei mi mostrava quello che aveva fatto, e allora io le facevo disfare tutto, e rifacevo il lavoro da capo, perché ce l'avevo ancora, quel dono nelle dita, e ce l'ho anche adesso, lo so. E sì, lo capisco dalla tua faccia quello che stai pensando, e hai ragione. No, non mi pagava Ma a me piaceva quel lavoro, capisci? Naturalmente, non era come dai Rolovsky, non era come nel West End, niente sete e satin, solo roba a buon mercato. Ma nonostante questo, riuscimmo a fare dei cappelli deliziosi, insieme, e lei si fece un nome. E dopo un po' vendette il negozio, prese una bella cifra, per l'avviamento – ma l'avviamento ero io, e questo non era scritto da nessuna parte e così non so cosa successe dopo..."

Un buon ricordo.

Maudie lavorava per un'attrice del Lyric Theatre di Hammersmith. Non le dispiaceva fare un viaggio di un'ora per recarsi al lavoro, e perdere un'altra ora per tornare, perché la signora era così allegra, sempre sorridente, sempre pronta a scherzare. "Viveva sola, senza uomini, senza bambini, e lavorava. Oh, lavorano tanto, queste povere attrici, e io le tenevo la cena in caldo, oppure le lasciavo una bella insalata già pronta, preparavo il caminetto, e andavo a casa pensando a come sarebbe stata contenta di tornare e trovare tutto così in ordine. E qualche volta, dopo una matinée, mi diceva, Siediti, Maudie, mangia qualcosa con me, non so cosa farei senza di te. E mi raccontava del teatro. Non era una primadonna, era quello che chiamano una caratterista. Be', era davvero simpatica. E poi morì. Di che cosa? Ero così sconvolta che non volli saperlo. Una morte improvvisa. Un giorno ricevetti una lettera, diceva che era morta, all'improvviso. Così non tornai laggiù, anche se dovevo avere due settimane di stipendio."

"Quand'è successo, tutto questo?"

Perché cerco in continuazione di farmi un'idea, una mappa della sua vita.

"Quando? Oh, dopo la guerra. No, l'altra guerra, la seconda."

Maudie non parla mai della prima guerra mondiale come di una guerra. Era preoccupatissima per Johnnie, allora, perché pensava che suo marito fosse in guerra, e Johnnie, dov'era Johnnie? Andò a chiedere notizie "all'esercito", ma non sapevano niente di Laurie Fowler, e le chiesero, Di quale parte del paese è originario?

"Ero così disperata che mi buttai in ginocchio davanti a loro. Non avevo intenzione di farlo, mi ci ritrovai, non so come, con tutti quegli ufficiali intorno. Vi prego, vi prego, dissi. Erano imbarazzati, e come dar loro torto? Piangevo come una fontana. Mi dissero, Vedremo di fare il possibile. Le faremo sapere qualcosa.

"E molto tempo dopo, aspettavo il postino con ansia, tutti i giorni, arrivò una cartolina: Non ci è stato possibile rintracciare Laurence Fowler. Il fatto è che lui si era arruolato in Scozia, invece che in Inghilterra, perché c'era una donna con cui viveva, lassù, della quale voleva liberarsi."

Ecco com'è un mese di visite a Maudie messo per iscritto! Ma che dire della sera in cui ho detto a me stessa, Sono troppo stanca, troppo stanca, non posso andarci, stasera, e invece ci sono andata. Era più tardi del solito, di un'ora. Mi sono fermata davanti a quella porta traballante, ho bussato e bussato, poi ho cominciato a picchiare colpi, molto forti. Facce alle finestre dei piani superiori. Alla fine lei ha aperto, una piccola furia con gli occhi azzurri che mandavano lampi.

"Che cosa vuoi?"

"Sono venuta a trovarti."

Si è messa a strillare, "Non ho tempo, è già abbastanza faticoso andar giù per quel corridoio a prendere il carbone."

E io ho detto, ho sentito, con sorpresa, la mia voce dire, "Allora vai all'inferno, Maudie," e me ne sono andata senza voltarmi. Non ero arrabbiata, era come se stessi recitando le battute di una commedia. E ho passato una serata tranquilla, senza preoccuparmi, ho fatto buon uso del mio tempo sdraiandomi nella vasca e restandoci per ore.

Il giorno dopo, ha aperto la porta al secondo colpo, e ha detto, "Avanti," facendosi da parte con una faccetta infelice. Più tardi ha detto, "Non devi far troppo caso alle sciocchezze che dico."

"E invece sì, Maudie, se tu dici una cosa io ti ascolto, ti credo."

Qualche giorno dopo, l'ho trovata rigida, silenziosa. "Cosa c'è che non va, Maudie?"

"Non me ne andrò, non me ne andrò di qui, non possono costringermi."

"Di chi si tratta, questa volta?"

"Di quella donna."

"Quale donna?"

"Come se non lo sapessi."

"Ah, allora siamo alle solite. Io sto tramando contro di te!"

"Proprio così. Tutti, tramate tutti alle mie spalle."

Stavamo urlando come ossesse. Non mi vergogno affatto di queste sfuriate, anche se non ho mai, da quando ero bambina, litigato in questo modo: senza astio o passione, con un certo divertimento, addirittura. Anche se so che Maudie non si diverte affatto. Lei soffre, dopo.

"Ma è venuto qualcun altro, allora?"

"Sì."

"E chi?"

Con un lampo degli occhi azzurri, ha detto, "Una certa Rogers, Rodgers, Plodgers, qualcosa del genere." E più tardi, "Non possono mica costringermi ad andar via, no? Questa casa appartiene a un privato, non è vero?"

Ho deciso di fare una piccola indagine. Se la casa è condannata, Maudie dovrà andarsene. E non c'è dubbio, una casa come questa non può che essere condannata. Non c'è nemmeno dubbio, però, che a Maudie dovrebbe essere permesso di restare dov'è. Voglio mettermi in contatto con questa Mrs. Rogers. Potrei telefonare alla Pubblica Assistenza chiedere di lei, ma non è così che si fanno le cose – oh no! Bisogna lasciare che succedano da sole, e intervenire al momento giusto.

L'altro giorno ho trovato ad aspettarmi le due vecchiette. Mrs. Boles e Mrs. Bates. Fagotti di giacche e sciarpe, ma avevano cappelli fioriti e pieni di nastri, in testa. Primavera.

"Oh, eccola qui," ha detto Mrs. Bates. "E come sta Maudie Fowler?"

"Sempre uguale."

"Mrs. Rogers ci ha chiesto di lei."

"Sapete cosa volesse?"

"Oh, è così buona, Mrs. Rogers, si dà un gran daffare, come lei."

È così che succedono le cose. Ora aspetto di incontrare Mrs. Rogers da qualche parte.

Sono passate altre cinque settimane. Non è cambiato niente... apparentemente, ma qualcosa dev'esser cambiato, per forza. In ufficio, stessa storia con Joyce, stessa storia anche con Maudie. Ma ho conosciuto Vera Rogers. Per la strada, stava parlando con le due vecchiette. Loro mi hanno chiamata, lei si è voltata, con un sorriso gentile e ansioso, ed è stata subito dall'altra parte della strada, davanti a me. È una ragazza piccola e sottile. Stavo quasi per scrivere: *una taglia trentotto*. Quando smetterò di pensare alla gente in termini di quello che indossa? Di recente Phyllis mi ha chiesto com'è mia sorella, e io ho detto, Tipo cashmere, scarpe fatte a mano e tailleur di jersey. Phyllis ha fatto una risata, proprio il tipo di risata che le si addice, che mi sarebbe piaciuto sentire da lei solo un anno fa.

Vera è rimasta in piedi davanti a me, sul marciapiede ventoso, con un sorriso ansioso, caldo, di scusa sulla faccia. Occhi scuri e gentili. Smalto rosa sulle unghie, ma vecchio. Sì, naturalmente questo dice qualcosa di lei: che lavora troppo. Vestiti graziosi, niente di eccitante, però. Ho capito subito chi era. Non ci sono stati convenevoli. Ho detto, "Speravo proprio di incontrarla, un giorno o l'altro." E lei ha detto, "Sì, vorrei tanto parlare con lei di Mrs. Fowler." Io ho detto, "Ha paura che vogliano costringerla a traslocare." Lei ha detto, "Sì, ma per un po' non succederà niente, non c'è fretta." Io ho detto, "Nel frattempo, la cosa che più le farebbe comodo sono i Pasti a Rotella." Lei ha detto, "Ma è ancora attiva, capisce, può muoversi, uscire, non avrebbe diritto... ma se lei pensa che..." Io ho detto, "Vede, non ce la fa più a cucinare, ormai, mangiucchia un po' di questo e un po' di quello."

Si è messa a ridere. Ha detto, "Devo proprio raccontarle una cosa divertente che mi è successa la settimana scorsa. Sono andata a trovare una delle mie vecchine, novantaquattro anni. Sorda, artritica, ma fa tutto da sola, cucina, pulisce, fa la spesa. Sono stata lì a guardarla preparare la colazione. Sformato di carne, cavoli, torta alla crema. Le ho detto, Mangia mai roba cruda, frutta, o insalata? Che cosa? si è messa a gridare."

Vera era contentissima di potermi raccontare questa storia, le faceva piacere parlarmene, ma era anche preoccupata che non la trovassi divertente, e mi ha messo una mano sul braccio un paio di volte, come per dire, Oh, spero proprio che le piaccia.

"Deve mangiare anche frutta e verdura, le ho gridato io. Ha bisogno di vitamine. Ogni volta che vengo qui, non vedo mai niente di verde, o una mela, un'arancia. E lei continuava a dire, Cosa, cosa, cosa? anche se sapevo che mi sentiva benissimo, e poi quando ho ripetuto la frase, ha detto, Quanti anni hai detto che hai, mia cara? E allora ho pensato a tutti i miei malanni e dolori, e dire che seguo una dieta bilanciatissima da quando sono nata."

Ci siamo messe a ridere, e lei è sembrata sollevata.

"Devo andare a casa, adesso," ha detto. "Farò il possibile per i Pasti a Rotella. Ma nel frattempo, se lei trovasse un minuto da dedicarmi, potremmo parlare un po' sul serio." E se n'è andata di corsa verso una VW gialla, poi si è infilata, da esperta, nel traffico.

Maudie è contentissima dei pasti che arrivano ogni giorno, per colazione, anche se non sono molto buoni. Pesanti, e cucinati senza cura.

Non mi ero accorta di quanto fosse faticoso per lei svolgere qualunque attività. Sì, certo, lo sapevo, ma non avevo capito fino a che punto. L'ho capito quando ho visto la sua felicità all'idea di essere sulla lista per i Pasti a Rotella. Non smetteva più di ringraziarmi.

"Vedi, *tu* ci sei riuscita, *lei* invece non voleva, oh no, non voleva!"

"Ma gliel'hai mai chiesto?" ho detto io.

"A che sarebbe servito? L'ho chiesto tante volte, ma mi hanno sempre detto che quello di cui avevo bisogno era l'Aiuto Domestico."

"E infatti ne hai bisogno."

"Oh, bene, allora dillo, che non vuoi più venire qui! Non mi importa! Me la sono sempre cavata da sola e continuerò a farlo."

"Oh, Maudie, è così difficile parlare con te. Cosa c'è che non va, nell'Aiuto Domestico?"

"Hai mai provato ad averle per casa, quelle?"

A questa uscita mi sono messa a ridere, e allora si è messa a ridere anche lei.

Sta arrivando l'estate.

Che cos'è successo dall'ultima volta che mi sono seduta davanti a questo mio disgraziato diario? Ma non voglio smettere di tenerlo.

Ho incontrato parecchie volte Vera Rogers, e abbiamo parlato – per la strada, e una volta per una frettolosa mezz'ora in un caffè. Chiacchierate stenografiche, perché nessuna delle due ha tempo da perdere.

Una volta mi ha chiesto come ho conosciuto Maudie, e quando gliel'ho detto, ha commentato, con un sospiro, "Speravo che lei fosse davvero una Buona Vicina, perché conosco un'altra persona che forse accetterebbe l'aiuto di una Buona Vicina. Una vecchietta difficile, ma così sola!"

Era una richiesta, fatta con molta delicatezza, e con un po' di imbarazzo, ma io ho risposto che Maudie mi bastava.

"Sì, certo, capisco," ha detto subito lei.

Le ho detto che lavoro faccio, e poi ho dovuto anche spiegarle *perché* Maudie. Come se lo sapessi! Perché mi do tanto da fare per Maudie? Ho detto, "Perché le voglio bene, davvero."

"Oh sì, è una donna meravigliosa, vero?" ha detto Vera, con calore. "Alcune di queste vecchine, verrebbe voglia di strangolarle. Quando ho cominciato a fare questo lavoro, mi sentivo sempre in colpa, pensavo che fosse mio dovere trovarle tutte simpatiche. E invece, dopo un'ora passata con qualche vecchia testarda senza riuscire ad arrivare da nessuna parte, mi ritrovavo a pensare, Dio mio, uno di questi giorni le do una botta in testa, lo giuro."

"Be', ho pensato anch'io la stessa cosa di Maudie, un sacco di volte."

"Sì, ma c'è qualcosa di più."

"Sì, è vero."

Ho detto a Maudie che Vera la trova molto simpatica, e lei si è subito chiusa in una maschera arrabbiata e smunta.

"Ma *perché*, Maudie?"

"Non ha mai alzato un dito per aiutarmi."

"Ma come avrebbe potuto, se non le hai mai detto cosa vuoi?"

"Quello che voglio è esser lasciata in pace."

"Ecco, vedi qual è il problema?"

"Sì, sarei completamente sola, se non ci fossi tu."

"Vera Rogers non deve occuparsi di una sola persona, le capita di averne anche dieci e più in un solo giorno, e poi passa ore al telefono a organizzare tutto. Io invece vengo qui tutti i giorni, perciò so di cosa hai bisogno."

"Dovranno portarmi via con la forza e mi metterò a urlare," ha detto lei.

"Ma Vera è dalla tua parte, sta cercando di impedire che ti costringano a lasciare questa casa."

"Questo è quello che ti racconta. Sono stati qui di nuovo, oggi."

"Chi?"

"Sai cos'ha detto, quel greco? Ha detto, Lei può stare in una delle stanze, e intanto noi rimettiamo a posto l'altra. Poi, quando avremo finito, potrà tornare a occuparla. Io, chiusa qua dentro con tutta la polvere e il rumore. E ci mettono mesi, a sistemare una casa."

"Allora stai parlando del padrone di casa, è così?"

"Sì, è proprio come dico io. Ci sono dentro tutti, sono tutti d'accordo."

Al negozio indiano, ho tirato per le lunghe fino a quando il proprietario, Mr. Patel, ha detto, "Mrs Fowler è scesa in strada, ieri, urlava e strillava."

"Ah sì? E cosa diceva?"

"Gridava, Nessuno di voi era qui ad aiutarmi a scaldare l'acqua e a fare il bagno quando ho avuto il bambino, nessuno di voi ha fatto qualcosa quando non avevo niente da dargli da mangiare. Ho vissuto tutta una vita senza l'acqua calda dal rubinetto, e se tentate di entrare in casa mia chiamo la polizia."

Mr. Patel dice tutto questo lentamente, fissandomi con quei suoi occhi seri e preoccupati, e io non oso sorridere. Mi tiene quegli occhi fissi in faccia, serio, con aria di rimprovero, e dice, "Quando ero in Kenya, prima che fossimo costretti ad andarcene, pensavo che fossero tutti ricchi, in questo paese."

"Invece adesso sa come vanno le cose, eh?"

Ma lui vuol dire qualcos'altro, qualcosa di diverso. Ho aspettato ancora, prendendo su dei biscotti, rimettendoli a posto, studiando una scatola di cibo per gatti.

Alla fine lui dice, a bassa voce, "Un tempo, da noi, nessuno avrebbe permesso che un vecchio arrivasse a questo punto. Ma ora – le cose stanno cambiando anche da noi."

Ho l'impressione di dovergli delle scuse. Alla fine dico, "Mr. Patel, non possono essercene tante, di persone nelle condizioni di Mrs. Fowler."

"Ne vengono sei, sette al giorno solo nel mio negozio. tutte come lei, senza qualcuno su cui contare. E il mio negozio è solo uno dei tanti."

Ha l'aria di volermi accusare. Di voler accusare i miei vestiti, il mio stile. Sono fuori posto, in questo piccolo negozio d'angolo. Ma poi, come se avesse paura di avermi offesa, prende un dolce, uno di quelli che piacciono a Maude, da uno scaffale e dice, "Glielo dia, da parte mia."

I nostri occhi si incontrano, ma questa volta l'espressione è diversa: siamo stupiti, siamo spaventati, tutto questo è troppo, per noi.

Questo succedeva otto giorni fa.

Può darsi che dopotutto Joyce parta per gli Stati Uniti. La ragazza ha avuto un aborto. Il marito l'ha presa malissimo: voleva il bambino. Ha avuto una specie di crollo nervoso, e Joyce cerca di aiutarlo, di consolarlo. Questa storia va avanti da settimane.

Quando mi ha detto:

"Sembra che volesse un altro figlio da me, da tanto tempo."

"E tu lo sapevi?"

"Be', sapevo che non gli sarebbe dispiaciuto, ma non immaginavo che ci tenesse tanto."

"E se l'avessi immaginato?"

"Sì, credo che gliel'avrei dato."

"Così adesso vi incolpate a vicenda?"

"Sì."

Joyce con la sigaretta appesa alle labbra, gli occhi stretti, alza una fotografia dopo l'altra, le esamina, Sì, questa va bene, No, questa no. È andata dal parrucchiere a tingere i capelli, ma ha sempre l'aria sciatta, polverosa. Non si cura più le mani. Dimostra cinquant'anni. Ha un'aria strana, da strega. Le ho detto, "Joyce, devi cambiare stile, il tuo è troppo giovane." E lei ha risposto, "Quando saprò se vado in America o no, deciderò che stile scegliere, non ti pare?"

Joyce è sempre sul punto di mettersi a piangere. Una parola, una battuta, un tono di voce – gira la testa di colpo, socchiude gli occhi, mi scruta, scruta Phyllis, o chiunque altro sia con noi al momento, e le spuntano le lacrime. Ma le rimanda subito indietro, fa finta di niente. Io e Phyllis abbiamo un patto silenzioso: stiamo attente a ogni sillaba, a ogni parola, a ogni insinuazione, non vogliamo che Joyce si tradisca, si metta a piangere.

Quanti giorni sono passati? Non ricordo. Alcuni.

Oggi Joyce mi ha raccontato di aver detto a Jack, Il guaio è che tu vorresti portarti dietro negli Stati Uniti la situazione che hai qui. Casa, figli, moglie comprensiva – e anche la ragazza, in un'altra casa. Non riesci a scegliere. Ecco perché stai così male.

E lui le ha detto che era dura e senza cuore.

E mancano quattro mesi alla partenza. Avrebbe già dovuto comunicare a quelli di laggiù se c'è una moglie, o no, dei figli, o no.

"Forse alla fine partirà da solo," ho commentato, dimenticando di essermi ripromessa di non sconvolgerla.

Lei ha voltato la testa con quel suo gesto rapido e sorpreso, si è sporta in avanti, mi ha fissata. La mia vecchia amica Joyce, è lontana mille miglia da me, è finita in qualche posto buio, dal quale mi scruta, pensando, chi è quest'oca starnazzante?

"Solo!" ha detto, col tono forzatamente vivace di una maestra di scuola.

"Perché no?"

"C'è qualcosa di sbagliato, in te, l'ho sempre saputo," ha detto, freddamente, eliminandomi con una frase.

"O forse c'è qualcosa di sbagliato in te."

Le ho detto di Maudie Fowler, che vive sola da qualcosa come sessant'anni. Mentre parlavo, Joyce si è alzata, ha preso su la borsetta, la valigetta, ha raccolto le sue cose dalla scrivania.

"E come l'hai conosciuta?"

Gliel'ho detto. Mi ha ascoltata.

"Sensi di colpa," ha detto alla fine. "Sensi di colpa. Se vuoi esserne prigioniera, è affar tuo."

Si è diretta alla porta. Le ho detto, "Joyce, vorrei parlartene con calma, davvero. Ci terrei molto."

Lei ha detto, "Bene, ma non adesso."

È arrivata l'estate. Non che io abbia modo di godermela.

Quando si è ammalata, Joyce? Credo che sia ormai passato un mese. La verità è che da principio eravamo tutti sollevati, perché la malattia rendeva praticamente ufficiale la verità. Non ho fatto che correre in giro, giorno e notte. All'ospedale, la scena era questa: il marito di Joyce, i due figli, l'*ex* amante del marito, il suo nuovo ragazzo. Joyce sdraiata, a guardarli da quel posto buio in cui è finita, a sorridere, quando se ne ricordava. Ora lui vuole che lo segua in America, ma lei dice di non avere nemmeno l'energia per pensarci. Naturalmente ci andrà.

Per via di questa storia, non posso più passare tanto tempo con Maudie, anche se l'ho vista tutti i giorni. Lei capisce, le ho raccontato tutto. Ma quello che *prova*, è un senso di abbandono. Seduta davanti a lei, cerco di non guardare l'orologio, e lei ricorda solo cose brutte. Le dico, "Parlami di quel giorno in cui andasti nella brughiera con Johnnie a prendere le more e poi facesti la crostata." Ma lei sospira, e continua a strofinare le vecchie dita sulle sottane (sporche). Poi racconta...

Sua sorella Polly, quella che ha avuto sette figli, chiamava sempre Maudie ad assisterla, a ogni parto. Maudie era contenta di farlo, lasciava perfino il lavoro, se l'aveva, si trasferiva da sua sorella, e si occupava di tutto per settimane, per mesi, l'ha fatto più di una volta. Poi, dice Maudie, succedeva sempre la stessa cosa, la sorella diventava gelosa, perché Maudie amava i bambini e loro amavano lei. Trovava una scusa per dire, Mi stai mettendo contro i bambini, vuoi portarmi via il marito. Figuriamoci, dice Maudie, quel brutto spilorcio, mi rinfacciava quello che mangiavo mentre lavoravo per lui come una schiava. Diceva, se io mi mettevo un pezzetto di carne nel piatto, Meglio comperare un pezzo di manzo in più, la domenica, almeno fino a quando Maudie continuerà a onorarci della sua presenza. Nel frattempo, io lavoravo diciotto ore al giorno. Tra un figlio e l'altro, Maudie non aveva notizie della sorella, ma non si preoccupava: Sapevo che sarebbe arrivato un altro bambino, perché lui non poteva certo fare a meno di quella cosa.

Ora Maudie parla spessissimo di sesso, e si capisce che è stato un enorme problema per lei, una cosa tremenda, e che non l'ha mai capito, che non ha mai cessato di tormentarsi. Dice che suo marito, anche ai tempi in cui la trattava come una regina, le saltava addosso all'improvviso come una tigre, come un animale selvaggio. Dice che non riesce a capire, un attimo prima sono tutti moine, un attimo dopo ti affondano le unghie nella carne. Suo marito passava da una donna all'altra, in continuazione, e lei ha passato la vita a rimuginare: *perché*? Maudie è stata a letto con un solo uomo, quel suo orribile marito. Sa che ci sono donne a cui il sesso piace, e mi guarda, mentre parla, con una certa modestia e diffidenza, perché ha paura che capisca che si sta chiedendo se anch'io sono una di "quelle", e mi offenda.

Sì, ha avuto altre esperienze. Per alcuni anni, al piano di sopra ha abitato una donna della quale era diventata amica, e a questa donna "piaceva". Raccontava a Maudie di come passasse le giornate ad aspettare la notte, perché di notte per lei cominciava un'altra vita, la sua vera vita. Maudie mi ha detto, "Mi raccontava che dopo, quando avevano finito, dormiva addosso a 'lui', appoggiata alla sua schiena, per poter tenere in mano quel coso. Quel *coso*..." esclama Maudie, e si mette quasi a piangere, per lo stupore, il disgusto, l'incredulità. "Sì, per rispetto, mi diceva." E Maudie resta lì seduta, ancora stupefatta, a quell'idea, dopo trenta o quarant'anni. All'improvviso: "Io non gliel'ho mai data, questa soddisfazione! Ma come, se è il bastone con cui ci picchiano!"

A questo punto mi sono messa a ridere (ma non ero affatto a mio agio, coi miei pensieri, perché era esattamente quello che pensavo anch'io, nonostante la meravigliosa vita sessuale mia e di Freddie), e lei ha detto, "Ti ho guardata bene, lo so che tu la pensi diversamente. ma io sono così, non posso farci niente. E adesso i giornali, le riviste, la televisione, non parlano d'altro, sesso, sesso, sesso, e ogni tanto mi vien da pensare, sono io, la pazza, o tutti gli altri?"

Continuo a ridere, a ridere. Anche lei ride. Ma è una risata tragica, infelice, non quella sua risata da ragazza, che trovo adorabile.

Tale è il potere del – ? – che Maudie ancora oggi riferendosi al marito lo chiama "il mio uomo". L'ha visto una mezza dozzina di volte in mezzo secolo. Un giorno, un colpo alla porta, ed ecco Laurie. Ma il giovane dice, "Mamma? Sono tuo figlio Johnnie." "Bene, vieni dentro, allora," dice lei. "L'avevo bandito dai miei pensieri, capisci? Ero quasi impazzita per il dolore e la preoccupazione. Una volta ero andata dal dottore e lui mi aveva detto, Mrs. Fowler, bisogna che lei ritrovi suo figlio oppure che se lo tolga dalla mente. Come facevo a ritrovarlo? Poteva essere in America come a Timbuctù! E così, lentamente, lo dimenticai. E quando tornò – sono tuo figlio Johnnie, mi disse – diventammo amici, perché lui mi piaceva e io piacevo a lui. Poi arrivò la guerra. Si comportò bene, in guerra, Johnnie, era un ingegnere, e sposò una ragazza italiana, ma il matrimonio finì male, perché lei se ne andò con un altro uomo, e lo sai cosa ho sognato l'altra notte? Oh, un sogno triste, brutto e triste. Ho sognato un bellissimo ciliegio, come quello che c'era qui dietro casa e che è caduto durante un temporale. Grosse ciliegie nere, morbide, così belle e lucenti. Io ero ritta accanto al ciliegio, e Johnnie anche, dall'altro lato, e cercavamo di cogliere le ciliegie, tiravamo giù i rami per arrivare alle ciliegie, ma non ci riuscivamo, ci scappavano di mano, e le ciliegie erano sempre più alte, sempre più alte... e io e Johnnie ci siamo messi a piangere."

Molto tempo dopo che Johnnie, cresciuto, se ne fu andato in America, dove svanì, e quarant'anni dopo che Laurie l'aveva lasciata, portandole via il bambino, Maudie scrisse una lettera al marito, chiedendogli un incontro. Si incontrarono su una panchina di Regent's Park.

"Be', che cosa vuoi?" disse lui.

"Stavo pensando, forse dovremmo rimettere su casa insieme, con Johnnie," gli disse lei. Spiegò che avrebbero potuto cercare una casa – perché sapeva che lui aveva sempre soldi, si dava da fare – arredarla, e poi mettere un annuncio su un giornale americano.

"Perché Johnnie non ha mai avuto una bella casa," spiegò al marito.

"E lui cosa disse?"

"Mi portò a cena, a mangiare del pesce, e non lo rividi per altri cinque anni."

Una meravigliosa giornata calda e serena.

Ho detto a Phyllis, "Pensa tu a tutto," e sono corsa fuori dall'ufficio, al diavolo il lavoro. Sono andata da Maudie, e quando mi ha aperto, molto lentamente, arrabbiata, le ho detto, "Ti porto a fare una passeggiata al parco." Lei mi ha guardata, *furiosa*. "Oh, no," le ho detto. "Oh, cara Maudie, non arrabbiarti, non arrabbiarti, vieni invece con me."

"Ma come faccio?" dice lei. "Guardami!"

E alza gli occhi, oltre la mia testa, verso il cielo. È così bello, azzurro, e Maudie dice, "Ma... ma... ma..."

Poi all'improvviso sorride. Si mette quella sua spessa giacca nera da scarafaggio, e il cappello estivo, di paglia nera, e ce ne andiamo al Rose Garden Restaurant. Trovo un tavolo un po' in disparte, lontano dal passaggio, vicino ad alcuni cespugli di rose, riempio un vassoio di paste alla crema, e restiamo sedute lì tutto il pomeriggio. Lei ha continuato a mangiare ininterrottamente, in quel suo modo lento, struggente, che dice, Questo me lo metto nella pancia finché c'è! – poi è rimasta seduta a guardare, guardare. Sorrideva, felice. Oh, carini, continuava a cantilenare sommessamente, carini... i passeri, le rose, un bambino in carrozzina lì vicino. Ho capito che era fuori di sé per la gioia, una gioia selvaggia, quasi furibonda, quel mondo caldo, assolato, dai colori brillanti, era per lei uno splendido regalo. Perché ormai l'aveva dimenticato, là sotto, in quel suo squallido seminterrato, in quelle orribili strade.

Io mi preoccupavo che fosse troppo per lei dentro quel suo spesso guscio nero, e faceva così caldo, c'era tanto rumore. Ma lei non voleva andarsene. È restata là seduta fino alla chiusura.

E quando l'ho riportata a casa canticchiava con aria sognante tra sé e sé. L'ho accompagnata alla porta, e lei ha detto, "No, vai, vai, voglio sedermi a pensare a questa giornata. Oh, che cose deliziose da pensare."

La cosa che più mi ha colpita quando l'ho vista là fuori, nella luce forte del sole: il suo colorito giallo. Occhi azzurri brillanti in una faccia che sembra dipinta di giallo.

Tre giorni dopo.

Un altro splendido pomeriggio. Sono andata da Maudie, ho detto, "Andiamo al parco."

Lei ha detto, in tono irritato, "No, no, vacci tu, io non posso."

"Oh, su, via," ho detto io, "Lo sai che ti piacerà, una volta che ti sarai decisa."

Lei è rimasta lì, aggrappata alla maniglia della porta, angosciata, arrabbiata, scarmigliata. Poi ha detto, "No, orrore, orrore, orrore," e mi ha chiuso la porta in faccia.

Ero *furiosa*. Avevo continuato a pensare, mentre andavo a prenderla in macchina, alla volta prima, a come era rimasta seduta in quel roseto, ai borbottii di gioia. Sono tornata in ufficio, furiosa. Ho lavorato fino a tardi. Non sono passata da Maudie. Mi sentivo in colpa, mentre mi crogiolavo nella vasca di acqua calda, così piacevole: continuavo a vederla là, sulla porta, aggrappata alla maniglia, a sentire quel mormorio, Orrore, orrore, orrore...

È passata una settimana, il tempo è di nuovo orribile, freddo. La fine dell'estate? Oppure Maudie è malata davvero?... So così poco dei vecchi! Per quanto ne so, tutto questo potrebbe essere normale! Continuo a dirmi, Appena avrò un attimo di tempo ci penserò, ma ho tanto, tanto da fare. Corro da lei a tutte le ore, le dico, Mi dispiace, Maudie, ho tanto da fare. Ieri sera ci sono andata molto tardi, e mi sono addormentata sulla sedia. Stamattina ho telefonato in ufficio e ho detto che non stavo bene. In tutti gli anni che ho passato in quell'ufficio, credo di esser stata male un paio di volte, e mai tanto da restare a casa.

Phyllis ha detto, “Non importa, penso io a tutto!”

La giornata di Maudie.

Si sveglia sotto un peso nero, soffocante, non riesce a respirare, non riesce a muoversi. Mi hanno sepolta viva, pensa, e si dibatte. Il peso si sposta. Oh, è la gatta, è la mia gattina, pensa, e si alza con sforzo. Il peso scompare e Maudie sente il tonfo della gatta che tocca il pavimento. Sei tu, Petty? chiede, perché non è sicura, è così buio e le sue membra sono così rigide. Sente la gatta muoversi nella stanza e capisce di essere viva. È calda... e a letto... Oh, oh, dice ad alta voce, devo andare in bagno altrimenti bagnerò di nuovo il letto. Panico! Ho già bagnato il letto? Esplora le lenzuola con le mani. Mormora, Orrore, orrore, orrore, orrore, pensando a come, qualche giorno prima, ha bagnato il letto, alla difficoltà di farlo asciugare.

Ma è come se la sua mano fosse sparita, non riesce più a sentirla. Stringe e rilascia le dita della mano sinistra, per rendersi conto di averle ancora, le mani, e aspetta che il formicolio cominci nella mano destra. Ci mette parecchio, a cominciare, e allora Maudie tira fuori dalle coperte la mano destra semintorpidita e la massaggia con la sinistra. Ancora non sa se ha bagnato o meno il letto. Sta quasi per ricadere dentro il letto nero, dentro il sonno nero, ma sente l'intestino agitarsi, sente un cattivo odore. Oh no, no, no, geme, seduta là al buio, No, orrore, perché teme di aver cacato a letto. Alla fine, con grande sforzo e pena, scende dal letto e, in piedi, lo tasta alla ricerca di qualcosa. Non è sicura. Si volta, attentamente, cerca l'interruttore della luce. Tiene una pila, accanto al letto, ma le batterie sono scariche, aveva intenzione di chiedere a Janna di comprarne di nuove, ma se n'è dimenticata. Pensa, di certo Janna potrebbe pensarci da sé, lo sa quanto mi è necessaria quella pila! Trova l'interruttore e la luce si accende... ispeziona ansiosamente il letto, che è asciutto. Ma ora deve andare in bagno. Non usa mai la commode, se non per far pipì. Deve arrivare al bagno esterno. Ma sente una spinta calda nelle budella, e fa appena in tempo ad arrivare alla commode. Resta seduta là, si dondola, si lamenta a lungo. Orrore, orrore, perché ora dovrà portar fuori il vaso, e si sente così male, così depressa.

Resta seduta a lungo sulla commode, troppo stanca per cercare di alzarsi. Si addormenta, perfino. Ha il sedere intorpidito. Si sforza di alzarsi, cerca la carta. Niente carta igienica, perché non la usa mai, in casa. Non riesce a trovare niente con cui sostituirla... Alla fine si trascina a fatica alla credenza, il sedere bagnato, disgustoso, trova una vecchia sottoveste, ne strappa un pezzetto, lo usa per pulirsi, e richiude il coperchio sulla puzza – e peggio, perché, mentre si concede un'occhiata breve e timorosa, rifiuta di permettere alla propria mente di ammettere che c'è qualcosa che non va nelle feci. Orrore, mormora, riferendosi alla roba che le sue budella sembrano produrre in questi giorni, e apre le tende tirate alle finestre.

Fuori è chiaro. Ma è estate, potrebbe anche essere ancora notte. Maudie non riesce nemmeno a pensare alle difficoltà di ritornare a letto, e poi alzarsi di nuovo. La piccola sveglia è girata dall'altra parte, e lei non vuole attraversare la stanza per andare a guardare l'ora. Si stringe in un vecchio scialle e si rannicchia nella poltrona accanto al fuoco spento. Non si sentono ancora gli uccelli, pensa: il coro dell'alba è già finito, o lo sto aspettando? Ripensa a come, da piccola, sdraiata a letto con le sue sorelle nel cottage della vecchia signora, in estate, si svegliava alla stridula violenza del coro dell'alba, e poi tornava ad addormentarsi, pensando al caldo delizioso della nuova giornata, una giornata che non aveva mai fine, tutta giochi, piaceri, e pasti abbondanti e saporiti.

E così Maudie torna ad addormentarsi, ma continua a svegliarsi e riaddormentarsi per ore, e ogni volta ricorda di muovere le mani perché non diventino troppo rigide. Alla fine si sveglia per via della gatta che fa le fusa e le si strofina alle gambe. Che sono rigide. Controlla le mani. La destra è di nuovo addormentata. Con la sinistra, si mette ad accarezzare la gatta, Carina, carina, carina, e intanto apre e chiude le dita della destra fino a quando torna a sentirla.

Mattina... oh, le difficoltà della mattina, del giorno da affrontare... ogni compito, ogni gesto così pesante... Resta là seduta a pensare, Devo dar da mangiare alla gatta, devo... devo... Alla fine riesce ad alzarsi in piedi, ansiosa, perché le budella brontolano di nuovo, minacciose. Tenendosi alle maniglie delle porte, agli schienali delle sedie, riesce ad arrivare in cucina. C'è una scatola di cibo per gatti, semivuota. Tenta di versarne il contenuto in un piattino, non esce. Questo significa che dovrà prendere un cucchiaio. Lontano, nel lavandino, ci sono i cucchiai e le forchette, non lava i piatti da giorni. Infila l'indice nella scatola per tirar fuori il cibo, torcendo il naso – si sbaglia, oppure quella roba ha incominciato a puzzare? Lascia cadere il piattino sul pavimento da una certa altezza, perché se si china si sente svenire. La gatta annusa il cibo e si allontana, con un miagolio leggero. Maudie vede che sotto il tavolo ci sono altri piattini, vuoti e asciutti. La gatta ha bisogno di latte, ha bisogno di acqua. Piano, molto piano, Maudie si trascina al lavandino, tira fuori dal mucchio un piattino sporco, che non ha l'energia di lavare, lo riempie d'acqua. Trova una bottiglia semivuota di latte. È rancido? Lo annusa. No. Riesce in qualche modo a mettere il piattino sul pavimento, sostenendosi al tavolo, cadendo, quasi. La gatta beve tutto il latte, e Maudie capisce che è affamata.

Sotto il tavolo non ci sono solo i piattini, uno, due, tre, quattro, cinque, ma anche escrementi di gatto. Questo ricorda a Maudie che deve far uscire la gatta. Arranca fino alla porta, fa uscire la gatta, e resta con la schiena alla porta, a pensare. Un generale che programmasse una campagna non potrebbe usare più astuzia, più intelligenza di quanta ne mette Maudie per battere la propria debolezza, la propria terribile stanchezza. È già alla porta di servizio: il gabinetto dista solo cinque passi: se ci va adesso, si risparmierà un viaggio più tardi... Maudie arriva al gabinetto, lo usa, ricorda che c'è la commode piena di puzza e sporcizia in camera, riesce a trascinarsi lungo il corridoio fino alla camera, a tirar fuori il vaso da sotto il sedile, a tornare al gabinetto col vaso. Vuotandolo, versa un po' del contenuto, lo guarda, lo annusa, e la sua mente è costretta ad ammettere che c'è qualcosa di molto strano. Ma pensa, finché *lei* (Janna) non se ne accorge, non lo saprà nessuno. *Così non mi porteranno all'ospedale*...

Sbrigate queste faccende, le sembra che sia passato moltissimo tempo, eppure sa che è ancora presto, perché non si sente il baccano dei quei discoli irlandesi. Ha una gran voglia di una tazza di tè, tutta l'energia è andata nell'accudire alla gatta.

In piedi accanto al tavolo della cucina, aggrappata al bordo, pensa a come portare la tazza di tè bollente, vivificante, nell'altra stanza. Ma il tè bollente fa correre, no, meglio un po' di latte freddo. Versa il latte freddo nel bicchiere. Non ce n'è più. Ha bisogno di: latte, carta igienica, cibo per gatti, fiammiferi, tè, e probabilmente un sacco di altre cose, se solo riuscisse a ricordare quali.

Forse tra poco arriverà Janna e...

Fissa severamente gli escrementi di gatto sotto il tavolo, le sembrano lontanissimi, si confronta mentalmente con la necessità di chinarsi, e pensa, lo farà Janna...

Si trascina con il latte nell'altra stanza. Si siede. Ma adesso ha freddo, estate o no. Resta seduta nella sua vecchia poltrona, accanto alla grata fredda, e sente il calore sfuggirle dal corpo. Deve accendere il fuoco. E se accendesse la stufetta? Ma consuma un sacco di elettricità, e lei riesce *appena* a far quadrare i conti, con la pensione. Alla fine, con grande sforzo, si alza, e la accende. La stanza viene invasa dal caldo luccichio della stufetta elettrica, le sue gambe sembrano sciogliersi e ritornare in sè. Resta seduta a sorseggiare il latte, e a borbottare, Orrore, orrore, orrore.

Poi scivola dentro un sogno: Janna l'ha portata a vivere a casa propria e si prende cura di lei. È ferocemente possessiva nei confronti del sogno, ci si crogiola, ci si bea, lo tira fuori e ci aggiunge qualcosa tutte le volte che siede da sola in poltrona, ma sa che non si avvererà mai. È *impossibile* che si avveri. Ma perché? Perché no? Era impossibile anche che Janna entrasse nella sua vita come ha fatto, chi avrebbe mai potuto pensare che succedesse? E quel suo modo di andare e venire, con le sue battute, e i fiori e i dolci e tutto il resto, e quelle storie sull'ufficio, probabilmente si inventa tutto, dopotutto una povera vecchia come lei non ha certo modo di controllare che quello che Janna racconta non sia frutto, almeno in parte, di fantasia. E allora perché non potrebbe accadere un'altra cosa impossibile, che Janna la porti in un bell'appartamento caldo, e la curi, le dia tutto quello di cui ha bisogno...

Oppure Janna potrebbe venire a vivere lì con lei. C'è quella stanza in più... Questo è quello che Maudie vuole davvero. Non vuole lasciare la sua casa. Trovati un posto tutto tuo e non mollarlo mai: Maudie se lo ripete tutte le volte che le viene – come adesso – la tentazione di lasciare la sua casa e andare a vivere con Janna. No, no, mormora, dovrà venire lei a stare qui. E resta là seduta, sonnecchiando a intervalli, pensando a Janna, ora vive lì con lei, la assiste, e quando si sveglia di notte, sola e terrorizzata di esser stata sepolta viva, può chiamare, e sentire la voce di Janna che risponde.

Ma dopo un po' l'intestino la costringe ad alzarsi Ha sì vuotato il vaso, ma non l'ha lavato, e ora puzza in modo disgustoso. Così va al gabinetto, e intanto fa entrare la gatta, che non stava aspettando altro e va subito al piattino col cibo puzzolente, rifiuta di mangiarlo, e segue pazientemente Maudie nell'altra stanza. La quale, già che è in piedi, decide di accendere il fuoco. Le ci vuole più di un'ora per farlo, deve andar giù per il corridoio a prendere il carbone, tornare indietro, ripulire la stufa dalla cenere, accenderla. Soffia sul fuoco, piano, a piccoli sbuffi, perché altrimenti le gira la testa, e così ci vuole un sacco di tempo perché cominci ad ardere. Poi torna a sedersi, ah, una tazza di tè, ma non è possibile, deve farne a meno, perché più di ogni altra cosa teme i bisogni del proprio intestino, della propria vescica. Pensa, il Pasto a Rotelle arriverà tra poco... sono solo le undici, però. Magari arriverà presto, oggi. Ha fame, ha così fame che non riesce a distinguere tra i crampi della fame e la possibilità che si tratti di un altro bisogno. Prima che l'allegra ragazza che le porta il Pasto a Rotelle, che ha la chiave di casa, arrivi come un fulmine esclamando, Salve, Mrs. Fowler, come sta? e se ne torni via sbattendo la porta, deve andare un'altra volta fuori, al gabinetto.

È presto. Sono solo le dodici e mezzo. Maudie porta immediatamente i due piccoli contenitori di carta stagnola in tavola e, senza quasi guardare cosa contengono, mangia tutto. Si sente molto meglio. Pensa, oh, se Janna arrivasse adesso, e dicesse, Andiamo al parco, non brontolerei di certo, non la tratterei male, mi piacerebbe moltissimo andarci. Poi guarda dalla finestra e si accorge che sta piovendo. Che estate, borbotta. La gatta è sul tavolo e sta annusando i contenitori vuoti. Maudie si agita, perché sa che la bestiola ha fame e che avrebbe dovuto dividere con lei il cibo.

Va nella cucina fredda e puzzolente e si mette a cercare – sì, oh gioia, c'è una scatola ancora intatta. Maudie è così felice che si mette perfino a ballare, là in cucina, con il barattolo stretto al petto. Oh, piccola mia, esclama, posso darti da mangiare. Alla fine riesce ad aprire la scatola, tagliandosi l'indice con l'apriscatole. La gatta mangia tutto. Maudie pensa, e adesso dovrebbe andar fuori, così non sarei costretta ad alzarmi di nuovo più tardi per farla uscire... ma la gatta non vuole andare, torna nella stanza col fuoco acceso, si addormenta sul letto di Maudie. Che non è stato rifatto. Maudie dovrebbe rifarsi il letto – pensa, non è carino nei confronti di Janna. Invece di rifarlo, però, si siede in poltrona accanto al fuoco, si sporge in avanti per riempire la stufa di carbone, e si addormenta profondamente per tre ore. Anche se non sa che ore sono, le cinque del pomeriggio, quando si sveglia, perché l'orologio si è fermato.

La gatta dorme ancora, il fuoco è spento... Maudie lo riaccende. Non le dispiacerebbe mangiare qualcosa. *Deve* bere una tazza di tè. Ne prepara una teiera piena, mette in tavola i biscotti e fa festa. Dopo il tè, si sente tanto meglio che le è facile non pensare troppo al fatto di dover tornare al gabinetto, una, due, tre volte. Il suo intestino è un nemico arrabbiato, laggiù, si agita, ribolle, esige. Cosa c'è che non va? esclama Maudie, massaggiandosi la piccola protuberanza della pancia. Perché non mi lasci in pace?

Dovrebbe lavarsi un po'... dovrebbe... dovrebbe... ma ora arriverà Janna, Janna...

Maudie resta là seduta ad aspettarla, ma Janna non arriva. Maudie si alza per far uscire la gatta che miagola, va a prendere il carbone, attizza il fuoco, si mette a cercare un po' di brandy, perché all'improvviso si sente male, trema tutta, potrebbe lasciarsi cadere per terra e restarci, si sente così stanca, svuotata... Niente brandy. Niente di niente.

E se uscisse a comprarlo? No, no, non ce la farebbe mai a salire i gradini, Janna non è ancora arrivata e si sta facendo buio. Questo significa che devono essere quasi le dieci. Janna non verrà... e non c'è latte, non c'è tè, non c'è cibo per la povera gattina, non c'è niente.

E Maudie siede accanto al fuoco che arde furiosamente e pensa amaramente a Janna, che è cattiva, crudele, dura, che non le vuol bene... Nel bel mezzo di questi pensieri, qualcuno bussa forte alla porta, e il sollievo di Maudie esplode in un grido rauco: Oh, va bene, *arrivo*. E si trascina giù per il corridoio, come un gambero, fino alla porta, terrorizzata che Janna possa andarsene prima che lei riesca a raggiungerla. Orrore, orrore, mormora, e la sua faccia, quando apre la porta, è dura, piena di accuse

"Oh, Dio mio, Maudie," esclama Janna, "fammi entrare, sono stanca morta. Che giornata!"

Oh, allora, se è stanca non posso chiederle di... pensa Maudie, e si fa da parte, mentre Janna irrompe nel corridoio, tutta energia e sorrisi.

Nella stanza, Maudie vede Janna sorridere davanti al fuoco divampante, e la vede anche arricciare leggermente il naso, un'espressione subito controllata.

Janna dice, "Ho detto all'indiano, Aspetti, perché stava chiudendo, aspetti, devo fare un po' di spesa per Mrs. Fowler."

"Oh, non ho bisogno di niente," dice Maudie, reagendo immediatamente alla notizia di dovere della riconoscenza all'indiano, con il quale litiga quasi regolarmente, quando va a fare la spesa... alza i prezzi, le dà il resto sbagliato...

Janna, grazie a Dio, non si è accorta di niente, non l'ha

ascoltata, sta girando come un turbine per la cucina, per vedere cosa manca, e ora corre fuori con una borsa, prima che la povera Maudie possa ricordarsi di dirle delle batterie. Ha sempre tanta fretta! E sono tutti così, corrono, schizzano dentro e fuori prima che io abbia il tempo di girarmi.

Janna torna di corsa dopo poco, sbattendo la porta esterna, sbattendo anche quella interna, con la borsa piena di roba che Maudie passa subito in rassegna, con tanto sollievo, e gratitudine. C'è tutto, perfino un po' di pesce fresco per la gatta e un barattolo di Ovomaltina. Janna non ha dimenticato niente.

Si è accorta degli escrementi di gatto, dei piatti sporchi nel lavandino...?

Maudie va a sedersi quietamente accanto al fuoco, dopo un sorriso di Janna che significa, Ci penso io. Janna pulisce il pavimento, lava i piatti, li ripone, e non pensa, perché è giovane e piena di salute, di lasciare qualche piattino, un cucchiaio e l'apriscatole sul tavolo della cucina, per evitare a Maudie di chinarsi, cercare, frugare.

Maudie resta seduta ad ascoltare Janna che lavora, *che si prende cura di me,* pensa – e, oh, se non si accorge della commode...

Ma Janna torna da lei con una piccola bottiglia di brandy e due bicchieri, e, dopo averne riempito uno per Maudie, glielo porge e dice, "Devo..." e con mossa svelta prende il vaso dalla commode e lo porta fuori.

Spero che non ci sia più niente, dentro, pensa Maudie, preoccupata, non deve accorgersi... ma Janna torna con il vaso ripulito, odorante di pino, e non dice niente.

Janna sprofonda nella poltrona accanto al fuoco, sorride a Maudie, prende il bicchiere di brandy, lo vuota in un sorso, e dice: "Oh, Maudie, che giornata, ora ti racconto..." E sospira, sbadiglia – e si addormenta. Maudie se ne accorge, non vuol crederci, capisce che si è proprio addormentata, e si arrabbia, si infuria. Perché ha aspettato tutto il giorno quel momento, vuole parlare, ascoltare, vuole un'amica con cui fare una conversazione decente, magari una tazza di tè tra un momento, al diavolo l'intestino, e la vescica... E invece eccola lì, Janna, addormentata.

È così buio, fuori. Maudie tira le tende. Va alla porta di servizio e si accorge che non ci sono più tutti quei piattini vuoti sotto il tavolo, non ci sono più nemmeno gli escrementi di gatto, e la stanza profuma di disinfettante. Fa entrare la gatta, e coglie l'occasione per fare una puntatina al gabinetto. Torna dentro, attizza il fuoco, e si siede davanti a Janna, che dorme, dorme come... una morta.

Maudie non ha mai avuto un'occasione come questa, di guardare, fissare, esaminare apertamente, di studiare la sua amica, e si sporge in avanti, per scrutare a piacimento la faccia di Janna, che è lì, davanti a lei, esposta al suo sguardo.

Ha una faccia gradevole, pensa Maudie, ma c'è qualcosa... Be', naturalmente, è giovane, ecco il problema, non capisce, non può capire, ancora. Ma il collo, ha una piega, tante pieghe, quello è un segno di vecchiaia, e le mani, sono curate, dipinte, ma non sono mani giovani.

E i vestiti, oh, quei suoi bei vestiti, quel pezzetto di sottoveste che spunta, è seta, seta pura, oh, lo so cosa costa, so cos'è la seta pura. E le sue belle scarpe... Non porta mai roba da poco prezzo. E non deve esserle rimasto molto, nel portafoglio, dopo aver pagato quel cappello! E l'ha buttato sul letto, senza badarci, un cappello così bello, e la gatta ci si è praticamente accovacciata sopra.

E quelle piegoline bianche... i Rolovsky dicevano sempre che nessuno poteva starmi alla pari, con le piegoline. Saprei farle anche adesso, ce l'ho ancora, quel dono, nelle dita... chissà se...

Maudie si alza con cautela, va al letto, prende il cappello, torna alla poltrona. Esamina la fodera di satin, la cucitura: oh, sì, chi ha fatto questo cappello conosce il proprio lavoro! E le piegoline bianche...

Maudie si assopisce, poi si riscuote. È per via del frigorifero al piano di sopra, che ha cominciato a tremare e rumoreggiare. Ma si ferma quasi subito – questo significa che andava da un bel po', perché di solito il rumore dura un'ora e più. Janna sta ancora dormendo. Non si è mossa. Il suo respiro è così leggero che Maudie si spaventa, e la scruta per assicurarsi che...

Janna sta sorridendo nel sonno? O così sembra per via della posizione che ha assunto? Oh, si sveglierà con il torcicollo, di sicuro... resterà con lei per tutta la notte, allora? Be', cosa dovrei fare? Vegliarla seduta qui per tutta la notte? Ecco come sono i giovani, pensano solo a se stessi, tutti così, non si preoccupano mai di me...

Un'ondata di rabbia assale Maudie Fowler, seduta in poltrona ad accarezzare la gatta, a guardare Janna che dorme.

Maudie si accorge che gli occhi di Janna sono aperti. Pensa, oh Dio mio, è morta? No, sbatte le palpebre. Non si è mossa, resta lì sdraiata con gli occhi aperti, guarda oltre Maudie, verso la finestra che ormai da ore ha chiuso fuori la notte piovosa e piena di vento con le sue vecchie, unte tende gialle.

Maudie pensa, ci sta mettendo parecchio a svegliarsi, non può trattarsi di altro. Poi gli occhi di Janna scivolano verso la sua faccia, verso Maudie: Janna prende, improvvisamente, un'aria terrorizzata, come se stesse per alzarsi e scappar via – e per un attimo raccoglie gli arti in posizione di scatto. Poi quell'orribile momento passa, e Janna dice, "Oh, Maudie, mi sono addormentata, perché non mi hai svegliato?"

"Ho avuto troppo da fare a guardare questo splendido cappello," dice Maudie, accarezzandolo delicatamente con le dita tozze, goffe.

Janna si mette a ridere.

Maudie dice, "Puoi dormire qui, nell'altra stanza, se vuoi."

Janna dice, "No, devo tornare a casa perché viene l'elettricista."

Maudie sa che è una bugia, ma non le importa.

Pensa, Janna si è addormentata qui, ha dormito per tutta la sera, come se questa fosse casa sua!

Dice, "Stavo pensando, questo è il periodo più bello della mia vita."

Janna si alza a sedere sulla poltrona, perché è giovane, non le vengono i crampi, poi si sporge in avanti a guardare Maudie in faccia, seria, turbata addirittura.

"Maudie," dice, "non puoi dire una cosa simile!"

"Ma è vero," dice Maudie. "Voglio dire, non sto parlando dei pochi giorni felici, come quando aspettavo Johnnie, o andavo a fare i picnic... è un'altra cosa, ora so che tu verrai sempre a trovarmi, che staremo insieme."

Le lacrime si affacciano agli occhi di Janna, che le respinge, e dice, "Se questo ti basta, Maudie..."

"Ti ricordi di portarmi delle batterie per la pila, la prossima volta?" dice Maudie, col tono umile ma aggressivo col quale formula di solito le sue richieste.

Janna dice, "Facciamo una cosa, vado a prendere la pila che tengo in macchina e te la lascio."

Va fuori, col suo solito passo deciso, ma poi torna dentro e dice, "Maudie, è giorno, il cielo è chiaro."

Le due donne, ritte nell'ingresso, guardano la luce grigia nelle strade.

Maudie non vuol dire che ora probabilmente si sdraierà sul letto, con le tende tirate, e ci resterà per qualche ora. Sospetta che

Janna non abbia alcuna intenzione di tornare a dormire, per quella notte. Be', è giovane, lei, può farlo. Vorrebbe tanto avere la pila di Janna, perché non è sicura che ritorni, il giorno dopo – no, il giorno stesso.

Ma Janna le dà un bacio, si mette a ridere, e corre via lungo il marciapiede sporco e bagnato. Ha dimenticato il cappello.

La giornata di Janna.

Lo squillo della sveglia mi costringe ad alzarmi a sedere. Qualche volta la fermo, torno a sdraiarmi, oggi no: resto seduta nel mattino luminoso, sono le cinque, e penso alla giornata che mi aspetta: non riesco a credere che quando sarà finita avrò fatto tutto quello che devo fare. Mi costringo a saltar giù dal letto, mi faccio il caffé, dieci minuti dopo lo squillo della sveglia sono alla macchina per scrivere. Avrei dovuto aggiungere: faccio pipì, ma sono ancora "giovane" e non ho l'abitudine di annoverare questa tra le cose che devo fare! Oggi però ho intenzione di registrare per iscritto le visite al bagno, altrimenti come faccio a confrontare davvero la mia giornata con quella di Maudie? Gli articoli che ho scritto, con tanta incertezza, con tanta esitazione, l'anno scorso, sono diventati un libro. È quasi finito. Ho promesso di terminarlo per la fine del mese. E così sarà. *Perché l'ho detto*. Il fatto di riuscire sempre a fare quello che dico mi dà tanta forza! E poi, ho un progetto del quale nessuno sa niente: un romanzo storico. È stata Maudie a darmi l'idea. Il tempo della sua vita sembra piuttosto recente, a me, quello della nonna, diciamo: ma Vera Rogers ne parla come parlerebbe di, non so, Waterloo. Sto progettando un romanzo storico, pensato e scritto come tale, che ha per protagonista una modista londinese. Non vedo l'ora di cominciarlo.

Lavoro fino alle otto. Poi bevo una tazza di caffè, mangio una mela, mi faccio la doccia, mi infilo i vestiti, tutto in mezz'ora. Mi piace essere in ufficio alle nove, e non ritardo mai. Oggi Phyllis è arrivata tardi. Di Joyce, nemmeno l'ombra. Ho raccolto la posta di tutt'e tre, ho chiamato la segretaria, e ho sbrigato e spedito tutta la corrispondenza prima delle dieci, e della riunione. Phyllis è imbarazzata, ha l'aria di volersi scusare, addirittura: è come me, mai in ritardo, mai malata, mai assente. La riunione è come al solito animata, *meravigliosa*. È stata Joyce a dire che doveva diventare un momento di confronto creativo. Che tutti, dai PR agli assistenti dei fotografi, alla redazione, dovevano essere incoraggiati a esprimere le proprie idee, non importa quanto pazze, folli, perché non si sa mai. Come sempre, Phyllis annota tutto quello che viene detto. È stata lei a offrirsi di farlo, e sia io che Joyce, quando l'ha fatto, abbiamo capito che stava pensando, è una posizione chiave. Phyllis impedisce che le idee che vengono espresse spariscano nel nulla, le elenca, le distribuisce, in fotocopia, su tutte le nostre scrivanie, in tutti i reparti. Un'idea che viene accantonata al momento può riemergere un anno dopo. Oggi ne è riemersa una, questa: la serie "uniformi femminili" dovrebbe comprendere i tipi di abiti indossati, per esempio, dalle annunciatrici televisive, o dalle donne che devono accompagnare il marito a cene d'affari. Vale a dire, un certo tipo di abito da sera visto come un'uniforme... questo fa anche del mio stile un'uniforme! Ma lo sapevo già! La indosso sempre. Perfino, diceva Freddie, a letto. Non indosso mai nulla che non sia seta pura, cotone finissimo, batista, a letto... lui diceva sempre, scherzando, che per me indossare una camicia da notte di nylon sarebbe stato l'equivalente di commettere un crimine.

Pensando a Freddie, con mia grande sorpresa, mi sono ritrovata in lacrime, là in ufficio, e sono stata contenta di aver detto che avrei intervistato personalmente Martina. Sono arrivata al Brown's Hotel giusto in tempo. Non sono mai in ritardo. È stato facile intervistarla, è professionale, esperta, niente tempo sprecato, dieci e lode. Sono tornata in ufficio alle dodici e mezzo, ho chiesto a Phyllis di partecipare al posto mio alla colazione delle Donne di Successo. Lei ha detto di no, con molta fermezza, non poteva prendere il mio posto, dovevo andarci io. Sono io la sostituta di Joyce, la donna di successo della situazione, malata. Phyllis, naturalmente, ha ragione, la sua sorpresa era giustificata. Una volta non avrei mai fatto un errore del genere, ma la verità è che ho la mente sempre più occupata dai miei due libri, quello quasi finito, e il bellissimo romanzo storico che sto per cominciare.

Vado in bagno e mi guardo allo specchio. Stamattina mi sono dimenticata della colazione, imperdonabile, sto perdendo i colpi! C'è un bottone quasi staccato, appeso a un filo, e le unghie non sono perfette. Me le sono rifatte in taxi. La colazione è stata piacevole, ho fatto un intervento per conto di Joyce.

Sulla via del ritorno mi fermo da Debenham, salgo all'ultimo piano, e cerco il tipo di biancheria che porta Maudie: maglie di lana pura, sottovesti modeste, poco scollate, e mutande lunghe e aderenti. Compero dieci paia di mutande, tre maglie, tre sottovesti – perché ora a volte Maudie bagna, o peggio, la biancheria. Corro in giro come una trottola, ma per le tre e mezzo sono di ritorno in ufficio. Telefono per fissare un appuntamento col parrucchiere, un altro con il meccanico. Phyllis ha detto che si sentiva male. Aveva l'aria di star male davvero. In tono di scusa, come se ammalarsi fosse un delitto! Le ho detto, Per l'amor di Dio, vai a casa, mettiti a letto, ho preso tutto il lavoro che aveva sulla scrivania e l'ho messo sulla mia. Ho scritto le ricette, menu estivi, l'articolo sulla moda giovane, sono andata con i fotografi a Kenwood, sono tornata e ho continuato a lavorare in ufficio tutta sola, ero l'unica rimasta, fino alle nove. Adoro star sola in ufficio, senza i telefoni che squillano, niente, solo il guardiano notturno. L'ho mandato a prendere del cibo indiano, gli ho chiesto di farmi compagnia, e abbiamo consumato una cena veloce in un angolo della mia scrivania. È simpatico, George, l'ho incoraggiato a parlare dei suoi problemi, non ha voluto, ma possiamo aiutarlo comunque, ha bisogno di un prestito.

A questo punto la stanchezza si è fatta sentire davvero, improvvisamente mi è venuta una gran voglia di andare a letto. Ho lavorato ancora un po', ho telefonato a Joyce nel Galles, ho capito dalla sua voce che stava meglio, ma non si è sbilanciata. Non me ne importa niente, ha detto, quando le ho chiesto se aveva intenzione di andare negli Stati Uniti. È come se avesse detto, Non me ne importa niente nemmeno di te. Questo mi ha fatto pensare alla condizione di indifferenza. Sulla mia scrivania, nel cestino con la scritta "Troppo difficile", c'è un articolo sullo stress, su come un certo grado di stress possa causare indifferenza. Lo si vede in guerra, in tempi difficili. Sofferenza, sofferenza, emozioni, emozioni, e poi, all'improvviso, l'indifferenza. Io volevo pubblicarlo, quell'articolo. Joyce ha detto, No, non c'è abbastanza gente capace di riconoscere la verità di questo discorso. Somma ironia!

Alle nove e mezzo ho dato la buona notte a George, ho preso un taxi fino al posto in cui lascio la macchina, e mi sono diretta verso casa, pensando, no, no, non posso passare da Maudie, non posso, semplicemente. Quando ho bussato alla sua porta, ero stanca, irritata, pensavo, speriamo che sia al gabinetto, che non mi senta. Ma quando mi ha aperto, ho visto dalla sua faccia... ho girato l'interruttore dell'energia, e sono entrata, tutta vivacità e allegria, perché ho paura del suo umore nero, una volta che scivola in quelle sue depressioni non riesco più a tirarla fuori. Ecco perché ho messo su la mia aria da Babbo Natale, da Sua Maestà la Regina Mamma, raggiante, solare, devo debellare immediatamente la sua rabbia, le sue recriminazioni.

La stanza sul retro è caldissima e puzzolente, la puzza mi colpisce dritta in faccia, ma mi costringo a sorridere al fuoco acceso. Capisco dalla sua faccia di cosa ha bisogno, e vado in cucina. Per poco non mi sono messa a vomitare. Giro come una trottola per la cucina, perché so che il droghiere indiano sta per chiudere, poi corro al negozio, dicendo, "Per favore, un minuto solo, ho bisogno di un po' di cose per Mrs. Fowler." Lui è paziente e gentile, ma la sua faccia è grigio-viola per la stanchezza. Certi giorni resta in negozio dalle otto alle undici di sera. Spesso da solo. Ha tre figli e due figlie che studiano... Mi chiede, "Come sta?" Io dico, "Credo che non stia bene." Lui dice, come sempre, "Sarebbe ora che i suoi si prendessero cura di lei."

Torno da Maudie e preparo il pesce per la gatta. Non c'è niente da fare, non riesco a farmi piacere i gatti, anche se so che questo fa di me una villana senza cuore. Ripulisco gli escrementi della gatta sotto il tavolo, prendo il brandy e i bicchieri. Mi accorgo di aver dimenticato le maglie e le mutande in ufficio. Be', gliele porterò domani. Porto fuori il vaso della commode, perché Maudie fa di tutto per non guardarla, e sulla sua faccia c'è quell'espressione di tremulo orgoglio che ormai conosco così bene. Mentre lavo il vaso, penso, c'è qualcosa che non va, Maudie dev'essere malata. Dovrò dirlo a Vera Rogers. Lavo con molta cura l'interno della commode, uso un sacco di disinfettante.

Quando mi siedo di fronte a lei, con il suo brandy e il mio in mano, l'intenzione è di raccontarle della colazione di oggi, con tutte quelle donne famose, sono sicura che le piacerà, ma – questa è l'ultima cosa che ricordo, prima di risvegliarmi da un sonno profondo. Così profondo che non ricordo più chi sono, mi trovo a guardare una piccola strega gialla in una caverna calda e puzzolente, accanto a un fuoco divampante, gli stinchi gialli in bella mostra, perché non porta le mutande e ha le gambe divaricate: in grembo tiene il mio cappello, lo sta usando per qualche scopo malefico... sono terrorizzata, e poi, all'improvviso, ricordo, sono Jane Somers, sono qui, a casa di Maudie, e mi sono addormentata.

Lei non voleva che me ne andassi. Ha tirato fuori la scusa delle batterie per la pila. Sono andata alla porta che dà sulla strada, ed era mattina. Siamo rimaste là a guardare – oh, Inghilterra, cupa e deprimente, un'alba grigia e piovosa. Erano le quattro e mezzo, quando sono arrivata a casa. Mi sono fatta un lungo bagno, poi ho ricominciato a scrivere.

Ma non riesco a concentrarmi. Sto pensando a quello che ha

detto Maudie, "Questo è il periodo più bello della mia vita." Quello che mi sconvolge è che le credo, credo che dica la verità. Le mie visite alla fine della giornata, quell'ora, o due, che le dedico, così poco, bastano a farle dire una cosa del genere. Mi viene da urlare, quando ci penso. E mi sento anche in trappola. Potrebbe vivere ancora per anni e anni, la gente vive fino a cent'anni, ormai, e io sono prigioniera di quel suo, "Questo è il periodo più bello della mia vita", la deliziosa, gentile Janna, che va avanti e indietro, con sorrisi e biscotti.

Ho descritto la giornata di Maudie perché voglio capire. Ci sono molte altre cose di lei che capisco, ma è poi vero? Io posso solo scrivere cose che ho sperimentato di persona, che ho sentito raccontare, che ho osservato... a volte anch'io mi sveglio con un crampo a una mano... Ma che altro c'è, che io non so? Come non avrei mai immaginato che dicesse, "Questo è il periodo più bello della mia vita", né tutta la solitudine e le privazioni che stanno dietro questa frase, così non riesco a capire cosa ci sia dietro quel suo mormorio "Orrore, orrore", e la rabbia che le fa mandare lampi dagli occhi.

E vedo che dopotutto non ho parlato, descrivendo la giornata di Janna, delle puntate al gabinetto, una pipì veloce qui, una cacata veloce là, lavarsi le mani... Per tutto il giorno l'animale uomo deve svuotarsi, e poi bisogna pettinarsi, lavarsi le mani, fare il bagno. Metto una tazza sotto il rubinetto, lavo un paio di mutandine, ci vogliono pochi minuti... Ma questo perché io sono "giovane", ho solo quarantanove anni.

Quello che costringe la povera Maudie a lavorare e brontolare tutto il giorno, la noia e la fatica della *manutenzione*. Stavo per dire, Per me non è nulla: ma il fatto è che una volta mi facevo il mio bel bagno tutte le sere, e ogni domenica preparavo e curavo i miei bei vestiti perfetti, preparavo e curavo me stessa, e adesso non lo faccio più, non mi è possibile. È troppo per me.

La fine dell'estate, come la odio, ventosa e umida, sciatta e polverosa, natura smorta, cieli smorti: la luce del sole, quando c'è, nutre i vermi: vermi sotto il bidone della spazzatura, perché non pulisco la mia casa da giorni interi.

Maudie è stata di nuovo male. Sono passata da lei due volte al giorno, prima e dopo il lavoro. E due volte al giorno lei si è messa in piedi accanto al tavolo, appoggiata al bordo con tutto il peso, nuda, e io le ho versato acqua addosso fino a quando la merda e l'urina puzzolente se ne sono andate. *Il fetore*. Il suo corpo, una gabbia di ossa, giallo, rugoso, il pube come quello di una bambina, senza peli, che spuntano invece, lunghi e grigi, da sotto le ascelle. Questa cosa mi ha sfinito. Le ho detto, "Maudie, se tu volessi, manderebbero un'infermiera a lavarti," e lei mi ha gridato, "Vattene, allora, non ti ho chiesto io di venire."

Siamo entrambe così stanche ed agitate che non facciamo che strillare come... come cosa? Con un'espressione letteraria, mi verrebbe voglia di dire "pescivendole", ma Maudie non è una pescivendola, è una vecchia signora compassata e rispettabile, o almeno questo è il suo travestimento da una trentina d'anni. Ho visto una fotografia, Maudie a sessantacinque anni, la rettitudine fatta persona, un'aria di generica disapprovazione in volto... non credo che mi sarebbe piaciuta, a quei tempi. A quei tempi disse a se stessa, mi piacciono i bambini, io piaccio a loro, mia sorella non mi vuole più in casa, adesso che non sforna più figli uno dietro l'altro, non ha più bisogno dei miei servizi. E così mise un annuncio sul giornale di Willesden, e ricevette una risposta, da un vedovo. Il vedovo aveva tre figli, di otto, nove e dieci anni. Maudie dormiva sul divano della cucina, vitto e alloggio la sola ricompensa: doveva pulire la casa, rammendare i vestiti, cucinare tre pasti al giorno e cuocere il pane, badare ai bambini. Lui faceva il pescivendolo. Quando tornava a colazione, se trovava Maudie seduta a riposare, diceva, Come! Non hai niente da fare? Le passava due sterline alla settimana per comperare da mangiare per tutti, e quando io le ho detto che mi sembrava impossibile, lei ha risposto, Eppure mi sono sempre arrangiata. Il pesce lo portava a casa lui, e con quei soldi era possibile comperare pane e patate. No, non era povero, ma, ha detto Maudie, non sapeva comportarsi, ecco il suo guaio. E Maudie sopportò tutto questo per amore dei bambini. Poi un giorno lui le disse, Vuoi venire con me al cinema? Lei ci andò, e si accorse che i vicini li guardavano. Sapeva cosa stavano pensando, e questo non riuscì a sopportarlo. Ripulì l'intera casa, da cima a fondo, si assicurò che tutti i vestiti fossero in ordine, fece il pane, mise il tè in tavola, e lasciò un biglietto: Devo andare da mia sorella, che è malata, sinceramente vostra, Maudie Fowler.

Ma poi cominciò a ricevere la pensione, e faceva anche qualche lavoretto qua e là, per arrotondare.

La Maudie che aveva lavorato fino a ridursi "pelle e ossa" era quella femmina dall'aria critica, sdegnosa, con la bocca stretta, fredda.

Io e Maudie facciamo delle gran litigate, come se fossimo madre e figlia, o sorelle, e lei dice, "Vattene allora, vattene pure. Io non le voglio quelle donne dell'Assistenza, qua dentro," e io, "Maudie, sei impossibile, sei tremenda, non so più cosa fare, con te."

Poi una volta sono scoppiata a ridere, la scena era così ridicola, Maudie in piedi vicino al tavolo, nuda come un verme, e io che le lavavo via la merda e dicevo, "E le orecchie, eh?"

Lei si è zittita e si è messa a tremare. Poi, "*Perché ridi di me?*"

"Non rido di te, rido di noi. Ma guardami, guardati, stiamo litigando come matte!"

Lei è uscita dal catino nel quale l'avevo messa in piedi, mi ha guardata, con aria tra il supplichevole e l'arrabbiato.

Io l'ho avvolta nel grande asciugamano che avevo portato da casa mia, una nuvola di spugna rosa, e ho cominciato ad asciugarla delicatamente.

Si è messa a piangere. Le lacrime scendevano giù lungo le rughe...

"Suvvia, Maudie, per l'amor di Dio, prendiamola sul ridere, è meglio che mettersi a piangere."

"Che orrore, che orrore, che orrore," ha mormorato lei, con gli occhi, lucenti, dilatati, fissi davanti a sé. Tremava come una foglia, "Orrore, orrore."

Durante le ultime tre settimane ho buttato via tutte le mutande nuove che le avevo comperato, ormai sporche, disgustose, e ne ho comperate altre due dozzine, le ho fatto vedere come riempirle di cotone idrofilo, prima di infilarsele.

E così, è tornata ai pannolini.

Orrore, orrore, orrore...

È la fine di agosto.

Sono sdraiata a letto e scrivo con il diario appoggiato al petto.

Appena finito di scrivere l'ultimo *orrore*, mi sono svegliata a notte fonda, ed era come se avessi una sbarra di metallo conficcata nella parte bassa della schiena. Non riuscivo assolutamente a muovermi dalla vita in giù, tanto era terribile, il dolore.

Era buio, dalla finestra veniva un chiarore opaco, disorientante, e quando ho tentato di girarmi mi sono messa a urlare. Non mi sono più mossa.

Sono rimasta sdraiata a pensare. Sapevo di cosa si trattava, lombaggine: l'aveva avuta Freddie, una volta, e sapevo cosa aspettarmi. Naturalmente non l'avevo assistito di persona, avevamo preso qualcuno, e, anche se non ci pensavo, cercavo di non pensarci, sapevo che aveva dolori terribili, perché non era stato assolutamente in grado di muoversi per una settimana.

Non ho mai avuto malattie, tranne quelle infantili. *Non sono mai stata veramente malata.* Alla peggio un raffreddore, un mal di gola, cose di cui non mi accorgevo nemmeno.

La cosa che dovevo affrontare era il fatto di non avere amici. Nessuno a cui telefonare e dire, Ti prego, ho bisogno di aiuto.

Prima c'era Joyce: ma una donna con figli, marito, lavoro, casa... Sono certa che non avrei mai potuto dire, "Per favore vieni a curarmi." Certo che no. Non potevo nemmeno telefonare a mia sorella – figli, casa, marito, opere di carità, e comunque non le piaccio. Phyllis: continuavo a tornare con la mente a Phyllis, a chiedermi perché fossi così riluttante a prenderla in considerazione, a pensare che ci fosse qualcosa di fondamentalmente sbagliato in me, se non riuscivo a chiederle un favore, è una persona civile, e anche gentile, simpatica... Poi mi è venuta in mente Vera Rogers, e ho capito che Vera Rogers è l'unica persona che conosco alla quale potrei dire, "Per favore, vieni ad aiutarmi." Ma ha un marito, figli, il lavoro, e l'ultima cosa al mondo che vuole è un "caso" in più.

Sono riuscita, dopo mezz'ora di sforzi tormentosi, a tirarmi sul petto il telefono che sta sul tavolino da notte. L'elenco era sul pavimento, irraggiungibile, non sono riuscita a prenderlo. Ho telefonato alle Informazioni, mi sono fatta dare il numero notturno del mio ambulatorio medico, ho lasciato un messaggio. Nel frattempo, pensavo, organizzavo. La sola persona che sarebbe felice – *finalmente* – di prendersi cura di me è Mrs. Penny. Sul mio cadavere. Sono pronta ad ammettere di essere nevrotica, quello che vi pare, ma non posso pensare di averla intorno, *assolutamente...*

Mi sarebbe piaciuto avere un medico privato, ma Freddie era un po' socialista, preferiva rivolgersi all'Assistenza Sanitaria. A me non importava, allora, tanto non mi ammalo mai. Non aspettavo certo con ansia la visita del medico, ma sapevo che non era male. Giovane, un po' ansioso, titubante. Al primo incarico, probabilmente.

Si è fatto dare la chiave giù al primo piano, svegliando Mrs. M., che però è stata gentile. È entrato da solo, è arrivato in camera mia, "Allora, cos'è successo?" Lombaggine, gli ho detto: e gli ho detto anche cosa volevo: un'infermiera, due volte al giorno, una padella, un thermos – gli ho detto tutto con precisione.

Lui si è seduto in fondo al letto, con un piccolo sorriso. Mi sono chiesta cosa vedesse: una donna vecchia, una donna anziana, una donna di mezza età? Ora so che quello che si vede dipende interamente dall'età che si ha.

"Be', credo comunque che sia meglio che la visiti," ha detto. Si è sporto in avanti, ha tirato via le coperte che tenevo strette sotto il mento, e dopo un paio di palpazioni alle quali non ho potuto fare a meno di rispondere con un gemito, ha detto, "È proprio lombaggine, e come già sa non c'è niente da fare, migliorerà col tempo. Vuole degli analgesici?"

"Certo che sì," ho detto, "e presto, perché non ce la faccio più."

Ne ha tirato fuori una quantità sufficiente ad andare avanti per un po'. Ha scritto una ricetta, poi ha detto che non riteneva molto probabile di riuscire a mandarmi un'infermiera prima di sera, e cosa intendevo fare nel frattempo? Ho detto che se non avessi fatto subito pipì avrei finito col farmela addosso. Ci ha pensato su per un attimo, poi si è offerto di togliermela con un catetere. L'ha fatto – velocemente, senza farmi male. È andato a prendere un barattolo in cucina, dato che non avevo un vaso da notte, poi, quando ha visto che il flusso di urina non accennava a scemare, è corso di nuovo in cucina, ha cercato freneticamente un oggetto adatto, ed è tornato con la tazza del mescolatore, nella quale ha trasferito l'estremità del tubo di gomma. Appena in tempo. "Bontà divina," ha detto, ammirando tutta quella pipì.

"Come farà, se non riesco a trovare l'infermiera?" mi ha chiesto. "Non ha una vicina? Magari su questo piano?"

"*No*," ho detto. Ho riconosciuto sulla sua faccia l'espressione che ho visto su quella, per esempio, di Vera, e sentito sulla mia: tolleranza davanti all'inevitabile eccentricità, irragionevolezza.

"Potrei mandarla all'ospedale..."

"No, no, no," ho detto con un gemito, e sembravo proprio Maudie.

"Oh, bene, allora."

Se n'è andato, allegro, stanco, professionale. Non sembrava affatto un medico, piuttosto, un contabile o un tecnico. Un tempo questo non mi sarebbe piaciuto, avrei voluto un atteggiamento gentile e autorevole – ma ora capisco Freddie.

Sulla porta, ha detto, "Lei faceva l'infermiera, vero?"

Questo mi ha fatto ridere, e ho detto, "Oh, non mi faccia ridere, morirò se rido."

Ma devo ringraziare Maudie, se ha potuto pensare una cosa del genere.

Che cosa penserebbe di me Freddie, ora?

L'infermiera è arrivata verso le dieci, e abbiamo stabilito una routine imperniata sui bisogni animali. L'animale deve liberarsi di X litri di liquido e duecentocinquanta grammi circa di solido: l'animale deve ingerire X liquido e Y cellulosa e calorie. Per due settimane sono stata esattamente come Maudie, esattamente come tutte quelle vecchine, non ho fatto che chiedermi ansiosamente, ossessivamente, ce la farò a tenerla ancora, no, meglio non bere una tazza di tè, se poi l'infermiera non viene me la farò addosso... Alla fine delle due settimane, quando finalmente ho potuto fare a meno della padella (due volte al giorno) e trascinarmi in bagno, ho capito che in quel periodo avevo sperimentato, assolutamente, l'impotenza della vecchiaia. Dicevo a me stessa, come Maudie, Be', se non altro non ho mai bagnato il letto, è già qualcosa.

Visite: Vera Rogers, il primo giorno, dopo che le avevo telefonato per avvertirla di trovare qualcuno per Maudie. È passata da me prima di andare da Maudie. L'ho guardata da dove giacevo, assolutamente piatta, con la schiena dolorante, la faccetta gradevole e piena di umorismo, gli abiti un po' stanchi, le mani – un po' sudicie, ma d'altra parte si sta prendendo cura di una vecchia domestica che non vuole andare all'ospedale nonostante abbia una brutta influenza.

Le ho detto che secondo me Maudie aveva qualcosa di peggio di un po' di diarrea, mi sono ritrovata a raccontarle delle sue orribili feci viscide e puzzolenti. E le ho spiegato che non serviva a niente pensare che Maudie accettasse il ricovero all'ospedale, avrebbe preferito morire.

"Allora," ha detto Vera, "è quello che succederà, con ogni probabilità."

Ho capito che era ansiosa per aver detto una cosa del genere: è rimasta là seduta a fissarmi. Ha preparato il tè, ma io non ho osato berne più di un sorso, e ci siamo messe a parlare. O meglio, lei si è messa a parlare. Con molta prudenza, mi è sembrato. Dopo un po' ho capito che stava cercando di avvertirmi che dovevo aspettarmi qualcosa. Raccontava di come molti dei vecchi affidati alle sue cure muoiano di cancro. C'è un'epidemia di cancro, ha detto – o almeno, così le sembra.

Alla fine le ho chiesto, "Credi che anche Maudie abbia il cancro?"

"Non so, non posso dirlo, non sono un medico. Ma è così magra, tutta ossa. E a volte ha un colorito così giallo. Devo mandarle il dottore. Devo farlo, capisci, per proteggere me stessa. Ci stanno sempre addosso, con accuse di negligenza e omissione e cose del genere. Se non ci fosse questo problema, la lascerei stare. Ma non voglio trovarmi tutt'a un tratto sui giornali, Assistente Sociale Lascia Morire di Cancro Vecchia di Novant'anni Affidata alle Sue Cure."

"Forse potresti provare di nuovo a proporle un'infermiera, che la lavi, almeno. Un aiuto domestico."

"Ammesso che ci faccia entrare," dice Vera. E scoppia a ridere. Dice, "Bisogna ridere, altrimenti si finisce con l'impazzire. I vecchi sono i peggiori nemici di se stessi."

"E devi dirle che io sono malata, che è per questo che non vado più a trovarla."

Vera dice, "Ti rendi conto che non ci crederà mai, che penserà che si tratta di un complotto?"

"Oh no," gemo, perché non riesco a smettere di gemere, il dolore è così orribile (*orrore, orrore, orrore!*), "Vera, ti prego, cerca di ficcarle in testa che..."

E restò là sdraiata, con la schiena piena di nodi, come di ferro, a sudare e gemere, mentre Vera mi racconta che "loro" sono tutti paranoici, per un verso o per l'altro, pensano sempre a complotti, e si rivoltano proprio contro le persone più vicine, più care. Dato che io sono la persona più vicina a Maudie, sembra, devo aspettarmi una reazione del genere.

"Tu le vuoi molto bene," ha dichiarato Vera. "Be', posso capirti, ha qualcosa, quella vecchina. Alcuni di loro sono così, hanno qualcosa, lo si nota perfino nei momenti peggiori. Altri naturalmente..." L'ho vista, Vera Rogers, volare sul marciapiede tra un "caso" e l'altro, le braccia piene di pratiche e incartamenti, preoccupata, aggrondata, afflitta, e poi l'ho vista *con* uno dei suoi "casi", serena, sorridente, attenta, disponibile, come se non avesse altro da fare al mondo... e così è stata con me, almeno durante quella prima visita. È tornata parecchie altre volte, da allora, e ha smesso di sentirsi in dovere di vezzeggiare e rassicurare abbiamo parlato, parlato davvero, del suo lavoro: a volte i suoi racconti erano così divertenti che dovevo chiederle di smettere, non potevo permettermi di ridere, ridere mi faceva troppo male.

Anche Phyllis è venuta a trovarmi, una volta. Eccola (colei che prenderà il mio posto): una giovane donna calma e autosufficiente, piuttosto graziosa, non ho potuto fare a meno di paragonarla a Vera. C'era una cosa che Phyllis voleva chiedermi da un po', lo sapevo, e ho colto l'occasione per accontentarla. Phyllis ha tentato di copiare il mio "stile", e così le ho detto, no, mai, mai accettare compromessi, meglio fartene uno tutto tuo, di stile, anche se devi pagare un prezzo alto, ne vale la pena. Ho studiato attentamente il suo vestito, un "vestitino", di crêpe a fiori, semplice, carino, e le ho detto, "Phyllis, se questo è il genere di vestito che vuoi, almeno fallo fare su misura, con una stoffa decente, oppure vai da..." Ho passato un paio d'ore a darle consigli, le ho dato l'indirizzo del mio parrucchiere, della mia sarta, della mia magliaia. Lei mi ascoltava assorta, era molto interessata a quello che le offrivo. Oh, se la caverà benissimo, con intelligenza, non si limiterà a copiare ciecamente il mio stile. Ma per tutto il tempo che è rimasta, io ho sofferto orribilmente, e non potevo certo dirle, "Phyllis, sto male, aiutami, per favore, vorrei spostarmi almeno di un centimetro, può darsi che basti...", non più di quanto Freddie o mia madre avrebbero potuto dire a me che avevano bisogno di aiuto.

Quanto a chiederle di darmi la padella...

Mrs. Penny ha visto la mia porta aperta e si è infilata in casa, furtiva, incerta, sorridente, tutta sospiri. "Oh, ma è malata, perché non ha detto niente, poteva chiedermi aiuto, sarei fin troppo contenta di..."

Si è seduta nella poltrona appena lasciata libera da Phyllis, e ha cominciato a parlare. Parlava. Parlava. Le avevo già sentite tutte prima, le sue storie, le ripete parola per parola: l'India, il coraggio dimostrato da lei e dal marito al crollo del Raj: i servitori, il clima, i vestiti, i cani, lo ayah. Non riuscivo ad ascoltarli, quei racconti, e, osservandola, ho capito che lei non si poneva certo il problema di verificare che li ascoltassi. Teneva gli occhi fissi davanti a sé, nel vuoto. Rovesciava fuori un torrente di parole, parole, parole. All'improvviso ho capito che era come ipnotizzata. Si era ipnotizzata da sé. Quell'idea mi interessava, mi sono chiesta quante volte capiti che ci ipnotizziamo da soli, senza saperlo. Poi mi sono addormentata. Quando mi sono risvegliata, doveva esser passata almeno mezz'ora, e lei stava ancora parlando senza sapersi fermare, con lo sguardo fisso. Non si era nemmeno accorta che avevo sonnecchiato.

Mi sentivo stanca, irritata. Prima Phyllis, e ora Mrs. Penny, entrambe succhiatrici di energia. Ho cercato di interromperla, una volta, due, e alla fine ho alzato la voce: "Mrs. Penny!" Lei ha continuato a parlare, poi si è resa conto di aver sentito la mia voce, e si è zittita, con aria spaventata.

"Oh cielo," ha mormorato.

"Mrs. Penny, ora devo riposare."

"Oh cielo, oh cielo, oh cielo..." Ha distolto gli occhi da me, li ha girati per la stanza, dalla quale si sentiva esclusa per via della mia freddezza, ha sospirato. Una pausa di silenzio. Poi, come un vento da lontano, mi è arrivato il suo mormorio, "E quando siamo tornati in Inghilterra..."

"Mrs. Penny," ho detto, con durezza.

Lei si è alzata, furtiva come una ladra. Be', lo era, mi aveva rubato qualcosa.

"Oh cielo," ha detto. "Oh cielo. Ma mi prometta che mi chiamerà, se ha bisogno di qualcosa..." E se n'è andata, sempre furtiva, lasciando la porta aperta.

Dopo quella visita, mi sono premurata di assicurarmi che chiunque uscisse la chiudesse dietro di sé: e ho fatto finta di niente quando ho visto la maniglia girare, incerta ma insistente, e ho sentito la voce di Mrs. Penny chiamare, Mrs. Somers, Mrs. Somers, ha bisogno di qualcosa?

E se dovessi descrivere *la giornata di Mrs. Penny*? Oh no, no, no, non potrei, proprio non potrei.

Sono stata al telefono con Joyce, dal Galles, per ore. Sono mesi che non riusciamo a parlare. Ma ora lei mi telefona, oppure le telefono io, e parliamo. A volte tranquillamente, per qualche minuto, pensando a tutti i campi, le siepi, le montagne, *il tempo* che ci dividono. Parliamo del suo matrimonio, dei suoi figli, del mio matrimonio, di mia madre, del nostro lavoro. Non parliamo mai di Maudie. Lei l'ha messo bene in chiaro, *no*. Ha detto che andrà negli Stati Uniti. Non più perché ha paura di restar sola da vecchia, ora *sa* di essere sola e non gliene importa. È per via dei figli, dopo tutta quell'insicurezza, quell'infelicità, vogliono i genitori nella stessa casa. Anche se sono già praticamente adulti? non posso fare a meno di farle notare, e Joyce si mette a ridere.

Le ho detto, "Joyce, voglio raccontarti di Maudie, sai, quella vecchia signora di cui mi occupo."

E Joyce ha detto, "Senti, non voglio sapere, hai capito?"

Io le ho detto, "Non vuoi parlare dell'unica cosa vera che mi è successa?"

"Non ti è *successa*" – enfatica e insistente – "per qualche ragione l'hai fatta succedere."

"Ma è importante per me, molto."

"Dev'esserlo per *lei*, questo è certo," ha detto lei, con quel tono di arido risentimento che le persone assumono quando subodorano un'imposizione.

Le ho detto, "Non ti sembra strano, Joyce, che tutti noi diamo assolutamente per scontato che i vecchi siano persone da *raggirare*, come nemici, o da aggirare, come trappole? Che non pensiamo mai di dover loro qualcosa?"

"Non mi aspetto che i miei figli mi assistano, quando sarò vecchia."

Sono stata assalita dalla disperazione, perché ormai questa frase mi sembra un disco rotto. "È quello che dici ora, non quello che dirai da vecchia."

"Quando diventerò troppo debole per badare a me stessa, uscirò di scena, con un inchino."

"È quello che dici ora."

"Cosa ne sai, come fai a esserne così sicura?"

"Perché tutti dicono le stesse cose, in certi momenti della vita, ora lo so."

"Quindi secondo te finirò col diventare una vecchia brontolona, una megera incontinente... è questo che vuoi dire?"

"Sì."

"Senti, posso dirti una cosa, di questa storia dell'America: che sono felice di mettere migliaia di miglia tra me e mio padre. È un vecchio simpatico, ma ho già i miei grattacapi."

"E chi si prenderà cura di lui?"

"Andrà all'ospizio, suppongo. Al suo posto, è quello che farei."

"Forse."

E così continuiamo a parlare, io e Joyce, per ore; io sdraiata sulla schiena, a Londra, con metà cervello concentrato nello sforzo di farla in barba alla prossima fitta di dolore, lei seduta in una vecchia poltrona di chintz, in un cottage di montagna, in "permesso" da *Lilith*. In realtà ha mandato una lettera di dimissioni.

Non telefono a mia sorella. Non telefono ai figli di mia sorella. Quando penso a loro mi arrabbio. Non so perché. Provo, nei confronti di quegli adolescenti infantili, la stessa cosa che Joyce prova per me e Maudie: sì, va bene, va bene, ma non adesso, ci penserò più tardi, non ho l'energia, semplicemente.

Quattro settimane di ozio....

Ma ho avuto tempo di pensare. *Pensare*. Non i lampi di intuizione-e-giudizio-immediato, pensieri lunghi, lenti. Su Maudie. Su *Lilith*. Su Joyce. Su Freddie. Sui viziatissimi figli di Georgie.

Prima di tornare in ufficio, sono andata a trovare Maudie. La sua faccetta ostile è bianca, ora, non più gialla, e questo mi ha fatto sentire subito meglio. "Salve," ho detto, e lei mi ha guardata con espressione stupefatta, perché ho perso un sacco di peso.

"Allora sei stata davvero malata," ha detto, con una vocina ansiosa, mentre ci sedevamo insieme, l'una di fronte all'altra, davanti a quel fuoco meraviglioso. Quando penso a lei, vedo quel fuoco: quella sordida, orribile stanza, resa luminosa, accogliente, dal fuoco.

"Ma certo, Maudie. Altrimenti sarei venuta a trovarti."

Ha girato la testa, ha alzato la mano a nascondere la faccia, "È venuto quel dottore," ha detto alla fine, con una vocina smarrita. "È stata *lei* a chiamarlo."

"Lo so, me l'ha detto."

"Ah, siete diventate amiche!"

"Hai un aspetto migliore dell'ultima volta che ti ho vista, quindi quel dottore dev'esser servito a qualcosa!"

"Le ho buttate nel gabinetto, le sue pillole!"

"Tutte?"

Una risata ha spezzato la sua rabbia. "Sei furba, tu!"

"Ma hai davvero un aspetto migliore."

"Lo dici tu."

"Be'," ho detto, decidendo di rischiare, "potrebbe esser questione di morire prima del tempo, per te."

Si è irrigidita, con gli occhi fissi sul fuoco. Poi ha sospirato e mi ha guardata dritta in faccia, Un'occhiata meravigliosa, spaventata ma coraggiosa, dolce, supplichevole, grata, venata di pungente umorismo.

"Lo credi davvero?"

"E solo per qualche pillola," ho detto.

"Mi addormentano il cervello."

"Prendine di meno, regolati da sola."

Questo è stato un anno fa. Se avessi avuto il tempo di tenere questo diario con una certa costanza, ora sembrerebbe il cantiere di un edificio in costruzione, frammenti di questo e di quello ammucchiati, sparsi, disordine, cose varie, nessuna più importante dell'altra. Ho dovuto visitarne uno per un articolo, la settimana scorsa, e c'era un mucchio di sabbia qua, una pila di vetri là, qualche trave d'acciaio, sparsa, sacchi di cemento, palanchini. Così dev'essere un diario, i frammenti degli avvenimenti, messi insieme disordinatamente. Ma ora, a distanza di un anno, comincio a capire quali cose sono state importanti e quali no.

Una cosa che al momento mi è sembrata irrilevante si è poi invece rivelata importantissima. Una sera vedo arrivare mia nipote Kate, dimostrava vent'anni invece di quindici, come tutte adesso, e sembrava impazzita, balbettava, roteava gli occhi. Era scappata di casa per venire a vivere con me, ha detto. E voleva fare la modella. Gentile ma ferma (così ho pensato al momento, e continuo a pensare), le ho detto che doveva tornare subito a casa, e che si fosse azzardata a passare anche un solo pomeriggio con me, avrebbe capito subito con chi aveva a che fare. Non ero come sua madre, io, non ne avrei lavata nemmeno una, delle tazze usate da lei. Se n'è andata, imbronciata. Telefonata di mia sorella Georgie: come fai a essere così dura, a mancare anche della più elementare comprensione? Balle, le ho risposto. Telefonata di mia nipote Jill, "Ti chiamo per dirti che io non sono affatto come Kate."

"Piacere di saperlo," le ho detto.

"Se vivessi con te non ti darei nessun fastidio. La mamma è noiosa, io sono dalla tua parte."

"Pensa a come devi esser noiosa tu, per tua madre."

"Zia Jane, vorrei venire da te per lo weekend."

Dal tono, non era difficile capire cosa stava pensando: l'affascinante zia Jane, nella grande città, con la sua vita intensa, piena di sorprese.

È venuta davvero. Mi piace, devo ammetterlo. Una ragazza alta, snella, deliziosa. Sottile e flessibile come un salice, è la descrizione giusta. Se non sta attenta, finirà con il curvarsi. Capelli neri e lisci: potrebbero diventare flosci e smorti. Grandi occhi verdi: come i miei.

Li ho guardati girare per l'appartamento fermandosi su ogni oggetto, ogni particolare, attenti: per copiare il mio stile, mi sono chiesta? – ribellione adolescenziale, forse; ma no, voleva solo cercare di adattarsi il meglio possibile alla casa, a me.

"Voglio venire a vivere con te, zia Jane."

"Vuoi anche lavorare a *Lilith*, far parte della mia vita elegante, intensa, eccitante?"

"Ho diciotto anni. Non voglio andare all'università. Tu non ci sei andata, vero?"

"Vuoi dire che con me come passaporto non hai bisogno della laurea?"

"Be', sì."

"Come sono andati gli esami?"

"Non li ho ancora fatti. Li farò quest estate, ma andranno bene, vedrai."

"Bene, ne riparleremo dopo gli esami."

Non avevo nessuna intenzione di riparlarne. Era tutto troppo bizzarro: mia sorella Georgie che si insinuava nella mia vita, ecco cosa pensavo.

Ma Jill è tornata, e l'ho portata con me da Maudie, dicendo solo che era una vecchia amica. Volevo vedere le sue reazioni. Maudie sta meglio, da un po' di tempo. Il suo problema principale, l'incontinenza, è sotto controllo, riesce a fare la spesa da sola, mangia bene. È piacevole passare da lei a far quattro chiacchiere davanti a una tazza di tè. Ma io sono così abituata al suo aspetto che ho dimenticato che impressione fa di solito agli estranei. Davanti alla sconosciuta che era con me, a quella bella ragazza fresca, Maudie si è irrigidita, ho capito che non voleva esser messa in mostra, che mi rimproverava di averla messa in quella situazione. Una personcina fredda e distaccata, ha detto solo qualche sì e qualche no, non ci ha offerto il tè, ha cercato di nascondere le macchie che aveva sul vestito, nel punto in cui aveva lasciato cadere del cibo.

Mia nipote Jill è stata gentile, ma era segretamente stupefatta. Non per l'età di Maudie, non per il suo aspetto; ci ha pensato Georgie con tutte le sue opere di carità ad abituare i figli a queste cose; era stupefatta perché non aveva mai pensato di associare la vecchiaia e le opere di carità all'affascinante zia Jane.

La sera, mentre cenavamo insieme, mi ha lanciato lunghe occhiate scrutatrici, senza parere, senza smettere di chiacchierare animatamente dei suoi familiari e delle loro amenità.

"Vai a trovarla spesso?" mi ha chiesto poi con sufficiente delicatezza; e ho capito che quello era un momento molto importante. "Tutti i giorni, ogni tanto anche due volte al giorno," ho detto subito, con fermezza. "Ricevi molto, o vai fuori, la sera, alle feste, a cena?"

"Raramente. Ho troppo da fare."

"Ma non per far visita a quella vecchia... a quella ..."

"A Mrs. Fowler. No."

L'ho accompagnata per negozi, a comperarsi dei vestiti

decenti. Voleva far colpo su di me col suo buon gusto, e ci è riuscita.

Ma in quel momento Georgie e i suoi rampolli erano l'ultimo dei miei pensieri.

Ho lavorato, oh, quanto ho lavorato durante quest'ultimo anno, e con quanta soddisfazione. Mi hanno fatta direttrice della rivista. Non ho detto che avevo intenzione di assumere l'incarico solo per un anno o giù di lì, che accettavo solo per gli extra, la pensione migliore, che avevo altri programmi. Ho finalmente capito che non sono ambiziosa, che sarei stata felice di lavorare per sempre con Joyce, come prima.

Joyce è andata a vivere in America. Prima di partire, una telefonata asciutta, impersonale.

Ho detto a Phyllis, Sarà meglio che tu ti trasferisca alla scrivania di Joyce, ormai è da tanto che fai il suo lavoro. Ci ha messo mezz'ora, a trasferirsi. Con aria trionfante. L'ho osservata, la faccia seminascosta dalla mano. (Come Maudie.) Per nascondere i miei pensieri.

Attenta, Janna, attenta, Jane!

Le ho detto, Quando ti sarai sistemata, parleremo di possibili cambiamenti. Ha alzato la testa con un movimento brusco, subito all'erta: pericolo. Phyllis non vuole cambiamenti. Il suo sogno è di ereditare quello che desidera da tanto tempo, che invidia da tanto tempo.

Invidia. Gelosia e invidia. Buffo: un tempo queste cose si insegnavano ai bambini, i sette peccati capitali eccetera, ma nella nostra affascinante epoca una donna di mezza età è costretta a cercare il significato di invidia sul dizionario. Be', Phyllis non è gelosa, credo che non lo sia mai stata. Non era l'affiatamento, l'amicizia tra me e Joyce, che voleva, ma la posizione di potere. Phyllis è invidiosa. Non fa che criticare aspramente, freddamente, tutto e tutti. Tagliente. Ha cominciato anche con Joyce, ma io mi sono infiammata come un ramo secco. Sta' zitta, le ho detto, i tuoi commenti su Joyce puoi farli con altri, non con me.

Discutiamo da mesi, divertendoci un mondo, del fatto che convenga o meno cambiare il nome della rivista da *Lilith* a *Martha*. *Lilith* è la donna giusta per i difficili, ansiosi anni ottanta?

Argomenti a favore di *Martha*. Abbiamo bisogno di qualcosa

di più comune, di meno eccitante all'invidia, di un'immagine di servizio adattabile, intelligente, volonteroso.

Argomenti a favore di *Lilith*. La gente è condizionata allo splendido, all'eccitante. In questi tempi difficili, ha voglia di divertirsi. La gente legge gli articoli sulla moda come legge i romanzi d'amore, per evadere. Non vuole seguire la moda, vuole divertirsi con l'idea della moda.

Io non avevo un'opinione precisa in un senso o nell'altro. Le vendite sono calate di pochissimo. *Lilith* rimarrà *Lilith*.

Il contenuto non cambierà.

Mi sono portata a casa gli ultimi dodici numeri di *Lilith* per analizzarli.

È strano, quando io e Joyce *eravamo Lilith*, quando c'era la nostra volontà dietro quello che succedeva, non ho mai avuto momenti di disagio, non mi sono mai chiesta, La vita se ne sta andando dalla rivista? C'è ancora, la spinta di una volta? Siamo ancora in fase ascendente? Ora so che la spinta iniziale non c'è più, *Lilith* è come un'imbarcazione trasportata da un'onda, ma ciò che ha causato l'onda è rimasto indietro.

Lilith è per due terzi utile, istruttiva, un servizio.

Nel numero di questo mese: Uno. Un articolo sull'alcoolismo. Quasi tutte le idee sono state rubate a *New Society* e *New Scientist*. (D'altra parte questo vale per la maggior parte delle riviste e dei giornali seri.) Una volta ho battagliato con Joyce perché volevo che venissero citate le fonti dei nostri articoli, ma non c'è stato niente da fare: Joyce sosteneva che una cosa del genere avrebbe deluso i lettori. Phyllis ha riscritto l'articolo e l'ha intitolato: Un pericolo in agguato per voi e la vostra famiglia. Due. Un articolo sulle leggi che regolano l'aborto nei vari paesi. Tre. Un mio articolo sulla cucina nel diciassettesimo secolo. Tutta aglio e spezie! Frutta e carne mescolate insieme. Insalate con ogni verdura possibile e immaginabile. E poi le solite rubriche, moda, ricette, cocktails, libri, teatro.

Ho cominciato il mio romanzo storico. Oh, lo so fin troppo bene perché proviamo il bisogno di abbellire la nostra storia. Sarebbe intollerabile, in un romanzo, il lungo, insistente peso della *verità*, cupa e dolorosa. No, la mia storia sulle modiste di Londra sarà romantica. (Dopotutto, quando starà per morire, Maudie non vorrà pensare alle faticose puntate in quel gabinetto gelido e puzzolente, ma ai prati gioiosi di Kilburn, al suo ragazzo tedesco, ai lazzi e ai frizzi delle apprendiste mentre confezionano i loro deliziosi cappelli, degni di Parigi. Vorrà anche, suppongo, pensare al "suo uomo". Ma questa è un'idea intollerabile, non voglio prenderla in considerazione.)

Ieri, mentre tornavo a casa in macchina, ho visto Maudie per la strada, vecchissima, una strega, col naso e il mento adunchi, le sopracciglia grigie aggrondate: brontolava e borbottava, spingendo davanti a sé il carrello, e i ragazzini la inseguivano importunandola.

Una cosa che quando è successa sembrava tragica, si è rivelata piacevole. Utile, addirittura.

Ero al banco del negozio di radio e tv in fondo alla strada, stavo comperando un transistor per Maudie. Accanto a me, in paziente attesa, c'era una vecchia signora, che frugava in cerca dei soldi nella borsa aperta.

Il commesso indiano la osservava, e io anche. Quella scena mi ricordava il primo incontro con Maudie.

"Non credo di averli qui, non credo di avere abbastanza soldi," ha detto la donna in tono rassegnato, spaventato, e ha spinto la radiolina verso il commesso. Gliela stava dando per pagare le riparazioni effettuate sulla radiolina stessa. Si è girata, lentamente, goffamente, per uscire dal negozio.

Ho pensato rapidamente, mentre la guardavo. Questa volta non ero indifesa davanti a una richiesta esorbitante, questa volta avevo esperienza, avevo capito la vecchina alla prima occhiata. L'espressione cupa, grigia, polverosa. L'odore rancido. La lentezza, l'attenzione.

Ho pagato le riparazioni, le sono corsa dietro, l'ho raggiunta sul marciapiede, mentre aspettava che qualcuno la aiutasse ad attraversare la strada. L'ho accompagnata a casa.

Appena arrivata a casa ho telefonato a Miss Stivali-Blu, per il puro piacere di farlo.

"Lei è la persona che ho incontrato da Mrs. Fowler?"

"Sì," ho detto.

Silenzio.

"Le dispiace se le dico una cosa?" ha detto lei allora, efficiente ma non priva di simpatia umana. "Nel nostro lavoro capita spesso di imbattersi in persone piene di buona volontà che rendono le cose assai più difficili del necessario, senza volerlo."

"Più difficili per chi?"

Speravo che si mettesse a ridere, ma non è Vera Rogers.

"Quello che voglio dire, precisamente, è che spesso capita che qualcuno si interessi genuinamente a un caso geria... a una persona anziana, per motivi suoi, egoistici, per risolvere un problema che in realtà è suo."

"Quello che lei dice è senz'altro vero, per un verso o per l'altro, non potrebbe essere altrimenti," ho detto io, godendomi ogni istante di quella conversazione. "Ma al di là del vantaggio che io posso o non posso trarne, resta il fatto che il povero caso geriatrico in questione sarà con ogni probabilità felice di avere qualcuno che si occupi di lei, dato che è ovviamente sola e senza amici."

Un altro silenzio. Evidentemente si sentiva obbligata a prendere in considerazione le mie osservazioni e a trarne le dovute conclusioni, come le avevano insegnato durante il tirocinio. Dopo un po' ha detto, "Mi chiedo se non le sarebbe utile partecipare a uno dei nostri Incontri di Gruppo."

"Miss Whitfield," ho detto io, "c'è una donna anziana e bisognosa di aiuto, non crede che dovrebbe fare un salto da lei?"

"Se sta così male, come mai il suo medico non ha fatto rapporto?"

"Come lei ben sa, la maggior parte di questi medici non li vedono mai, gli anziani che hanno sulla lista, e gli anziani, dal canto loro, non vogliono vedere i medici, perché hanno paura. A torto o a ragione. Hanno paura di essere ricoverati."

"Questo è veramente un concetto antiquato."

"Resta il fatto che a un certo punto vengono proprio ricoverati."

"Solo quando non c'è alternativa."

"Be', nel frattempo la povera Annie Reeves è sola."

"Andrò a darle un'occhiata," ha detto lei. "Grazie per essersi interessata a questa faccenda, con tutto il lavoro che ha."

Poi ho telefonato a Vera.

Vera ha detto, Nome, indirizzo, età, condizione. Sì, sapeva di Mrs. Bates, che abitava al piano di sotto, ma Annie Reeves aveva sempre rifiutato ogni aiuto.

"Vedrai che ora non lo rifiuterà," ho detto io.

Ho dato appuntamento a Vera sul posto. Mi sono presa una mattinata di permesso. La porta è stata aperta da Mrs. Bates, con una vaporosa vestaglia azzurra, i capelli raccolti in una retina pure azzurra.

Ha guardato severamente me, poi Vera. "Hanno portato Mrs. Reeves all'ospedale, la notte scorsa," ha detto. "È caduta. Al piano di sopra. Non è la prima volta che cade. Si è fatta male alle ginocchia. O almeno, così sembra."

Tra me, Vera e Mrs. Bates vibrava una comprensione generalizzata, ma intanto Mrs. Bates ci lanciava occhiate di pura disapprovazione.

"Be', se non altro ora potremo far pulire le sue stanze."

"Se credete di poter spazzar via la sporcizia di trent'anni in una mattinata," ha dichiarato Mrs. Bates, facendosi da parte per lasciarci entrare. La casa deve esser stata costruita intorno al 1870. Senza economia. Una bella scalinata, con pianerottoli ariosi. L'appartamento di Annie Reeves era all'ultimo piano, pieno di aria e di luce. Belle stanze, ben proporzionate, finestre grandi.

Il soggiorno, che dava sulla strada, più grande dell'altra stanza. Un caminetto, chiuso. La tappezzeria marrone che, esaminata da vicino, rivelava un bel disegno di fiori e foglie rosa e marrone, ormai sbiadita e macchiata. Sopra la cornice la carta si stava staccando, svolazzava qua e là per via dell'acqua filtrata dal soffitto. C'era una vecchia sedia, con dei cuscini azzurri strappati che mostravano l'imbottitura, vicino al caminetto. Alcuni tavolini e un cassettone. Sul pavimento, linoleum, scolorito e pieno di crepe. Un letto matrimoniale, con una testiera di legno marrone – come descriverlo? Il materasso era consumato nel punto, sempre lo stesso, in cui si era sdraiata una persona; il traliccio era partito, e il crine ruvido che lo imbottiva era un ammasso di buchi e bitorzoli. I cuscini non avevano federa, come il materasso, erano cosparsi di mazzetti di piume. C'era un groviglio di coperte sudicie. *Sporco*, disgustoso. Eppure non abbiamo trovato pidocchi. Era come il nido di un vecchissimo uccello, usato da molti anni. Era – non riesco a immaginare come qualcuno potesse dormirci. Abbiamo aperto i cassetti. Be', quello era uno spettacolo che avevo già visto, da Maudie, solo peggiore. E mi sono chiesta, continuo a chiedermi, come vengono visti, quegli ammassi di stracci sudici, da coloro che li lasciano accumulare?

Uno dei cassetti di Annie Reeves conteneva – ho fatto questa lista per non dimenticarmene; la metà di una vecchia tenda di rasatello verde, piena di bruciature di sigaretta; due anelli da tenda, di ottone, rotti; una sottana, macchiata, strappata sul davanti, di cotone bianco; due paia di calzini da uomo, pieni di buchi; un reggiseno, taglia 44, un modello del 1937, a mio avviso, di cotone rosa; una confezione ancora intatta di pannolini – non assorbenti, pannolini di stoffa: non avendone mai visto uno prima, li ho guardati affascinata, naturalmente; tre fazzoletti di cotone bianco macchiati di sangue, ricordo di un'emorragia dal naso di almeno dieci anni prima; due paia di mutande di seta artificiale rosa, non lavate, taglia media; tre cubetti di Oxo; un calzascarpe di tartaruga; una scatola di lucido bianco per scarpe estive da signora, indurito e crepato; tre fazzoletti di chiffon, uno rosa, uno azzurro e uno verde; un pacchetto di lettere col timbro del 1910; un ritaglio del *Daily Mirror* che annunciava lo scoppio della seconda guerra mondiale; alcune collane di perline, tutte rotte; una sottoveste di satin azzurro scucita di lato, da ambo la parti, per adattarla a fianchi più larghi; alcuni mozziconi di sigaretta.

Tutti questi oggetti erano stati rimescolati più volte, sembrava, cosicché per mettere ordine sarebbe stato necessario separare pazientemente gli articoli, a uno a uno. Be', non avevamo tempo per una cosa del genere: bisognava rispettare le priorità.

Io e Vera ci siamo messe al lavoro. Io sono andata in macchina al negozio di mobili più vicino e ho comperato un buon letto a una piazza e un materasso nuovo. Sono stata fortunata, facevano le consegne proprio quella mattina. Ho seguito il furgone fino alla casa, per assicurarmi che i due uomini consegnassero il letto e lo portassero su fino all'ultimo piano. Quando hanno visto l'appartamento, hanno assunto un'espressione incredula. Tanto meglio. Li ho pagati per portar giù il letto vecchio, con relativo materasso, e depositarlo vicino ai bidoni della spazzatura. Nel frattempo Vera aveva comperato coperte, lenzuola, cuscini, asciugamani. Nell'appartamento c'era solo la metà di un vecchio asciugamano, nero. Guardando dai vetri sporchi, abbiamo visto i vicini nei loro giardini: guardavano con aria interrogativa il materasso, a labbra strette, scuotendo la testa. Io e Vera abbiamo trascinato il materasso fino alla mia macchina, l'abbiamo issato sul tetto, e l'abbiamo portato allo scarico municipale.

Quando siamo tornate, abbiamo trovato la Squadra Speciale Pulizie alla porta. Dato che pulire quell'appartamento era un compito che nessun normale Aiuto Domestico avrebbe potuto portare a termine con successo, Vera aveva telefonato a questa squadra volante di intrepidi pulitori. C'erano due giovanotti allampanati, affabili e svogliati, probabilmente per i troppi pasti di rosticceria. Si sono piazzati nel soggiorno, sorridenti, e hanno detto, con una smorfia di disgusto, "Ma cosa possiamo fare, qua dentro?"

"Potreste cominciare con qualche secchio di acqua calda e lisciva," ho detto io. Vera aveva già assunto la sua espressione ironica e benevola. Non ho ancora parlato della cucina. A un primo sguardo, sembrava una cucina come tutte. Un bel tavolo quadrato di legno nel mezzo, un fornello a gas niente male, due vecchissime sedie di legno, ciascuna del valore, sul mercato attuale, di quello che io spendo in un mese per mangiare, tende strappate e sbiadite, un tempo verdi, ora nere. Ma il pavimento, il pavimento! A camminarci sopra, si restava attaccati, e guardandolo da vicino si vedeva uno strato spesso, indurito di sporcizia e unto.

I due eroi hanno fatto un passo indietro sul linoleum appiccicoso, e hanno chiesto come potevano fare, dato che nell'appartamento non c'era acqua calda.

"Fatene bollire un po' sul fornello," ha detto Vera, gentilmente.

"Sentite," ho detto io, "non sareste voi, in teoria, quelli che devono subentrare alle ragazze dell'Aiuto Domestico quando il lavoro è troppo faticoso?"

"Sì, ma ci sono dei limiti anche per noi," ha detto uno di loro con aria di rimprovero. "Qualcuno deve pur farlo," ho detto io.

Hanno spazzato il soggiorno, e hanno passato rapidamente uno straccio bagnato sul pavimento. Ma davanti al linoleum della cucina sono entrati in sciopero. "Spiacenti," hanno detto, e se ne sono andati, gentili fino all'ultimo.

Io e Vera abbiamo spinto fuori il tavolo, col tavolino e le sedie, nonostante fossero praticamente incollati al linoleum per via di quei decenni di unto. Abbiamo esaminato il linoleum: non sarebbe stato facile toglierlo. Sotto quello strato ce n'era un altro, e tra i due strati un altro paio di centimetri di sporcizia e unto. In tutto, tre strati di linoleum.

Poi Vera ha dovuto andare a casa, dalla sua famiglia.

Durante lo weekend ho strofinato i pavimenti, ho lavato le pareti e i soffitti, ho svuotato i cassetti, li ho ripuliti, ho ripulito anche il fornello incrostato da trent'anni di sudiciume. Alla fine ho riempito alcuni sacchetti di plastica con quella storia silenziosa, i detriti di mezza vita, e li ho portati allo scarico municipale.

Mrs. Bates ha seguito il mio andirivieni per le scale, seduta nel suo salottino, a bere tè. Di tanto in tanto mi chiamava per offrirmene una tazza.

"No, non salgo lassù da dieci anni," ha detto. "Se offri un dito ti prendono il braccio, e comincia la storia del, mi fa una tazza di tè per favore, mi porta una cosa, o l'altra. Io ho quasi dieci anni più di Annie Reeves. Cos'ha intenzione di fare, lei, se posso permettermi di chiederglielo? Diventare la sua Buona Vicina? No?"

La vecchia faccia rosea era angosciata, piena di rimprovero. "Perché ha messo fuori quel vecchio materasso? L'hanno visto tutti... e proprio davanti al mio appartamento – penseranno che... E le sue mani, con tutta quella sporcizia, quel sudiciume..."

La cosa che le dava più fastidio era che io, una così bella signora e tutto il resto, mi sporcassi le mani con quel lavoro.

Mi ha dato una chiave. L'ho presa sapendo che mi stava offrendo più di quanto volessi ricevere. Oh, non mi illudo più, adesso! So che in ogni strada ci sono almeno una dozzina di vecchi e vecchie che riescono appena a sopravvivere, da soli, e che a un certo punto non ce la fanno più; che sognano i figli, le figlie o i nipoti lontani. Chiunque decida di stabilire un rapporto con loro deve far attenzione! Perché è facile esser risucchiati in quel vuoto terribile, si è in trappola prima di rendersi conto di quello che sta succedendo. No, non voglio più mettermi nella situazione in cui mi ritrovo con Maudie, che ha una sola amica al mondo.

Ogni tanto passo da Mrs. Bates o da Annie Reeves, per pochi minuti, mi comporto secondo le loro aspettative, perché io non appartengo a nessuna delle categorie di benefattrici impulsive e volanti alle quali sono abituate, sono un mistero. Il mio problema principale è che Maudie non venga assolutamente a sapere che mi occupo di altre vecchiette, lo prenderebbe come un tradimento. Eliza Bates, Annie Reeves vivono proprio dietro l'angolo.

Se porto un regalo ad Annie, devo portarne uno anche a Eliza, perché Eliza mi vede passare, quando salgo all'ultimo piano. Eliza è stata a servizio, sa cosa sono le cose belle e buone, e riesce anche a ottenerle, un esempio, suppongo, di Piove sempre sul bagnato. Le porto il pane della panetteria buona, un nuovo romanzo rosa, una certa marca di cioccolata svizzera, mazzi di caste rose bianche e felci verdi. Annie ha i suoi gusti, e predilige le cose inglesi, così le porto cioccolata dolcissima e morbida, un nauseabondo vino fabbricato apposta per le vecchie signore, e mazzolini di fiori legati con nastri di satin.

Annie Reeves ha passato sei mesi all'ospedale. Si è fatta male a una gamba, e nonostante le abbiano detto che può di nuovo camminare come prima, rifiuta di muoversi senza l'apparecchio ortopedico. Ora è prigioniera lassù, in cima alla casa, con una commode che qualcuno deve vuotare, i Pasti a Rotelle, l'Aiuto Domestico, l'infermiera.

Eliza Bates critica molto duramente Annie Reeves, che si sta lasciando andare, che beveva molto, tutta sola, lassù, prima dell'incidente – oh, sì, Eliza Bates sa tutto! – che lasciava accumulare la sporcizia, al punto che Eliza, al piano di sotto, credeva di sentire gli scarafaggi strisciare sulle pareti e i topi squittire. "Io non sono come lei," mi dice, con decisione, arricciando il naso con aria schizzinosa.

"Io non sono come lei," dice Annie, insinuando che Eliza è un'ipocrita, che non è mai andata in chiesa fino alla morte del marito, e adesso guardatela.

Annie desidera l'amicizia di Eliza più di ogni altra cosa al mondo. Eliza ha passato anni a isolarsi dalla donna del piano di sopra, che è crollata così in fretta, e che ora non si vergogna ad andare in giro con un apparecchio di cui non ha alcun bisogno, e che si tira in casa un esercito di assistenti sociali un giorno dopo l'altro. Si rivolgono l'una all'altra chiamandosi per cognome: Mrs. Bates, Mrs. Reeves. Vivono nella stessa casa da quarant'anni.

L'Assistenza Pubblica sta cercando di "riabilitare" Annie. Solo qualche settimana fa, avrei reagito all'invito a partecipare a questa campagna con derisione, con esclamazioni tipo, Ma è una crudeltà! Da allora, però, ho visto come vive Eliza, e capisco perché questi esperti di psicologia senile facciano di tutto per combattere la letargia dell'età perfino nei soggetti di novant'anni e più.

Eliza mi piace, al di là dell'ammirazione che provo nei suoi confronti. Potessi esser anch'io così, a novant'anni! diciamo tutti; e ci sembra di tenere a bada il nemico in agguato.

La giornata di Eliza Bates.

Si sveglia verso le otto, nella grande stanza che dà sulla facciata, la stessa nella quale dormiva col marito, nel letto matrimoniale. Ma ora ha un bel lettino a una piazza, col tavolino da notte, e una stufetta elettrica. Le piace leggere a letto, romanzi rosa, per lo più. La stanza è piena di mobili vecchi: di nuovo quel miscuglio di "antichità" e carabattole per cui nessuno pagherebbe cinquanta pence. La stanza è molto fredda, ma lei ci è abituata, va a letto con lo scialle e la bottiglia dell'acqua calda.

Si prepara una vera colazione, perché, dice, ha imparato lungo tempo fa a non lasciarsi andare coi pasti. Poi pulisce una delle tre stanze, ma non con l'accuratezza di una volta. Verso le undici si fa un po' di caffè. A volte viene una delle sue tante amiche a farle visita. Ha un'amica in particolare, una donna molto più giovane di lei, di circa settant'anni: abita nella casa di fronte, ha un aspetto "molto giovanile", indossa abiti e cappelli stravaganti, ed è una manna, per Eliza, le porta sempre un po' di cibo appena cucinato, la costringe ad accompagnarla al cinema. Ogni giorno Eliza va a colazione fuori, in un centro organizzato dall'Assistenza Pubblica per i vecchi, e spesso, dopo, commenta la qualità dei cibi: la carne era troppo cotta, si spappolava, i broccoli erano duri, il budino di riso conteneva proprio la quantità giusta di noce moscata. Perché una volta Eliza Bates lavorava come cuoca in una famiglia. Fino a poco tempo fa si fermava un paio d'ore al centro, dopo colazione, a "lavorare": i vecchi fabbricano calendari, dipingono biglietti natalizi, fanno ogni sorta di lavoretti, alcuni molto bene, perché magari mettono a frutto capacità acquisite durante un'intera vita. Ma ora, dice Eliza, ha l'impressione di non doversi strapazzare, non è più forte come una volta. Dopo colazione, e dopo una tazza di tè e una chiacchierata, va, con una, due, tre amiche, a far spese. Queste sono le vecchie signore che una volta non vedevo nemmeno, ma che da quando conosco Maudie ho osservato aggirarsi per le strade con borse e ceste – e non avrei mai immaginato che la loro vita potesse esser così piena, di amicizie, di interessi, di gioia. Adorano far spese, è chiaro; e quale negozio scelgano di favorire o meno un determinato giorno è il risultato dei più intricati e mutevoli sentimenti. Quell'indiano non sa tener pulito il negozio, ma l'hanno visto spazzare proprio ieri, quindi gli daranno una seconda chance. Questa settimana andranno al supermercato, perché c'è una nuova ragazza con un delizioso sorriso che riempie le ceste per loro. L'uomo del negozio di ferramenta è stato scortese con una di loro la settimana prima, e quindi perderà cinque o sei clienti per qualche settimana, se non per sempre. Tutto questo è molto più importante che non una nuova linea di biscotti a buon mercato, o una riduzione del prezzo del burro per i pensionati. Dopo la spesa, Eliza si porta a casa un'amica, oppure va da un'altra, per il tè. Quando torna a casa si siede per un po' accanto alla finestra della cucina, dalla quale può vedere i panni stesi danzare nel cielo, se c'è vento, guardar giù nella giungla intricata del giardino, e ricordare che quel giglio è stato piantato quel pomeriggio di trentacinque anni fa, e che quell'angolo ora pieno di erbacce una volta era un vero quadro.

Il crepuscolo le fa un po' paura, ho scoperto. Una volta, mentre salivo da Annie, l'ho vista, seduta, con la guancia appoggiata alla mano. Quando ho detto, Oh, Eliza, buonasera! – si è girata dall'altra parte, poi, quando sono entrata, preoccupata, mi ha fatto segno di sedere sull'altra sedia. Mi sono seduta.

"Vede," ha detto lei, "bisogna aver sempre qualcosa da fare, altrimenti si diventa scontrose, irritabili..." E si è asciugata gli occhi, sforzandosi di ridere.

Poi, sorprendentemente, si è messa il cappello.

"Eliza, non vuol mica andar fuori? Non dovrebbe riposare?"

"No, affatto. Quando sono depressa devo muovermi..." Ed è uscita, arrancando, una figurina tozza e coraggiosa nel crepuscolo.

Non prepara mai la cena, mangia solo un pezzo di torta, o un'insalata. Spesso, dopo cena, riceve la visita dell'amica di fronte, oppure si mette ad ascoltare la radio. La televisione non le piace. E passa le serata così, fino all'ora di andare a letto, molto tardi, spesso dopo la mezzanotte.

E, due o tre volte la settimana, dalla primavera alla fine dell'autunno, partecipa alle gite in autobus a luoghi famosi, o particolarmente ameni, organizzate dall'Assistenza Pubblica, o da una delle due chiese che frequenta. Perché Eliza è molto religiosa. È di fede battista, ma frequenta anche la chiesa anglicana. Ci va la domenica, due volte, mattina e sera, e partecipa ai tè, alle vendite di beneficenza, alle conferenze dei missionari dell'India e dell'Africa. Non fa che andare a matrimoni e battesimi.

Quando mi ha chiesto cosa facevo, e gliel'ho detto, minimizzando, ha capito tutto, perché ha lavorato per gente che deteneva posizioni di responsabilità, e mi ha rivolto tutta una serie di domande su cose alle quali non avevo mai nemmeno pensato, tipo: mi sembra giusto non far figli e portar via il posto di lavoro a un uomo che magari ha una famiglia da mantenere? E adora parlare – non dei vestiti che portava lei mezzo secolo fa – ma di quelli che vede addosso alle ragazze per la strada, che la fanno ridere, dice, sono così pazzi, e sembra che quelle ragazze si divertano tanto, a portarli. Le piace guardarle, ma si chiede se sappiano cosa vuol dire non avere mai un vestito nuovo, solo quelli che si riescono a trovare, nella taglia giusta, al banco dei pegni.

Perché un bel giorno la sua povera mamma era stata abbandonata dal marito. Se n'era andato e non avevano mai più sentito parlare di lui. Sua madre aveva tre figli, due femmine e un maschio. Il ragazzo, dice Eliza, era un buono a nulla, nato stanco, non voleva lavorare, non voleva dare una mano alla madre, e se n'era andato a sua volta, a quattordici anni. Non si era mai più fatto vivo, nemmeno con un biglietto a Natale. La madre di Eliza aveva lavorato per mantenere le due figlie. Le loro lenzuola, e spesso anche i vestiti, finivano al banco dei pegni dal lunedì al venerdì, quando venivano riscattati. E la donna che mandava avanti il banco teneva sempre da parte qualcosa per loro, un buon cappotto per le bambine, o un paio di scarpe della misura giusta. E diceva, "Be', se quel poveretto non ce la fa a pagare in tempo, vi do la prima scelta."

Una sera Eliza ha tirato fuori una vecchia cartolina, del periodo della prima guerra mondiale, più o meno, che raffigurava un'orfanella stracciata a piedi nudi. L'ho esaminata, pensando com'era romantica, perché era quello il modo in cui la poverina veniva presentata, senza la durezza della verità, ed Eliza ha detto, "Quella sono io – no, voglio dire, io ero come lei. A dodici anni andavo in giro a lavare le scale della gente per un penny. Non avevo scarpe, e anche i miei, di piedi, erano blu e rigidi per il freddo... Erano tempi duri," dice Eliza, "duri. Eppure mi sembra di ricordare che eravamo felici. Ricordo che io e mia sorella cantavamo sempre, anche se avevamo una gran fame. E la mia povera mammina piangeva perché non riusciva a darci abbastanza..."

Eliza, che non ama la televisione, va dalla sua amica di fronte a vedere *Upstairs, Downstairs*. Questo mi riempie di rabbia; ma poi mi chiedo, Perché mai, allora, voglio mettermi a scrivere storie romantiche? Perché la verità è intollerabile, ecco perché!

La Buona Signora

Mi è venuto in mente che Hermione Whitfield e tutti gli altri (uomini e donne), io e Vera, non siamo altro che le legittime discendenti della filantropa vittoriana, che abbiamo semplicemente preso il suo posto.

Ecco il mio nuovo romanzo:

L'eroina non è una signora titolata, bensì la moglie di un ricco borghese della City. Abita a Bayswater, in una delle grandi case vicino a Queensway. Ha cinque figli, per i quali è una madre devota. Suo marito non è un uomo crudele, solo insensibile. L'ho descritto usando un linguaggio copiato di sana pianta dalle lettere pubblicate da uno di quei virulenti giornali femministi che Phyllis lasciava sempre sulla mia scrivania. Quest'uomo è incapace di capire le qualità della moglie. Ha un'amante, che tiene a Maida Vale, con gran sollievo della nostra eroina. Quanto a lei, passa il tempo visitando i poveri, assai numerosi. Suo marito non ha nulla da ridire su queste attività, perché aiutano la donna a dimenticare la sua doppia vita. Ogni giorno la nostra eroina fa il suo giro, vestita con semplicità ma con eleganza, accompagnata da una camerierina dolce e buona che la aiuta a portare contenitori di minestra e budini nutrienti.

Naturalmente, non permetto agli anziani e agli invalidi che lei soccorre di essere minimamente scontrosi (anche se uno di loro, un vecchio decrepito che porta i segni delle ferite della guerra di Crimea, viene da lei descritto, con un sorrisetto di disapprovazione, come *difficile*). Nessuno di loro urla e strepita, come Maudie, o ripete le stesse dieci o dodici frasi per una o due ore (tanto durano le visite), come se nessuno le avesse mai sentite prima, centinaia di volte, o diventa scontroso e irascibile. No, nonostante vivano in tremenda povertà, senza mai sapere da dove verrà la prossima crosta di pane, nonostante mangino solo tè e margarina, pane e patate (tranne che per i doni squisiti della Buona Signora), nonostante non abbiano mai carbone a sufficienza, e siano afflitti da mariti brutali o mogli malate di tubercolosi o febbre puerperale, sono sempre esseri umani fieri e coraggiosi, e la loro amicizia con Margaret Anstruther è basata su un serio riconoscimento delle reciproche qualità. Margaret A. non si fa mai venire crisi di nervi, non sviene, non langue; non mi permetto nemmeno di accennare alle terribili malattie psicosomatiche di cui dovevano in realtà soffrire quelle povere donne. Perché Margaret non concede a se stessa di annoiarsi, ed era senz'altro la noia la causa di quelle vite passate sul sofà col mal di schiena o l'emicrania. (Ho intenzione di scrivere un libro intitolato *Il contributo della noia all'arte*. Usando come esempio Hedda Gabler, la cui stravagante condotta non era che il risultato di un'esistenza assolutamente dominata dalla noia.) No, Margaret non soffre di altro che di un amore segreto per il giovane dottore che le capita spesso di incontrare in quelle povere case, e che è innamorato di lei. Ma lui ha una moglie invalida e *difficile*, e naturalmente le belle anime di questo genere non si sognerebbero mai di trasgredire alle regole. I due si incontrano al capezzale di moribondi, e di malati, e alleviano insieme i dolori della condizione umana. Ogni tanto i loro occhi si incontrano, canzoni senza parole, e si inumidiscono, molto raramente, di lacrime trattenute.

Un mucchio di scempiaggini, vecchie come il mondo! Roba da *Upstairs, Downstairs*, che io adoro, come tutti gli altri.

Ma le ricerche che ho fatto (ampie) mi hanno portata a nutrire un sincero rispetto per quelle eroine sconosciute, le filantrope vittoriane, che, con ogni probabilità (come si fa a saperlo, in realtà?), erano protette e sostenute dai mariti, a quei tempi, mentre ora sono disprezzate. Un vero peccato, che mantenessero quasi sempre il silenzio sul loro operato, che non parlassero in prima persona, che venissero solo descritte da altri. Perché in realtà dovevano saperla lunga, dovevano essere personaggi eccezionali, con la vita che facevano, a contatto, un giorno dopo l'altro, un anno dopo l'altro, un contatto intimo, faticoso, con le cose di cui Jack London, e Dickens, e Mayhew venivano a conoscenza con brevi escursioni nella miseria, che duravano appena il tempo necessario a raccogliere i dati che servivano al loro lavoro di scrittori. Quando penso a cosa devono aver provato, ad andare in quelle case, alla fine del diciannovesimo secolo, o agli inizi del ventesimo, all'*orrore* puro di quella realtà nuda, fredda, cupa, sporca, fatta di donne esauste, di bambini rachitici, di uomini brutalizzati – no, no, non posso continuare. Ma una cosa la so molto bene, ed è che Maudie, Annie ed Eliza sono ricche e felici, in confronto a quella gente.

Annie dice sempre, guardando le assistenti sociali andare e venire come saette, "Ogni tanto penso alla mia povera vecchia mamma, che non ha avuto niente di tutto questo."

"E come faceva, chi la aiutava?"

"Si aiutava da sola."

"Ma stava bene, o era malata?"

"Le tremavano le mani, lasciava sempre cadere tazze e piatti. Quando cadde e si fratturò il femore, girava per casa sostenendosi a una sedia che spingeva davanti a sè. E ogni tanto noi le portavamo qualcosa da mangiare, o un po' di birra."

"Viveva sola?"

"Sì – ha vissuto sola per anni. È arrivata ai settanta. A me è andata meglio, no? Di oltre dieci anni!"

Lo so benissimo che quello che Eliza mi racconta della propria vita non è la verità, probabilmente non somiglia nemmeno lontanamente alla verità; e la apprezzo, come apprezzerei l'autrice di un buon racconto. Quelle lunghe estati calde, senza mai una nuvola! Quelle escursioni col marito! Quei picnic al parco! Quei Natali! Quel gruppo di amici adorabili, mai una disputa!

Ogni tanto il velo viene sollevato, per un attimo, solo per un attimo. È molto rigida, povera Eliza, molto moralista, non riesce a capire come le altre donne possano fare certe cose. Non ha avuto pace per giorni interi, dopo aver letto sul giornale di una donna anziana che aveva lasciato il marito per un uomo più giovane. È una cosa sporca, diceva, sporca. E qualche minuto dopo, con un'altra voce, una voce sognante, leggera, precipitosa: al giorno d'oggi avrei potuto andarmene, avrei potuto lasciarlo, non avrei dovuto sopportare...

Temo che, ancora una volta, quello di cui avrebbe volentieri fatto a meno fosse il sesso...

Eliza non ha mai avuto figli. Li voleva.

È mai andata da un dottore, per questo?

"Oh sì, certo, e lui disse che io ero normalissima, che avrei dovuto mandargli mio marito."

"Il quale rifiutò di andarci, immagino?"

"Oh, non si poteva nemmeno chiedergliela, una cosa del genere, non voleva sentirne parlare," ha esclamato lei. "No, Mr. Bates li conosceva, i suoi diritti, capisce?"

Al piano di sotto, Eliza, un esempio per tutte noi...

Al piano di sopra, la deplorevole Annie Reeves.

Faccio colazione con Vera Rogers, mezz'ora tra un impegno e l'altro.

Dico a Vera, "Quello che mi interessa è questo: *quando* ha deciso, Annie, di diventare così com'è? Perché si prendono sempre, queste decisioni, magari senza saperlo."

"Oh no. Eliza è sempre stata così, Annie è sempre stata così!"

"Che pessimismo! Allora nessuno cambia?"

"No! Guarda Maudie Fowler! Anche lei è sempre stata così, secondo me. Di recente ho incontrato una mia cugina, che non vedevo da vent'anni – non era cambiata affatto, non di un millimetro. Stesse frasi, stesse abitudini."

"Dio mio, Vera, a starti a sentire vien voglia di buttarsi dalla finestra!"

"Ma perché? La gente è quello che è."

"Allora perché ti dai tanto da fare con Annie?"

"Touchée! Non credo che cambierà mai. L'ho già visto succedere, Annie ha deciso di lasciarsi andare. Ma vale la pena di provarci ancora per un po', se non ti dispiace, così saremo sicure di aver fatto tutto il possibile."

La nostra campagna per Annie è tutto ciò che di umano e di intelligente esiste al mondo. Annie è una vecchia derelitta, senza amici, con dei parenti chissà dove che considerano la sua condizione un peso e uno scandalo e rifiutano di rispondere alle sue suppliche; sta perdendo la memoria, non delle cose lontane, solo di quelle che ha detto cinque minuti prima; tutte le abitudini e le conferme di una vita le si stanno sgretolando intorno, e quando appoggia il piede su quello che ritiene terreno solido, lo sente scivolar via... e ora, seduta nella sua poltrona, si trova all'improvviso circondata da facce sorridenti e benevole, che sanno esattamente cosa fare perché tutto vada per il meglio.

Ma guardate Eliza Bates – esclamano tutti. Ha tanti amici, va in gita, è sempre in giro... Annie invece non prova nemmeno a ricominciare a camminare, a uscire, a vivere una vita normale. "Forse quando verrà l'estate," dice.

Per via di Eliza Bates ho capito quante cose ci sono che Maudie potrebbe fare, delle quali potrebbe godere, e non fa, non gode: gite, escursioni, vendite di beneficenza, feste, riunioni. Ci ho pensato a lungo. Ho telefonato a Vera, la cui voce, appena si è resa conto di cosa stavo parlando, si è fatta cauta, professionale.

"Ma cosa stai dicendo?"le ho chiesto alla fine. "Che non vale la pena di incoraggiare Maudie Fowler a partecipare a queste iniziative perché il suo attuale stato di salute non durerà a lungo?"

"Be', è quasi un miracolo, no? È praticamente un anno, che tiene duro, ma..."

Un sabato sono andata da Maudie, con un liquore di ciliegie che ho portato da Amsterdam, dove mi sono recata per le sfilate di primavera. Come Eliza, Maudie è una conoscitrice di cose buone, e le piacciono le migliori. Ci siamo sedute l'una di fronte all'altra, coi nostri bicchieri, e la stanza profumava di ciliegie. Dietro le tende tirate, la sottile pioggia di primavera sgocciolava rumorosamente da una grondaia rotta. Maudie si era rifiutata di far entrare gli operai del greco ad aggiustarla.

"Maudie, voglio chiederti una cosa, ma tu non devi arrabbiarti".

"Allora si tratta di una cosa brutta?"

"Voglio sapere perché non hai mai partecipato a una di quelle gite in campagna che organizza il comune. Sei mai andata in vacanza con loro? E poi c'è un centro dove servono la colazione agli anziani. Ci sei mai stata? Ci sono un sacco di inziative..."

Lei è rimasta seduta con la faccetta coperta da una mano sporca di polvere di carbone. Aveva pulito il camino, quella mattina. Il fuoco: mi ha raccontato di aver avuto degli incubi, sul fuoco. "Potrei morire nel mio letto," ha detto, "soffocata dal fumo, senza accorgermene."

Ora dice, "Sono sempre stata per conto mio, e non vedo perché dovrei cambiare adesso."

"Non posso fare a meno di pensare a tutto il divertimento che ti sei persa."

"Ti ho mai raccontato della festa di Natale? Non ci conoscevamo ancora, allora. La polizia organizzò una festa. Io salii sul palcoscenico, e mi misi a ballare. Non credo che gradissero molto lo spettacolo delle mie sottovesti."

Mi sono immaginata Maudie con le spesse sottane nere alzate a mostrare le mutande macchiate, un po' brilla, allegra.

"Ma no," ho detto.

"E allora perché non mi hanno più invitata? Oh, lascia perdere, non ci andrei più, comunque, ormai."

"E tutte le iniziative della parrocchia? Ci andavi, in chiesa, una volta, no?"

"Sì. Una volta sono andata a un tè, e poi ci sono tornata perché quel vicario diceva che dovevo almeno provare. Sono rimasta là in un angolo, a bere il mio tè, e gli altri non mi hanno nemmeno detto buonasera, non hanno fatto che chiacchierare tra di loro, era come se non ci fossi."

"Conosci Eliza Bates?"

"Mrs. Bates? Sì, la conosco."

"E allora?"

"Il fatto che la conosca non significa che mi piaccia. Vuoi dire che siccome ha la mia età dovremmo passare il tempo a spettegolare insieme? Non mi sarebbe piaciuta, da giovane, ne sono certa, non mi piaceva nemmeno da sposata, ne ha fatte vedere di tutti i colori a quel poveretto del marito, non gli lasciava fare quello che voleva in casa sua, e ora non è mai sola, ci sono sempre almeno dieci altre donne, con lei, e non fanno che chiacchierare, e allora perché tutt'a un tratto dovrei aver voglia di prendere il tè o di cenare con lei? Mi è sempre piaciuto stare con un'amica, non con una massa di persone che stanno insieme perché non hanno di meglio da fare."

"Stavo solo pensando che forse ti saresti distratta un po'."

"Non sono all'altezza di Eliza Bates. Non lo sono da almeno vent'anni. Oh, non dico che non mi sarebbe piaciuto andare un po' fuori, ogni tanto, a volte ci vado, su alla parrocchia, quando c'è una vendita di beneficenza, mi compero un fazzoletto o un buon paio di scarpe, ma è come se non ci fossi, quelle donne non si accorgono nemmeno di me."

"Perché non andiamo ancora al parco? Oppure potrei portarti a fare una gita sul fiume. Tra poco sarà estate. Che ne dici?"
"Io sto bene così, con te che vieni a trovarmi. Ogni tanto penso a quel pomeriggio al roseto, e mi basta."
"Sei testarda, Maudie."
"Grazie tante! Sono solo abituata a pensare con la mia testa!"

Qualche settimana dopo la sua partenza per l'America, una telefonata di Joyce alle cinque del mattino.
"Stai male?" è stata la prima cosa che ho detto, come se l'avessi cancellata, dentro di me.
"No. Perché?"
"Per telefonare a quest'ora..."
"Mi sono appena alzata. Oh, naturalmente, la differenza di fuso orario."
"Non importa, mi stavo alzando anch'io, per mettermi a lavorare."
"La vecchia Janna," dice Joyce, in un nuovo tono, vago, un po' irrisorio.
"Oh, Joyce, hai bevuto?"
"Tu di certo sei sobria."
"Mi hai telefonato per dirmi come vanno le cose? Appartamento? Marito? Figli? Lavoro?"
"Certo che no. Ho semplicemente pensato, chissà come sta Janna, la mia vecchia amica Janna. Allora, come stai? E come sta la tua vecchietta?"
Ho detto, "Per quanto ne so, probabilmente ha il cancro."
"Congratulazioni," dice Joyce.
"Cosa vorresti dire?"
"Il cancro. È dappertutto. Be', a me non sembra peggio di tante altre malattie. Che ne dici? Voglio dire, c'è la Tbc, la meningite, la sclerosi a placche..." E Joyce ha continuato, una lunga lista di malattie, e io sono rimasta zitta a pensare, non può essere tanto ubriaca. No, finge di esserlo, chissà perché. Dopo un po' ha cominciato a dire che le malattie passano di moda. Una bella frase. "Se leggi i romanzi vittoriani, muoiono tutti come mosche di malattie che adesso non si nominano più. Tipo la difterite. O la scarlattina. O anche la tubercolosi."
Abbiamo continuato così per mezz'ora e più. Alla fine ho detto, "Joyce, questa telefonata ti sta costando un patrimonio."
"Proprio così. La vecchia Janna. Ogni cosa ha il suo prezzo, eh?"

"Be', sì, per quanto ne so. È la mia esperienza."

"Hai *voluto* che fosse la tua esperienza." E ha chiuso la comunicazione.

Mi ha ritelefonato. Alla stessa ora.

"Mi piace pensarti lì a lavorare come una matta, mentre io passo da una festa all'altra..."

"Ho scritto un romanzo, una storia romantica," le ho detto, "verrà pubblicato. Sei la prima a cui lo dico."

"Una storia romantica... giusto. Io, per esempio, non ne ho avuto abbastanza, di romanticismo, nella vita. Quando guardo indietro, mi vedo lavorare e lavorare, troppo per pensare a divertirmi. Ed è quello che vedi anche tu, Janna, quando guardi indietro. Ovviamente."

"Ma adesso mi diverto."

Un silenzio lungo, molto lungo.

"Non dirmelo. Non ci credo."

"Mi piace scrivere questi romanzi. Ne ho appena cominciato un altro. *La buona signora*, ti piace il titolo?"

"Buona. Ah, questa è una parola che comincio a capire solo adesso. Adesso che so come sono le donne americane. Buone. Come *Biancaneve*. Generazioni di americane hanno visto *Biancaneve* e l'hanno scelta come modello... non fanno che offrirsi di aiutare, premurose, gentili, *buone*..."

"E poi scrivo degli articoli seri. Mi diverte."

"Ummm, lavori troppo, per divertirti."

"Sciocchezze. Mi diverto proprio a lavorare. E con le mie vecchiette. Mi piace il loro mondo, non ho mai nemmeno sospettato che esistesse, prima d'ora."

"Buon per te."

Di nuovo Joyce: "Un'altra festa?" le ho chiesto.

E lei ha detto, "È sempre festa, qui."

Le chiedo sempre come si veste, per avere un'idea di com'è adesso, e lei dice, Esattamente come tutte le altre.

Perché secondo lei gli americani sono gli esseri più conformisti della terra, e anche quando si ribellano lo fanno in massa, si mettono addosso le stesse cose degli altri anticonformisti. Si è accorta, ripetutamente, che il suo stile non piaceva. Ha pensato che fosse perché la consideravano troppo vecchia, per quel genere di cose, e invece no, qualcuno le ha chiesto, seriamente, perché le inglesi "si vestono sempre da zingare". È la nostra natura selvaggia e romantica, ha risposto lei, ma ha cambiato stile, si è tagliata i capelli, e adesso ha un armadio pieno di pantaloni e camicette di buon taglio, golfini, e innumerevoli varianti del solito "vestitino". Quando entri in una stanza, dice, tutti ti squadrano da capo a piedi per assicurarsi che tu sia dentro i limiti prestabiliti.

Si diverte, perché è quello che *fanno tutti*. Anche suo marito si diverte: ha una nuova ragazza, che, guarda caso, è una collega di Joyce. Dio mio! esclama Joyce, all'una, alle due, alle tre del mattino (da lei), prima di andare a letto. Io sono circondata da tazze di caffè, è mattina presto (da me), e lei dice, se penso a tutta quell'angoscia, prima di partire. Qui nessuno si sogna di restare sposato per un secondo, dopo che ha smesso di trovare il matrimonio divertente.

Anche i figli si divertono, ormai considerano la loro terra d'origine retrograda e barbara, perché noi siamo poveri e non abbiamo quei bei frigoriferi pieni.

C'è una novità in ufficio: la politica.

Non so se considerarla o meno una cosa seria. Probabilmente lo è. C'è qualcosa nell'aria, qualcosa di nuovo, non mi piace, ma d'altra parte sto invecchiando, e non mi piacciono più i cambiamenti... per questo sono stata tollerante, da principio. O forse condiscendente? Ma avevo l'impressione che fossero loro, a comportarsi con condiscendenza. Le rivoluzioni non sono il mio pane, certo, ma dopotutto ne ho viste altre, in vita mia, e mi sembra di non meritare di esser semplicemente tollerata, come sta succedendo. Come *stava* succedendo. Perché ho preso posizione, con fermezza. All'improvviso, girando per gli uffici, ho avuto l'impressione che i gruppetti, o le coppie, in cui mi imbattevo si zittissero di colpo, come se le conversazioni in corso fossero troppo profonde perché un'intrusa come me potesse capirle. Eppure quello che dicono l'abbiamo sentito tutti migliaia di volte: una serie di cliché politici, non posso prenderli sul serio. Soprattutto, non posso prendere sul serio il fatto che questi giovani, tutti di estrazione borghese, non facciano che parlare di valori borghesi, della distruzione, della sostituzione, del marciume dei medesimi, della necessità di denunciare tutto questo. In realtà c'è, in ufficio, un giovane di estrazione proletaria, un fotografo, il cui padre fa il tipografo: il che potrebbe condurmi a una lunga analisi di cosa sia e cosa non sia proletario in questo nostro borghesissimo paese. Ma non ho intenzione di seguire questi professorini nella loro logica spaccacapello. Quello che c'è di vero, di reale, in loro, non è l'infinita varietà degli atteggiamenti religiosi che assumono, ma la passione che mettono nei loro argomenti, nelle loro discussioni. In ufficio c'è uno spirito che non c'è mai stato, una brutta atmosfera d'ira, di invidia, che rende inevitabile un atteggiamento critico generalizzato, un bisogno di diminuire chiunque non si allinei con le posizioni del gruppo; e anche di criticare e condannare chiunque, all'interno del gruppo stesso, osi anche temporaneamente mostrarsi in disaccordo. Quello che più mi sorprende e mi fa arrabbiare è che tutti noi le abbiamo già sentite queste cose, da migliaia di fonti, libri, televisione, radio, eppure questi giovani si comportano come se stessero facendo qualcosa di assolutamente nuovo, come se fossero loro a inventarle, quelle frasi trite e ritrite.

È stato più o meno quando tutto questo ha cominciato a turbarmi, che ho capito cosa mi sta dicendo Vera da un po' di tempo.

Io e Vera facciamo spesso colazione insieme, fagioli stufati o una omelette e una tazza di caffè, nei brevi intervalli rubati al lavoro. Ci piace quello che facciamo, o meglio, per essere precisa, ci piace esser capaci di farlo, e di farlo bene.

"Dio mio," dice Vera, lasciandosi cadere su una sedia, e facendo scivolare a terra una pila di pratiche alta cinquanta centimetri nel tentativo di prendere una sigaretta, "Dio mio, Janna, ti dico, se solo l'avessi saputo quando ho fatto domanda, no, resta lì seduta e lascia che mi sfoghi, non ci crederai, ma..."

"Non ci crederei," dico io, "se non avessi visto la stessa cosa succedere nel mio ufficio."

Quello che non dovrei credere è che oggi è giovedì, e che questa settimana Vera avrebbe già dovuto partecipare a sette riunioni. "In queste riunioni non si parla di niente, di *niente*, Janna, credimi, ti prego, chiunque con un po' di buon senso potrebbe risolvere i problemi all'ordine del giorno in pochi minuti, con poche parole. Ci sono tutte queste riunioni solo perché loro adorano le riunioni, le riunioni sono il loro passatempo, davvero, Janna, è la pura verità. Mi ci è voluto un po' per capirlo, ma ora che lo so... Ma che cosa gli è preso, a tutti quanti? Per cominciare, all'inizio mi sono chiesta se non fossi io, un po' strana. Sai com'è quando si è nuove, no? Ti dicono, Non vieni a questa, a quella riunione? E tu ci vai. Io ci andavo. Lo sai cosa fanno? Riunioni in cui "recitano" le varie situazioni di lavoro, che ne dici? Dicono, Ora tu sei la vecchia signora, e tu sei suo marito. Oppure discutono, di tutto, non fanno che discutere. La sai una cosa? Ci sono alcuni assistenti a mezza giornata che non escono mai dall'ufficio, non lavorano mai con gli assistiti. Prendi la mia cosiddetta aiutante, non esce dall'ufficio da lunedì mattina, non fa che partecipare a riunioni. Credo che sia convinta che il suo lavoro consista in questo. Ci sono riunioni tutte le sere, dopo il lavoro, tutte le maledette sere. E dopo la riunione vanno tutti insieme al pub, sempre gli stessi, sempre tra di loro. Non sopportano di starsene ognuno per conto proprio. E se credi che questo sia tutto ti sbagli, oh no, ci sono i compleanni, gli anniversari, te lo dico io, se potessero noleggiare un letto abbastanza grande, ci passerebbero la vita insieme, in riunione. Be', io ci sono andata qualche volta, ho fatto del mio meglio, ma a un certo punto ho detto, Non contate su di me. Così ora pensano che sono un tipo strano. Non fanno che dirmi, come se fossi un po' tocca, e forse lo sono, anche se ne dubito, C'è una riunione stasera, perché non vieni? E io dico, Mi racconterete tutto domani mattina. È meglio che me lo spieghiate voi, quello che succede, sono un po' stupida, vedete, sembra che non ce la faccia proprio a capire la politica."

Sono tornata in ufficio armata di questa nuova comprensione. È tutto vero. Indicono una riunione al giorno, per discutere dell'orario, dell'intervallo per la colazione, della divisione del lavoro, della direzione, della politica editoriale, di me, dei pregiudizi politici della rivista, dello stato della nazione. Spesso in orario di lavoro. Ho parlato con Ted Williams, il rappresentante del sindacato, e gli ho detto che per quanto mi riguardava lui era l'unica persona di buon senso della compagnia, e che avevo intenzione di proibire ogni riunione tranne quelle convocate da lui. Si è messo a ridere. Considera questi rivoluzionari borghesi una barzelletta. (Speriamo che non siano loro, a farsi la risata finale.)

Ho convocato una riunione di tutto il personale, quasi cento persone presenti, e ho detto che quella era l'ultima riunione in orario di lavoro che avrei tollerato, con l'eccezione di quelle indette dal rappresentante del sindacato. E che da quel momento in poi la loro vita sociale potevano condurla solo fuori dall'ufficio. Choc. Orrore. Ma naturalmente quel confronto diretto con il Nemico, cioè con me, cioè con la Forza della Reazione, era una pacchia, per loro.

Ho fatto colazione con Vera, e le ho detto, mentre gemeva sulle dieci riunioni di questa settimana, "Calma, calma. Tu credi che questa malattia si limiti a colpire i tuoi assistenti sociali. No, è una vera e propria epidemia nazionale. È dappertutto, come la peste. Riunioni, chiacchiere, è un modo come un altro per *non* portare avanti il lavoro. Queste riunioni sono il sostitutivo della vita sociale, per i giovani. Sono molto soli, per lo più, non hanno adeguate valvole di sfogo sociali. Quindi, le riunioni. Comunque, io le ho proibite, a *Lilith*."

"No!"

"Ho istituito una riunione alla settimana. Obbligatoria e generale. Nessuno può parlare per più di un minuto a meno che abbia qualcosa di estremamente urgente da dire. Di estremamente urgente. E così adesso fanno riunioni su di me, al pub."

"Il fatto è, povere creature, che loro non sanno che si tratta di desiderio di aggregazione sociale, credono davvero di far politica."

Sono seduta qui, a riesaminare coscienziosamente l'anno passato... Rileggo questa parola, coscienziosamente. Non ho intenzione di ripudiarla! E intanto penso alla pigra, affettuosa espressione di Joyce: *la vecchia Janna*.

Bene, bene. Seduta qui, a riesaminare coscienziosamente l'anno passato, non posso fare a meno di notare quanto ho lavorato, e quanto duramente. Eppure, come ho detto alla mia cara nipote Jill quando mi ha telefonato chiedendomi, "Non è che lavori troppo, vero, zia Jane?" e intendendo, in realtà, Oh, non lavorare troppo, non diventare noiosa, non occuparti solo di cose difficili e doverose, altrimenti che succederà al mio sogno di vita eccitante? – "Mai in vita mia ho lavorato tanto duramente quanto tua madre, e questo varrebbe anche se sgobbassi venti ore al giorno."

"Posso venire da te per lo weekend?"

"Ma certo. Così mi darai una mano."

È venuta. È passato solo un mese da allora.

Le ho detto di scrivere un articolo sull'influenza delle due guerre mondiali sulla moda. E intanto la guardavo attentamente. Avevo già parlato di questa idea durante una delle nostre riunioni. Avevo detto che durante la prima guerra mondiale tutti si erano abituati alle immagini di masse di persone in uniforme. Per la prima volta su scala così grande. Condizionati dall'idea dell'uniforme, si è più disponibili a seguire i dettami della moda; se si seguono i dettami della moda, si è più disponibili a mettersi in uniforme. Durante la seconda guerra mondiale, tutti hanno *visto* milioni di persone in uniforme. La nazione guida indossava pantaloni attillati e sessualmente provocanti, che enfatizzavano i glutei. Dalla fine della seconda guerra mondiale in poi, tutti al mondo indossano uniformi attillate e sessualmente provocanti.

Una moda diffusa a livello mondiale. Provocata da una guerra mondiale.

Ho detto tutto questo in tono asciutto, privo di enfasi, attenendomi ai fatti. Volevo vedere come avrebbe reagito. Mi ha ascoltato. L'ho osservata. Era tesa, ma stava cercando di capire.

"Non credo che riuscirei a scrivere un articolo di questo genere."

"Non in questo momento, o per niente?"

"Non in questo momento."

"Quando devi fare gli esami?"

"Tra qualche settimana. La vedi sempre, Mrs...?"

"Mrs. Fowler? Sì, certo."

All'improvviso un'espressione di appassionato rifiuto, di vera tensione, che mi ha fatto capire quanto si sentisse minacciata.

Proprio come avrei fatto io – fino a pochissimo tempo fa, ahimè – ha esclamato, "Perché non ci pensano i suoi parenti, ad assisterla? Perché la Pubblica Assistenza non la mette in un ricovero? Perché deve imporsi a te in questo modo?"

Mi sono appena presa tre settimane di ferie. Me ne spettano ancora tantissime. Non le ho mai prese tutte, le mie ferie, nemmeno quando Freddie era vivo. Nemmeno lui, se le prendeva. Mi è venuta in mente una cosa: forse anche Freddie, come me, considerava l'ufficio la sua vera casa. Se sì, era solo per tutto quello che doveva sopportare da me. Facevamo brevi vacanze insieme, brevi viaggi in macchina, di solito in Francia, preoccupandoci di mangiare e dormire bene. Eravamo sempre contenti di tornare a casa.

Naturalmente Phyllis è contentissima di sostituirmi. Ha un'aria soddisfatta ma cerca di nasconderla. Perché? Tutto le è sempre stato dato con tanta facilità, liberamente. I vestiti, per esempio. Il suo stile, un adattamento del mio, è perfetto, ora. Vestiti morbidi, setosi, sottili e levigati, capelli castani, dorati. Ogni tanto fronzoli leggeri al collo o ai polsi – io non potrei mai portare quel genere di cose, ahimé, sono troppo solida. Disinvolte catenelle d'oro vero che brillano nella scollatura di una severa camicetta marrone caffé, di seta appena lucente, un sottile braccialetto che si intravede sotto un polsino a righe altrettanto sottili. Phyllis ora si serve dalla mia sarta, dal mio parrucchiere, dalla mia magliaia, in tutti i negozi che le ho consigliato. Eppure si comporta come se avesse dovuto rubarmeli, quei consigli, come se me li fossi tenuti slealmente stretti. Così, quando mi vede osservare una nuova mise, pensando, oh, perfetto, Phyllis!, prova il bisogno di nascondere il sorrisetto di superiorità che vorrebbe dire: proprio così, te l'ho fatta, sono diventata più brava di te! Incredibile ragazza.

Non sono soltanto io a chiedermi se al nuovo splendore esterno di Phyllis non corrisponda qualcosa di interiore. La guardo lavorare nello studio dei fotografi. I fotografi, il loro studio, sono sempre stati l'altro polo, l'altro punto di equilibrio, dell'ufficio mio e di Joyce. Due centri di potere. Michael, che non si è mai accorto della ragazza, ora la osserva interessato. E anche lei si è accorta di lui. Molto diverso dall'incontro mio e di Freddie: disinvolto, alla pari. In ogni modo, nessuno dei due cede mai di un centimetro. Li osservo in una scena caratteristica. Lui è appoggiato a un tavolo a cavalletti, con un'angolatura obliqua, le caviglie incrociate, e ostenta in tutta la loro lunghezza le gambe avvolte in pantaloni di morbido velluto a coste, il rigonfio promettente del pube. Ha la testa leggermente girata, e le sorride attraverso la curva della guancia. È bello, questo Michael, ma non me ne sono accorta se non di recente. E Phyllis si appoggia con una natica a una scrivania, l'altra gamba una lunga curva, leggermente piegata. Con qualcosa di morbido e grazioso addosso, pelle scamosciata nera, per esempio, o un colore inaspettato e brillante, gli si offre tutta, e i capelli le scivolano lungo la faccia mentre discute con lui – e con quanta competenza – di lavoro. Gli occhi di Michael le scivolano continuamente addosso, la valutano, sobriamente, uno sguardo che prende in giro se stesso, e lei spalanca gli occhi in un'occhiata che prende atto, sardonicamente, del rigonfio che le viene offerto. Poi vanno a colazione insieme, e, più spesso che no, continuano a discutere di bozzetti e pubblicità. Mi piace osservare questo gioco, ma non posso lasciar trasparire il mio divertimento perché Phyllis avrebbe l'impressione che le venga rubato qualcosa. Oh, *Joyce*, non ho nessuno con cui dividere questi momenti.

Me le sono proprio godute, queste tre settimane di vacanza. Non sono andata via, perché non potevo sopportare l'idea di lasciare Maudie per tanto tempo: se è una cosa da pazzi, pazienza.

Joyce ha telefonato. Beve troppo.

"Perché non mi telefoni mai, Janna?"

"Tocca a te telefonare. Sei tu che te ne sei andata."

"Dio mio, sei implacabile."

"Se vuoi."

"Mi sembra di vederti, lì seduta a scrivere – che cosa stai scrivendo? *La buona signora*?"

"Ho quasi finito un altro libro serio, di carattere sociologico, intitolato *Strutture reali e apparenti*."

"Suppongo che tutta questa energia ti venga dal fatto di non avere una vita emotiva?"

"Dove per vita emotiva si intende marito, figli, o addirittura un amante?"

"Appunto. Non lo vorresti, un amante, Janna?"

"Ho paura."

"Be', se non altro sei sincera."

"Più di quanto non lo sia tu, di questi tempi, Joyce."

"Io? Ma se trasudo sincerità emotiva. Frequento un Gruppo d'Incontro, adesso, te l'ho detto? Siamo in dieci. Ci insultiamo orribilmente a vicenda per rivivere le nostre infanzie merdose."

"Non sapevo che avessi avuto un'infanzia merdosa."

"Nemmeno io. Ma sembra che sia andata così."

"La verità, finalmente, si tratta di questo, no? La verità emotiva?"

"Non credo che tu possa capire, Janna."

"L'amore è una cosa che non conosco. Sì, questo lo so."

"E allora?"

"E allora, la sai una cosa? Quegli anni che abbiamo passato a lavorare insieme, senza mai una parola sgarbata, in perfetta sintonia, quello era amore, per quanto mi riguarda. Ma adesso tu credi che l'amore sia tutto questo urlare e strillare e *relazionare*."

"Naturale, ora sono americana. Praticamente."

"Mi terrò i miei pensieri per me, allora, grazie."

E di nuovo:

"Che cosa stai facendo, Janna?"

"Ho finito di scrivere *Strutture reali e apparenti* dieci minuti fa."

"Questa si chiama velocità, eh?"

"Mi sono presa tre settimane di ferie."

"Niente tentazioni di viaggetti a Parigi, Amsterdam, Helsinki?"

"No. Sto troppo bene qui, che tu ci creda o meno."

"A chiacchierare con orribili vecchie?"

Come adoro la festa di possibilità che questa città presenta, sempre. Ma non sapevo quanto, fino a quando ho avuto queste tre stupende settimane tutte per me, lunghe giornate di primavera, senza nulla da fare tranne divertirmi. All'improvviso ero circondata da oceani di tempo. Ho capito che stavo sperimentando il tempo come fanno i vecchi, o i molto giovani. Andavo a sedermi sul muricciolo di un giardino e restavo a guardare gli uccelli in un cespuglio. Non distinguo un merlo da uno storno. Mi sedevo al tavolino di un caffè e, con tutto il pomeriggio davanti a me, ascoltavo e guardavo due ragazze ridacchiare dei loro fidanzati. Il loro intenso divertimento. Il divertimento è una cosa che mi è sempre mancata, della quale conosco appena il nome, ho sempre avuto tanto da fare, oh, ho sempre lavorato tanto.

Potevo imparare ad assaporare veramente, lentamente, pienamente il divertimento dai vecchi, che restano seduti su una panchina a guardare la gente che passa, a osservare una foglia in equilibrio sull'orlo del marciapiede. Un vento leggero la solleva: cadrà, verrà spinta sotto le ruote di un'automobile, verrà schiacciata? No, resta lì, una bella foglia verde e spessa, lucente e piena di linfa, probabilmente strappata dal ramo da qualche piccione. Le ruote di un carrello per la spesa arrivano girando, e mancano la foglia di un millimetro. Il carrello appartiene a una ragazza che ci ha messo dentro il bambino. È innamorata del bambino, si china sorridendo verso di lui, che alza a guardarla gli occhi fiduciosi, due persone isolate dall'amore sul marciapiede, con i vecchi che le guardano e sorridono. Adoro sedermi su una panchina vicino a una persona anziana, perché ora non ho più paura dei vecchi, aspetto solo che comincino a fidarsi di me quanto basta per raccontarmi le loro storie, così piene di storia. Chiedo, Mi dica, che cosa indossava il giorno delle sue nozze? E chissà perché c'è sempre una risata, un sorriso. "Vuol proprio saperlo, allora? Bene, avevo un vestito bianco, capisce, con..." Oppure chiedo, Lei ha combattuto nella prima guerra, quella del '14-18? "Se ho combattuto? Ma certo, e..." Io resto lì seduta, e ascolto, ascolto.

Adoro tutto questo, davvero. e tanto più in quanto so che è molto precario. Basta che la mia schiena dica, No, ferma! Basta che mi rompa un osso grande come la costola di un pollo, basta che scivoli una volta sul pavimento del bagno, che ha le piastrelle piene di olii ed essenze – in qualunque momento il destino potrebbe decidere di colpirmi con una delle centinaia di malattie, di incidenti, sempre imprevisti, ma impliciti nella mia struttura fisica o nella mia personalità, e mi ritroverei immobilizzata. Come

Maudie, come tutti questi vecchietti ai quali sorrido, perché li conosco, ora, capisco dall'attenzione con cui si chinano a spingere il carrello della spesa sul marciapiede, da come si appoggiano a un lampione per rimettersi in equilibrio, quanto sia precario, per loro, anche il semplice fatto di tenersi in piedi – perché sono già caduti parecchie volte, si sono rialzati da soli, si sono ripresi, ogni volta con maggiore difficoltà, e il fatto che camminino lungo i marciapiedi carichi di borse, sacchetti, bastoni è un vero miracolo... La solitudine, la capacità di star soli, questa gran dote, dipende dalla salute, o da un'approssimazione della salute. Quando mi sveglio la mattina, io so di essere in grado di far la spesa, cucinare, pulire, spazzolarmi i capelli, riempire la vasca da bagno e immergermi nell'acqua... e ora saluto l'inizio di ogni giornata con un – *che privilegio, che cosa meravigliosa, impagabile, non aver bisogno di assistenza, poter fare da soli.*

Passo da Maudie, che in questi giorni si sente meglio e quindi è contenta di vedermi, non urla, non mi sbatte la porta in faccia.

Non si stanca mai di ascoltare aneddoti della mia vita eccitante, meravigliosa. E io non faccio che frugare nella memoria alla ricerca di cose da raccontarle.

"Posso avere una tazza di tè, Maudie? Ascolta, voglio raccontarti di una cosa che mi è successa..."

"Siediti, cara. Riposati."

"È stato a Monaco."

"A Monaco? È una bella città, allora, vero?"

"Stupenda. Forse un giorno la vedrai."

"Sì, forse. Be', cosa ti è successo a Monaco?"

"Lo sai che le indossatrici si devono cambiare d'abito molto in fretta, alle sfilate, no? Be', c'era questa ragazza... la vedo entrare con un vestito da sera verde, e all'improvviso il nodo dei suoi capelli nerissimi si scioglie..." Guardo Maudie per cercare di capire se vede quello che vedo io, no, non ancora. "Uno stupendo vestito da sera verde, scintillante, e quei capelli neri, folti, meravigliosi, raccolti in cima alla testa, poi, all'improvviso, le scivolano sulle spalle..." Maudie ha capito, ora la vede, la scena, alza le mani, ride. "E noi giù a ridere, tutti, compratori, presentatori, tutti, ridevamo come matti. E la ragazza, l'indossatrice, ha sfruttato la situazione, è rimasta là ritta sulla passerella con quel manto di capelli neri sciolti sulla schiena, poi li ha buttati indietro con una mossa della testa, una scena teatrale e stupenda."

"E voi tutti a ridere..."

"Sì, abbiamo riso come matti... vedi, non succede mai. È impossibile, ci stanno così attenti, tutti. Ecco perché non riuscivamo a smettere di ridere."

"Oh, Janna, le adoro, queste storie del tuo lavoro."

Ho avuto anche il tempo di ascoltare Annie Reeves, Eliza Bates.

Annie è seduta su una seggiola dura davanti a un caminetto finto, elettrico, e indossa una vecchia vestaglia a fiori. Tutta sporca di cibo, di cenere di sigaretta.

"Non creda che non le sia grata, per tutto quello che ha fatto per me: Mrs. Bates dice che è stata lei a pulire qui."

"Io e Vera Rogers."

"Allora lei è una Buona Vicina."

"No."

Una lunga occhiata pensosa, scrutatrice.

"Vera Rogers non è tanto una Buona Vicina quanto un'assistente sociale vera e propria, no?"

"Proprio così."

"Be', è troppo per me, tutto questo." Lo dice soppesando ogni parola. Annie Reeves parla quasi sempre per cliché, ma per lei non sono clichés, sono parole risplendenti di verità. Ascoltarla parlare, è come ascoltare un livello primitivo della nostra lingua. Dice, "Non si è vecchi, se il cuore è giovane. E il mio cuore è giovane." Ha sentito questa frase, l'ha soppesata, ha capito che le si adatta, la usa con rispetto. Dice, "Non mi piace stare coi vecchi, mi piace la compagnia dei giovani, come lei." Dice, "Se mi avessero detto che sarei finita così, quand'ero giovane, non ci avrei creduto." Dice, "Il tempo non aspetta nessuno di noi, che ci piaccia o meno."

Annie ha fatto la cameriera per tutta la vita. Da quattordici anni fino a settanta, quando è stata messa a riposo contro la sua volontà, Annie è andata avanti e indietro dalla cucina ai tavoli di un ristorante con uova, patatine, carne in scatola, fagioli stufati, bistecche e pesce fritto. Ha lavorato nelle tavole calde e nelle mense aziendali dei grandi magazzini, e durante le due guerre mondiali ha servito militari e aviatori canadesi, australiani e americani, alcuni dei quali avrebbero voluto sposarla. Ma lei non può vivere che a Londra, dice. Annie ha raggiunto il massimo delle sue ambizioni a sessant'anni, quando ha avuto un lavoro in una tavola calda di lusso. Lì doveva preparare tramezzini e riempire bigné di stupendi formaggi importati (che peraltro si rifiutava di assaggiare), e servire espressi, cappuccini e ricche paste. Ha lavorato per dieci anni alle dipendenze di un uomo evidentemente senza scrupoli, che la sfruttava, ma a lei non importava, le piaceva quello che faceva. A settant'anni le hanno detto di andarsene. Dato che aveva lavorato in quel posto per soli dieci anni, non le è toccata la pensione, solo un orologio, che ha impegnato non appena sono cominciati i tempi duri, e cioè poco dopo, perché restare senza lavoro l'ha ridotta uno straccio. Aveva sempre vissuto per il lavoro, da quando le era morto il marito, colpito a un polmone da una scheggia durante la prima guerra mondiale. Ha cominciato subito a star male, beveva, pensava solo ai tempi felici, all'ultimo lavoro, ai clienti con cui aveva fatto amicizia, che ogni tanto la portavano al pub e le offrivano un bicchiere di porto, ai ragazzi delle bancarelle, che le dicevano sempre, Ecco la nostra Annie, e le regalavano uva e pesche. Era stata, per cinquantacinque anni, una di quelle cameriere sempre sorridenti, materne, che "fanno" un ristorante, una tavola calda, che invitano i clienti a tornare.

A riposo, passava il tempo a bere nei bar, fino all'ora di chiusura. Poi girava per le strade, sola, non aveva amici nella zona, dato che per anni ci era tornata solo la sera, o la domenica, che però passava a lavarsi i capelli e a preparare l'uniforme per la settimana dopo. Quando incontrava l'impeccabile Eliza Bates per la strada, conscia del proprio aspetto trascurato, del proprio stato di ubriachezza quasi costante, si girava dall'altra parte, fingeva di guardare una vetrina, per non doverla salutare.

Annie parla molto di cibo. Ascolto i particolari di pasti consumati sessanta, settanta anni fa. La sua famiglia viveva a Holborn, in un caseggiato ormai demolito, con le scale di pietra e due gabinetti, uno per ogni ala dell'edificio. Le scale e i gabinetti avrebbero dovuto esser puliti dagli inquilini, a turni, ma erano sempre le stesse due o tre donne a svolgere questa incombenza, gli altri facevano finta di nulla. Suo padre era un operaio. Beveva. Perdeva un lavoro dopo l'altro. Tre figli, dei quali Annie era la maggiore. Nei momenti di magra, assai frequenti, i bambini andavano nei negozi della zona e si facevano dare sei uova per sei pence, o il pane raffermo del giorno prima, che i fornai tedeschi tenevano per i poveri, o il liquido di cottura delle teste di agnello. Quando tornavano con questo liquido, la madre faceva la pasta, e quella era la loro cena. Si facevano dare i ritagli di carne dal macellaio, sei pence di scarti, e con quelli la madre preparava lo stufato. Per calmare la fame, c'erano sempre enormi pudding bolliti pieni di frutta, cosparsi di zucchero – una cosa che anche Maudie ricorda. Quando invece regnava l'abbondanza, la famiglia mangiava benissimo, perché il padre andava alle aste dei macellai il sabato sera, quando veniva venduta la carne che altrimenti sarebbe andata a male, e tornava con un grosso pezzo di polpa di manzo, comperato per mezza corona, o un cosciotto di agnello. Mangiavano anguilla e patate in salsa di prezzemolo, o una densa minestra di piselli con pezzi di patate. L'anguilla veniva portata a casa dal negozio in una bacinella. Il latte lo prendevano da una donna che teneva una mucca. La mucca stava in un capanno in cortile, con la testa che spuntava sempre da sopra la porta, e faceva muuu quando vedeva i bambini. La donna, una vecchia, vendeva anche panna, burro e siero di latte.

La famiglia comperava anche gli scarti del fruttivendolo: mele con una macchia scura, verdure del giorno prima. Erano buone come quelle fresche, e a volte venivano addirittura regalate.

La moglie tedesca del fornaio dava sempre qualche dolce del giorno prima ai bambini, quando comperavano il pane fresco. E al mercato c'era un uomo che confezionava dolci a una bancarella coperta da una tenda: faceva bollire il caramello su un fornellino, poi lo cospargeva di noce di cocco, o noci, o nocciole, e regalava ai bambini le schegge che saltavano via quando faceva a pezzi il croccante con un martelletto.

E poi, i vestiti. Annie, lo dice lei stessa, era una ragazza allegra, le piaceva divertirsi, non si era sposata che dopo i trent'anni. Tutti i suoi denari andavano in vestiti. Era snella, si faceva arricciare i capelli tutte le settimane per mezza corona, e comperava i vestiti a rate nei negozi di Soho. Aveva un vestito da ballo di pizzo nero adorno di una rosa rossa, e lo indossava tutti gli anni al ballo della polizia. Aveva un vestitino blu scuro profilato di bianco che le stava come un guanto. Portava dei minuscoli cappellini con la veletta perché piacevano ai ragazzi. Una gonna marrone, allacciata su un fianco da bottoni grandi come cucchiai. Una redingote di velluto blu coi revers. Ogni volta che evoca il fantasma di un ennesimo indumento di sessanta, cinquanta, quaranta anni fa, dice, Non li fanno più, vestiti come quelli, ora, proprio come, parlando della carne di manzo venata di grasso giallo, dice, Non ce n'è più, di roba come quella, al giorno d'oggi, e ha ragione.

Le ho chiesto cos'ha fatto di tutti i vestiti vecchi: è una cosa che mi interessa sempre, perché sono pochi i vestiti che si consumano davvero al punto da doverli buttare. "Li ho portati fino a quando non ne ho potuto più," dice, e non capisce cosa voglio sapere.

"E poi?"

"Che cosa fa lei, con i suoi?" dice esaminando i miei vestiti, ma non con l'occhio esperto di Maudie. "Sono molto belli. Cosa fa, li porta fino a quando sono da buttare?"

"No, li regalo alla Oxfam."

"Che cos'è?"

Le spiego. Non riesce a capire, semplicemente. Ma questa non è l'unica cosa che non riesce a capire: il cervello di Annie si è congelato, o fermato, o saturato, a un certo punto; una decina d'anni fa, probabilmente. A volte, quando sto lassù con lei, seduta ad ascoltare sempre le stesse storie, cerco di intavolare un discorso nuovo.

Le ho detto che lavoro per una rivista di moda. Lei la conosce di nome, anche se non l'ha mai letta. Non è curiosa. No, questo non è esatto: la macchina che è il suo cervello non riesce ad ammettere più nulla al di fuori del modello che già conosce. Così io dico, Oggi sono andata da una nuova stilista, giovane, che disegna vestiti per... Ma quasi subito devo passare dal generale allo specifico perché vedo dai suoi occhi che non ha *recepito*. "Ho visto un vestito delizioso," dico, "blu con..."

Annie siede spesso alla finestra, al secondo piano, a guardare giù nella strada, in attesa che succeda qualcosa di interessante. È sempre sola, tranne che per l'andirivieni di Aiuti Domestici, infermiera, Pasti a Rotelle. Per tutta la vita, fino a dieci anni fa, è sempre stata in compagnia, mai sola, dice. Ma di questi tempi la gente sta sempre in casa, a vedere la televisione, non gira più per le strade in cerca di avventure, come facevano lei e sua sorella, due ragazze molto graziose, da giovani, che conoscevano lo West End come le loro tasche, e sapevano anche evitarne i pericoli. Si lasciavano accompagnare da un paio di piazzisti calcolatori, si facevano portare da Romano, consumavano una cena superlativa, e poi, quando diventava chiaro che i due si aspettavano di esser ricompensati in qualche modo, dicevano, Andiamo un attimo alla toilette delle signore, se non vi dispiace – ma sapevano sempre dov'era l'uscita di sicurezza, conoscevano strade, stradine, vicoli e scorciatoie, ed evitavano così di pagare il debito. Oppure si facevano portare al music hall, o a teatro, e svanivano nella folla, o in una stazione di polizia, con qualche pretesto, o nella metropolitana. Perché erano brave ragazze, lei e sua sorella, mi dice, un giorno sì e uno no. Quel periodo della sua vita, i cinque anni prima che la sorella si sposasse (sciocca ragazza!), quando nessuna delle due aveva ancora vent'anni, e Annie era al primo lavoro, quegli anni sono stati i più belli della sua vita, non fa che pensarci, quando se ne sta seduta tutta sola – pensa a quegli anni e a quelli passati a lavorare nella tavola calda di lusso. Ecco cosa le piacerebbe vedere ora, quando guarda dalla finestra, una folla rumorosa, allegra, spiritosa, e se poi ci fosse anche qualche bancarella tanto meglio. Ma no, niente di tutto questo, ormai. E quei ragazzi che vede giù in strada, non li capisce, non le piacciono molto. Quei giovani, i discendenti, in effetti, suoi e di sua sorella, dieci o dodici ragazzi e ragazze del caseggiato all'angolo, vivaci, neri, marroni e bianchi, privi di scrupoli, ladruncoli, qualche volta passeggiano nella strada, è parte del loro territorio. Ma vedono solo vecchie facce affacciate alle finestre, queste case sono tutte piene di persone anziane, e la zona è troppo noiosa per loro, proprio come per Annie.

Le lagne, le lamentele di Annie, questo è noioso, quello è orribile...

La povera Eliza Bates invece parla sempre di avvenimenti lontanissimi, di quand'era vivo il marito, la sorella.

Ora non ha più nessuno. C'è una nipote da qualche parte, dice lei, ma ha perso il suo indirizzo. Un cognato è appena morto. Sospira e assume un'aria afflitta, quando ne parla. "Era l'ultimo, l'ultimo, capisce?" mormora. Poi si sforza di sorridere.

E la sua "giovane" amica, la settantenne, ha sposato un uomo incontrato al centro, ed è andata a vivere in Scozia. Questo fatto ha sconvolto Eliza Bates. Quando qualcosa la sconvolge, il che succede spesso, alza entrambe le mani, con le dita allargate, fino alle spalle, spalanca gli occhi, trattiene il fiato, ed esclama, Oh, oh, oh! Non l'avrei mai pensato!

Della sua "giovane" amica perduta, dice, lamentandosi, Non avrei mai creduto che fosse un tipo del genere!

Il che significa, incredibilmente, che sospetta la povera donna di aver sposato il suo vecchietto secco e imbellettato per i piaceri dell'alcova.

Non così Annie, che in certi momenti somiglia all'allegra donna di mondo della *Saga dei Forsyte*, quella che gira la manovella dell'organetto mentre Irene viene violentata, un ghigno di trionfo sulla faccia devastata. La nostra Annie si è creata – perché pensa che questo si voglia da lei – il personaggio di una donna timorosa, raffinata, schiva, alla quale si devono nascondere le cose spiacevoli. Per esempio, adora raccontare di come sua madre, suo padre, suo marito le nascondessero premurosamente lo spettacolo di un cane investito da un'automobile, o la notizia della morte di un parente, o addirittura il passaggio di un funerale. Perché lei era un'anima così sensibile, così delicata. (Figlia-bambina! Moglie-bambina!) Oh, sì, Annie, la Annie che scorrazzava di sera per le strade del West End, si era costruita al tempo stesso l'immagine di donna imbronciata, timida, smorfiosa, e credo che questa fosse l'unica impressione che di lei ricavavano le orde di corteggiatori. Probabilmente l'aviatore canadese, il soldato australiano, il marinaio americano, i combattenti di due guerre che, a sentir lei, la "portavano fuori", le facevano regali, i piazzisti e i giovanotti allegri non ebbero mai modo di vedere questa creatura esultante, priva di scrupoli, calcolatrice, che ora, quando dimentica le smorfie e la raffinatezza, dice, ammiccando, Oh, io sapevo badare a me stessa, sapevo tenere a bada gli uomini, non ho mai concesso niente che non volessi concedere!

Ma quasi subito questa creatura svanisce e Annie, ricordando all'improvviso la necessità di sembrare rispettabile, si trasforma di nuovo nella fanciulla fragile e indifesa; questa donna di ottantacinque anni arriva ad assumere la posa di una bambina di tre anni che dice silenziosamente, Oh sono una creatura così delicata, così dolce...

Ho la sensazione che Annie abbia deciso, dopo lunghe considerazioni, esattamente cosa dire e cosa non dire, e che i suoi racconti siano sempre pesantemente tagliati.

A volte, però, si tradisce: la frase di un annuncio pubblicitario, o il verso di una canzone popolare, e Annie si illumina, La mia piccola infermiera di notte, mi chiamava, ha sussurrato l'altro giorno; poi si è ricordata che c'ero anch'io, mi ha lanciato un sorriso, per metà di paura, per metà di trionfo. Sì, la mia piccola infermiera di notte – be', mi piace star qui seduta a ricordare che ho avuto una vita divertente.

Tornando a casa in macchina, ho visto un gruppo di vecchiette sul marciapiede, tutte sciarpe e cappelli, nella gelida serata di primavera. Erano state a Hatfield, in pullman, con la parrocchia. Fra di loro, Eliza Bates. Vecchiette minuscole e cinguettanti. Le stesse che Maudie non vuole frequentare, delle quali non si sente all'altezza. C'era il vicario, con loro, e le sue assistenti. Eliza era sorretta dalle amiche. Mi sono resa conto che la considerano fragile, sempre più fragile. Ho telefonato a Vera: mi ha detto, "Ha perso l'ultimo parente, la sua migliore amica si è sposata e se n'è andata, c'era da aspettarselo..."

Ho visto anche Maudie, all'aperto, nella forte luce di primavera, arrancava, ansimando. Quel colorito giallo, violento, quella faccia che sembra dipinta. Non ho bisogno di telefonare a Vera per sapere.

Alla fine delle tre settimane ho semplicemente deciso di lavorare meno. Il mio *Modiste* è piaciuto. Il mio *Cambiamenti della moda* è piaciuto.

Chiederò il part-time, si cercheranno un'altra direttrice. Voglio divertirmi, rallentare il ritmo...

Mi ha telefonato Georgie, in quel suo nuovo modo cauto, vago, come se volesse controllare la sua irresponsabile sorella. Senza pensare, le ho detto che avevo intenzione di chiedere il part-time, e due minuti dopo Jill era al telefono.

"Zia *Jane*," ha detto, con voce soffocata. "Non può essere vero. Non può essere vero."

Sono rimasta in silenzio, troppo a lungo.

Si è messa a piangere. "Zia Jane, me l'avevi *promesso.*"

Davvero? Le avevo fatto una promessa?

Ci ho pensato un po', poi le ho scritto, l'ho incoraggiata a pensare solo agli esami, e le ho detto di venire a trovarmi dopo, con i risultati. Mi par quasi di sentire il soffio freddo e censorio di quell'Artico che è mia sorella Georgie: Ma, Janna, sei proprio incapace di pensare ad altri che a te stessa?

Di nuovo Joyce:

Dice, "Ho lavorato come una matta per sistemare la nostra nuova casa, ho appena finito di pulire la cucina, e ho pensato a te."

"E com'è la nuova casa, com'è l'America, com'è la vita dell'università, la vita della moglie del professore?"

"Credo che riuscirò ad avere un lavoro come consigliera."

"Di quale comune?"

"No, consigliera, persona che dà consigli."

"E a chi?"

"A chi ne ha bisogno."

"Per conto di chi?"

"Di chi conosce le risposte."

"E naturalmente avrai uno stipendio adeguato?"

"Certo. Adeguato. Quanto basta per le sigarette. Ma questo lavoro andrebbe benissimo per te, Janna. I consigli sono sempre stati il tuo forte."

"Io non ho mai dato consigli a nessuno"
"E cosa sono quei lunghi, eruditi articoli di carattere sociologico, se non consigli?"
"E tuo marito? Gli piace l'America?"
"Si sta adattando."
"E i tuoi vivaci rampolli?"
"Anche loro si stanno adattando, sai, nuove amicizie, nuove usanze."
"E tu? Come stai, tu, Joyce?"
"Probabilmente sono troppo vecchia o troppo rigida per adattarmi anch'io."
"Oh, questo significa forse che vuoi tornare in Inghilterra?"
"Non ho detto niente del genere, Janna."
"Capisco."
"Ero sicura che avresti capito."
"Be', sento molto la tua mancanza."
"Anch'io."
"Ciao."
"Ciao."

Be', questo l'anno appena passato. Come ha detto Virginia Woolf, È il momento presente. È adesso.

Ho comunicato al giornale che devono trovarsi una nuova direttrice. Io voglio lavorare solo due, tre giorni alla settimana, solo al mattino. La delusione di Phyllis. Lei lavora bene, con me. Dovrei forse continuare a lavorare a tempo pieno per Phyllis, o per Jill? Ecco che cosa vorrebbero le due ragazze, in pratica. Richieste silenziose – Phyllis. Richieste esplicite ed enfatiche – Jill.

Ma le acque si chiuderanno su di me facilmente e definitivamente, come su Joyce.

I giovani dell'ufficio mi trattano con accattivante disinvoltura, il nuovo stile del giornale – non di certo il mio, da dov'è venuto? Tutto è molto più caotico, precipitoso. Hanno ricominciato con le riunioni, durante gli intervalli di colazione, del caffè. "Oh, scusami, Janna, c'è una riunione."

"Divertitevi," dico io, avendo ormai rinunciato alla lotta. Sono proprio dei veri rivoluzionari, questi giovani istruiti, ben pagati, ben nutriti, che, come me, spendono in vestiti quanto basterebbe a sfamare intere famiglie. Be', la casa della rivoluzione ha molte stanze, dico, e loro trovano la battuta divertente.

Michael e i suoi amici stanno studiando a fondo le tecniche del lavaggio del cervello, della propaganda, l'uso degli slogan – quel genere di cose. Naturalmente per esser pronti a combatterle quando verranno usate su di loro e i loro compagni.

Dico, "Ma non ti è venuto in mente che probabilmente tu e i tuoi accoliti tenterete di usarle sui vostri avversari – magari anche su di me?"

"Oh, Janna, smettila."

"Oh, potrei considerare tutto questo piuttosto divertente," dico, "se non ci fosse una seria possibilità che tu e i tuoi amici prendiate il potere. Non che qualcuno di voi abbia la minima possibilità di sopravvivere più di dieci minuti, alla rivoluzione, naturalmente. Verreste eliminati con la prima ondata di purghe!"

"Siamo dei realisti, noi."

"Romantici, tutti, fino all'ultimo. Il romanticismo non è la migliore delle qualità, per una nuova classe dirigente."

"Be', se c'è qualcuno, qui, che dovrebbe intendersene, di romanticismo, quella sei tu," dice Michael, brandendo le bozze de *Le modiste di Marylebone*, che tutti in ufficio stanno leggendo avidamente. "Perché non hai scritto un romanzo *serio*, su quelle poverette? Venivano sfruttate in modo vergognoso," esclama.

"Lascio a te l'onore," dico io. "A mio parere, la verità è intollerabile, è più di quanto chiunque possa sopportare, meglio abbellirla un po'."

"Letteratura di evasione," dice lui, con disprezzo.

Ma quando gli ho dato da leggere le bozze del mio libro serio, *Cambiamenti della moda*, non le ha lette. Questo, lo so, perché mi vuole in una certa categoria: quella dei vecchi reazionari che non sanno affrontare la realtà.

Maudie è malata. Ha un aspetto orribile. È seduta davanti a me, con le tende tirate in pieno giorno per impedirmi di vederla bene in faccia, ma io sento il suo respiro affannoso quando cambia posizione, vedo le sue mani salire allo stomaco come per proteggerlo. Beve il suo tè a piccoli sorsi, come se fosse veleno, poi, all'improvviso, comincia a buttarne giù una tazza dopo l'altra, come se volesse lavar via qualcosa.

È da un anno che vado io dal dottore a prendere le ricette di cui ha bisogno, perché lei si rifiuta di vederlo. Non ne vuole sapere.

Oggi le ho detto, "Maudie, dovresti farti vedere dal dottore."

"Se hai deciso così, allora non mi resta che ubbidire." Imbronciata.

"No, sta a te decidere."

"È quello che dici tu."

Mi sono resa conto che in realtà vorrebbe che io chiamassi il dottore, ma non le va di dirlo. Chissà se le prescriverà altre pillole. Se un dittatore volesse soggiogare un intero popolo, tutto quello che dovrebbe fare sarebbe di comparire in televisione e dire, E adesso, signori, è arrivata l'ora di prendere la vostra pillolina bianca. Prendete la vostra pillolina bianca, fatelo per me...

Perché se si chiede ad Annie, o a Eliza, Che cos'è, quella pillola che sta prendendo? non ci pensano nemmeno a rispondere, È Mogadon, Valium, Dioxin, Frusemide, dicono sempre, È una pillola grossa e gialla, è una pillolina bianca, è una pillola rosa con una riga blu...

Il dottore è venuto oggi. Io non c'ero. Maudie: "Dice che devo fare altre analisi."

"Verrò con te."

"Come vuoi."

Oggi ho portato Maudie all'ospedale. Ho riempito il modulo al posto suo e ho detto che non voleva essere visitata davanti agli studenti. Quando è arrivato il nostro turno, hanno chiamato prima me. Una grande stanza con molte finestre, il tavolo dell'Autorità, del grande dottore, e molti studenti. Quelle facce *giovani* e ignare...

"Come faccio a insegnare qualcosa ai miei studenti se non posso mostrar loro i pazienti?" mi ha chiesto il grande dottore.

Io ho detto, "Non ce la fa. È troppo, per lei."

Lui ha detto, "Ma come? Non è troppo per me, e sono certo che non sarebbe troppo per lei, se si ammalasse."

Una risposta così *stupida* che ho deciso di lasciar perdere. "È molto vecchia e molto spaventata," ho detto soltanto.

"Ummmmm!" E poi, rivolto agli studenti, "Allora suppongo che dovrò dirvi di uscire per un attimo dalla stanza."

A questo punto avrei dovuto protestare, ma mi sono guardata bene dal farlo.

Gli studenti sono usciti. È rimasto solo un assistente, un giovane indiano.

"Dovrà sopportare il mio assistente, però."

Maudie entra lentamente, senza guardarci, sostenuta dall'infermiera. La fanno sedere vicino a me.

"Come si chiama?" chiede il grande dottore.

Maudie non alza gli occhi, ma borbotta qualcosa. Io so che sta dicendo di avermi vista riempire il modulo con i suoi dati.

"Come si sente?" chiede il grande dottore con voce alta e chiara.

Ora Maudie alza la testa e lo fissa, incredula.

"Ha dei dolori?" chiede il dottore.

"Il mio medico ha detto che dovevo venire qui," dice Maudie, tremante di rabbia e di paura.

"Capisco. Be', ora il dottor Raoul la visiterà, poi tornerete qui da me."

Io e Maudie veniamo accompagnate a uno scompartimento.

"Non voglio farmi visitare, non voglio," mi dice Maude, furiosa.

Io comincio a toglierle il soprabito, prepotente come il dottore, e mi arriva una zaffata di quel tremendo odore. Oh, se solo potessi abituarmi a quell'odore.

"Perché dovrei farmi visitare?" si lamenta Maudie. "Non è quello che voglio io, è quello che volete tutti voi."

"Perché non ti lasci visitare, già che sei qui?"

Le tolgo il vestito, e vedo che la biancheria è sporca, anche se so che se n'era messa di fresca, per venire qui. Sta tremando. Le tolgo tutto tranne le mutande e la nascondo dentro l'enorme camice dell'ospedale.

Aspettiamo a lungo. Maudie è seduta sul lettino, e fissa la parete.

Alla fine arriva il medico indiano. Gentilissimo. Piace anche a Maudie, che si sdraia pazientemente e gli permette di visitarla a fondo. (Si sdrai, per favore, Mrs. Fowler, si giri, per favore, tossisca, per favore, trattenga il fiato, ora, lo faccia per me. È la formula, insultante, usata negli ospedali e nelle case di riposo da tutti quelli che lavorano con i vecchi, che vengono trattati come bambini piccoli.) Le ausculta il cuore, le ausculta i polmoni, a lungo, e poi, con molta delicatezza, le palpa lo stomaco. Uno stomaco così minuscolo che vien da chiedersi dove va a finire il cibo che mangia.

"Cosa c'è? Cosa c'è lì dentro?" chiede Maudie, furiosa.

"A quanto pare, niente," sorridendo, gentilissimo, una delizia.

E all'improvviso, a grandi passi, arriva il grande dottore. Urla, "Che idea le è venuta di mandare i raggi X dell'esofago all'archivio? Ne ho ancora bisogno."

Il medico indiano si raddrizza, guarda il capo sopra il corpo steso di Maudie, le mani scure ancora appoggiate alla sua pancia gialla.

"Devo aver capito male," dice.

"Non ci sono scuse per l'incompetenza."

All'improvviso Maudie dice: "Perché si arrabbia con lui? È molto bravo e gentile."

"Può anche darsi che sia gentile, ma è un pessimo medico," dice il tiranno, e se ne va.

Noi tre non ci guardiamo.

Il medico indiano tira su le mutande di Maudie e la aiuta ad alzarsi a sedere. È arrabbiato, si vede.

"Be', suppongo che si senta meglio, quello là, dopo una sfuriata," dice Maudie, in tono amaro.

Di ritorno nella stanza del grande dottore, io, Maudie e il medico indiano ci sediamo su tre sedie davanti a lui.

So che c'è qualcosa che non va, qualcosa di grosso, per via dell'aria di blanda competenza del grande dottore e per via di un certo non so che nell'atteggiamento del dottore indiano verso Maudie. Ma Maudie si sporge in avanti, gli occhi azzurri lucenti fissi sulla faccia del grand'uomo: aspetta il verbo dall'Olimpo. Arriva: oh, lo sa il fatto suo, il grand'uomo, l'ho ammirato molto, in quel momento, dieci e lode.

"Bene, ora, Mrs. Fowler, l'abbiamo visitata a fondo, e non c'è nulla che non si possa curare con un po' di pazienza. Lei deve mangiare, mi raccomando..." E continua così, alza gli occhi dagli appunti alla faccia di Maudie, sorride, torna a guardare gli appunti, come per controllare i fatti, una recitazione perfetta. E io intanto pensavo, Non saprò niente fino a quando costui manderà il suo rapporto al medico di Maudie, che parlerà con Vera, che riferirà a me. Allora saprò: nel frattempo, dato che non sono parente di Maudie, solo una persona amica, dovrò rassegnarmi ad aspettare.

In taxi. Maudie è un fagotto nero con la schiena dritta, tesa, sofferente, tremante. Dice, "E i dolori allo stomaco, che mi dicono dei dolori allo stomaco?"

Non mi ha mai detto niente prima, di quei dolori, e io non so cosa risponderle, se non che ora verrà il suo dottore.

"Ma come! Mi porti in quel posto, tutta quella scena, quel consulente, o come diavolo si chiama, Lord Lasciate-Fare-A-Me, e poi mi tocca di tornare a casa senza sapere niente più di prima."

Ci sono voluti dieci giorni, e intanto Maudie è quasi impazzita di paura. Lo sa che c'è qualcosa di grave. Il grande dottore ha scritto al piccolo dottore. Vera gli ha telefonato. Poi ha telefonato a me: Maudie ha un cancro allo stomaco.

Vera mi dice, "È una cosa brutta, terribile – ma sai, adesso riescono a tenere a bada il dolore, hanno una serie di nuove terapie, sanno esattamente cosa fare. Così quando dovrà andare all'ospedale..."

Vera si preoccupa che io mi preoccupi. E io mi preoccupo. Molto. Nel frattempo diciamo a Maudie che ha una brutta ulcera, e il medico le dà degli analgesici. Ma purtroppo gli analgesici le annebbiano il cervello, e così finiscono quasi sempre nella tazza del gabinetto. Io e Vera ci scambiamo continue telefonate nel corso delle quali ci diciamo molte più cose in silenzio di quante non ne esprimiamo a parole: Maudie deve essere tenuta lontano dall'ospedale il più a lungo possibile. Non dev'essere angustiata con Aiuti Domestici, se non li vuole, o con infermiere incaricate di lavarla. Bisogna fare in modo che il padrone di casa ignori le minacce del comune, che vuole denunciarlo per le condizioni in cui tiene l'appartamento di Maudie. Nel frattempo ci penserà Vera a parlare al funzionario che si occupa della faccenda.

Ma quanto durerà tutto questo? All'improvviso mi trovo a desiderare disperatamente che finisca il più presto. In breve, vorrei che Maudie morisse.

Ma Maudie non vuole morire. Al contrario. Freme di un rabbioso, furente bisogno di vivere. È stata Vera a costringerla ad andare a farsi visitare, a chiamare il suo medico, a obbligarla ad ascoltare la diagnosi di ulcera allo stomaco. È Vera, il nemico: ma, come dice Vera stessa, tutto questo è normale, è bene che i vecchi (solo i vecchi?) abbiano un nemico, qualcuno con cui prendersela. Maudie ha Vera come nemica e me come amica. Vera è abituata a queste cose.

Maudie mi dice, "Ulcera?" È seduta, con le grandi mani nodose appoggiate allo stomaco, si tasta delicatamente. Ha la fronte imperlata di sudore.

Vera dice che le cellule dei vecchi si riproducono molto lentamente, e che quindi con ogni probabilità ci vorrà molto prima che il cancro entri nella fase terminale. Maudie può vivere anche tre, quattro anni – chi può saperlo?

Io e Vera prendiamo una tazza di tè e un piatto di fagioli stufati su pane tostato nella tavola calda all'angolo. Un pasto rapidissimo, prima di tornare ciascuna alla propria sfera di attività.

Vera mi dice che sì, probabilmente Maudie sa di avere il cancro, ma non vuole saperlo: e noi dobbiamo stare al gioco.

Vera mi racconta di un vecchio affidato alle sue cure che ha un cancro all'intestino, da due anni, ma si comporta come se niente fosse: allegro, vitale (parole di Vera!). Sa di avere il cancro. E sa che Vera sa che lui ha il cancro. Ma non ne parlano, fingono di ignorare l'angoscia, le macchinazioni del vecchio, il suo lento deterioramento, lo squallore. Ieri però lui le ha detto, Bene, non ne ho ancora per molto, lo so, ma va bene così, ho vissuto abbastanza.

Maudie non vuole Aiuti Domestici, non ne vuol sapere. Mentre ne parla, capisco che per anni tutta una serie di assistenti sociali ha provato a farla ragionare. Le storie che Maudie racconta! A sentirla sembrerebbero tutti ladri e puttane. Ma ora io ne so un po' di più, le ho viste all'opera, con Annie. E anche Eliza Bates si è ammalata, all'improvviso, gravemente, e le assistenti di Annie vanno anche da lei. e dire che una delle cose di cui è stata tanto orgogliosa, per anni, è proprio il fatto di non aver mai chiesto aiuto a nessuno, di non aver mai lasciato andare la casa in rovina, di non essere mai stata di peso alla comunità.

La giornata di un Aiuto Domestico.

Può essere irlandese, inglese, oppure originario delle Indie Occidentali, di qualunque nazionalità, ma di solito è priva di qualifiche e ha qualcuno da mantenere e da assistere, o dei figli, e quindi necessita di un lavoro che le permetta di continuare a prendersi cura della famiglia. È giovane o, almeno, non anziana, perché bisogna essere forti, per fare questo lavoro. Ha mal di gambe/mal di schiena/digestione difficile/problemi all'utero. D'altra parte quasi tutte le donne hanno problemi all'utero, al giorno d'oggi. (Come mai?)

Quasi sempre vive in un appartamento del comune e lavora per il comune, come Aiuto Domestico.

Si sveglia alle sei e mezzo o alle sette, insieme al marito. Lui lavora nell'edilizia e deve cominciare presto. Uno dei due mette su il bollitore e prepara i fiocchi di granturco per i bambini. Poi, insieme, svegliano i piccoli e li incitano allegramente a lavarsi e a vestirsi. Lei tiene d'occhio la tavola della colazione, controlla lo stato generale di salute, si accerta che il gatto abbia da mangiare, guarda che tempo fa – la sua voce è costretta a gareggiare con quella della cassetta del figlio più grande, che pure la tiene bassa, perché lei brontola. Nel frattempo programma la giornata che ha davanti. Piove... i bambini devono prendere l'impermeabile... Bennie ha bisogno della roba da football... deve ricordarsi di prendere la ricetta del marito per l'infezione cutanea comparsa la settimana prima e che non dà segno di voler scomparire. Mentre telefona al dentista per fissare un appuntamento per la "piccola", che ha cinque anni, incita la figlia di mezzo a infilare cappotto e sciarpa, perché è tardi. Il marito ha ingollato fiocchi d'avena, pane tostato e marmellata leggendo il *Mirror* e grattandosi con aria assente il collo, che è rosso fuoco. Quel collo non le piace per niente. Lui dice al più grande, dodici anni, Su, andiamo, e mentre passa davanti alla moglie le prende di mano (non quella che regge il ricevitore, l'altra) il sacchetto con i panini che lei ha preparato mentre lui era in bagno. Ci vediamo, borbotta lui, che sta pensando se passare o meno dal dottore per quello sfogo. Lei urla, Bennie, la roba da football, e i due maschi spariscono.

Restano le due bambine. La musica tace. Silenzio. La "piccola" cinguetta con una fetta di pane tostato in mano, e la grande siede diligente a tavola e ingurgita pane e marmellata.

L'Aiuto Domestico si lascia cadere su una sedia, col telefono in mano, trattiene il ricevitore col mento e intanto si versa una tazza di tè. Allunga una mano a prendere il pane tostato spalmato di marmellata abbandonato dal figlio, perché odia lo spreco.

Fa una mezza dozzina di telefonate, tutte riguardanti marito e figli, poi telefona in ufficio per vedere se c'è qualche novità. Vogliono che passi dal vecchio Hodges, perché il suo Aiuto ha appena telefonato per dire che deve accompagnare la madre all'ospedale e non può venire al lavoro. L'impiegata glielo comunica in tono di scusa, e fa bene, perché Bridget ne ha già quattro al giorno, di vecchi, e tutti difficili. Le affidano sempre quelli difficili perché ci sa fare.

Seduta a guardare la "piccola" – oh, ha versato il latte, che disastro – Bridget riprogramma la giornata in modo da poterci infilare il vecchio Hodges. Poi si alza, dice, Su, andiamo, se no farete tardi a scuola. Raccoglie oggetti dappertutto, in cucina, borsetta, borse della spesa, soldi da un cassetto, un foulard di plastica per la pioggia, i sacchetti coi panini per le bambine, una dozzina di cose di cui hanno bisogno per la scuola: libri, quaderni, matite colorate. Gli oggetti sembrano danzarle intorno, volare dentro e fuori dai cassetti, e giù dagli attaccapanni, poi sono pronte tutt'e tre, avvolte nella plastica per far fronte al brutto tempo.

Una volta fuori, comunque, non è così terribile, umido ma non freddo. La scuola dista solo cinque minuti a piedi, e questo è già qualcosa; Bridget non smette mai di ringraziare il cielo per averle concesso almeno questa, di comodità. Seguendo con lo sguardo le due piccole che attraversano di corsa il cortile della scuola, pensa, Oh, Mary non è più tanto piccola, è cresciuta – chissà se è troppo tardi per un altro bambino? Si volta e si allontana. Ogni tanto le capita di desiderare un quarto figlio; se osa parlarne, suo marito dice che è matta, e lei non sa dargli torto... Passando accanto a un'altra madre che sta lasciando un bambino al cancello, Bridget sorride a un neonato in carrozzina, e pensa, ora basta, ragazza, smettila con questa storia! Lo sai come va a finire, se ti fai venire certe idee.

Torna a casa e si gode gli unici momenti di pace assoluta della giornata. Si siede al tavolo della cucina, guarda se è rimasto un po' di tè nella teiera – sì, ce n'è, ma è così scuro, e lei non ha voglia di farne dell'altro. Allungata sulla sedia, respira con calma, dentro, fuori, dentro, fuori, una donna ancora giovane, sotto i quaranta, che conserva qualche traccia della bellissima ragazza irlandese arrivata a Londra con il marito dodici anni prima. Occhi azzurro fiordaliso, pelle rosa, una massa di riccioli e onde scure Ma è stanca, e si vede. Ecco cos'è – stanca.

Intanto sta facendo mentalmente la lista delle cose da comperare, per i suoi quattro vecchietti, per la sua famiglia e – naturalmente, se ne stava quasi dimenticando – per Mr. Hodges. È al telefono? Oh *no*, Vergine Santa, aiutami tu! Questo significa che con ogni probabilità dovrà andare una seconda volta a fare la spesa, apposta per lui? No, la cosa migliore è passare dal vecchio prima di fare la spesa per gli altri. Una noia.

Bridget non è entusiasta all'idea di vedere Mr. Hodges, che conosce da molto tempo.

Bridget dà un'occhiata al cielo, decide che non è necessario mettersi il foulard di plastica, prende su borse e borsetta. L'abitazione di Mr. Hodges dista dieci minuti a piedi da casa sua. Bridget non ha la chiave, per cui si mette a bussare, e continua fino a quando, finalmente, la testa di un vecchio arrabbiato appare alla finestra di sopra. "Che cosa vuole? Vada via."

"Oh, Mr. Hodges," esclama Bridget allegramente, "sono io, Bridget. Si ricorda di me? Maureen non può venire, oggi, deve accompagnare sua madre all'ospedale."

"Chi?"
"Oh, faccia il bravo, adesso, e mi apra. Non posso restar qui tutto il giorno."
Questa minaccia lo convince ad aprire la porta. Bridget gli dà una rapida occhiata professionale, l'occhiata del medico, dell'infermiera, della psichiatra – o dell'Aiuto Domestico – e decide che – grazie a Dio! – è una giornata buona, per il vecchio. Mr. Hodges ha ottantacinque anni. Vive solo: con suo gran sollievo, la moglie è andata a stare in un ricovero. Quando vivevano insieme erano sempre sul punto di ammazzarsi a vicenda, dall'esasperazione. Mr. Hodges è un ometto piccolo e magro come uno stecco, i vestiti gli pendono di dosso. Di recente è dimagrito ancora. Bridget pensa, cancro? Diabete? Devo ricordarmi di parlarne in ufficio.
Mentre sale faticosamente le scale davanti a Bridget, Mr. Hodges borbotta, E si è dimenticata dello zucchero, non ho formaggio, niente da mangiare, non c'è nessuno che ci pensa...
"Mr. Hodges," esclama Bridget entrando nelle due stanze dove vive (si fa per dire) il vecchio, e lanciando un'occhiata scrutatrice intorno, "vedo che non è proprio di buon umore, oggi. Ora, mi dica, cosa posso fare per lei?"
"Per me? Ma se mi volete morto, lei e tutti quegli altri," la investe il vecchio, tremando in tutto il corpo, per l'età e la rabbia.
Non ha nessuno con cui parlare tranne le assistenti sociali, e passa ore al giorno a rimuginare, pieno di rabbia per la propria impotenza. Era (fino al giorno prima, pare) un uomo indipendente ed energico, l'attento e tenero sostegno della moglie, che è crollata prima di lui. E ora...
Bridget decide che non c'è bisogno di pulire la casa, non è in condizioni disastrose. Pulire non fa parte delle sue mansioni, e poi quello di cui ha bisogno il vecchio è di parlare e lamentarsi, e così Bridget si siede su una sedia in cucina e presta orecchio alle lagne e alle accuse di Mr. Hodges. Intanto gira lo sguardo esperto nella stanza per cercare di capire cosa manca.
"E cosa vuole che le comperi?" chiede, interrompendo la tirata quando ha l'impressione che il vecchio si sia sfogato a sufficienza.
"Non c'è più tè. Non ce li ha, gli occhi?"
Non dice niente dello zucchero e del formaggio, e Bridget pensa, Glieli comprerò lo stesso, comprerò tutto quello di cui potrebbe aver bisogno, poi tutt'al più ci penserà Mrs. Coles a...

Dopo un po' Bridget se ne va, ricordando al vecchio che tornerà con la spesa, di farla entrare subito. Ora sa che cosa deve comperare, per tutti, e prende l'autobus per Sainsbury.

Non ha fatto la lista, non ha nemmeno scarabocchiato qualcosa sul retro di una busta, ma riesce a ricordare le necessità di dieci persone, e dopo mezz'ora circa emerge sul marciapiede con un carrello e quattro pesanti borse. Mentre cammina con calma su per la strada, pensa, e adesso, per l'amor di dio, Bridget Murphy, cerca di ricordarti della tua schiena.. non vuoi mica restare di nuovo immobilizzata, no? E così va a piedi, invece di prendere l'autobus, che comporta un sacco di manovre e sollevamento pesi. Le ci vuole mezz'ora per tornare dove lavora. Si sente in colpa, per questo, ma dice a se stessa: È la cosa giusta da fare, no? Di che utilità sarei, sdraiata immobile a letto? Passa davanti alla casa di Maudie Fowler, dalla quale è stata cacciata più di una volta; pensa, grazie a Dio non è più affidata a me, sarebbe davvero l'ultima goccia.

Prima visita, Mrs. Coles. Mrs. Coles è una vecchia signora russa, una vera bellezza, ai suoi tempi, come provano le centinaia di fotografie sparse nelle stanze. Pellicce, cappellini provocanti, spalle nude, veli – l'enorme donnone siede inerte in poltrona quasi tutto il giorno, a contemplare il passato. È una di quelle che si lamentano ininterrottamente, il che manda in bestia Bridget.

Come sempre, quando entra in quella casa, Bridget chiude l'audio; lascia che la voce grassa, pesante della vecchia si lamenti di una cosa e dell'altra, mentre mette via il pane, il burro, le scatolette di minestra, il detersivo – ma poi si rende conto che dovrebbe ascoltare, invece, perché Mrs. Coles sta dicendo, Ed era tutta rossa..."

Bridget le chiede bruscamente, "Che cosa era tutta rossa? Che cos'ha mangiato, ieri?"

"Che cosa vuole che abbia mangiato? Che cosa si può mangiare, per far diventare rossa la pipì?"

"Ne ha tenuta un po' per me?"

"E come? Dove?"

Bridget gira su se stessa e va in bagno.

Mrs. Coles è stata trasferita al piano di mezzo di una casa ristrutturata. Ristrutturata molto bene, ma Mrs. Coles non è contenta, perché non ha mai avuto voglia di traslocare. E si è portata dietro tutti i suoi possedimenti. Le due stanze sono piene zeppe di vecchi mobili pesanti, due armadi, tre cassettoni, un tavolo che pesa come un macigno. Non si riesce quasi a muoversi, là dentro. Ma c'è un vero bagno con una buona toilette. Bridget dà un'occhiata nella tazza. L'acqua è stata tirata. Ma c'è uno strano odore, nella stanza. Di che cosa? Qualcosa di chimico?

Bridget torna nell'altra stanza, e Mrs. Coles è ancora seduta al suo posto, sta ancora parlando, come se Bridget non se ne fosse mai andata.

"Forse ho fatto qualche sforzo di troppo, ecco cosa dev'essere successo. Ieri ho sollevato quella poltrona, non avrei dovuto farlo."

Ma Bridget sta seguendo una sua idea.

"Ha preso di nuovo quelle pillole ricostituenti?" chiede all'improvviso, e corre in camera da letto, dove trova una boccetta di pillole enormi, da cavallo, di un virulento colore rosso.

"Oh, Dio mio," dice, "oh, Madre Santa di Dio, dammi la pazienza necessaria." Torna da Mrs. Coles e le dice, "Le avevo detto di buttar via quelle porcherie. Non possono farle bene. Ora ci penso io, a eliminarle, sono quelle a farle fare la pipì rossa."

"Ohhhhh," geme Mrs. Coles, "vuol buttarle via! Lei non ha nessun diritto di..."

"Oh, bene, allora. Le tenga pure, ma non si lamenti con me, se fa la pipì rossa. Gliel'avevo già detto la prima volta che le ho viste, ricorda? Le avevo detto, le faranno fare la pipì rossa. Perché la stessa cosa è successa a un'altra delle persone di cui mi occupo."

Mrs. Coles tende una mano grassa e sporca verso la boccetta di pillole. Bridget gliela dà. Allora Mrs. Coles butta da sé le pillole nella spazzatura e mormora, "Va bene. Addio pillole."

Bridget è lì da quindici minuti. Dovrebbe dedicare un'ora e mezzo, a Mrs. Coles. Ma compreso in quell'ora e mezzo c'è il tempo necessario per fare la spesa. D'altra parte Bridget fa la spesa per tutti i suoi assistiti insieme. Nei calcoli mentali che fa sui suoi assistiti, il tempo per fare la spesa è mezz'ora a testa. Oggi poi ha camminato per un'altra mezz'ora. Questo significa altri quindici minuti da dedicare a Mrs. Coles. La coscienza di Bridget è quotidianamente turbata da questi calcoli. Ma li fa sempre in questo modo: e alla fine ci passa mezz'ora, con Mrs. Coles, al massimo. D'altra parte, se dovesse calcolare anche tutto il tempo che impiega a comprare medicine, a cercare il dottore, e le visite extra per far entrare gli elettricisti, gli uomini del gas, l'operaio che ha riparato quella crepa nel soffitto? Tempo regalato. No, è giusto così. Eppure Bridget sa che, come Mr. Hodges, Mrs. Coles ha bisogno della sua compagnia, ci conta, e così torna a sedersi, lottando contro la voglia di andarsene, e ascolta le solite lamentele.

A mezzogiorno in punto sente arrivare quelli dei Pasti a Rotelle, va a controllare dalla finestra, sono proprio loro, e dice, "Bene, sta arrivando il pranzo. Ci vediamo domani."

E corre giù per le scale, la mente già occupata da Annie Reeves, che è la prossima delle sue assistite.

Oh, Dio mio, fa' che sia di buon umore, prega. Perché spesso, dopo le incessanti lamentele di Mrs. Coles, andare da Annie a beccarsi un'altra dose della stessa medicina è più di quanto Bridget possa sopportare. Sta pensando, se è di cattivo umore, giuro che la ammazzo.

Trova Annie seduta in un mucchietto vicino al radiatore. La vecchietta la guarda sbattendo gli occhi, un'occhiata vaga, una faccetta tirata, vecchia, infelice.

Annie comincia subito, "Sto tanto male, le gambe, lo stomaco, la testa..."

"Aspetti un attimo, Annie," dice Bridget, e va in cucina, a metter su il bollitore. È troppo, è davvero troppo... Forse dovrei cambiare lavoro, pensa Bridget, con gli occhi chiusi... ma cosa potrei fare? La donna delle pulizie? No, un momento... *"Arrivo"*, grida ad Annie, che sta urlando, "Dov'è andata? Allora, c'è o non c'è?"

Va nell'altra stanza e sistema un po' di disordine. Mentre Annie continua a lamentarsi, Bridget vuota la commode. Si accorge che il gatto ha sporcato, bisogna pulire. Si accorge che il cardigan di Annie è sporco, grigio, dovrebbe proprio esser cambiato.

Ma prima...

Sistema nei piatti il cibo dei Pasti a Rotelle, aiuta Annie a sedersi a tavola, la serve, va a prendere due tazze di tè. E si siede a sua volta, con una sigaretta e i panini che si è portata da casa.

Annie mangia con gusto, e quando ha finito allontana i piatti dicendo che non ha appetito. Si lamenta che il tè è freddo, ma Bridget non si muove, e allora la vecchia lo beve, brontolando. Sempre piagnucolando, acconsente a farsi riaccompagnare alla sedia. Dice che non vede mai nessuno, non va mai fuori, non...

A questo punto, come ogni giorno, Bridget elenca tutte le cose che Annie potrebbe fare: potrebbe scendere a sedersi al sole, nelle belle giornate, e guardare la gente che passa, potrebbe andar su e giù appoggiandosi all'apparecchio ortopedico, come la signora Tizio e la signora Caio, potrebbe partecipare alle vacanze organizzate dal comune, alle gite in autobus, come faceva Eliza prima di ammalarsi, potrebbe dire di sì quando Janna le chiede se vuol andare da qualche parte in macchina, invece di rifiutare sempre.

"Forse quando il tempo migliorerà," dice Annie, lanciando alla pioggia, che comincia a cadere, un'occhiata trionfante. "E suppongo che non me le abbia portate, le cose che le avevo chiesto..."

Bridget si alza con fatica e prende la spesa, perché Annie possa controllare se c'è tutto.

"Le avevo chiesto un pezzetto di merluzzo," dice Annie alla fine.

"No, non è vero, non me l'aveva chiesto, Annie, ma glielo porterò domani."

"E dove sono le mie arance?"

"Eccole qua. Tre belle arance. Ne vuole una?"

"No, non sto troppo bene di stomaco. Non ho voglia di mangiare."

Bridget prende il foglio delle presenze e si accerta che Annie firmi nei posti giusti.

Mentre scende giù da Eliza Bates, sente queste parole, "Un'ora e mezzo! Non ci sta mai, un'ora e mezzo. Gli irlandesi! Feccia. Ci mandano solo la feccia, a noi."

Bridget si trova a borbottare, "Feccia sarai tu!" I genitori di Annie erano entrambi irlandesi, e quando è di buon umore la vecchia dice, "Sono irlandese anch'io, come lei, anche se sono nata qui." E racconta di sua madre, che raccoglieva conchiglie e cozze sugli scogli della baia di Dublino, che andava alle corse vestita di mussola a fiori – Annie ha una fotografia di lei così vestita – in macchina; di suo padre, che era alto un metro e novanta e aveva combattuto con l'esercito britannico in India, in Cina, e in Egitto, prima di diventare operaio, ma che diceva sempre alla sua famiglia, Io sono irlandese, non dimenticatelo; di come il giorno di San Patrizio lei e sua madre brindassero insieme all'Irlanda, dove non potevano mai tornare, per mancanza di denaro.

Bridget bussa alla porta di Eliza Bates, e non ottiene risposta. Il cuore comincia a batterle forte. Vive nel terrore di entrare in una di quelle case e trovare il suo assistito morto. Non è mai successo a lei personalmente, ma agli altri assistenti sì. Uno di questi giorni succederà anche a lei. Il giorno prima ha telefonato a Vera per dirle che Eliza non stava bene, che stava declinando rapidamente, che avrebbero dovuto cominciare a pensare di ricoverarla in una casa di riposo. Questo è un modo gentile di Bridget per dire che non ce la fa più: Eliza non è ancora stata ricoverata perché Bridget ha fatto per lei un sacco di cose che esulavano dal suo dovere di Aiuto Domestico.

Eliza è seduta nella poltrona vicino alla stufetta elettrica, addormentata. Fa molto caldo nella stanzetta. Eliza ha le guance arrossate dal caldo, la faccia sudata. È avvolta in scialli e coperte. Ha le gambe appoggiate a uno sgabello, perché all'improvviso le è venuta una brutta piaga su una di esse, e le si sono gonfiate entrambe.

Di nuovo Bridget sistema il cibo dei Pasti a Rotelle, lasciato fuori della porta in piccoli contenitori di stagnola, sui piatti. Per Eliza si dà sempre la pena di cercare dei piatti graziosi, perché la vecchina ci tiene ancora, si accorge di questi particolari, non come Annie, che mangerebbe anche dalla scodella del cane. Bridget prepara il tè, ricordando che Eliza adora una bella tazza di tè bollente, poi sveglia la vecchia signora, che apre gli occhi e la fissa, sorpresa, spaventata.

"Oh, Bridget," dice, con una vocina tremante, come se si stesse svegliando da un brutto sogno, poi, rendendosi conto del tono della propria voce, lo corregge, ritorna la vecchina allegra e vivace di sempre, "Oh, Bridget, mia cara..." ma, per via del sogno, tende le braccia a Bridget come una bambina.

Bridget, subito intenerita, prende Eliza tra le braccia e la culla.

Potrebbe mettersi a piangere, come dice sempre a suo marito, per questa donna, che all'improvviso si è ritrovata immobile, con le gambe che non funzionano, invalida. Non è come se si trattasse di Annie, che pensa solo a farsi servire. No, Eliza non è così, è indipendente, soffre della propria impotenza. Bridget sa che per ben due volte ormai Eliza si è svegliata col letto inzuppato di urina: è stata Bridget a lavarle le lenzuola. Sa che Eliza ha paura di allontanarsi troppo dal bagno, teme il peggio. Eliza, che ha passato gli ultimi quindici anni della sua vita in compagnia di vecchi, sa esattamente cosa può succedere alla fine, quali tremende umiliazioni la aspettano.

Bridget si siede accanto a Eliza, cerca di invogliarla a mangiare, parla dei figli, del marito, dice che il tempo oggi non è buono come ieri. Decide che Eliza non ha passato la notte a letto, che ha dormito in poltrona. Non ha ancora mangiato niente, anche se la Buona Vicina le ha preparato il tè. "Ma chi è questa

Buona Vicina?" chiede Eliza a Bridget, con stizza. "Va e viene, sono sicura che vuol essere gentile, ma io non la conosco."

"Abita qua intorno," dice Bridget. "La faccia entrare, la prego, viene solo a controllare che tutto vada bene, che lei stia bene. Siamo un po' preoccupati per lei, capisce?"

"Janna non viene da parecchi giorni," dice Eliza, incerta, però, perché sa benissimo di non ricordare sempre tutto.

Bridget non vuole dirle che probabilmente Janna ha dovuto, nel poco tempo libero, occuparsi di Maudie Fowler, che sta molto male – queste vecchine sono tutte così gelose, bisogna stare attenti a quel che si dice.

"Janna ha molto da fare," dice in tono vago. Decide di lasciare un biglietto indirizzato a Janna sulle scale, chiedendole, se passa di lì, di dare un'occhiata a Eliza.

Poi si accinge al non facile compito di convincere Eliza a prendere le sue pillole. È lei stessa scandalizzata dal numero di pillole che Eliza dovrebbe prendere, è sicura che tutte quelle medicine facciano a pugni nello stomaco della poverina, ma il dottore ha ordinato così, e l'infermiera fa quello che il dottore ordina, e lei, l'Aiuto Domestico, l'ultima ruota del carro, non può certo disobbedire.

"Avanti, mia cara," mormora, supplica, implora, porgendo a Eliza una pillola dopo l'altra.

Alla mattina viene l'infermiera, a dare le pillole a Eliza. Alla sera, c'è la Buona Vicina. Ma le medicine di mezzogiorno (o di chissà quale altra ora, Bridget non è mai riuscita a capirlo con esattezza) toccano a lei, che ha accettato di somministrargliele.

Eliza resta lì, con le labbra strette, a guardare il mucchietto di pillole, la faccia indurita dal risentimento. Ma l'abitudine di una vita, a obbedire, fa sì che taccia e le inghiotta tutte, lentamente, una, due, tre, quattro, cinque.

Bridget ha giurato a se stessa di non fermarsi più di un'ora, da Eliza, ma quando se ne va sono passate quasi tre ore, e ha la consolazione di vedere che Eliza è quasi tornata a essere quella di una volta, sveglia, attenta, e questo grazie alle sue cure affettuose, un po' brusca, forse, nei commenti, ma sorridente, scherza perfino sulla propria debolezza, dice a Bridget che uno di questi giorno, arrivando, la troverà morta.

Be', allora non sta poi così male, pensa Bridget tra sé e sé, se riesce a scherzare su queste cose, ma d'altra parte chi può dire...?

È quasi l'ora di andare a prendere le bambine. Non lascia mai che vadano o tornino da scuola da sole, perché devono attraversare una grossa arteria di traffico.

Corre a una cabina telefonica, ha la fortuna di trovare un'amica, le chiede di andare a prendere le due bambine e portarle a casa sua.

Perché sono quasi le quattro, e deve ancora occuparsi di Mrs. Brent e Mr. Hodges.

Il vecchio è facile, deve solo portargli la spesa, dopo aver di nuovo bussato e urlato per farsi aprire, e dirgli che il giorno seguente qualcuno tornerà da lui, lei stessa o la solita assistente.

E ora Mrs. Brent. Bridget non deve pregare che sia di buon umore, perché lo è sempre, anche se è parzialmente paralizzata. Non ha ancora trent'anni, una donna giovane e bella, con una bambina di tre. È compito di Bridget andare a prendere la bambina all'asilo, a portarcela la mattina ci pensa il padre. In certi momenti, quando pensa di non poter sopportare il suo lavoro un giorno di più – anche se nel complesso le piace, è solo in giornate come questa, quando la schiena le si spezza *quasi* per la fatica, che non ne vuol più sapere – Bridget non deve far altro che pensare a Hilda Brent, sempre di buon umore, sempre pronta a ridere, anche in una situazione triste come la sua.

Bridget corre come una matta lungo parecchie strade fino all'asilo, trova la bambina pronta, la maestra arrabbiata, perché Bridget è in ritardo, poi si dirige verso l'appartamentino dei Brent. Bridget adora la piccola. Ogni giorno aspetta con gioia il momento in cui deve portarla a casa dalla madre, prepararle il tè, perché Hilda non può fare nemmeno quello, dipende completamente dal marito e dagli assistenti. Ma oggi Hilda è sdraiata nella poltrona, con gli occhi chiusi, il viso grazioso tutto ombre grigie.

Oh, Vergine Santa, dice Bridget tra sé e sé, ti prego, no, *basta*, è troppo, *no*.

"Ha telefonato all'ospedale?" grida Bridget.

Hilda, senza aprire gli occhi, fa di no con la testa.

Bridget telefona all'ospedale che mandino un'ambulanza, poi all'ufficio dove lavora il giovane marito di Hilda. Ma, come pensava, lui non potrà tornare che alle sette, deve lavorare fino a tardi.

Prepara le cose di Hilda per l'ospedale, aiuta i barellieri a metterla nell'ambulanza, le dice di non preoccuparsi, che baderà lei alla bambina, poi chiude a chiave l'appartamento e infila la piccola nel passeggino.

Lo spinge fino all'appartamento della sua amica, e torna a casa con tutt'e tre le bambine.

Sta pensando a quella volta, tempo fa, in cui c'era stata un'emergenza proprio durante uno sciopero del pubblico impiego: gli Aiuti Domestici erano stati invitati ad appoggiare gli scioperanti rifiutando gli straordinari. Una cosa che l'aveva colpita allora, e che la colpisce adesso, come assolutamente stupida. Come evitare gli straordinari, in un lavoro come quello? Come? Qualcuno me lo dica. Ma era stata ufficialmente ripresa da uno dei militanti che organizzavano i picchetti davanti all'ufficio, e accusata di crumiraggio. Ma cosa avrei dovuto fare, adesso, per esempio, lasciare la piccola sola in casa fino al ritorno del padre? Che altro?

Ma il giovane eroe le aveva detto, "Se ti azzardi a farlo ancora, ti penalizzeremo."

Be', lo stava facendo ancora, ma con un po' di fortuna sarebbe riuscita a evitare reprimende, dato che non c'erano scioperi. O almeno, così sperava.

A casa si mette a preparare il tè per suo marito. Ne ha bisogno, quando rientra, perché lavora all'aperto, in cantiere, questa settimana, e poi non sta bene, con quel brutto sfogo che non vuole andarsene.

Arriva il figlio. "Che cosa faccio della roba da football?" chiede, e lei risponde, "Mettila in bagno."

Quando arriva il marito, Bridget ha già apparecchiato la tavola, il tè è pronto, i tre bambini stanno mangiando, e la piccola Rosie sta bevendo del latte, in braccio.

Di nuovo una rapida occhiata professionale. Capisce subito che suo marito non sta bene, e non si sorprende quando lo sente dire, "Vado subito su a letto, è meglio."

"Ti porto su il tè, allora."

"No, lascia perdere, tesoro, una bella dormita e mi passa tutto, vedrai."

E va di sopra.

Forse a quest'ora Vera è in ufficio, a volte lavora fino a tardi...

Le telefona, e la trova.

"Oh, Vera, grazie a Dio," dice, "grazie a Dio ci sei."

"Stavo per andarmene," la avverte Vera.

"Si tratta di Eliza Bates. Non può andare avanti così, non può."

E all'improvviso Bridget si accorge di stare piangendo.

"Oh, così, eh?" dice Vera. "Be', non dirmi niente, capisco perfettamente, ci sono giornate in cui potrei piangere tutte le mie lacrime, e oggi è una di quelle anche per me. E come se non bastasse, vogliono che vada a una riunione. Adesso."

"O.K. Ora riattacco," dice Bridget. E riattacca.

Ma quando si gira verso i bambini, ha la faccia sorridente.

Pulisce le verdure, le mette in una teglia insieme a un pollo, infila la teglia nel forno, sparecchia e ripone le stoviglie del tè, poi dice ai ragazzi più grandi, "Ora fate i compiti così potrete guardare la televisione, dopo."

Si siede, con la piccola Rosie in braccio. La bambina è assetata di affetto, di carezze, perché il padre non ce la fa nemmeno a respirare, tra il lavoro e la moglie paralizzata, e la madre non è in grado di tenerla in braccio, non può.

Per una mezz'ora, la piccola si gode beata affetto e carezze, rannicchiata tra le braccia di Bridget, emette piccoli suoni di appagamento. Bridget le annusa i riccioli profumati, glieli ha lavati lei il giorno prima (non rientrerebbe nei suoi compiti, ma che fare?), le accarezza le membra morbide e grassocce.

Poi dice al ragazzo più grande, "Dai un'occhiata alle bambine," e alla bambina, "Se senti odore di bruciato, metti il forno sul tre."

Si lega un foulard intorno alla testa, ci infila sopra il cappuccio di plastica, avvolge anche la piccola Rosie nella plastica, e si incammina lungo le strade ormai buie verso l'appartamento dei Brent, che dista quasi un chilometro. Il giovane marito è tornato, le è grato per aver tenuto la bambina, vuol sapere cosa succederà il giorno dopo. Perché dovrà lavorare ancora fino a tardi, anche se l'ha detto, in ufficio, che sua moglie sta male. Non potrà tornare che alla sera, e più tardi di oggi...

"Non si preoccupi," dice Bridget, bacia la piccola Rosie con tutto il cuore, e torna a casa.

Sono quasi le otto. Darà da mangiare ai bambini, si sforzerà di mandar giù un boccone, anche se non ha fame. Le sembra che suo marito abbia detto qualcosa tipo, Domani andremo a bere qualcosa al club. Ummm, se ce la farà a stare in piedi... e poi c'è il matrimonio della sua giovane cognata, tra una settimana, ecco qualcosa di piacevole a cui pensare. Si siede davanti al televisore, sola, guarda lo schermo ma l'orecchio è teso a controllare che i bambini non facciano troppo rumore, non disturbino il padre. C'è un sacco di lavoro da fare, in casa, ma come trovare il tempo, durante la settimana? Bridget non lavora, durante gli weekend, o almeno, non lavora come Aiuto Domestico.

Oggi è successo questo. Una telefonata di Jill, esultante entusiasta. "Zia Jane, zia Jane, li ho finiti, e sono andati bene, ne sono sicura."

"Ma che cosa? Di cosa stai parlando?"

"Ma zia! Oh, *no*. Questo è davvero troppo." Lacrime. Ho pensato che fosse quell'orribile Kate, e invece era Jill. Mi sono accorta di essere stata troppo stupida. "Mi dispiace, gli esami, naturalmente. Sono andati bene."

Tira su con il naso. "Sì, ne sono certa. Ho lavorato molto, zia, oh, quanto ho lavorato."

"Vieni a Londra e raccontami tutto." Non volevo dirle di venire subito, in quel momento, ma mi sono espressa male, e lei ha subito esclamato, "Oh, grazie, arriverò oggi pomeriggio, ma sul tardi, prima devo dar da mangiare al gatto della vicina, è andata via e io mi sono impegnata a badare al gatto, e mamma è da Jasper, all'ospedale, si è rotto la caviglia giocando a football."

Mi sono costretta a sedermi e a pensare. Jill non è mai stata famosa per i successi scolastici, se ben ricordo. Odiava gli esami, aveva la tendenza a farsi bocciare. Ora invece è passata. Ha lavorato duramente: per zia Jane. Era decisa a far bene, per zia Jane. L'intera famiglia è stata coinvolta nel suo sforzo e nel suo successo. Tutti felici, baci e abbracci. Ma la zia Jane dice, "Di cosa stai parlando?"

È arrivata, esuberante, splendente.

Mi ha dato un bacio, spontaneo. Poi ha assunto un'aria imbarazzata.

"Raccontami tutto."

"È andata bene, ne sono sicura. Non saprò i risultati che tra qualche settimana, ma sono sicura che è andata bene."

Ha continuato a chiacchierare, fornendomi un quadro della situazione, Jill che si alzava alle cinque per studiare, che lavorava anche la sera, e alla fine il premio, un lavoro a *Lilith* insieme a zia Jane.

"Quando credi che potrò cominciare?" mi ha chiesto, e mi sono resa conto che si aspettava che dicessi qualcosa tipo, "Lunedì prossimo." Sono rimasta in silenzio, non sapevo cosa dire. Un lungo silenzio. Stavo cercando di capire. E capivo benissimo. Jill si aspettava di venire a vivere qui, con me, e di cominciare a lavorare a *Lilith* – si aspettava di cominciare la sua vita adulta. E io, lì seduta, la guardavo – guardavo me stessa alla sua età. Tutta piacere, fiducia, voglia di fare. Non è ambiziosa, Jill. È solo piena di eccitazione all'idea di vivere, di far parte di un progetto, di *fare le cose bene*. Si sta staccando da una famiglia affettuosa, protettiva, oppressiva, "Povera Jill, va male a scuola, povera Jill, non ha una mente accademica." È piena di fiducia in se stessa, nelle proprie capacità, freme di entusiasmo; non conosce se stessa e non sa ancora cosa potrà fare; sa solo che non vede l'ora di cominciare.

E all'improvviso, rendendomi conto che in realtà non avevo recepito il fatto che Jill, la figlia di mia sorella Georgie, sarebbe entrata nella mia vita, l'avrebbe cambiata – all'improvviso ho capito con una certezza e un piacere assoluti che era giusto così, che andava benissimo, e sono scoppiata a ridere, ho riso, incapace di smettere, mentre la povera Jill restava là a guardarmi, con la gioia che se ne andava e le lacrime che le salivano agli occhi.

"Perché ci odii tanto, perché?" ha detto con voce rotta. "Che cosa ti abbiamo fatto? Tu pensi che siamo tutti orribili, che io non valgo niente, oh, lo so cosa pensi!"

"No, non lo sai," ho detto io. "Sto ridendo di me stessa Siete voi, a pensare che *io* non valga niente, mi considerate una persona orribile, e la sai una cosa, Jill, in questo momento sono proprio d'accordo con voi."

Ho guardato la sua faccia, contratta, pallida, chiusa, riacquistare colore e fiducia; dopo un po' ha sorriso.

Ha detto, persuasiva, "Sai, zia Jane, tu non mi conosci. Io non faccio mai scenate, non sbatto le porte, non tengo il broncio, non lascio in giro le mie cose, non mi aspetto di essere servita..."

In tono canzonatorio: "Ummm, probabile, con una madre come la tua."

"Io *non* sono Kate. È da un po' che dico alla mamma: Perché ci hai sempre lasciato fare quello che volevamo? Perché ti lasci calpestare?"

"E lei cosa ha detto? Ha trovato una risposta plausibile?"

Si è messa a ridere. Mi sono messa a ridere anch'io.

"Se vuoi conquistarmi, potresti cominciare col lasciar perdere quel zia Jane."

"Giusto, Janna, hai ragione."

"Se la figlia di mia sorella si prende la libertà di chiamarmi Janna, allora..."

"Oh, zia, oh, Janna, quello di cui tu non ti rendi conto è che ne abbiamo parlato..."

"Davvero? Una bella discussione in famiglia?"

"Naturalmente. Di certo non credevi che non parlassimo mai di te? Ma come, sei sempre stata una specie di *punto focale* per –

be', per tutto. Ci sono scismi e divisioni, in famiglia, su di te."

"Davvero?"

"Sì, e io credo che per spiegare tutto questo bisognerebbe tornare indietro ai tempi in cui tu e la mamma eravate bambine. Perché noi figli lo sappiamo che tra una decina d'anni salteranno fuori chissà quali conflitti dovuti alla situazione di *adesso*. Tra me e Kate in particolare. Ammesso che continuiamo a vederci. È un tale *disastro*, Kate."

"E credi che io e tua madre dovremmo cercare di ricordarci perché litigavamo a sedici anni?"

"Perché litigavate? La mamma dice che non litigavate mai."

"Storie. Mi rendeva la vita impossibile. C'era la guerra, capisci? Mancava tutto. E lei mi fregava le razioni. Ero costretta a portare sempre i suoi scarti."

"Ah," ha detto la psicologa in erba.

Ho spiegato a Jill che naturalmente non poteva cominciare a lavorare subito. Dovrà aspettare che si liberi un posto, e non avrà il lavoro se ci saranno aspiranti più qualificate di lei.

"Non credo nel nepotismo," ho detto.

"Speravo che avresti fatto una piccola eccezione, per me," ha detto lei, nel tono arguto che pensa di dover usare per "farmi su".

Quando se n'è andata, ho avuto un crollo. Mi sono resa conto di quello che sarebbe successo, sicuramente, ormai. Quando Jill verrà a stare qui, la mia vita cambierà. Sarà la fine della mia amata solitudine. Oh, no, non posso sopportarlo, no. Oh, come mi piace star sola, i piaceri della solitudine...

Ho comunicato al giornale che mi sarei presa altre due settimane di vacanza. L'occhiata di Phyllis. Ha mormorato, "Allora non sarai qui quando arriverà la nuova direttrice?"

"Le prendo subito, le due settimane. Quando lei arriverà, sarò già di ritorno."

I suoi occhi dicevano, Non ti capisco. I miei, Capisco io, e va bene così.

Piacere.

Mi sono svegliata presto, il sole non era ancora sorto, nuvolette rosee e dorate in un cielo grigio che aspettava la luce. Prima estate, una vera giornata estiva. Sono rimasta a letto, a guardare, ad ascoltare, gli uccelli, il tintinnio delle bottiglie del latte. Mi sentivo dentro il mio corpo forte, pieno di salute ed energia, che si stirava e sbadigliava per svegliarsi, e sono saltata giù dal letto, con la mente già rivolta a *La buona signora*. Mi sono messa a scrivere, ho scritto a lungo, poi ha telefonato Joyce, stava andando a letto. Gradevoli insulti. Ho detto, Mia nipote Jill mi sta invadendo la vita, e lei ha detto, "Fantastico, ora saprai anche tu cosa vuol dire responsabilità. Una giovane anima in boccio, e se qualcosa va storto sarà colpa tua."

"Questo è quello che pensi tu, non io."

"Oh, lo pensi anche tu, ma a livello inconscio, impossibile sfuggire a questo gioco. No, no, il tuo destino è il senso di colpa, Janna."

"E il tuo?"

"Io ormai me ne sono liberata. A proposito, cosa ne diresti di prendertele tu, le mie due fonti di senso di colpa? Anche subito, se vuoi."

"No, io non conosco l'*amore*, ricordi? Li lascio a te, i tuoi due rampolli allevati nell'amore, Joyce."

"Devo dire che hai trovato il miglior alibi che si possa immaginare."

"Di che cosa stai parlando?"

"Quando avrei tua nipote Jill, con te, avrai anche una buonissima scusa per non vivere la tua vita, la tua vita privata. Quanto a prenderti un amante, ormai è fuori questione."

"Ammesso che io lo voglia, un amante."

"Ma certo che lo vuoi. Inconsciamente, almeno. È tuo diritto, avere un amante. È nostro diritto *goderci* il sesso. Lo sai anche tu, no?"

"Io me lo sono goduto, il sesso."

"No, è tuo diritto averlo *sempre*. Fino a novant'anni."

"Se lo dici tu, Joyce. E com'è la tua vita sessuale?"

"Mi sto dando da fare."

Poi mi sono fatta un bagno, rapido. Dove sono finiti i lunghi, deliziosi bagni di una volta? I miei profumi, i miei olii, le mie essenze? Non ho più tempo, ecco cosa succede.

Alle nove ero per la strada, camminavo di buon passo, godendomi ogni minuto, come mi capita di fare sempre più spesso. Oh, il buon umore di questa città, la piacevolezza, la gentilezza della gente! Il sole splendeva, irregolare, entrava e usciva dalle nuvole in corsa. Mite. Sono entrata nella boutique con annesso caffè, con annessa vendita di cibi naturali, e dato che non c'erano altri clienti, Mary Parkin ha lasciato il banco ed è venuta a sedersi con me. Mi ha raccontato l'ultima puntata di quel lungo teleromanzo che è la guerra con una vicina che tratta il suo gatto con assoluta ferocia. Ho mangiato una fetta di una deliziosa, ricca, salutare torta integrale. Poi ho continuato giù per High Street, e nel negozio di giornali sono rimasta in disparte mentre un giovane operaio alto, bello e disinvolto prendeva in giro le due rispettabili donne di mezza età dietro il banco su una delle riviste in vendita, che consigliava a una giovane moglie desiderosa di riconquistare il marito di tagliarsi il pelo del pube a forma di cuore.

Aveva comperato quella rivista il giorno prima, per la moglie, si erano fatti una bella risata insieme, poi non aveva resistito alla tentazione di passare dal negozio e farsi quattro risate anche con Madge e Joan.

"Beh, non si sa mai," dice, "abbiamo pensato che fosse meglio dirvelo, dopotutto avreste potuto non accorgervi del consiglio e lasciar andare il vostro pelo per conto suo, che ne dite?"

"Oh, non credo di aver prestato molta attenzione alla forma del mio, di recente," dice Madge, e chiede a Joan, "E tu, mia cara?"

"Il mio non è più quello di una volta," dice Joan, porgendo il *Sun* e il *Mirror* a una vecchia signora (che potrebbe essere Maudie, o Eliza Bates) che è rimasta a bocca aperta a quello scambio di battute, non crede alle proprie orecchie.

"Se non fossi sposato," dice il giovanotto, "ci penserei io, a voi due, ma così... be', mi raccomando, teneteci una copia di *Homes and Gardens*, Lily dice che se non possiamo permetterci di riarredare la casa vuole almeno divertirsi a guardare quelle degli altri."

E se ne va. Le due donne si guardano e fanno una risatina che significa, Beati i giovani, poi rivolgono la loro attenzione alla vecchia signora, che sta frugando nella borsetta in cerca di spiccioli. Aspettano pazientemente, sanno che è sconvolta dalla conversazione che ha ascoltato, le chiedono del marito.

Io e lei usciamo insieme sul marciapiede. Lei mi guarda in faccia, con occhi scandalizzati, e sussurra, "Ha sentito che roba?"

Io mi immedesimo nel ruolo e dico, "Incredibile," pensando al vero dolore di Eliza quando parla di quello che ha sentito alla radio, alla televisione, che ha letto sui giornali, "Ma cosa sta succedendo alla gente, perché i giovani di oggi sono così, così..."

Ma Joan e Madge non sono giovani, ecco perché la vecchia signora è sconvolta. Ci avviamo lungo il marciapiede, mentre lei borbotta qualcosa per rincuorarsi.

E ora l'autobus. A quest'ora la zona si è già svuotata della gente che lavora, e l'autobus è pieno di donne. La massoneria delle donne, che siedono a proprio agio, cariche di borse e ceste, e si godono la corsa, la bella giornata. L'autobus alle dieci del mattino è un altro mondo: niente a che vedere con le corse dell'ora di punta.

Queste donne che tengono insieme le cose, che favoriscono i nostri importanti appuntamenti coi grandi eventi con le loro multiformi attività, così umili che, interrogate alla fine della giornata su quello che hanno fatto, spesso rispondono, Oh, niente.

Stanno andando a un negozio tre fermate più in là, a comperare la lana per fare un golfino al nipotino, i bottoni per un vestito, una gonna, o una spoletta di filo bianco, che non deve mai mancare, in casa. Stanno andando al supermercato, o a pagare la bolletta dell'elettricità, o a incassare la pensione. Gli Aiuti Domestici stanno andando a comperare le medicine per Eliza Bates, Annie Reeves, Mrs. Coles, Mrs. Brent, Mr. Hodges. C'è una donna che sta andando dal cartolaio a comperare biglietti d'auguri per il compleanno dello zio Bertie, sessantaquattro anni, un biglietto per ogni membro della famiglia, che lo invierà poi a proprio nome. C'è un pacco da mandare a Città del Capo, a una nipote emigrata, che ha chiesto un particolare tipo di maglia intima che non si trova in Sud Africa, sembra. C'è un pacco di biscotti fatti in casa da mandare nel Galles, a una cugina. Alcune donne stanno andando a Oxford Street, una gita settimanale, o mensile, considerata vacanza, riposo, e passeranno ore e ore a provarsi vestiti, tenendo gli occhi ben aperti alla ricerca di indumenti adatti a mamme, figlie, mariti, figli. Tornano a casa, dopo parecchie ore di duro lavoro nei negozi, con una sottoveste, due paia di calze di nylon, e una borsetta. Tutte cose che avrebbero potuto comperare in High Street, che però non è così divertente. Più tardi passeranno a trovare i parenti relegati in casa, e porteranno loro oggetti di ogni tipo, speciali, come dentifrici in polvere, o una certa marca di pasticche per la gola: andranno all'ospedale e resteranno per ore a far compagnia alla nonna; andranno da una figlia a bere una tazza di tè o a prendere il nipotino da portare al parco. Lavorano tutto il giorno, queste donne, e il buon carattere che è il risultato della loro competenza nel lavoro che svolgono straripa e si sparge dentro l'autobus, e si parla del tempo, ci si scambiano sorrisi – in altre parole ci si offre consolazione e incoraggiamento a vicenda – e si fanno commenti umoristici sulla vita in generale, osservando i piccoli avvenimenti del marciapiede.

Al Victoria and Albert Museum, ho tutto il tempo che voglio, lo passo a guardare una seggiola, primi settecento, di legno setoso, e la sua vita, il suo tempo sembrano così importanti, onnicomprensivi, come ascoltare Maudie, o Eliza; il suo stare lì, modesta, tra gli altri oggetti, è una richiesta, *Guardatemi!* – poi basta, vado al ristorante, dove incontro un signore – un vero signore, galante e pieno di senso dell'umorismo, pronto, come me, a scambiare quattro chiacchiere durante il pasto, e ci sediamo allo stesso tavolo, raccontiamo della nostra vita solo quello che ci sembra giusto raccontare. Divertente. Sulla porta ci separiamo, lui per la sua strada, io per la mia, nella parte superiore di un autobus, questa volta, perché ormai è pomeriggio, è finito il tempo delle donne, e ascolto l'autista chiacchierare con un passeggero, una chiacchierata puro stile londinese, sardonica, asciutta, con il sapore del surreale.

In High Street, la tavola calda dove ogni tanto trovo il tempo di consumare una rapidissima colazione con Vera. Ora ci resto un'ora, però, ad ascoltare la conversazione di due giovanissimi disoccupati, al tavolo vicino. Uno nero, uno bianco. Molto giovani. Fanno passare il tempo, come me. Mi sono detta: Questa è una tragedia, dovresti esser dispiaciuta per loro, ma non avevano un'aria tragica, tranquilla, piuttosto; sì, forse un po' triste, ma nient'affatto disperata. Scherzavano, e facevano programmi per andare al cinema. Io ero ben decisa a non intristirmi, non in quella giornata perfetta. Ho parlato un po' con loro, ma ero una cosa che esulava dalla loro esperienza, probabilmente mi consideravano una "vecchia"; erano gentili, ma non avevano la minima intenzione di aprirsi, di dividere qualcosa con me. Se ne sono andati dicendo, "Arrivederci, allora. Buona giornata."

Sono andata da Maudie, e quella è stata la parte peggiore della giornata. Maudie sta così male – ma basta, me ne sono andata, a Golders Park, a guardare i cervi, i pavoni e le capre, a bere un buon caffè sulla terrazza con tutti i vecchi ebrei, furbi e benestanti, che passano l'estate seduti lì, ad abbronzarsi, splendenti di salute, e con le mamme e i bambini. Lungo tutti quegli acri di prato verde, le sdraio erano come vele, vele colorate, miglia e miglia di cielo azzurro, senza una nuvola, e la gente sparsa dappertutto si godeva il sole.

Sono tornata a casa al crepuscolo, tardi, dopo le nove, mi sono seduta qui, alla scrivania, davanti al diario, e ora sto cercando di catturare la giornata appena trascorsa, così bella, non voglio che svanisca per sempre. Perché è rara, preziosa. Oh, la so apprezzare, una giornata come questa, completamente libera, tutto il tempo a mia disposizione – per un giorno, niente da fare, nessuno da vedere, tranne Maudie, oh, povera Maudie, ma non voglio pensare a lei, adesso, non voglio pensarci fino a domani. Una giornata a Londra, il gran teatro, deliziosa Londra, la cui qualità è il buon umore sardonico, e la gentilezza, una giornata tutta per me, in solitudine. Godimento perfetto.

Le due settimane sono finite. Quella è stata la giornata migliore, per via del sole, ma anche le altre sono state belle, quindici in tutto, lunghe e pigre. Tranne che per Maudie. Mi sto di nuovo occupando di lei, moltissimo.

È quasi la fine dell'estate. Ho lavorato, tanto, lavoro volentieri, mi piace essere in grado di farlo – e mi piacerà anche lavorare di meno, quando comincerà il part-time. Presto.

Jill abita da me, nella mia casa, nel mio "studio", una stanza modesta, non molto grande, ma d'altra parte lei ci sta pochissimo. È innamorata dell'ufficio – com'ero io, tanti anni fa. È innamorata di Phyllis, e Phyllis di lei. Lavorano insieme, Jill assorbe tutto come una spugna. Non vede Phyllis come la vedo – come la *vedevo* – io; Phyllis è cambiata, ha perso il lato tagliente. È gentile con Jill, attenta, generosa.

Il nuovo direttore. Non è quello per cui ho votato io, è il candidato del consiglio di amministrazione. Fin dal principio è stato chiaro, a me e a Phyllis, a tutti, in realtà, che non sarebbe durato a lungo. Phyllis era furiosa per l'ingiustizia: lei è troppo giovane per dirigere la rivista, la cosa era fuori questione, naturalmente, ma avrebbe saputo farlo. Ora deve lavorare *attraverso* di lui. Non posso dirle, Mia cara ragazza, non farci caso, non perder tempo a rimuginare, tanto non cambierà niente.

Istruzioni indirette. Quello che ho fatto è stato di parlare a lungo dei vecchi tempi, di quando io e Joyce lavoravamo insieme, mandavamo avanti il giornale, mentre il cosiddetto direttore si adeguava. Phyllis, con un sorrisetto gentile, ascolta, gli occhi ironici, divertiti. Jill non può ancora capire di cosa sto parlando, ma osserva Phyllis con tanta attenzione che presto sarà in grado di seguire benissimo. Non ho mai, nemmeno una volta, denigrato il povero Charlie.

Io sto lavorando a "integrare" Charlie, che prenderà il mio posto. È un uomo simpatico, gli sono affezionata. Un prodotto degli anni sessanta. Che gruppo di mattacchioni, senza la minima disciplina, avevano avuto vita facile. Charlie è un uomo gradevole, un po' grigio, un po' grasso, ci si aspetta quasi di vedere macchie di cibo sul maglione a collo alto che porta di solito. *Non presta attenzione*.

Per anni mi sono chiesta che differenza c'è tra il dieci per cento di persone che lavorano davvero e il resto, quelle che fanno finta di lavorare, che seguono la corrente, che magari sono davvero convinte di lavorare sodo. Il povero Charlie è arrivato in ufficio ed è rimasto ad aspettare le mie istruzioni. Naturalmente avevo già pensato a *dove* metterlo. Non volevo spostare i fotografi, avevano bisogno del loro spazio. Non vedevo ragione di cedere la nostra stanza, non era mai stata una delle migliori, comunque. No, la stanza che si usava per le riunioni del consiglio di amministrazione, separata dalle altre, arredata in modo un po' pomposo. Mi ci sono trasferita insieme a Charlie, e ho lasciato le due ragazze nella stanza mia e di Joyce. Ora siedo di fronte a Charlie, come prima con Joyce. Andiamo perfettamente d'accordo.

Finora Charlie ha diretto una rivista di economia e finanza, un buon prodotto, brillante, esteticamente valido. (Chissà chi la dirigeva, in realtà, però.) Se ne sta lì seduto, a spostare carte sulla grande scrivania, mentre io gli racconto la storia della nostra rivista, parlo dei cambiamenti che ci sono stati, di come dovrebbe essere ora, "a mio parere" – guai, se credessi che il mio parere ha importanza, ora che me ne sto andando. Ah, ma Janna, naturalmente terremo in considerazione le tue idee...

Charlie non ha mai portato avanti un'iniziativa sua... Be', ha molta importanza, questo? La passività può essere una grande virtù. Esser capaci di lasciar succedere le cose: oh sì, bisogna saperlo fare. Ma poi prendere il controllo, al momento giusto, far partire la macchina, sfruttare la forza d'inerzia, *far succedere* le cose.

Joyce era brava ad aspettare, ad ascoltare, e poi a partecipare e prendere il controllo. Forse, ho pensato, anche Charlie è questo tipo di persona. Ma no, mi sembra proprio di no. *Charlie non lavora* – be', pochissimi lavorano, in realtà. È interessante, guardare la gente che non lavora. Arriva la posta, lui la passa a me, la leggiamo insieme. Lui dice, Che te ne pare, facciamo così o cosà? Io dico, Non credi che sarebbe meglio...? Lui dice, Be', sì, forse... Mi ritrovo a fare tutte le telefonate, poi arriva la mia segretaria, e Charlie si mette a trafficare con le carte, mentre io detto. Tutti i giorni ha una colazione d'affari con qualcuno. Torna tardi in ufficio, e quando arriva tutto il lavoro è già in via di svolgimento. Resta lì seduto, chiacchieriamo, lui detta una lettera o due, e la giornata finisce così. *Non ha lavorato affatto*. Mi ha perfino detto, sorridendo, con una leggerissima sfumatura di ansia, però, Un buon organizzatore deve saper soprattutto delegare.

Be', non va malissimo: tutti i nostri reparti sono in grado di funzionare a lungo per forza d'inerzia, senza interventi particolari.

Nel frattempo c'è Phyllis, c'è Jill, hanno già capito cosa sta succedendo. È a loro che Charlie ha delegato ogni responsabilità – così crede, almeno. Osservo Phyllis, che è venuta a prendere istruzioni, a dare suggerimenti. Phyllis non si permette assolutamente di scambiare con me occhiate complici, non mi guarda nemmeno. Oh, dieci e lode, Phyllis! Resta lì seduta, tranquilla, competente, con i suoi vestiti, morbidi, setosi, rassicuranti, naturalmente, e dice, "Charlie, mi chiedevo se non fosse il caso di... cosa ne pensi?"

"Be', proprio quello che pensavo di fare io," dice lui, mezz'ora dopo. E quando vado nell'ufficio delle ragazze, per fare quattro chiacchiere, parliamo come se in realtà fosse stato Charlie a promuovere questa o quella iniziativa, come se fosse Charlie a dirigere.

Questo autunno meraviglioso continua, giorno dopo giorno, e oggi pomeriggio, dopo aver pulito a fondo l'appartamento (la stanza di Jill è tenuta davvero benissimo), dopo aver sistemato alla perfezione vestiti, mani, unghie, eccetera, mentre mi riposavo guardando il cielo, all'improvviso mi è venuta in mente Maudie, e sono corsa giù per le scale, sono salita in macchina, e via verso casa sua.

"Maudie," ho detto, "andiamo al parco."

Ho capito subito che non sapeva se dire sì o no, e allora ho detto, "Su Maudie, dài... dimmi di sì, per una volta."

E lei ha fatto quel suo sorriso allegro e accondiscendente che mi fa bene al cuore, e ha detto, "Ma ci sono i panini già pronti, e ho tirato fuori le tazze..." Io sono entrata di corsa, ho preso il suo soprabito, la sua borsa, il suo cappello, e lei mi ha lasciato fare. Dieci minuti dopo eravamo a Regent's Park. Giro e giro intorno allo Inner Circle, guardando l'oro, il bronzo e il verde sotto il cielo azzurrissimo, e Maudie tiene la faccia girata dall'altra parte, se la copre con una mano. Penso, sta piangendo, sì, ma non devo far finta di niente. E così ho continuato a guardare davanti a me.

"Puoi camminare un po'?" le ho chiesto.

Fortunatamente troviamo un posto libero a soli venti metri dall'entrata del caffè. Sono venti metri molto lunghi, e mi rendo conto che la salute di Maudie si è molto deteriorata da quando siamo state qui, l'estate scorsa. L'ho odiata, quell'espressione, quando l'ho sentita per la prima volta dalle labbra di quell'ipocrita stivalona di Hermione, e la odio ancora quando la usa Vera, eppure la uso anch'io. La salute di Maudie si sta deteriorando molto rapidamente... come i generi alimentari.

Alla fine siamo arrivate allo spazio con i tavoli. Ci sono ancora le rose, chiazze di colore e profumo, al loro posto, e i passeri ben nutriti che saltellano dappertutto. Aiuto Maudie a sedersi e vado a prendere pasticcini e caffé. Maudie mangia, mangia in quel suo modo lento, metodico, gustando ogni boccone, e tra un pasticcino e l'altro sorride ai passeri. *Carini, carini...*

Non riesco a credere ai miei occhi, la quantità di cibo che riesce a ingoiare, con quello stomachino giallo e rattrappito. E dice, Bisogna nutrirla, l'ulcera, così dicono... non in tono di scusa, ma di sorpresa, piuttosto, perché nemmeno lei riesce a credere alla quantità di cibo di cui ha bisogno; a volte, dopo aver spazzato via tutto il cibo dei Pasti sul Carrello, si mangia pane e burro, oppure un intero pacco di biscotti.

Poi faccio parecchi altri giri intorno allo Inner Circle, mentre lei si nasconde la faccia e guarda gli alberi ingialliti e le ombre che si addensano sotto di essi.

Maudie. Sembra star meglio: se è possibile dir questo di una persona malata di cancro. Quei suoi tremendi accessi di rabbia si sono fatti meno frequenti, è spesso di umore comunicativo, allegro, perfino. Questo, paradossalmente, perché crede che la trascuri. Poco tempo dopo quella giornata al parco, mi sono svegliata di nuovo con la schiena dolorante. Niente di simile all'attacco dell'altra volta, però: il dolore mi è passato in un giorno. Ma sapevo cosa dovevo fare. Ho telefonato a Vera, abbiamo parlato a lungo, poi sono andata da Maudie, mi sono seduta, e ho detto, "Senti, Maudie, ti devo spiegare una cosa, ti prego di ascoltarmi, senza arrabbiarti."

Quell' "arrabbiarti" era una parola che avevo deciso di non usare: avevo passato la notte, a pensarci, a dire a me stessa, è una donna intelligente, piena di buon senso, devo solo spiegarle... Oh, che sciocchezza; perché lei ha subito girato la faccia dall'altra parte, e si è messa a fissare il fuoco con quei suoi occhi duri, tremanti, infelici.

Le ho detto che doveva accettare i servizi di un Aiuto

Domestico, un paio di volte alla settimana, almeno, per la spesa; e di un'infermiera, che la lavasse. Altrimenti di lì a poco io mi sarei ritrovata a letto, immobile, e lei non mi avrebbe più vista del tutto.

Non ha detto una parola. Quando io ho finito di parlare, è sbottata, "Non ho scelta, vero?" Più tardi ha puntualizzato che la colpa era di Vera Rogers, quella cattivaccia.

A quel punto mi sono resa conto che non devo più aspettarmi ragionamenti sensati, da lei.

L'Aiuto Domestico è una simpatica ragazza irlandese, alla quale era stato detto che Mrs. Fowler era un caso difficile, e che è rimasta a bussare pazientemente per minuti interi, fino a quando Maudie l'ha fatta entrare, a denti stretti, lanciandole occhiate di odio, e borbottando in continuazione.

Molly ha detto gentilmente, "Ora vado a fare la spesa Di che cosa ha bisogno?"

Maudie ha detto, "Di niente."

"Oh, cielo," ha detto Molly, tentando un approccio che funziona con un'altra vecchia signora difficile, "sono così stanca, posso sedermi un attimo e fumare una sigaretta?" Ha guardato l'orribile poltrona e ha deciso di mettersi sulla sedia vicino al tavolo.

A Maudie non è sfuggito quel moto di ripugnanza, anche se è durato solo per un attimo, e ha subito deciso che la ragazza era odiosa. "Non posso certo impedirle di sedersi," ha detto.

E Molly ha capito che in quel posto non era il caso di fermarsi a far quattro chiacchiere. Dopo un po' ha spento la sigaretta e ha detto, "Allora, se non ha bisogno di niente, sarà meglio che me ne vada."

Al che Maudie è rimasta un attimo in silenzio, poi ha detto con aria sbrigativa, brusca, arrabbiata: "Mancano i biscotti... e poi potrebbe comperare qualcosa per la gatta... ma non voglio che si faccia in quattro."

Su queste basi, la povera Molly fa in modo di procurare a Maudie alcune delle cose di cui ha bisogno: ma quando cerca di dare un'occhiata in cucina, per scoprire di persona, con un po' di intelligenza, che cosa manca davvero, Maudie dice, "Non mi pare di averle chiesto di guardare in cucina." E così se dimentica qualcosa, e succede spesso, Maudie è poi costretta a farne a meno. E quando passo io da lei, devo subito uscire a procurarle una cosa o l'altra. Mi sento ridicola: dopotutto, spreco solo pochi minuti. E a Maudie sembra assurdo dover dipendere da quell'Aiuto Domestico solo perché io sono diventata dura e fredda.

Ma la cosa peggiore per lei, naturalmente, è il fatto di doversi far lavare da un'infermiera, che è nera, troppo giovane, troppo vecchia, bianca, con le mani dure, o con le mani fredde – che non è Janna, in breve. Si è rifiutata di far entrare le infermiere, da principio; poi ha scoperto che io non avevo intenzione di cedere, di rispondere ai suoi appelli silenziosi. Allora le ha fatte entrare, ma le poverette non riuscivano a trovare il necessario per lavarla, o i vestiti puliti, e le loro domande, da principio gentili e pazienti, poi sempre più irritate e perentorie, non ricevevano che borbottii, in risposta. La prima infermiera era una donna di colore, che ha subito detto che Mrs. Fowler non avrebbe mai accettato un'infermiera di colore; la seconda, bianca, ha fatto due tentativi poi ha gettato la spugna; la terza è riuscita chissà come a lavare Maudie, che però si è sentita così a disagio, ha provato tanto imbarazzo e vergogna che all'arrivo di una quarta infermiera si è messa a gridare: "Vada via, non voglio nessuno, posso fare benissimo da me."

Poi c'è stata quella sera in cui, arrivando, mi sono trovata davanti una Maudie disperata e umiliata, che emanava un odore orribile. Ci siamo sedute come sempre accanto al fuoco, una da una parte e l'altra dall'altra, e lei mi ha raccontato le solite storie, ha esaurito i ricordi, e tra di noi c'era la consapevolezza che io non l'avrei lavata, che io, la sua amica, non ero più la sua amica.

"Quando eri ancora amica mia," ha esordito una volta, non per esercitare una pressione su di me, ma perché era quello che stava pensando.

E io ho cominciato a pensare, questa è una vecchia malata di cancro e io non voglio nemmeno sacrificare mezz'ora di tempo per lavarla.

Ho telefonato a Vera, le ho detto di non mandare più le infermiere, ma di continuare pure con gli Aiuti, e da allora ho ricominciato a lavare Maudie. Ma non tutti i giorni, questo non posso farlo, semplicemente. Ho paura di quella nemica silenziosa, la mia schiena.

Quando arrivo, Maudie si chiede, a volte in uno stato di reale infelicità e orrore per la propria condizione di sporcizia e puzza, sarà di buon umore, oggi? Io capisco subito, e le dico, "Hai voglia di lavarti, Maudie?" La sua espressione, a queste parole! Il sollievo su quella povera faccia vecchia... Odia essere sporca, odia provare repulsione per se stessa. E in un certo senso il mio arrivo nella sua vita non le ha giovato, perché fino a quel momento era riuscita a dimenticare, a non far caso ai vestiti luridi, ai polsi e alle unghie rigati di nero.

E così, ogni due, tre giorni, la lavo da capo a piedi. Non si è più sporcata, si è fatta solo la pipì addosso, qualche volta.

Riesco in parte a capire l'attenzione che deve dedicare allo sforzo di non sporcarsi: le continue puntate fuori, in quel gabinetto freddo; le strategie per farla in barba al proprio intestino. E poi, c'è un'altra cosa: non vuole che Janna – la spia di Vera Rogers – sappia come sono le sue feci; quindi fa di tutto, resta sveglia per notti intere, pur di non usare la commode. Ma una volta è stata costretta a usarla, non ha fatto in tempo ad arrivare al gabinetto, e io sono arrivata prima che potesse vuotarla. Non mi ha impedito di portar fuori il vaso, ma è restata a guardarmi in un modo che mi ha fatto capire che questo era il momento che aveva sempre temuto, e che era arrivato. Ho pensato che avesse bevuto del caffè vero: poi mi sono ricordata qualcosa sulle feci simili a caffè macinato. Il giorno seguente ho telefonato a Vera; e lei ha detto, Oh, dovrei chiamare il dottore, dovrei proprio. Non farlo, ho detto io, per favore non farlo. Lasciala in pace il più a lungo possibile.

E così ora, invece di Janna la vera amica, l'*unica persona* (l'alter ego) sulla quale poteva contare, che diceva sempre sì e provvedeva ai suoi bisogni, Maudie ha quest'altra Janna, che pone limiti, a volte, e a volte no.

Ho accompagnato Maudie da sua sorella. Ha scelto una domenica in cui si sentiva abbastanza bene da non dare spettacolo di sé. Ha telefonato alla sorella, trascinandosi su per i gradini fino alla cabina all'angolo, e poi mi ha detto che era tutto a posto, che avrebbe preso l'autobus, l'aveva già fatto altre volte, non dovevo preoccuparmi, non era necessario che l'accompagnassi.

Era una calda giornata di novembre. Maudie si era messa il suo vestito più bello, di seta blu scuro a roselline rosa e grigie. Le era stato regalato dall'attrice di Hammersmith subito dopo la seconda guerra mondiale. Si era messa anche un soprabito nero, e un cappellino di paglia nera con un nastro nero di satin e un mazzolino di rose: l'aveva comperato quarant'anni prima, per un matrimonio. Quando sono passata a prenderla, ho pensato che somigliava alla madre di Liza in *My Fair Lady*: povera e malandata ma elegante. Ma c'era anche una nota allegra, civettuola, addirittura, nel suo abbigliamento: ed è stato così che Maudie, in visita ai suoi parenti, che non vedeva da anni, si è presentata come quella che loro pensano che sia, la zia povera, eccentrica, della quale preferirebbero dimenticarsi.

La casa della sorella era carina, vecchia, col giardino. Ce n'erano parecchie, di quel tipo, sparse tra i grandi caseggiati nuovi, i centri commerciali, i garage, le arterie di traffico. Abbiamo girato per un po', in cerca del posto, e alla fine l'abbiamo trovato: quasi un villaggio, o meglio, un frammento di villaggio. Un cancello dipinto, un sentiero tra i cespugli di rose d'autunno, sbiadite, ed ecco l'intero clan, schierato a ricevere la zia Maudie e la sua nuova amica. Curiosità. Gente tremenda, dura, vistosa, *ordinaria* – una parola che non avrebbe mai dovuto cadere in disuso.

La sorella, più vecchia di Maudie, è una matriarca, ancora attiva, tiene le redini di tutto. Ha preparato il pranzo, dando ordini a figlie e nipoti su come preparare la tavola, facendo notare a figli e nipoti che bisogna portar fuori la spazzatura, aprire una finestra bloccata, allungare la catenella del gabinetto.

Dodici persone in tutto, in abiti volgari, che parlavano di macchine, di falciatrici elettriche, di vacanze. Sono tutte un gradino più su di Maudie e sua sorella Polly, ma d'altra parte, come collocarli in rapporto al loro malvagio nonno, Charlie il Godereccio? Sono rimasta là seduta a rimuginare sulle nuove differenze di classe, così difficili da stabilire; mentre rispondevo alle domande sul mio lavoro – mi sono guardata bene dal dir loro cosa facevo in realtà, non mi avrebbero creduta, ho detto di essere una segretaria; alle domande su Maudie. Ma sapevo dove volevano arrivare, in realtà, e alla fine l'hanno detto: "E così lei è la Buona Vicina di Maudie?"

Ero ben decisa a non permettere che privassero Maudie di una vera amica; e così ho risposto, "No, no. Sono un'amica di Maudie. Ci conosciamo da parecchio tempo, ormai."

Non hanno accettato la mia risposta, si sono scambiati occhiate significative. Hanno rivolto un sacco di domande a Maudie, in tono condiscendente, ad alta voce, come se avessero a che fare con un'idiota; e lei è rimasta là seduta in mezzo a loro, coi suoi vestiti più belli, la testa che tremava leggermente, l'aria provocante e colpevole, ovviamente malata, e ha cercato di tener testa a quei personaggi orribili, che cercavano di metterla in ridicolo. Una domanda timorosa alla sua formidabile sorella maggiore: "Polly, ti ricordi quando facevo la torta di frutta per Paul?" "Davvero, Maudie? Hai sempre avuto delle idee tutte tue, vero?" E: "Polly, quella è la nostra vecchia salsiera, mi pare. La ricordo, a casa di papà." E Polly, tirando su rumorosamente col naso, arrabbiata: "Be', non farti delle idee, non ho nessuna intenzione di dartela proprio adesso. Hai già avuto quello che ti spettava!"

"Oh, mamma!" "Oh, mamma!" "Oh, cielo!" I figli, questi, ormai anziani anche loro; e i nipoti, sui venti, trent'anni, che si scambiavano occhiate divertite perché quella era ormai una leggenda familiare: di come zia Maudie cercasse sempre di impadronirsi degli oggetti della nonna, di come stesse sempre a scroccare e a elemosinare, e ora eccola lì, come al solito.

Maudie, rendendosi conto di quello che sta succedendo, si zittisce, e rimane in silenzio per tutta la durata del pasto, a parte qualche sì e qualche no.

Siamo in quattordici, alla tavola della sala da pranzo, allungata per l'occasione, e la stanza, che è quella che tutti usano sempre, è zeppa: c'è anche un soggiorno, qualcosa di simile all'antiquato "salotto", lindo e risplendente in modo innaturale. Ci passiamo antiquati vassoi di contorni, pieni di patate arrosto unte e bisunte, cavoli acquosi, pastinache mal cotte. C'è un roast beef piuttosto buono. Ci passiamo bottiglie di salsa di rafano e di ketchup, e un'oliera d'argento grande abbastanza per un albergo – o per questa riunione di famiglia. Mangiamo prugne stufate, conservate, prodotto dell'orto, e un meraviglioso sformato di sugna, leggero e croccante, con una salsa di marmellata. Beviamo tazze di tè forte, col latte. I figli di Polly parlano del loro orto, e dei vari modi di surgelare e conservare i prodotti del medesimo; i più giovani parlano di pizza e cibi esotici che hanno assaggiato nei loro viaggi. Apparentemente ci sono moltissimi bambini; ma non sono stati portati a questa riunione, sarebbe stato troppo per la zia Maudie, dicono; e lo strale colpisce il bersaglio, perché gli occhi di Maudie si riempiono di lacrime; ma non sono riuscita a capire a cosa si riferissero. Questa gente non si vede se non a Natale, quando si riuniscono qui, tutti. Passano il tempo a prendersi in giro, un gioco duro, crudele, che serve a mantenere vivo il ricordo di momenti di debolezza, fallimenti, tradimenti. Le loro facce risplendono di forza, sicurezza e di questa spensierata crudeltà. E la matriarca siede tranquilla in mezzo a loro, sorridente. Mi è facile riconoscere in lei il padre: non sono mai riuscita a trovarne traccia in Maudie. Ha una faccia larga, rubizza, sotto leggeri riccioli bianchi tra i quali si intravede lo scalpo rosso e luccicante. Ha una corporatura massiccia, in un vestito di crespo artificiale a disegni bianchi e marroni, molto attillato, orribile. Le mani sono grosse, rossastre, con le nocche gonfie e luccicanti. Cammina col bastone. Ha novantasei anni; camperà sicuramente altri dieci. Mangiano, mangiano e mangiano. Mangiamo tutti. E Maudie più degli altri, seduta, in silenzio, gli occhi bassi, attenta e metodica, demolisce il cibo fino all'ultima briciola, costringendo tutti ad aspettare.

I parenti siedono composti intorno alla tavola sovraccarica, coi loro sorrisi di superiorità, il loro falso buon umore, e la prendono in giro, zia Maudie ha fatto questo, zia Maudie ha fatto quello.

E lei non risponde, non dice una parola.

Alla fine del pasto mi ha detto, "Ora possiamo anche andarcene." Ha guardato sua sorella dritta in faccia, ha alzato la voce, e ha detto, "Adesso che ti ho mangiato tutto."

Risatine ansiose dei figli; risatine divertite dei nipoti. Probabilmente i bisnipoti assenti non hanno mai sentito parlare di zia Maudie.

La matriarca si è limitata a sorridere, un sorriso duro, regale. Ha detto, "Ti ho fatto il dolce di Natale, come al solito, da portar via."

"Non ricordo che tu me l'abbia fatto l'anno scorso, e nemmeno l'anno prima."

"Oh, zia," ha detto una nipote.

La matriarca ha fatto un cenno con la testa a uno dei ragazzi, che è subito andato a prendere una scodella bianca per darla a Maudie. Lei è stata lì lì per rifiutare, poi l'ha passata a me e ha detto, "Prendi."

Ho preso quel piccolissimo dolce, che avrebbe potuto nutrire sì e no un passerotto, e ci siamo avviati, tutti insieme, lentamente, verso la mia macchina, con Maudie che segnava il passo. Oh, com'era gialla e brutta nella luce di fine autunno. E la famiglia se n'è accorta, hanno capito, tutti. All'improvviso si sono raggelati, quei personaggi tronfi, ben pasciuti, con gli occhi fissi sulla schiena fragile del capro espiatorio della famiglia. Si sono scambiati una serie di occhiate spaventate e hanno esclamato, a voce alta, "Arrivederci, zia, torna a trovarci presto!"

"Sì, ritorna," ha ordinato la sorella, "devi convincere la tua Buona Vicina ad accompagnarti, un'altra domenica. Ma avvertimi per tempo, la prossima volta." Perché aveva deciso di non capire che Maudie non sarebbe mai più tornata. Mi ha detto, "Sono contenta che Maudie abbia una Buona Vicina. Gliel'ho detto cento volte, hai bisogno di un Aiuto Domestico, quante volte gliel'ho detto!"

E così alla fine Maudie è stata derubata dalla sua famiglia anche di questo unico successo personale, l'acquisizione di un'amica, di una persona che le vuol bene.

Perché io voglio bene a Maudie, e sono stata malissimo, quando si è seduta vicino a me in macchina e l'ho vista tremare, l'ho sentita gemere.

Le ho detto, "Maudie, tu ne vali cento, di quei personaggi, e sono certa che è sempre stato così."

E ci siamo dirette verso casa, in silenzio. Sono rimasta con lei tutto il pomeriggio, ho preparato il tè, poi la cena, l'ho coccolata, vezzeggiata. Ma Maudie era irrequieta, distratta. E il giorno dopo ho notato in lei un vero cambiamento. Questo, tre settimane fa. Da allora ha continuato a peggiorare.

Una settimana fa ha cominciato a raccontarmi di come una volta, quand'era bambina, a Natale, l'avessero portata in chiesa, a mezzanotte, e di come da allora non avesse mai dimenticato il Bambino nella mangiatoia, e gli angeli. Ho chiesto alla mia segretaria di informarsi se ci fosse una funzione natalizia facilmente accessibile, da qualche parte, ma alla fine ho deciso per la chiesa in fondo alla strada di Maudie, per non costringerla a un viaggio lungo.

Per tutta la settimana, e per la prima volta, ha parlato delle funzioni religiose a cui la portavano da piccola, ma evidentemente Burlington Bertie, la sua amante, e la sua povera moglie, non erano persone molto religiose. Quello di cui Maudie parla è la musica, i canti, la bellezza della chiesa, le vetrate colorate, "quel buon profumo di legno", i fiori.

Ieri sera l'ho accompagnata in macchina, guidando molto lentamente, fino alla chiesa, distante un centinaio di metri: e mi sono resa conto – di nuovo – di quanto si sia deteriorata la sua salute, perché solo cinque settimane fa l'ho portata fin da sua sorella, mentre ora perfino il leggero movimento dell'automobile la infastidisce. L'ho aiutata a scendere dalla macchina e l'ho accompagnata dentro la chiesa. Vista da fuori era uno dei soliti edifici gradevoli, niente di particolare, ma una volta arrivate sulla soglia, l'ho vista con gli occhi di Maudie. Lei è rimasta ferma a guardare, ha alzato gli occhi verso le zone oscure del soffitto, poi li ha spostati verso lo scintillio delle candele sull'altare. Da un lato, un bambinello nella culla, e gli angeli, vestiti di rosso e di azzurro, con le corone d'oro, inginocchiati dietro a Maria, una splendida ragazza con le guance rosse e un sorriso incantevole. I Re Magi erano ritti lì vicino, con le mani colme di doni avvolti in oro e argento, legati con nastri scarlatti. E tutt'intorno, sulla paglia morbida e scintillante, gli agnellini. E un cane vero, quello del vicario, un terrier bianco e peloso, in mezzo agli agnellini.

Oh, che carini, ha esclamato Maudie, e la gente si è girata a guardare quella vecchia curva, tutta vestita di nero, che sorrideva e tremava. E hanno sorriso a loro volta, perché la scena era illuminata soltanto dal delicato e confuso luccichio delle candele, e nessuno poteva vedere quanto fosse gialla e malata Maudie.

Siamo scese giù per la navata, molto lentamente, perché Maudie non guardava dove metteva i piedi, aveva gli occhi fissi sulla bellissima scena vicino all'altare. Ci siamo sedute nella prima fila di banchi, da dove potevamo vedere il cane obbediente ansimare leggermente, e sbadigliare per via del calore che mandavano le candele. Oh, che carini, che delizia, che bel cagnolino, piangeva Maudie, tendendo le mani; e il cane, in risposta, è andato verso di lei, poi, a mezza strada, obbedendo al silenzioso ordine di una persona invisibile, nascosta da una colonna, si è girato ed è tornato in mezzo agli agnellini. La funzione era decisamente ordinaria, la scena di cattivo gusto, temo.

Più tardi, ormai stanchissima, l'ho messa a letto, con una tazza di latte caldo, e la gatta.

Carini, carini, e quel cagnolino, mormorava, sorridendo, a me, alla gatta, ai suoi ricordi. Me ne sono andata.

Ma... bisogna ricoverarla in ospedale. La settimana scorsa è venuto il medico, e non perché glielo abbia chiesto quella cattivaccia di Vera. Stava aspettando, ha spiegato, che Maudie fosse "matura" per l'ospedale, e dopo averla visitata ha detto che se non fosse stato per il Natale l'avrebbe ricoverata immediatamente. Così invece le è stata concessa una settimana di grazia. Sappiamo che non uscirà mai dall'ospedale.

Chissà se lo sa anche lei.

Oh, no, sono passate altre due settimane...

Un incubo. Maudie ribolle di rabbia, di furia. Vera Rogers sta frequentando un corso di aggiornamento, e Maudie, che *deve* avere una nemica, ha scelto me. "Maudie," ho detto, quando, una sera, mi ha sbattuto la porta in faccia, per poi farmi entrare il giorno dopo, con la faccia pallida d'ira, gli occhi scintillanti, "perché mi tratti così male?"

Eravamo sedute l'una di fronte all'altra, il fuoco era spento, la stanza fredda, la gatta, affamata, miagolava e si agitava. Stavo aspettando che capitolasse, che girasse la testa con quella sua mossa brusca, che alzasse orgogliosamente il mento – poi il sospiro, la mano alzata a nascondere la faccia, e, dopo un po', la vocina ragionevole che si spiegava, si scusava. Ma no, è rimasta seduta, immobile, imbronciata, il labbro inferiore sporgente, gli occhi fissi. L'ho blandita, lusingata, ma niente da fare; e ora mi chiedo se riuscirò mai a rivedere la *mia* Maudie. Perché ormai non ci sono dubbi, è un po' matta. Ci ho pensato molto, a quanto si può tollerare da una persona senza definirla matta. Che cos'è la pazzia, allora? La perdita di contatto con la realtà, di certo. Non è razionale che Maudie urli e si arrabbi con la sua unica amica, la tratti come una nemica.

Niente di quello che sta succedendo sfiora la realtà, è un'orribile farsa, perché non posso dirle, Maudie, hai il cancro. Penso a mia madre, penso a Freddie. La notte resto sveglia a pensare, qual è la differenza, come mai mia madre e Freddie riuscivano a dire, ho il cancro, e Maudie no? Questione di educazione? Sciocchezze! Ma mai, prima di morire mia madre e mio marito hanno perso il contatto con quello che stava succedendo. Ero io, la pazza!

E Vera non c'è, non posso nemmeno parlare con lei, non posso chiederle... che cosa? Tutto quello che ho bisogno di sapere. Non so come trattare Maudie. Né all'ospedale, né fuori.

Vera è tornata, abbiamo portato Maudie all'ospedale.

Ho chiesto a una vicina di Maudie di dar da mangiare alla gatta. Ha detto di sì, ma ha subito aggiunto che non se la sarebbe presa in casa, quindi perché non la portavo subito allo RSPCA? Ho passato in rivista l'appartamento, per assicurarmi che non ci fosse niente di deteriorabile – la commode, la cucina. Ho trovato orribili cose nascoste, mutande, biancheria sporca, e finalmente ho potuto buttar tutto nella spazzatura. Mentre lo facevo, mi son detta che era un po' come buttare anche Maudie, nella spazzatura.

È vero che sto pensando, perché mai deve andare fino in fondo, sopportare il lungo, sordido deterioramento fino alla morte? Se potesse morire tranquillamente nel sonno! Ma che diritto ho io di pensare queste cose, di desiderarle, se non le pensa, non le desidera lei?

È stata ricoverata in un grande ospedale, nuovissimo, in una stanza a quattro letti, e sta usufruendo del miglior trattamento possibile, farmaci nuovissimi, cure modernissime. È circondata da sollecitudine, tatto, gentilezza. Eccola lì, povera Maudie, una minuscola vecchina gialla e arrabbiata, la alzano a sedere sul letto, la sistemano in poltrona con tanti cuscini, le danno da mangiare, le somministrano medicine, e lei non fa che ribellarsi, infuriarsi, borbottare, maledire... eppure tutti le vogliono bene. È vero. Da principio pensavo che fossero solo degli ottimi professionisti, ma no. C'è qualcosa di attraente, in lei, me l'hanno detto tutte le infermiere; e il medico più giovane mi ha chiesto, "Come siete diventate amiche, voi due?" Voleva saperlo davvero, perché anche lui sente che c'è qualcosa di diverso, in Maudie. "È deliziosa," dice l'infermiere che ha appena passato venti minuti a cercare di convincerla a prendere una medicina. Un analgesico. Non il preparato feroce che le daranno quando il dolore lo renderà assolutamente necessario: questa è una via di mezzo. Ma Maudie dice, Mi annebbia il cervello, mi sembra di avere la testa piena di bambagia, e rimanda il momento di prenderlo, con un gemito di rabbia, gira la testa dall'altra parte, davanti al bicchiere sul tavolino da notte, per farmi capire che non ha intenzione di ubbidire.

Vado a trovarla tutti i giorni, dopo il lavoro, e resto con lei per un paio d'ore.

"Oh, eccoti, finalmente," dice Maudie.

E quando me ne vado: "Vai già via?" E gira la testa dall'altra parte.

Che sollievo, non doverla più lavare, non doverle tener puliti (si fa per dire) i vestiti, la biancheria; non dover sedere davanti a lei, reprimere la rabbia, la depressione, il rancore, quando mi sputa addosso il suo veleno.

Sono venuti i suoi parenti, la tribù, sono stati ammessi al suo cospetto a due a due, a tre a tre.

"Siete venuti a vedere se vi resterà qualcosa, dopo la mia morte?" ha chiesto lei. "Dovreste sapere che non ho niente, voi, che mi avete portato via tutto tanti anni fa."

"Oh, zia!" dicono le nipoti, i nipoti, e, "Ma cosa stai dicendo, Maudie?" chiede la matriarca.

"Lo sai benissimo cosa sto dicendo," dice Maudie, e gira la faccia dall'altra parte; e si rifiuta di rispondere ai loro, Arrivederci, zia, Arrivederci, Maudie.

Ho chiesto di cominciare subito il part-time; ora vado in ufficio due giorni alla settimana, con orari flessibili, a seconda delle necessità; mezza giornata la mattina della riunione; e una giornata e mezza quando la rivista sta per andare in tipografia.

Phyllis mi ha chiesto di far colazione con lei. Un invito formale. Questo perché lei e Jill sono inseparabili, ormai, Jill si è attaccata a Phyllis, e non è facile trovare anche solo pochi minuti per scambiare quattro parole a quattr'occhi.

Credevo che volesse dei consigli sull'ufficio, o su Jill, invece mi ha subito sbilanciata comunicandomi che Charles vuole sposarla.

Quella possibilità non mi era nemmeno passata per la testa, e mentre me ne stavo lì, a bere piccoli sorsi di vino, a pulirmi la bocca col tovagliolo, pensavo che in realtà non mi era venuta in mente perché era una cosa assurda. Questa è stata la prima reazione, e ora, mentre me ne sto qui seduta a scrivere (è mezzanotte), credo che fosse proprio quella giusta.

Mi sono ripresa quasi subito, e sono rimasta là ad ascoltare, tutta attenzione e simpatia, cercando di calmare il mio atteggiamento critico, ripetendo silenziosamente a me stessa che, come tutti ben sanno, non sono certo la persona più adatta a dar giudizi su questioni del genere, perché non sono mai stata veramente sposata, perché sono diversa dalle altre donne, mi "manca" qualcosa.

Ma come può, Phyllis, sposare Charles, o meglio, come potrà durare un matrimonio del genere? Lui sta divorziando, ha tre figli, dovrà continuare a pagare per la loro educazione. Phyllis dovrà aiutarlo economicamente, parecchio. E i figli, se ci saranno dei figli? Tutto questo mi passava rapidamente per la testa; mentre lei, seduta davanti a me, si sporgeva ansiosamente attraverso il tavolo, così carina, coi suoi vestiti morbidi. Prima, non mi sarebbe mai venuto in mente di definirla carina, ma in questi giorni lo è. Capelli lucenti, occhi scintillanti, sembrava splendere contro le pareti di legno scuro del ristorante.

Voleva un consiglio. Be', ormai lo so che è inutile dar consigli alla gente.

Volevo scoprire con quanta chiarezza mentale considera quello che si accinge ad affrontare: perché questa è l'essenza del discorso, no? Parlava di sé e di Charles, del loro affiatamento sul lavoro, della facilità dei loro rapporti: continuava a parlare, del lavoro, incessantemente, febbrilmente, e i suoi occhi erano fissi nei miei con una sorta di aspettativa, perché io non avevo detto, Oh, Phyllis, sei pazza, oppure, Ma che meravigliosa notizia. E io l'ho lasciata parlare, parlare, non ho detto molto, solo, di tanto in tanto, la interrompevo con qualcuna di quelle sagge osservazioni di cui si ha tanto bisogno per affrontare i momenti in cui ci si aspetta che qualcuno ci dica cosa fare.

Alla fine del pasto, per la prima volta ha accennato al fatto che non avrebbero potuto permettersi un figlio, perché lei avrebbe dovuto lavorare, e ha aggiunto di non sapere esattamente quali fossero i propri sentimenti nei confronti dei bambini. Continuava a lanciarmi occhiatine speranzose, come se, nonostante il mio atteggiamento fino a quel momento, si aspettasse ancora che dicessi, Ma certo, cara, sposalo, devi assolutamente sposarlo!

Invece le ho chiesto, con l'aria precipitosa, imbarazzata che si ha quando si introduce un argomento che sta a cuore in una conversazione che ha preso tutt'altra piega, "Ma, e le tue riunioni femministe, questo tipo di cose?"

Ha distolto lo sguardo, sorridendo, e ha detto, con noncuranza, "Oh, a Charles non dispiace questo mio impegno, anzi, è molto interessato."

Quella frase mi è sembrata così assurda, in risposta alla mia domanda, che ho riso nervosamente, come quando una barzelletta cade nel silenzio generale, non sortisce l'effetto voluto.

Anche Charlie mi ha invitata a colazione. Voleva parlarmi del suo problema. Gli sembra ingiusto sposare Phyllis e caricare anche sulle sue, di spalle, il proprio passato. Che ci stia ripensando? Io intanto avevo rispolverato tutta una serie di frasi fatte, tipo, Devi pensarci bene e fare quello che credi meglio! E, Ma certo, capisco che tu ti senta così! Le ho usate mentre ascoltavo quello che alla fine è diventato un monologo di due ore. Quando ci siamo separati, fuori del ristorante, mi ha ringraziato per i buoni consigli. Phyllis è molto intelligente; quando ci siamo separate (davanti allo stesso ristorante) qualche giorno prima, mi ha fatto un bel sorriso e ha detto, "Perché non vuoi dirmi cosa devo fare, così poi potrò dare a te la colpa di quello che succederà?"

Con ogni probabilità questi due finiranno davvero per sposarsi, per forza d'inerzia; e se poi, nonostante tutto, il matrimonio riuscisse perfettamente...?

Avevo aspettato ansiosamente un momento di calma, per sistemare i miei vestiti, o comperarne degli altri. Che fatica, mantenere uno stile come il mio. Mi sono messa davanti allo specchio con il mio miglior tailleur indosso. Seta cruda color miele pallido. Borsetta. Guanti. Scarpe. La stoffa si è un po' sciupata, sul sedere, e non c'è niente da fare. I bordi dei revers sono un po' lisi. Due bottoni si stanno staccando. La fodera di satin grigio pallidissimo si sta sfilacciando in un angolo. La pelle delle scarpe è un po' arricciata in punta. I guanti non sono esattamente l'ideale. Tutte le calze che possiedo sono smagliate. Che cosa devo fare? Buttar via tutto e rifarmi il guardaroba? Ma no, il vero problema è che ormai mi manca la voglia, non il tempo, di curarmi dello stile. Mi è venuta in mente la Leah di Colette, o di Chéri, che saluta il suo vecchio amante comunicandogli che si è messa un vestito e uno jabot di pizzo fino, e ora è lì, pronta a tutto, in gran tiro. E la cosa che ferisce l'uomo (Colette?) è che ormai a lei non importa più di quei particolari che richiedono tempo, attenzione. Ma non voglio certo trasformarmi in una sciattona, no. La trappola della mezza età – ho solo cinquant'anni, dopotutto, non è certo giunta l'ora di abdicare – è proprio la trascuratezza, la stanchezza. Se non mi importa più dello stile, che richiede tempo, fatica, metodo, allora cercherò di escogitare un intelligente compromesso. Nel frattempo, ho portato un mucchio di roba a un centro di beneficenza, e ho chiesto alla mia sarta di rifarmi certi capi É una novità, per lei, una cosa che non le ho mai chiesto prima. Di solito passiamo ore a discutere di tessuti, bottoni, fodere. Appena ricevuta la lettera, mi ha telefonato, sorpresa, e quello che voleva sapere in realtà era, Ha perso l'interesse per i vestiti, per dirmi semplicemente: per favore rifaccia il tailleur di lana grigio pallido, la stoffa si trova in Bond Street? Sì, mia cara, proprio così, ho perso l'interesse; ma dopotutto ti ho mandato Phyllis. E ti chiederò di rifarmi anche il tailleur pantalone marrone, la camicia nera di crêpe de Chine, il vestito di seta color crema.

Quanto tempo è passato? Due settimane, credo.

Ogni giorno passo da Maudie. Salve, dico, come stai, con gli stessi modi gentili e sorridenti di tutti gli altri, e che – lo capisco se mi metto nei suoi panni – devono sembrarle un incubo di finzione, di falsità. Eccola lì, in trappola, la nostra prigioniera; circondata da sorrisi menzogneri. *Che lei stessa impone* Vorrei con tutto il cuore che uscisse dalla sua ostilità gialla e astiosa, vorrei comunicare, sia pure per pochi minuti, con la vera Maudie. Ma la vera Maudie è chiusa dentro la propria rabbia, il proprio sospetto; e quando guarda fuori da quella prigione vede solo il sorriso *tremendo*, falso, che la mia faccia programma, organizza, quando arrivo.

Che ordalia, che orrore! Sto parlando della mia ordalia, non di quella di Maudie, ora. Ancora egoista, ovviamente, anche se mi piace credere che questa Janna che tutti i giorni passa con Maudie una, due, tre ore (sempre troppo poche, lei si sente comunque abbandonata, quando me ne vado) non sia più quella che rifiutava di partecipare quando suo marito, sua madre, stavano morendo. Resto per ore al capezzale di Maudie, pronta a dare quello che mio marito, mia madre, volevano da me: la coscienza di quanto sta succedendo, la partecipazione. Invece quello che Maudie vuole è – non morire!

Mormora, con una voce nuova, precipitosa, ansiosa, ansimante, "Lo so io, chi devo ringraziare, lo so chi mi ha fatto finire in questo posto!" E non mi guarda, perché odia quello che vede.

È di me, che parla, e di Vera Rogers, alla quale ha proibito di tornare, quando è venuta a trovarla. "Non ti voglio," ha detto alla povera Vera, "non voglio mai più rivedere la tua faccia." E si è girata dall'altra parte.

Io resto seduta accanto a lei in silenzio, su una sedia troppo alta, perché nella poltrona bassa ci sta lei. La poltrona, i cuscini sistemati da mani esperte, la coperta sulle ginocchia, sembrano ingoiare la piccola Maudie, che, in qualunque posizione venga messa, tiene gli occhi fissi davanti a sé. "Come sta, Mrs. Fowler, la vuole una tazza di tè – di latte caldo – di cioccolata, un po' di minestra?" Non c'è regina, o moglie di sceicco, che riceverebbe trattamento migliore. Ma quello che lei vuole è – non morire!

Seduta accanto a lei, penso, novantadue anni, e sembra credere che le stiano facendo un'ingiustizia! Una delle infermiere di notte, dopo aver assistito a una delle nostre scene di commiato – "Cosa fai, vai via?" – mi è corsa dietro lungo il corridoio e ha detto, Mrs. Somers, Mrs. Somers... poi mi ha presa per un braccio, mi ha guardata in faccia con la stessa aria di gentile, amichevole, sorridente persuasione che Maudie vive come una prigione, una menzogna...

"Non deve prendersela," ha detto, "è un momento che attraversano tutti. Vede, ci sono varie fasi. Da principio sono pazienti, poi, quando cominciano a capire, la vedono come un'ingiustizia. Sono pieni di autocommiserazione."

"Un'ingiustizia? Un'ingiustizia il fatto di dover morire? Come tutti?"

"Le persone malate non sono sempre le più razionali del mondo. Poi subentra la seconda fase, quella della rabbia."

"Sì, e non c'è dubbio, sul fatto che sia arrabbiata!"

"Be'," ha detto lei, senza enfasi, frugandomi la faccia coi suoi occhi esperti in cerca di segni di sovraffaticamento, "non è divertente morire, per nessuno, suppongo."

"È possibile che queste fasi si sovrappongano, si confondano?"

Si è messa a ridere, ma di cuore, assai divertita all'idea di poter prendere in giro i "manuali". Ha detto, "I manuali dicono tre fasi. Ma lei ha ragione, nella vita le cose non sono mai così semplici, così chiare!"

"E la terza fase?"

"Nella terza fase il malato accetta quello che sta succedendo, viene a patti..."

È arrivata di corsa un'altra infermiera, Infermiera Connolly, infermiera Connolly, e con un rapido, Mi scusi, l'infermiera Connolly è corsa via, a risolvere qualche crisi, di piccole o grandi proporzioni. E io sono andata a casa.

Non è giusto... rabbia... accettazione. Come può, una donna di oltre novant'anni, trovare *ingiusto* il fatto di dover morire?

E il giorno dopo Maudie, permettendo al suo sguardo cupo, giallo, di raggiungere la mia faccia, invece di – deliberatamente, o almeno, così sembra – evitarla, ha detto con voce chiara, sprezzante, "È una tragedia, una tragedia!"

"Che cosa, è una tragedia, Maudie?"

Mi ha guardata – disprezzo! "Una tragedia," ha detto a voce alta e chiara, poi ha distolto gli occhi, e ha aggiunto, in un mormorio leggero, afflitto, in un tono che non sento da molto tempo, "Ora che eravamo così felici, e tu venivi tutte le sere, e io ti raccontavo le mie storie. È una tragedia, che sia successa questa cosa..."

Le prendo sempre la mano, quando siedo lì, accanto a lei, ma lei lascia cadere la sua, inerte, una, due, anche tre o quattro volte, prima di stringere forte la mia. Con la faccia girata dall'altra parte, gli occhi assenti, la bocca semiaperta, perché le medicine le fanno perdere il controllo di sé, una vecchia cupa, furiosa, la sua mano parla nondimeno il linguaggio dell'amicizia.

Maudie sente l'avvicinarsi della morte come un'ingiustizia.

Ieri ha detto di nuovo, in un mormorio leggero, precipitoso, "Una tragedia, una tragedia, una tragedia," e io ho sentito me stessa dire, senza quel tono ipergentile, accattivante, preoccupato che fa parte, per così dire, dello stile dell'ospedale, "Maudie, hai novantadue anni."

Ha girato lentamente la testa, e ho visto i suoi occhi azzurri mandare lampi. Era *furiosa.*

Quello che sto pensando è, chi, o che cosa, in Maudie, crede di essere immortale, di esser stata ingiustamente condannata? Mi sembra che ci siano parecchie Maudie dentro quella minuscola, giallastra gabbia di ossa, che ciascuna di esse stia morendo a velocità diversa, e che una non abbia assolutamente intenzione di morire!

Un'altra infermiera mi ha chiesto, "Lei è forse religiosa?" Lo so perché me l'ha chiesto. Perché il mio modo di fare, il mio atteggiamento, in generale, appartiene a coloro che non si fanno sconvolgere dalla morte, piuttosto che a coloro – e non ho difficoltà a riconoscerli, tra gli altri visitatori, parenti e amici – che la temono.

Quello che l'infermiera voleva dire in realtà era, Suppongo che lei creda nell'aldilà! La piccola smorfia di sufficienza, riservata ai retrogradi, era implicita.

Ho detto, "No, non sono religiosa," senza rispondere alla vera domanda che mi era stata rivolta.

Sto di nuovo cercando di decidere che cosa pensare della possibilità di una vita dopo la morte – per mia madre, mio marito, Maudie. Un giorno penso una cosa, il giorno dopo un'altra. Per un decennio ho "creduto" in una cosa, ora è il momento di considerare il suo opposto.

È passata un'altra settimana.

Quando faccio per andarmene, verso le nove, le dieci, Maudie mi stringe forte la mano, si sporge verso di me, con incredibile energia, e dice, Portami a casa con te, portami via di qui! I suoi occhi, che per due, tre ore hanno evitato di incontrare i miei, sono improvvisamente vivi, intelligenti, pieni di una richiesta furibonda.

Come faccio a portarti a casa con me, Maudie? Lo sai che non posso, dico, tutte le sere, in tono addolorato, e *colpevole.*

Lasciarsi coinvolgere dai veri diseredati significa assumersi un gran peso di colpa. Hanno bisogno di tante cose, e si può dar loro così poco.

Ogni sera sono tornata a casa pensando, Forse potrei davvero portarla con me. Potrei sistemare un letto nel soggiorno. Potrei assumere due infermiere, a turno, una per il giorno e una per la notte... Jill mi aiuterebbe. È una cosa stupida, ma il disperato bisogno di Maudie mi costringe a pensarla. E non è nemmeno quello che vuole davvero. Quello che vuole davvero è che io, la sua amica, Janna, mi prenda cura di lei, giorno e notte, che le stia sempre vicino, invece di quelle infermiere esperte e sorridenti.

È impossibile; eppure, ogni sera, mi chiedo come potrei risolvere il problema.

Perché no, perché no, perché no? vuol sapere Maudie.

Perché non potrei prendermi cura di te come si deve, dico io.

Perché dovrebbe essere una cosa più assurda della mia amicizia con Maudie, un'amicizia così intensa, o del fatto che ormai da mesi mi occupo anche di Eliza e di Annie? Tutte cose che vengono considerate, da Joyce, per esempio, peggio che eccentriche. Visto da fuori, valutato con i parametri che io avrei usato prima della morte di mio marito e di mia madre, il mio comportamento ha in realtà qualcosa di ossessivo, di malato, addirittura. (Naturalmente, questo punto di vista non prende in considerazione il fatto che la mia follia contribuisce, in realtà, a rallegrare la vita di queste donne sfortunate.) Eppure, com'è successo? Com'è successo che una donna come me, benestante, borghese, in possesso delle proprie facoltà mentali, si sia assunta compiti così sgradevoli e gravosi senza esser costretta a farlo? Semplice: devo avere qualche rotella fuori posto A volte mi capita di considerare la situazione da un punto di vista, altre volte dall'altro. E cioè: o io sono pazza, oppure lo è la società in cui viviamo. Ma mi assumo la piena responsabilità del mio comportamento, e resto amica di Eliza e di Annie, amica (o addirittura qualcosa di più) di Maudie. È semplicemente una cosa che ho deciso di fare. E l'ho fatta. Quindi va bene. Le cose cui si tiene molto non sono mai assurde, se non altro per chi le fa.

Dico a Joyce, "Che differenza c'è tra il tuo lavoro di 'consigliera', qualunque cosa significhi, e la mia amicizia con persone che hanno bisogno di me?" Le dico questo, perché vorrei che mi rispondesse, "La differenza è che io sono pagata, per lavorare!"

Ma una volta detta, questa cosa si dimostra ridicola.

"Stai dicendo, Joyce, che nessuno di noi dovrebbe fare le cose per cui non viene pagato?"

"Va bene, Janna, va bene, se proprio vuoi essere *logica*, ma non posso far a meno di continuare a pensare che ci sia qualcosa di nevrotico, nel tuo comportamento."

"Non è questo il punto. Non mi interessa contraddirti."

E continuiamo ad azzuffarci, attraverso tutta quell'acqua, ma abbiamo quasi sempre l'impressione di esser vicine, ciascuna nella propria casa, a poche centinaia di metri l'una dall'altra, perché le nostre voci sono chiarissime, normali.

Per me, prendere Maudie a vivere qui, nel mio appartamento, per le settimane, mesi o anni che la separano dalla morte, sarebbe assurdo, perché non potrei occuparmi di lei.

Ieri mi ha guardata, si è sporta verso di me, e ha annunciato, con una specie di rincrescimento, "Sei un'amica della buona sorte, tu."

Sono stata costretta ad accettare quel commento.

E oggi pomeriggio ha detto, "Perché non posso andare a casa, perché?"

"Lo sai perché, Maudie! Non sei più in grado di badare a te stessa."

"Non è vero, ho sempre badato a me stessa, io," ha detto lei, stupefatta.

In realtà Maudie, lo sa benissimo anche lei, dovrebbe essere a casa di sua sorella, in seno alla famiglia alla quale ha dedicato tanto tempo, anni interi della sua vita, tanto amore, tanta sollecitudine; dovrebbe essere là, a letto, con tutti i parenti intorno, a offrirle tazze di brodo bollente, di latte caldo, a somministrarle medicine.

C'è qualcosa di *Guerra e pace* che non riesco a ricordare, qualcosa della vecchia contessa che vive una seconda fanciullezza. Ha bisogno che la si lasci piangere un po', ridere un po', dormire un po', litigare un po'... Nella grande casa ci sono molti servi, molti parassiti, molti dipendenti, molti familiari; e una vecchia signora, seduta in un angolo, in poltrona, o a letto, sarebbe facilmente assimilata.

Non riesco a pensare a nessuna casa in cui sarebbe possibile sistemare Maudie, nel suo stato attuale: lavoriamo tutti, abbiamo già troppi doveri; le nostre vite sono già troppo piene, non possiamo prenderci altre responsabilità.

Quello che penso io seduta qui, con la mano di Maudie nelle mie, e cioè che dovrebbe essere in seno a una grande, amorevole famiglia, capace, come una rete elastica, di allargarsi qua e là ad accoglierla, è, naturalmente, una cosa priva di senso. In realtà, tanto varrebbe dire che Maudie avrebbe dovuto essere la figlia amatissima di genitori buoni e intelligenti, che sua madre non avrebbe dovuto morire quando lei aveva solo quindici anni, che le sarebbe spettata, *di diritto*, una vita felice, sana, agiata, saggia. Quando dichiaro quali diritti dovrebbe avere nella realtà una donna di quell'età, condannata a morire di cancro, nego l'esistenza delle privazioni, degli stenti, della sofferenza, dell'ingiustizia, del dolore – nego, in breve, la condizione umana.

Portami via con te, Janna, portami via con te.

Non posso, Maudie, lo sai! E adesso devo scappare, si sta facendo tardi, sono già arrivate le infermiere del turno di notte. Ci vediamo domani, Maudie.

Oggi sono andata al matrimonio. Come sempre, parenti di cui nessuno ha mai sentito parlare: si vedono persone che si conoscono (nel caso di Phyllis) da anni in una luce completamente diversa. La famiglia di Phyllis è molto simile alla mia Ma – sorpresa! Si scopre che Charlie viene invece da un ambiente assolutamente esotico: una madre stravagante ed elegantissima, parigina, e due padri, uno vero e uno acquisito, entrambi uomini di mondo, spiritosissimi, affascinanti. Phyllis è bellissima, dà credito a noi e alla rivista. Mi sono divertita.

Due settimane.

Ora i dolori di Maudie sono diventati molto forti. Le vengono somministrate dosi accuratamente calibrate di analgesici, tre volte al giorno, ma le infermiere e i medici la osservano, con quei loro occhi esperti, attenti, sorridenti, le rivolgono domande, con molta delicatezza, e a seconda di quello che osservano, di quello che lei dice, aumentano gradatamente le dosi.

Alle sei di sera, quando arrivo io, il bicchiere della medicina è ancora sul tavolino accanto al letto. Sanno che per lei prendere quella roba è una sconfitta, la peggiore – *la fine*. Quindi non la forzano, né cercano allegramente di convincerla. "Quando vuole, Mrs. Fowler," le dicono. "La prenda quando ne sente il bisogno."

Maudie è lì seduta, sento intensificarsi la stretta della sua mano ossuta. Gira la testa a guardare il nemico, il bicchiere col suo contenuto. Poi si sforza di guardare da un'altra parte. Dopo un attimo, i suoi occhi tornano a posarsi sul bicchiere. La sento trattenere il fiato, mentre il dolore le attanaglia lo stomaco.

Ho imparato a non dire troppo presto, "Maudie, vuoi la medicina?" Quando lo dico, lei annuisce, un cenno frettoloso, distratto, come se stesse pensando a qualcosa di assai più importante; allora le avvicino il bicchiere alle labbra, che si sporgono ansiose, come indipendenti dal resto del corpo, e si attaccano all'orlo del bicchiere, per succhiare il liquido calmante.

“Mi vogliono portar via il cervello, vogliono ammazzare i miei pensieri,” ha sussurrato, in tono di rimprovero, addolorata, arrabbiata. Se non altro ha detto “loro”, non “voi”...

Le ultime due sere, è arrivata l’infermiera di notte, svelta ed efficiente, ha sorriso a tutti, ha controllato il proprio regno, una, due, tre, quattro; è passata da un letto all’altro, gli occhi attenti al lavoro, senza parere, su ciascuna delle vecchie facce malate – ci sono solo donne anziane, in questa stanza – e poi, indugiando accanto al letto di Maudie, ha detto, “E come stiamo, stasera, Mrs. Fowler? Mrs. Somers, buonasera,” – poi, rivolta a Maudie, “Se vuole qualcosina per dormire non ha che da suonare.”

Questo significa, “se il dolore si fa insopportabile...”

E tutt’e due le sere, prima che me ne andassi, Maudie mi ha afferrata per la gonna, mentre mi alzavo, e ha sussurrato, “Diglielo, diglielo, non dimenticare – prenderò un po’ di latte caldo, o qualcosa del genere.”

Vado al banco del personale di guardia e traduco, “Credo che Mrs. Fowler avrà bisogno di un altro po’ di analgesico.”

“Non si preoccupi, andremo da lei tra un attimo.”

E ci vanno.

Mentre scappo via per andare a casa, pensando solo al bagno caldo che è la mia medicina, il mio oblio, mi pare di sentirli, i pensieri di Maudie: se solo mi avessero offerto tutto questo quando ne avevo bisogno, quando non avevo niente da dare al mio Johnnie, così invece me l’hanno portato via...

Un mese.

Oh, questa storia non finisce mai... sono così *stanca*. Sono assolutamente sfinita. Dico a me stessa, Perché ti senti così stanca? Questo non è niente, in confronto a prima, quando andavi da Maudie due volte al giorno, e dovevi pulire, far la spesa, lavare, lavarla. È praticamente un divertimento, andare in quel bell’ospedale nuovo, pulito, con le infermiere gentili e sorridenti, e Maudie ben curata, assistita in tutti i modi, e la sola cosa che resta da fare è sedersi accanto a lei e tenerle la mano. E, naturalmente, cercare di non reagire quando ti guarda con occhi scintillanti e dice, “Perché, perché, *perché*?”, oppure, “È una tragedia, una tragedia!” Perché continua a dirle, queste cose. La verità è che questa storia mi esaurisce, e sembra non aver mai fine. Lo so che le infermiere si aspettavano che peggiorasse rapidamente, che sono stupite della sua resistenza: lo so perché è facile capire come la pensano, sono bravissime a comunicarlo! Non esistono posti come gli ospedali, per le cose non dette, insinuate, per le cose trasmesse con un'occhiata. Sono stata chiamata al banco del personale di guardia: mi hanno detto che probabilmente Maudie verrà trasferita nel vecchio ospedale in fondo alla strada, insieme agli altri vecchi. Mi sono sentita inorridire. Perché so che Maudie si sentirà inorridire. Perché, semplicemente, vorrei che Maudie morisse. È tutto così *orribile*. Eppure non posso permettere a me stessa di pensare in questi termini. Maudie non vuole morire, ecco come stanno le cose! Mi sembra legittimo desiderare la morte di una persona se a sua volta questa persona desidera morire, non se resiste, se non è ancora pronta.

Ho osservato attentamente Maudie alla ricerca di qualche segno dell'inizio della "terza fase". Mi è sembrata arrabbiata come sempre. Forse ci sono solo due fasi, quella del, Non è giusto!, che di certo è la fase della rabbia; e quella dell'accettazione. Oh, ti prego, fa che Maudie accetti la sua sorte, e che l'accetti presto! C'è qualcosa di terribile nel vedere questa vecchissima donna morire così, come se la sorte la stesse tradendo. Se crede di esser stata tradita – dalla morte prematura della madre, dal padre prepotente, dalla sua amante adorna di piume, dalla perfida sorella – be', non posso darle torto. Ma dove vuole arrivare? Il punto è: crede che ci sia ancora qualcosa che le era dovuta e della quale è stata privata? E se sì, che cosa?

Se solo riuscissi a farla parlare. Ma siamo in questa stanza spaziosa, pulita, piena di luce, in cima al grande edificio dell'ospedale, con il cielo e l'aria tutt'intorno, gli uccelli che sfrecciano davanti alle finestre, i piccioni che tubano sul davanzale, e ci sono altre tre persone con noi, più le infermiere che vanno e vengono, i visitatori, i medici...

Il medico di servizio è simpatico, e piace a Maudie – io me ne sono accorta, anche se lui, probabilmente, pensa di essere odiato, e non si può certo dargli torto. Ma una volta o due alla settimana arriva il grande dottore col suo seguito, e Maudie si arrabbia, si infuria, è ancora furiosa quando arrivo io la sera.

"*Quell'uomo* è stato di nuovo qui, oggi," dice, la faccetta gialla contratta, le labbra tremanti.

"E cos'ha fatto?" chiedo, anche se, naturalmente, lo so benissimo.

"Si fermano sulla porta, *lui* e tutti quei ragazzi e ragazze. Dottori, non è vero? A me sembrano piuttosto bambini. E ci sono anche dei neri." Maudie, che è molto attenta, normalmente, e ricorda sempre di dire, dopo aver criticato una persona di colore,

"Sono esseri umani anche loro, come noi," ora si comporta diversamente, li considera diversi, alieni. La sua mente è ormai una ridda di contraddizioni; perché due delle infermiere sono di colore, e lei le adora. Le piace, in particolare, il modo in cui una di loro la solleva e la sistema in poltrona senza farle male; lo capisco dall'espressione dolce che appare e scompare in un attimo sulla sua faccia – ma la ragazza è nera, e questo ricorda a Maudie che non è lì per scelta, che ce l'hanno messa, in quell'ospedale, che non può più prendere decisioni autonome.

"Be'," dico io, "ci devono pur essere medici e infermiere di colore, e questa è una clinica universitaria."

"E perché dovrei essere proprio io, la cavia? Non mi chiedono mai niente. E sono così giovani, bambini, come fanno a sapere cosa bisogna fare? E lui, il grande dottore, si è messo qui vicino al mio letto e ha continuato a parlare di me con tutti quei ragazzi senza nemmeno guardarmi. Oh, credono che sia diventata scema! E poi, mentre erano lì tutt'intorno al letto..." e continua a parlare; e a me sembra di vederla, la scena, la minuscola Maudie con la sua faccetta gialla contro i cuscini bianchi, e la foresta di giovani, uomini e donne, alti, torreggianti, e – di fronte a loro, non tra di loro – il grande dottore... "E dopo aver finito di parlare, ha detto, Come stiamo, oggi, Mrs. Fowler? E poi ha ricominciato a parlare con quei ragazzi, di me. Cosa crede, che sia un'idiota?" (È così furiosa e angosciata che queste ultime parole le escono in uno strillo strozzato.) "Mi ha detto, Tiri su la camicia, per favore, Mrs. Fowler. Io non volevo, perché avrei dovuto ubbidire? Ma l'infermiera si è fatta avanti, desiderosa di compiacerlo, e mi ha tirato su la gonna, davanti a tutti, mi ha messa in mostra. E lui ha cominciato a tastare e schiacciare, come se fossi un pezzo di pasta, e ha detto ai ragazzi, Lo vedete quel rigonfio? Qui, avanti, tastate. E a me nemmeno una parola. Mi hanno tastata tutti, uno dopo l'altro. Grazie, Mrs. Fowler, ha detto lui, ma non me l'aveva mica chiesto il permesso, no. Lo vedete quel rigonfio, ha detto, qui, avanti, tastate – come se io non potessi né vederlo né toccarlo, il mio rigonfio! Non sono una stupida, non sono una scema, non sono un'idiota..." E Maudie è fuori di sé dalla rabbia, dall'impotenza. "*Non mi ha mai guardata, nemmeno una volta.* Avrei potuto essere un pezzo di legno, o un sasso. Guardava sempre *loro*, è di loro che gli importa. Io ero un oggetto, una cosa che gli faceva comodo aver lì, a disposizione, in quel momento."

Hanno intenzione di dire a Maudie che dovrà esser trasferita nell'altro ospedale. E io lo temo come la peste, quel momento, perché Maudie non è una stupida, no davvero.

Gliel'hanno detto. Quando sono arrivata, stasera, l'ho trovata seduta, con la faccia girata dall'altra parte. Non voleva guardare me, non voleva guardare più niente. Dopo mezz'ora di silenzio assoluto, ha cominciato a borbottare, "Non voglio andarci, non voglio andare in quella casa di lavoro."

"Quale casa di lavoro? Di cosa stai parlando, Maudie?"

Ha insistito, "Non ho nessuna intenzione di finire in una casa di lavoro!"

Ho scoperto che l'ospedale in cui vogliono trasferirla era, tanto tempo fa, una casa di lavoro, di correzione. Ho telefonato a Vera Rogers. Ha risposto con voce stanca, tesa, "E per che cosa mi telefoni?"

"Voglio sapere cosa vuol dire Maudie quando continua a ripetere che non vuole finire in una casa di lavoro."

Un sospiro. "Oh Dio," dice Vera, "ci risiamo. Dicono tutti così, quei poveri vecchietti, dicono. Non vogliamo finire nella casa di lavoro. Le case di lavoro non esistono più da... be', non so di preciso da quanto. Ma, capisci, quando erano giovani, la casa di lavoro era la cosa di cui avevano più paura al mondo. Chi ci veniva mandato, anche se vecchio, doveva lavorare. E duramente. Lavare i pavimenti, fare il bucato, cucinare. E, questo non ripeterlo, resti tra di noi, io non capisco cosa ci fosse di tanto terribile. Perché ora cosa succede, invece? Li sbattiamo nelle case di riposo dove non possono alzare un dito, e muoiono di noia, o impazziscono. Se stesse in me, li farei lavorare dall'alba al tramonto, per impedir loro di pensare sempre a se stessi. Oh, non far caso a quello che dico, Janna, mi sto solo sfogando."

Dovrei passare da Annie Reeves e da Eliza Bates, almeno una volta, ma non mi restano tempo ed energia, dopo Maudie.

Oggi hanno trasferito Maudie in quella che lei chiama "casa di lavoro". Una ragazza gradevole e neutrale, di nome Rosemary, ci ha accompagnate. La sua funzione, mi ha spiegato, era quella di rassicurare Maudie, di non farla sentire abbandonata, con un viso familiare accanto. Ma Maudie le ha chiesto, "Lei chi è?" E Rosemary ha detto, "Oh, Mrs. Fowler, lei mi conosce. Sono stata a trovarla, non ricorda?" "Io non la conosco," ha detto Maudie. "Ma se sono venuta a trovarla quasi tutti i giorni, Mrs. Fowler!"

"Janna?" ha detto Maudie, con una vocina piena di lacrime, "Janna, ci sei?"

"Sì, sono qui."

Siamo salite nell'ambulanza, tutt'e tre, Rosemary con una borsa contenente gli oggetti di Maudie: un pettine, una spugna, il sapone, la borsetta. Nella borsetta ci sono il certificato di matrimonio, una fotografia del "suo uomo", un bel tipo dall'aria imbronciata, sulla quarantina, elegantemente vestito, e una di un bambino, piccolo, ben curato, che sorride con aria infelice al fotografo.

All'arrivo, la sedia a rotelle è stata portata su per i gradini dagli uomini dell'ambulanza, persone gentili, cordiali, rassicuranti. Maudie si teneva stretta ai braccioli, e non si è accorta, se non quando si è trovata dentro, che quella era la temutissima casa di lavoro.

"Siamo arrivate? È questo il posto?" mi ha sussurrato, mentre scendevamo giù per i corridoi, con quadri e disegni di degenti e dipendenti alle pareti. Sul pianerottolo c'era una riproduzione della *Salomè con la testa di San Giovanni Battista*, di Beardsley, messa lì, suppongo, da qualche buontempone. Ma lo sbalordimento di Maudie è servito a portarci fino al primo piano. "È questo il posto?" ha chiesto, tenendosi stretta alla sedia, scivolando di qua e di là, nonostante l'attenzione degli uomini, perché è così leggera che potrebbe volar via col vento.

"Questo è il vecchio ospedale," ha detto Rosemary in tono allegro.

"È molto cambiato, allora," ha detto Maudie.

"Davvero?" ha detto Rosemary. "So che l'hanno ridipinto di recente."

Ma Maudie era stata qui ai tempi della prima guerra mondiale, a far visita a una zia, e non riusciva a far coincidere quello che vedeva con i ricordi che aveva del posto.

Le corsie che si intravedevano passando erano le tradizionali corsie d'ospedale, con una ventina di letti, e grandi finestre dappertutto. Ma quando siamo arrivati nella stanza di Maudie, abbiamo visto che era una singola.

Maudie è stata messa a letto, seduta, appoggiata ai cuscini bianchi, e la luce forte che entrava dalla finestra evidenziava il suo colorito giallo. Dalla finestra si vedono un campanile, il cielo grigio, le cime degli alberi. Maudie è rimasta in silenzio, ha girato gli occhi nella stanza, con aria tetra, amareggiata – per quanto mi riguardava, era una stanza d'ospedale come tutte le altre – poi ha guardato fuori della finestra.

"Questo è il vecchio ospedale, allora," ha confermato, fissando me, l'infermiera che l'aveva sistemata, Rosemary, che stava per andarsene, con le braccia cariche di pratiche.

"Sì, cara, questo è proprio il vecchio ospedale."

Maudie ha digrignato i denti e, con un sibilo ansimante, ha detto, "Ah, è così, allora? Devo stare qui, eh? E questa è proprio la fine, no?"

"Oh, Mrs. Fowler," ha detto Rosemary, bonariamente, "non faccia così. Bene, devo andare, ora, ma tornerò a trovarla."

E se n'è andata, è tornata all'ospedale nuovo.

Io sono rimasta con Maudie tutto il pomeriggio. Volevo scoprire qual era, tra il personale, la persona con la quale dovevo stabilire un rapporto, alla quale dovevo rivolgermi. Questo ospedale ha un'atmosfera diversa dall'altro, più rilassata, gradevole, meno efficiente. Naturalmente, l'altro è uno dei più grandi ospedali del mondo, e le infermiere sono le migliori, i dottori anche. Quasi tutti gli uomini e le donne ricoverati in questo posto non se ne andranno se non dopo la morte. Non è esattamente un ospedale; non è nemmeno un ricovero – è una specie di via di mezzo. Il grande dottore viene ogni tanto dall'altro ospedale col suo seguito per insegnare medicina geriatrica. Alcune delle infermiere sono le più ambiziose tra quelle dell'altro ospedale, restano qui solo qualche settimana per imparare quello che possono imparare solo in un posto come questo, pieno di vecchi incurabili, afflitti da quel tipo di malattie lunghe, persistenti, che hanno di solito i vecchi.

Stavo pensando, Per fortuna Maudie ha una stanza tutta per sé. Ma Maudie, lo sapevo, interpretava quel privilegio come una sentenza di morte (e aveva ragione, ora lo so di sicuro). Il posto era orribilmente rumoroso. E come capita a tutti noi, ridotti a sopportare senza farci più caso ogni sorta di fracasso, non ho prestato veramente attenzione allo sbattere delle porte, al clangore metallico degli attrezzi della piccola cucina situata proprio di fronte alla stanza di Maudie, al cigolio dei carrelli dei pasti, se non quando mi sono resa conto che tutto quel rumore dava fastidio a Maudie.

Che rumore! Ho detto a Maudie, "Chiudiamo la porta," ma lei ha detto, "No, no, no," ansimando, scuotendo la testa. Ha paura di esser chiusa dentro.

Non le hanno dato medicine, da quando siamo arrivate, e aveva i dolori. Sono andata a cercare la caporeparto, e le ho chiesto se poteva dare qualcosa a Maudie.

È una donna anziana, con l'aria di essere a casa propria, all'ospedale, e probabilmente è proprio così, quel posto per lei è come una casa. Mi ha lanciato una di quelle occhiate perspicaci ed esperte con le quali le infermiere sono abituate a catalogare le persone: donna di buon senso, sciocсherella, su cui contare, a cui si può dire la verità, che non vuole sapere...

Ha detto, "Lo sa che cerchiamo di somministrare ai pazienti dosi il più possibile scarse di analgesici, perché possano continuare a fare effetto quando dovremo usarli in grosse dosi?"

"Sì, lo so," ho detto io. "Ma è stata trasferita oggi, ed è spaventata, perché questo è l'ospedale vecchio – e sta male."

"Oh cielo," ha detto la caporeparto, sospirando. "Potrebbe vivere ancora per settimane, per mesi, lo sa. E qui il problema è ridurre il dolore verso la fine, capisce?"

"Sì, capisco."

Ma ha dato comunque qualcosa a Maudie, un "aiutino": non l'ha stordita, ma è servito ad attutire il dolore, perché quando me ne sono andata Maudie era ben sveglia, attenta, con le orecchie tese, e cupa, silenziosa. Che sia questa, la "fase" dell'accettazione? Oh, Dio, spero proprio di sì.

Scivolare, mia dolce, dentro quella buona notte! Davvero. Che roba! Robaccia sentimentale, sdolcinata! Che indulgenza verso se stessi! Proprio da noi, bambini viziati, con le nostre esigenze, i nostri "non è giusto", i nostri *la vita mi ha dato troppo poco.*

Stasera sia io che Jill siamo rincasate presto. Io sono arrivata dall'ospedale così stanca che non sapevo dove mettermi, cosa fare.

Jill ha capito come mi sentivo, e mi ha preparato il tè, un panino.

Si è seduta davanti a me, ha aspettato che mi riprendessi. Sotto il suo buon umore, la sua sollecitudine, la sua nuova sicurezza – perché anche lei, come me, alla sua età, si sta rendendo conto, giorno per giorno, di essere capace, intelligente, duttile – c'era qualcosa di torvo, di scontroso, di critico. Sapevo cosa stava per dire.

"Perché lo fai, Janna?" E questa frase era dettata da tutta l'esplosiva ribellione dei giovani: No, no, non voglio, non posso, non voglio nemmeno sapere che esistono, queste cose. E soprattutto: *Se tu, che mi sei tanto vicina, sei pronta ad accettare questo orrore come parte della tua vita, allora come impedire che si insinui anche nella mia?*

"Suppongo che la situazione venga discussa in ufficio, che se ne valutino i pro e i contro," ho detto.

Jill ha assunto un'aria imbarazzata, perché la nipote di Janna, che vive in casa di Janna, probabilmente non sa resistere alla tentazione di raccontare, Janna dice, Janna fa, Janna è...

"Be', sì."

"Tipico comportamento da signora della buona società," ho detto, "l'usanza di visitare i poveri, la beneficenza inutile, ma la rivoluzione spazzerà via tutto questo."

Era tutta rossa, e arrabbiata. Jill è diventata una rivoluzionaria. Quando l'ho presa in giro, ha detto, punta sul vivo, "Be', che cosa ti aspetti? Non inviti mai nessuno, non fai vita sociale, che cosa ti aspetti?"

"Mi aspetto," ho detto io, "che, come tutti gli altri rivoluzionari, tu te la organizzi da te, la tua vita sociale – magari chiamandola con un altro nome." Si è messa a ridere, dopo un po'. Ma oggi si sentiva minacciata, troppo, per mettersi a ridere con facilità.

"Non preoccuparti," ho detto. "Morirà presto. Tra un po' sarà tutto finito."

"È una cosa ridicola, ridicola," ha detto lei, furiosa, aggressiva. "Ore e ore, tutti i giorni. Chi è mai, questa Maudie? – voglio dire, dev'essere un sostitutivo della nonna; dato che ti sei comportata male con lei, che l'hai trascurata, adesso cerchi di rimediare aiutando Maudie Fowler."

"Ma che analisi sottile, che perspicacia, che intuito!"

"Be', Janna, è ovvio, non ti pare?"

"E se anche fosse?"

"Be', è un atteggiamento strano, per una come te, non puoi non capirlo."

"Ascolta, mia cara, quando sei venuta a vivere qui, non ti ho certo fatto credere che avrei adattato la mia vita alle necessità tue o di chiunque altro, come fa mia sorella."

Silenzio. Un vero silenzio imbronciato, da adolescente, lacrime in pelle, occhi bassi.

Ma è la prima volta che succede, dieci e lode per Jill, abituata a sua madre, alla sua famiglia, dove queste cose sono *de rigueur*. Ed era anche il nostro primo bisticcio.

"Se vuoi," ho detto, "quando Maudie sarà morta, daremo delle cene. Sono bravissima, non preoccuparti. Potrai invitare i tuoi compagni, e parleremo della lotta di classe."

Si è *quasi* messa a ridere.

Ormai Maudie è nel vecchio ospedale da una settimana. Non è più tranquilla di prima, ma più silenziosa sì. Cupa. Tiene duro. Ha pochissima energia, per via dei dolori, che sono molto peggiorati. L'infermiera, senza una parola, mi ha mostrato il bicchiere che le ha portato ieri sera, e ha fatto un gesto come per dire, Capisce? Capisco. Hanno cominciato a somministrarle una pozione che usano solo quando i dolori si fanno veramente insopportabili, un micidiale miscuglio di morfina e alcool.

Maudie è seduta sul letto, il labbro inferiore pendulo, gocce di saliva che le cadono continuamente dalla bocca, gli occhi torvi. Quando arrivo, comincia subito: "Tirami su, tirami su." La aiuto a raddrizzarsi sul letto, ma appena ho finito e mi metto a sedere, ricomincia a sussurrare, "Tirami su, tirami su."

La aiuto di nuovo, mi siedo. La aiuto, mi siedo. Poi mi metto in piedi accanto al capezzale, la tiro su finché si china in avanti, incapace di restar ritta.

"Maudie, sei già su, più su di così non si può!" protesto.

Ma: *"Tirami su, tirami su!"*

Ubbidisco per darle l'illusione di poter ancora esercitare qualche influenza sul mondo in cui si trova a vivere, dove c'è sempre qualcuno che fa le cose al posto suo, dove non può lottare; e poi in questo modo ho una scusa per toccarla, per abbracciarla. Anche se non dice mai, Abbracciami, voglio che mi abbracci; dice invece, Tirami su, tirami su.

Durante gli ultimi due giorni le sono rimasta accanto, ho continuato ad alzarla, ad accomodarla sul letto, ad alzarla, ad abbracciarla, per ore. Le ho detto, "Maudie, sono stanca, devo riposare." Lei prende atto di queste parole con un piccolo scatto della testa, ma dopo un po' ricomincia, "Tirami su, tirami su."

Forse questo è un modo di non sprofondare nell'incoscienza, perché le pozioni che le danno adesso sono molto forti.

Ormai è quasi sempre in preda a una specie di torpore. Mi dicono anche che dorme per buona parte della notte. Ma è cosciente, sa cosa le succede intorno, soffre, molto, per i rumori, i colpi, i passi che echeggiano nel corridoio privo di un tappeto che li attutisca, il cigolio delle ruote dei carrelli del cibo. Bam, bum, ogni pochi minuti. Io stessa sono nervosissima, ho i nervi a fior di pelle, sono sempre in attesa di quei rumori improvvisi.

Ma la porta deve restare aperta, perché Maudie teme il silenzio e l'indifferenza della tomba, dove verrà rinchiusa.

Maudie non è pronta a morire.

Ora, quando sono con lei, non ho più il tempo di restar seduta a *pensare*, perché ho troppo da fare a sollevarla, a sistemarle i cuscini, a coccolarla, ma qui a casa, nel mio bagno, non faccio invece che pensare. Penso alle associazioni a favore dell'eutanasia. Non credo che mia madre, o Freddie, volessero andarsene prima del tempo; erano rassegnati, erano *adulti*, ma sono certa che mi sarei accorta se avessero desiderato che uno di noi somministrasse loro una pozione mortale. (E io l'avrei fatto? Devo chiederlo anche a Georgie, la prossima volta che la vedo, se mai ci sarà, una prossima volta.) *Perché* è così difficile morire? È legittimo chiederselo? È utile? Oh, è duro, è duro morire, il corpo non vuole cedere. È una specie di lotta, di battaglia.

Ma supponiamo che la mente di Maudie decida di morire, cosa farebbe il corpo, smetterebbe di lottare? Ammesso che sia il corpo, a lottare.

Maudie è seduta in quel letto di ospedale, e non vuole morire. E io non capisco, semplicemente. Ecco tutto! Non c'è altro da dire.

Se mi confronto con Maudie, capisco che a volte è impossibile mettersi nei panni di un altro. Anche se so che quello che sto facendo è di confrontare il mio stato mentale, quello di una donna di cinquant'anni ancora lontana dalla morte, con quello di una donna di oltre novant'anni molto vicina alla morte. La struttura mentale cambia, con l'avvicinarsi della morte? Perché naturalmente c'è un'assoluta barriera, un muro, tra la mia mente e la consapevolezza che devo morire. Voglio dire, so che devo morire, ma per me la morte non è un fatto chiaro, violento. Forse, come animali, siamo programmati a non prendere atto della realtà della morte se non vagamente. Perché, diversamente, non potremmo più vivere. Perché, cos'altro interessa alla Natura, se non il fatto che viviamo, procreiamo, popoliamo la terra, perpetuiamo la specie? al di là di questo, la Natura è indifferente. E allora io, Janna, o Jane Somers, me ne sto qui accanto a questa donna moribonda, a lottare per costringere la mia mente a cambiare, ad abbassare qualche difesa, ad aprirsi, a esporsi, in modo da capire *davvero* che dovrà morire, e io con lei. Ma la Natura non me lo permette.

Immagino, volutamente, ogni genere di panico, di terrore: tento disperatamente di visualizzare me stessa, Janna, seduta su quel letto, appoggiata ai guanciali, vecchia, vecchissima, distrutta da qualcosa che ho dentro. Riduco i miei confini esterni, comincio col togliermi la corazza dei vestiti; poi mi concentro sul corpo, un corpo sano, che non – non ancora – perde feci e orina contro la mia volontà, che è ancora fresco, gradevole; e su quello che c'è dentro quel corpo, sul mio io, sulla consapevolezza che ho di me stessa; e cerco di immaginare come non sia altro che una carcassa, un ammasso disordinato di carne e ossa. Ma non serve a niente. La morte non mi fa paura. Non mi fa paura.

E, paradossalmente, il fatto di guardar Maudie morire, me la fa temere ancora di meno. Perché coloro che sono in continuo contatto con i moribondi, i professionisti, possiedono una specie di energica comprensione del processo che è esattamente quello che vorrei possedere anch'io. E perfino una certa sincerità, perché ora so che se Maudie volesse saperla, la verità – come se non la sapesse già – potrebbe facilmente apprenderla dalle infermiere. Non le direbbero certo: Sì, Maudie Fowler, stai morendo, ma farebbero in modo da farglielo capire. Non lo fanno solo per via del suo atteggiamento: no, capiscono che Maudie "non è ancora pronta" – l'espressione che ha usato l'infermiera con me. E così l'atmosfera della sua stanza continua a essere gentile, disinvolta, indifferente, quasi, come se Maudie non avesse nulla di più di un raffreddore, o di una gamba rotta.

E per quanto riguarda la vita oltre la vita: il fatto è che io non riesco a convincermi che questo furioso fagotto di energia che è Maudie debba scomparire del tutto. È più di quanto io riesca a credere. Dio mio, Maudie è così esigente, sana o malata; professa con tanta energia la propria esistenza, la propria vita, la natura delle cose che ha vissuto; si rapporta alla realtà in modo così violento che non riesco assolutamente a credere che possa dissolversi come vapore. No.

Sono così presa dalla Maudie di *adesso* che ciò che di lei potrebbe sopravvivere non mi si pone come una domanda, tipo: che aspetto avrà, sarà giovane o vecchia? e il "suo uomo", la riconoscerà, e suo figlio, bambino o adulto? tutto questo è irrilevante.

"Tirami su, tirami su," dice Maudie, e io prendo tra le braccia quel mucchietto d'ossa e lo sistemo sul letto, accarezzo i capelli ispidi, e dico, "Ora basta, Maudie, devo sedermi per un minuto."

Perché, può anche darsi che Maudie sia un mucchietto di ossa leggere, ma, a furia di tirarla su e giù, la mia schiena comincia a farsi sentire. Ho una schiena molto espressiva, per così dire, e mi scopro ad apostrofarla, Cerca di tener duro, ancora per un po', devi farcela, non puoi mollare proprio adesso.

Per la prima volta da quando lavoro, stare in ufficio mi

affatica. Sono troppo stanca per fare altro che fingere di lavorare, e ci pensa Phyllis a coprirmi, e anche Jill, nei limiti delle sue capacità.

Quando torno a casa con Jill, la sera, è lei a guidare. Io salgo le scale come uno zombie, mi lascio cadere nella mia poltrona, e resto lì, assolutamente sfinita, incapace di muovermi, di trovare l'energia per andare all'ospedale. Jill mi dice, "Non andare, Janna, lascia perdere, ti ammalerai."

"Ma devo andare."

Quando torno a casa, alle dieci, o più tardi, mi immergo nella vasca per un'ora e più, oppure mi sdraio sul pavimento del soggiorno con un cuscino sotto la testa. Jill mi porta il tè, una minestrina. Mi è successo di passare intere notti senza coricarmi, seduta in soggiorno a contemplare il dramma di Maudie come se venisse recitato chissà dove dentro di me, sul mio palcoscenico, mentre la vita continua, rumori lontani, altrove. Jill è entrata nella stanza, alle due, alle tre del mattino, e io le ho detto, "Va tutto bene, lasciami stare." Ma se non ci fosse stata lei, non avrei visto niente di strano, nel mio comportamento. Certo, è probabile che sia davvero "sconvolta", per dirla con le parole di Jill, ma si tratta solo di accettare, di vivere quest'esperienza. In realtà, è Jill a essere sconvolta, si spaventa quando non mi corico, o mi addormento per terra. Ma si comporta in modo molto gentile, molto premuroso; da vera figlia di sua madre.

Questo non le ha impedito di dire, più di una volta, "A vivere qui, Janna, corro il rischio di diventare come te." E lo dice lanciandomi delle occhiate dure, divertite, con un'espressione che significa, be', se voglio sopravvivere.

"Vuoi dire che sono un'aguzzina?"

"No, non esattamente, ma bisogna pure che mi difenda, no?"

"Non mi rendevo conto che fosse così dura, per te."

"Non importa. Come ho detto alla mamma, mi fa bene, tutto questo. È un esercizio corroborante, tonificante."

"Come i bagni gelati."

C'è anche il problema di Mrs. Penny.

"Perché la odii tanto?" mi chiede Jill, stupita, e così sono costretta a chiedermi perché. "Non è antipatica, in realtà, è anche interessante, con tutte quelle storie sull'India, e poi è così sola, poveretta."

"Devo, anche se non vorrei, trattare Mrs. Penny in modo poco gentile, perché è un tipo ossessivo, se le dai un dito ti prende il braccio."

"Tu vai sempre a trovare quelle altre due vecchiette. Che farai dopo la morte di Mrs. Fowler? Continuerai ad aiutarle?"

"Non posso certo abbandonarle così, di colpo, ti pare?"

"Sei proprio testarda, Janna, bisogna che tu te ne renda conto."

Quello di cui dovrei rendermi conto, di cui mi sono già resa conto, per l'esattezza, è che il fatto di aver ammesso Jill nella mia vita, di aver spalancato le porte, di aver abbassato le difese, di aver permesso che il mio territorio venisse invaso, di non aver più una casa tutta mia, rende la questione di Mrs. Penny assolutamente irrilevante. Trovo Jill e Mrs. Penny in cucina, davanti a una tazza di tè, e mi limito a salutare con un cenno del capo, con un'aria volutamente severa e distratta: una donna molto occupata, con altro a cui pensare. Poi mi ritiro nella mia stanza da letto, chiudo la porta con gesto deciso.

Di lì, dopo poco, esco per andare dalla povera Maudie. Non ho fatto che pensare a lei, comunque, mentre mi "riposavo", seguendo i consigli di Jill, quindi ho pensato che fosse meglio andare all'ospedale: sono comunque con lei col pensiero, dovunque mi trovi. E medici e infermiere sono ormai abituati alla mia presenza, vado e vengo come voglio, quando voglio.

Ho avuto modo di vedere da vicino la vita di quella grande corsia. Dopo la pozione di mezzogiorno, Maudie si è addormentata, e io sono rimasta seduta al suo capezzale un'ora e più, ad aspettare che si svegliasse.

La caposala è venuta da Maudie, si è fermata ai piedi del letto e ha cominciato a chiacchierare in quel modo apparentemente vago che serve a dare tante informazioni, in ospedale. E istruzioni, anche. Ha detto che alcuni dei suoi pazienti non ricevono mai visite. "Potrebbero anche non far più parte del mondo dei vivi, per quanto riguarda i loro parenti."

E così, sempre con un occhio a Maudie per esser sicura di starle accanto al risveglio, ho girato un po' per il reparto, e ho scambiato quattro chiacchiere con chiunque sembrasse averne voglia.

Una volta avevo paura della vecchiaia, della morte, tanta paura che fingevo di non vedere i vecchi per la strada – non esistevano, per me. Ora resto seduta per ore in quella corsia d'ospedale, e guardo, osservo, mi stupisco, mi interrogo, ammiro.

Le infermiere... quanta pazienza, quanto buon senso, quanto buon umore! Come fanno, a comportarsi così? Perché ci sono circa diciotto vecchi, qua dentro, tutti difficili, per un verso o per l'altro, incontinenti, o storpi, o dementi, o – come Maudie – moribondi. Eccole lì, quelle vecchie creature, tutte insieme in quella forzata intimità, in una corsia piena di letti, due file di letti, una lungo ogni lato della stanza, e la cosa che hanno in comune è il bisogno, l'impotenza. Nient'altro. Non si conoscevano, prima di venire qui, non erano amici. In fondo c'è una donna di novantasei anni, una maschera eternamente sorridente, completamente sorda, un po' matta, che non sa dove si trova. Viene messa a sedere in poltrona e ci resta, per un'ora, o due, poi, all'improvviso, salta su e parte per una passeggiata tra le due file di letti. Ma si perde subito, e tutti la guardano, divertiti o irritati, perché ora non riesce più a tornare indietro. Si ferma a caso accanto a un letto, e cerca di infilarsi sotto le coperte, non si accorge che è già occupato da un altro degente. "Maggie," grida il malcapitato, "non vedi che ci sono io qua dentro?" "Che cosa ci fai nel mio letto?" strilla Maggie, e subito si alzano le voci, "Infermiera, infermiera, c'è Maggie!" E le infermiere arrivano di corsa, ridendo, di solito, e dicono, "Maggie, che cosa fai?" e colgono l'occasione per accompagnarla in bagno, dato che si è alzata tanto vale...

Nel letto vicino a quello di Maggie c'è una donna "difficile".

Oh, ma perché fa tanto la difficile, sospirano le infermiere, e lei non molla. È un donnone grande e grosso, con una faccia dura, decisa, sempre attenta a non farsi prevaricare, a esigere quello che pensa le sia dovuto. Ha una malattia alle gambe, deve sempre tenerle alzate, davanti a sé. Siede a braccia consérte, osserva tutto e tutti. Oppure legge. Romanzi, di solito, storie d'amore, o di mare, le piacciono molto le storie di mare – *The Cruel Sea*, *Hornblower*.

È lì da tre mesi. Alcune di queste persone sono lì da anni. Quando è arrivata ha detto, Mi chiamo Mrs. Medway. Non voglio che mi si chiami Flora. E non ho intenzione di farmi trattare come una bambina.

Quando arriva un'infermiera nuova, e le si rivolge chiamandola cara, carina, tesoro, o Flora, lei dice subito, "Non mi tratti come una neonata, sono abbastanza vecchia da essere la sua bisnonna." "Oh," fa la povera infermiera, che ha imparato, osservando le colleghe, a vezzeggiare le persone anziane, a convincerle a mangiare con frasi tipo "un altro cucchiaino per me, da brava", come si fa coi bambini, oppure, "via, facciamo sparire la minestrina così non ci pensiamo più, tesoro". "Oh, Mrs. Medway, come vuole, ma lei mi chiami per nome e io non mi offendo mica."

"Io sì," dice la formidabile vecchia, e quando le capita di ascoltare le infermiere discutere del loro lavoro, Maggie ha bisogno di una cosa o dell'altra, e Flora deve... "Mrs. Medway," le corregge, con calma, a voce alta.

"Oh, Mrs. Medway, tesoro, perché fa tanto la difficile?"

"Non sono un tesoro, come avrà già potuto notare."

"No, certe volte no... Possiamo portarla giù a Fisioterapia, ora, per favore?"

"No."

"Perché no?"

"Non mi piace. Non ci voglio andare."

"Ma le fa bene."

"Non voglio"

"Oh, Mrs. Medway, non vuole guarire, non vuole tornare a usare le gambe?"

"Non dica sciocchezze, infermiera, lo sa benissimo che le mie gambe non guariranno con quattro calcetti e piegamenti."

"No, ma se non altro non peggioreranno."

"Be', le muovo già, da sola, continuamente."

Ed è vero: Ogni mezz'ora circa si toglie i leggeri stivali di plastica che deve portare, per impedire che si formino irritazioni da sfregamento, immagino, e muove gambe e piedi, se li massaggia. Poi, a voce alta, in tono piatto, "Infermiera, voglio rimettermi gli stivali. E voglio camminare fino alla porta e poi tornare indietro. Mi aiuti."

Nel letto di fronte al suo c'è una donna di oltre novant'anni, "una signora", mi ha detto la caposala. La caposala è, tra le persone che lavorano qui, tutte ammirevoli, devo dire, "la persona giusta" di cui parlavamo sempre io e Joyce. È lei che dà il tono all'ambiente. È una donna di mezza età, piuttosto affaticata, con le gambe un po' gonfie, che hanno l'aria di darle fastidio, e una faccia larga, gradevole, da persona di buon senso, che ispira fiducia, confidenza. Sorveglia attentamente le sue infermiere, non vuole che diano segno di irritazione, di impazienza, di scortesia. Non le importa che siano sbrigative, frettolose, e nemmeno – come succede a volte – inefficienti, che dimentichino di fare una cosa o l'altra, che rimedino poi con una risata e una frase di scusa. Al contrario, a quanto ho capito incoraggia questa atmosfera. Ma una volta, quando una delle infermiere più svelte ed efficienti si è rivolta alla vecchia Maggie in tono brusco, la caporeparto White l'ha subito chiamata e le ha detto, "Questo posto, per Maggie, è la casa. Non ne ha altra. Ha diritto di essere sciocca e svanita, se vuole. Non le faccia fretta, non la tormenti. Questo non lo sopporto, infermiera!"

La caposala White mi ha detto che la donna che lei considera una signora abitava in campagna, nell'Essex. Allevava cani. Cani da caccia. E aveva un grande giardino. Com'è capitata qui, in questo ospedale di Londra? Ma la caposala non lo sa, Ellen è qui da parecchi anni, ormai, ma non le piace parlare del proprio passato.

Ellen è completamente sorda, e ha le gambe malate, per cui ci mette dieci minuti e più ad arrivare al gabinetto, e altrettanti a tornare indietro. Non riesce a sedersi senza aiuto. Ha una faccetta sottile, dolce, arguta, e due occhi pieni di vita. Osserva attentamente tutto quello che succede, non si lascia sfuggire niente, sorride tra sé e sé alle scene divertenti, allegre, sospira a quelle tristi... Quando arrivo, mi sorride, e fa un gesto per indicare che ha letto le riviste che le ho portato: *Country Life*, *The Lady*, *Horse and Hound*. Non riesce a far conversazione, è troppo sorda.

A volte chiacchiero con Mrs. Medway, che fino a poco tempo fa era la proprietaria di un negozio di giornali, cartoleria e dolciumi a Willesden, e il cui marito è morto un anno fa. Ha una figlia, nella West Country, che a volte viene a trovarla. Mrs. Medway non riceve tante visite. Ellen non ne riceve mai, è stata dimenticata. Tranne, naturalmente, che dai vari pastori delle varie chiese, e dai giovani volontari che piacciono tanto ai degenti. Mrs. Medway, il terrore della Corsia Tennyson, intrattiene i giovani visitatori con episodi di quando aveva la loro età – ai tempi della prima guerra mondiale. Quando i ragazzi se ne vanno, scuotendo la testa e ridendo scambiandosi occhiate significative, per via di come Mrs. Medway parla di quel mondo, per lei vicinissimo, per gli altri incredibilmente lontano, ci guardiamo, e scoppiamo a ridere insieme, ridiamo del tempo, e degli scherzi che gioca. "Bene," capita che dica, agitando imperiosamente una mano in direzione dell'infermiera, perché vuole gli occhiali (basterebbe che tendesse la mano, per prenderli, non distano più di una quindicina di centimetri, ma non capisce perché dovrebbe fare lo sforzo), "bene, ora le dico una cosa. Li avrei stracciati, quei ragazzi, a una gara di ballo, ai miei tempi! Non hanno spina dorsale, i giovani d'oggi, noi sì che ce la godevamo la vita, dico io." E prende in mano il suo romanzo, con ogni probabilità qualcosa dal titolo tipo *Passione al crepuscolo*.

La cosa a cui penso, quando siedo in quella corsia, a guardare i malati; quando siedo con Maudie, a guardarla; un nuovo romanzo; ma questa volta niente di romantico.

Vorrei scrivere delle inservienti di questa corsia, ragazze spagnole, portoghesi, giamaicane o vietnamite che hanno orari tremendi, faticosissimi, che guadagnano molto poco, e che di solito hanno famiglia, allevano figli, mandano soldi a casa, ai parenti, nel sudest asiatico, o in qualche piccolo villaggio dell'Algarve, o del cuore della Spagna. Il loro lavoro viene dato per scontato. I barellieri sono ben pagati, al confronto. Queste ragazze girano per l'ospedale con la sicurezza che di solito viene dall'essere riposate. Invece io lo so, che sono stanche. Lo so di sicuro. Sono così stanche che sognano di potersi infilare a letto e di restarci per settimane, a dormire. Hanno tutte la stessa espressione, di ansia generalizzata, ormai la riconosco; viene dalla paura di non riuscire a tenersi a galla, nonostante tutto, dalla paura che qualcosa, una malattia, un arto rotto, le costringa a cedere. Come faccio a riconoscere questa espressione? Perché non ricordo di averla mai vista prima. Forse ne ho letto la descrizione in qualche libro? No, credo che la capacità di riconoscerla mi venga da Maudie: probabilmente, quando parlava, riesumando dal passato storie che ora ho dimenticato, aveva, sulla faccia, questa espressione, che corrispondeva a un'angoscia intima. Queste donne sono spaventate. Perché la povertà non lascia loro alcun margine, e perché hanno bambini, parenti da mantenere. Nelle corsie, sono loro a prendere i portafogli dalle borsette, a prelevare una sterlina qua, qualche pence là; a impadronirsi di un gioiellino, a mettersi in tasca un'arancia. Niente si salva da quelle dita ansiose, disperate, ed è per colpa loro che i grandi ospedali di Londra, che fungono da modello ad altri, in tutto il mondo, ospedali il cui nome ispira medici e infermieri dei paesi poveri, dall'India del nord all'Africa del sud, non sono in grado di proteggere i loro degenti dal furto di qualunque oggetto asportabile. Osservo queste donne lavorare, portarsi con gesto affrettato una mano alla schiena, mandare un sospiro che è quasi un gemito; sfilarsi le scarpe, quando, per pochi minuti rubati, si rifugiano dietro una porta semiaperta a riposare i piedi; tirare un paio di boccate da un mozzicone di sigaretta preso da una tasca e subito riposto. Sono anche gentili, portano tazze di tè alle persone come me, oppure mettono in mano a qualche vecchia pazza un bel fiore rosso da guardare, da guardare come forse non ha mai fatto in vita sua, o infilano in bocca a un'altra vecchia che non riceve mai visite un cioccolatino prelevato dalla scatola di chi le visite le riceve. Osservano tutto, sanno tutto quello che succede, sono dappertutto – e, a quanto vedo, nessuno le nota. Tutti le danno per scontate. E come mai i ragazzi delle barricate, i rivoluzionari, o i sindacalisti intriganti non fanno niente per loro?

Ecco, di cosa mi piacerebbe scrivere, ma un romanzo su un argomento come questo non è facile, non è come raccontare delle allegre modiste o della sentimentale signora vittoriana.

Oggi è venuto il grande dottore con i suoi allievi.

Ero seduta accanto al letto di Maudie, quando ho sentito un rumore come di un gregge di capre che salisse, clic clic, su per le nude scale di cemento. Voci, e sopra tutte le altre quella forte, sicura, del grande uomo.

La porta della stanza di Maudie è aperta. Il gregge si ferma proprio lì davanti.

Il grande dottore, l'esperto di anziani, un esperto a livello mondiale, così mi si dice, sta declamando.

Questo è il caso di cancro allo stomaco, gli allievi hanno i loro bravi appunti. Hanno visto le diapositive. Un cancro tipico, in quanto... non capisco le frasi che seguono. Un cancro atipico per quello che riguarda... perdo di nuovo il filo. E ora, signori e signore, se volete gentilmente... Il gregge appare sulla porta, si affollano tutti insieme sulla soglia della stanza. Maudie è ritta sul letto, un po' china in avanti, la testa ciondoloni, sveglia, gli occhi fissi sulla coperta.

È a disagio. L'infermiera che accompagna i dottori vede Maudie coi loro occhi e si fa avanti dicendo, "Mrs. Fowler, si distenda, cara, si distenda..." Sì, lei sa che Maudie dice sempre, Tirami su, tirami su, e che io la tiro su, continuamente, ripetutamente, e che spesso siede in quell'esatta posizione per minuti, per ore di fila.

Recitiamo tutti la sciarada: Maudie viene aiutata a sdraiarsi sui cuscini, in silenzio, e la massa dei dottori guarda lo spettacolo.

Maudie tiene gli occhi chiusi.

Il grande dottore è incerto se visitarla, a beneficio dei suoi studenti, poi decide di non farlo: speriamo che sia stato un residuo di umanità a spingerlo a questa decisione.

Arretrano tutti di qualche passo, escono dalla porta.

Il grande dottore spiega che ora Maudie è in coma, che scivolerà via nel sonno.

Questa frase mi lascia di sasso. Sconvolge anche l'infermiera, che si lascia sfuggire, senza volerlo, un'esclamazione irritata.

Perché Maudie è quasi sempre sveglia, lotta contro il dolore. Si addormenta di un sonno pesante per un'ora o due, dopo la pozione, ma poi lotta per tornare cosciente, per restare tale.

Il grande dottore sta dicendo, in un silenzio pieno di rispetto, che Mrs. Fowler è una donna molto indipendente, con una grande stima di sé, che ha cercato fino all'ultimo di non prendere droghe, e in casi del genere, naturalmente, è necessaria un'attenta sorveglianza – eccetera eccetera – ma fortunatamente ora è in coma, e morirà senza riprendere conoscenza.

L'infermiera è furiosa. Per pura disciplina evita di scambiare un'occhiata con me, ma vibriamo tutt'e due di indignazione, ci capiamo senza dire niente, senza guardarci, senza fiatare. Perché, naturalmente, sono le infermiere a controllare i cambiamenti di umore, lo stato di necessità dei pazienti, mentre i dottori si limitano a sporadiche visite, a dare ordini. La cosa più strabiliante che si nota stando seduti qui, a lungo, a guardare, ad ascoltare, è l'assoluto, totale divario tra dottori e infermiere. Sono le infermiere a sapere tutto quello che succede, sono le infermiere ad adattare, moderare, e molto spesso, semplicemente, a ignorare le istruzioni dei dottori. Come ha fatto a crescere e prosperare questo sistema assurdo, in cui coloro che danno gli ordini non sanno in realtà quello che succede?

Il rumore del gregge si affievolisce quando il gruppetto sparisce dentro le corsie.

L'infermiera mi rivolge un sorriso di scusa, mentre Maudie sussurra, "Tirami su, tirami su," e io mi alzo per sistemarla come prima, in quella posizione che, chissà perché, le piace di più, la fa star meglio.

"Chiudo la porta per un attimo," mormora l'infermiera, e quello che vuol dire è, Così i dottori non si accorgeranno che l'ha tirata su a sedere.

Chiude la porta. Maudie: "Apra la porta, la apra, la apra."

"Un attimo solo, Maudie, aspetta che se ne siano andati."

Dopo qualche istante, lo scalpiccio e il chiacchiericcio ripassano davanti alla porta e svaniscono giù per le scale.

Torno ad aprire la porta. Stanno arrivando i carrelli del cibo, bing, bang.

"Mrs. Fowler, un po' di minestra? Un panino? Un po' di gelatina? O del gelato?"

Parlo io per lei: "Un po' di minestra, per favore, e la gelatina," anche se Maudie in questi giorni non mangia assolutamente niente.

Le porto un cucchiaio di minestra alla bocca, lei scuote la testa; le offro un cucchiaino di gelatina, "No, no," sussurra lei, "tirami su, tirami su."

Faccio come vuole, e continuo ad aiutarla a tirarsi su, per tutta la sera.

Poi, alle nove, arriva il personale del turno di notte. Aspetto le infermiere per raccontare loro della giornata di Maudie – la stessa di ieri, dell'altro ieri – e le infermiere si chinano su Maudie e dicono, "Buonasera, cara, come sta?"

Ci sono tre infermiere con la pelle scura, di notte, e solo una bianca, e Maudie si sente circondata da esseri alieni.

"Vado via, Maudie, tornerò domani."

"Te ne vai di già, eh? Buonanotte, allora."

Modiste è uscito oggi. L'hanno ristampato due volte prima di pubblicarlo. Ho avuto troppo da fare con Maudie per godermi tutto quanto, come avrei fatto se fossi stata libera. Sarà un grande successo. I miei segreti momenti di terrore, quando pensavo che era un follia buttar via un lavoro delizioso e ben pagato, non avevano ragione di essere.

L'ho letto stamattina, molto presto, una buia mattina d'inverno, tetra, fredda, ma la copertina de *Le modiste di Marylebone* è allegra, vivace. Come mi sono divertita a trasformare le inesorabili vicende di Maudie in qualcosa di nobile, gentile e allegro, una vita piena di gradite sorprese. Nella mia versione, il bambino di Maudie viene rapito, ma lei sa dove si trova, lo vede segretamente, stabilisce con lui un rapporto di complicità contro un malvagio amante che lei però ama! Poi c'è una lunga relazione con un uomo più anziano, improntata al rispetto reciproco. L'uomo è il ricco proprietario di un pub, che la adora, e la aiuta a riprendersi il figlio. Lei ha una posizione di responsabilità, nel laboratorio di modisteria, e con l'aiuto di questo disinteressato gentiluomo mette su un negozio tutto suo; il lavoro va a gonfie vele, con clienti che appartengono alla nobiltà, qualcuno addirittura imparentato con la famiglia reale. Come sarebbe piaciuta, a Maudie, questa vita rimaneggiata da me!

Ormai Maudie è nel vecchio ospedale da tre settimane. Non noto alcun cambiamento, nel suo stato, se non che diventa sempre più irrequieta. Chiede di esser aiutata a stendersi, poi, appena stesa, chiede di essere alzata a sedere. Mi prega incessantemente di tirarla su, poi, quando comincia a ciondolare in avanti, perché non riesce a tenersi ritta, sibila, Aiutami a stendermi.

Le infermiere vanno e vengono, la osservano attentamente, la famosa "sorveglianza". Ora le somministrano dosi tremende della pozione analgesica. Maudie non è certo lucida, ma una cosa di sicuro non è: in coma. Maudie non è rassegnata, non accetta la morte, non c'è nulla, nel suo atteggiamento, di simile alla rassegnazione e all'accettazione.

Maudie mi dice ancora, in un sussurro, balbettando, "Portami via con te – sì, portami con te, quando vai a casa."

Maudie sa e non sa di avere un cancro allo stomaco e di dover morire.

O meglio, c'è una Maudie che sa queste cose, e un'altra che non le sa.

Ho l'impressione che sarà la Maudie che non le sa, a esser cosciente al momento della morte.

Oh Dio, se solo Maudie morisse, se solo morisse. Ma naturalmente io *so* che questo è sbagliato. Quello che penso ora è, è possibile che a stabilire il tempo, il ritmo della morte non sia il corpo, non sia quel tumore nello stomaco che aumenta di volume a ogni respiro, ma il bisogno della Maudie che non vuol morire di adattarsi – a che cosa? Chi può sapere quali enormi processi stiano avendo luogo là, dietro la testa ciondolante di Maudie, dietro quegli occhi cupi, accigliati. Io credo che Maudie morirà quando questi processi saranno giunti alla fine. Ecco perché non sosterrei mai l'eutanasia, o almeno, non senza infinite precauzioni. Il bisogno degli spettatori, dei parenti, degli amici, delle persone più vicine e più care, è di vedere la fine delle sofferenze del malato, al più presto, perché è orribile assistere al lento processo della morte. Ma può darsi che sia molto meno orribile viverlo che non osservarlo. Maudie soffre – sporadicamente, tra l'una e l'altra di quelle pazzesche dosi di analgesici che riceve – ma il dolore è davvero la cosa più brutta del mondo? Di certo non lo è mai stato per me. E non lo era per Maudie, per la Maudie di prima. Com'è che, non appena un moribondo oltrepassa un certo punto, i criteri umani, di decenza, non vengono più usati, nei suoi confronti, o almeno, non facilmente? Maudie non avrebbe mai, in vita sua, giudicato quello che le stava succedendo dal dolore fisico che provava. Quindi perché mai dovremmo pensare che ora sia diverso? Maudie ha ancora paura di morire, lo so, lo so da quel suo bisogno ossessivo di tenere aperta la porta, quella tremenda porta che lascia entrare tutto quel fracasso (che lascia entrare la *vita*) – il rumore dei passi, delle voci, delle ruote dei carrelli, delle stoviglie. Ma quello che Maudie pensa con ogni probabilità non ha assolutamente niente a che vedere col dolore. Il dolore è qualcosa che deve affrontare; il dolore c'è, lo sente sparire, tornare, diminuire, aumentare, deve cambiare posizione – Tirami su, tirami su! – ma noi non possiamo assolutamente sapere cosa le stia succedendo in realtà.

Maudie è morta ieri notte.

Negli ultimi giorni, ad assistere Maudie c'era un'infermierina scura. Non di colore, una ragazza bianca con gli occhi e i capelli scuri. Una ragazza vaga, distratta, di animo gentile. Andava avanti e indietro dalla stanza di Maudie, mi aiutava a sollevarla, a distenderla, ogni tanto mi portava una tazza di tè. So che ieri Maudie era molto peggiorata, perché il numero delle tazze di tè era aumentato in modo consistente. Ma non avevo notato molta differenza, nel suo stato, se non per quella sua irrequietezza, ormai assolutamente incredibile. In quel letto di ospedale, alto, comodo, ben studiato, quel concentrato di energia, Maudie, mi stava sfiancando, stava sfiancando anche l'infermiera dai capelli scuri, che a un certo punto ha detto, "Dio mio, Mrs. Somers, lei dev'essere davvero forte." Ieri sera è successo questo. L'infermiera ha portato la pozione di Maudie, un bicchiere quasi pieno, ormai. Dato che non era proprio ancora l'ora di somministrargliela, l'ha messa sul tavolino ed è uscita. È tornata, aveva una gran fretta, non so perché, e ha detto, "Oh, ho dimenticato la medicina di Mrs. Fowler," e, nel prenderla, l'ha rovesciata. Tutto quel liquido tremendo sparso intorno.

I vecchi gesti del teatro sono proprio veri, sono stati ben osservati e riprodotti; la ragazza ha trattenuto il fiato, ha spalancato gli occhi terrorizzata, si è portata di colpo le mani alla bocca, ed è rimasta lì, a mordersi le unghie, con lo sguardo fisso sull'intruglio versato. Poi l'ha spostato su di me, pieno di una supplica abbietta: Avevo intenzione di tradirla, di fare la spia? mi stava chiedendo.

Mi sono molto sorpresa, perché non riuscivo a vedere quella gentile, un po' vaga, caposala nella luce della tiranna, ma ho comunque rassicurato la povera ragazza in silenzio.

Lei è uscita ed è tornata con degli strofinacci, ha asciugato tutto, e nel frattempo Maudie sedeva silenziosa sul letto, con la testa ciondoloni, ed era l'ora di darle la pozione.

Per caso, ieri sera ho dovuto andar via un po' prima del solito, delle nove. Aspettavo una telefonata a casa, da Roma, sulle sfilate della prossima settimana.

Così ho detto all'infermiera, "Ci pensa lei a dare la medicina a Mrs. Fowler?" Anche se ora capisco che non avrei dovuto fidarmi, che la ragazza non voleva rivelare il proprio errore, bastava guardarla, per capirlo. Ma comunque so che, se è stata male, Maudie ha avuto delle medicine extra, me l'ha detto la caposala.

Ma ora mi chiedo se per caso l'infermierina non l'abbia lasciata senza pozione, e se Maudie non si sia svegliata durante la notte, per il dolore, senza ricevere quello di cui aveva bisogno – mi chiedo, in breve, se non sia morta per il troppo dolore. Non lo so, e non lo saprò mai.

Ho preso la mia telefonata, ho lavorato per un po' ad alcune pratiche che mi ero portata dall'ufficio, mi sono fatta un bagno, mi sono coricata molto tardi, e alle quattro sono stata svegliata dal telefono: Mrs. Fowler era morta, un attimo prima, volevo andare all'ospedale?

Ci sono arrivata in dieci minuti.

A quell'ora, l'ospedale possiede una qualità di brulicante, sommessa vitalità, dolce, gradevole, nella penombra. Sono corsa su per le fredde scale di pietra, fino alla corsia. Ho intravisto due ragazze minute, scure, due vietnamite, credo, aiutare faticosamente un enorme donnone anziano a scendere dal letto. Anche loro mi hanno vista. Ho visto le loro facce irritate: Oh Dio, un altro problema da affrontare. Ma quando mi hanno raggiunta non avevano più quell'espressione, era completamente sparita, ora sorridevano tranquille, gentili, e mi hanno detto che Maudie era morta un'ora prima, probabilmente; ma la notte era stata difficile, c'era una donna che stava molto male, e quando erano andate a dare un'occhiata a Maudie, lei era già morta.

L'ultima cosa che aveva detto era, "Aspettate un momento, aspettate un momento," quando l'avevano lasciata, perché erano state costrette a lasciarla, con tante altre malate di cui prendersi cura.

"Aspettate un momento," aveva mormorato, o esclamato, o gridato, mentre la vita continuava, lasciandola indietro, ma la vita non le aveva badato ed era andata oltre.

Non mi sorprenderebbe affatto che Maudie sia morta di – be', sì, di rabbia. Janna non c'era, ma d'altra parte non c'era mai! – e quelle infermiere di colore, guardatele, vanno e vengono, non hanno tempo per me... Probabilmente Maudie era morta così. Ma non credo che questo fosse quello che succedeva in realtà dietro le sue quinte.

Una delle ragazze mi ha portato una tazza di tè. Il rituale. Me ne stavo lì, seduta accanto a Maudie morta, che però sembrava addormentata, che era ancora calda e gradevole, al tatto, le tenevo la mano, e nell'altra reggevo una tazza di tè. Bisognava mantenere il decoro.

Quando un paziente muore, alle persone care, ai parenti, viene offerta una tazza di tè. Ed è giusto così.

Poi è arrivata la caposala, quella del turno di notte; o forse era la capoinfermiera. Comunque è rimasta lì con me, a chiacchierare, come se tutto fosse normale. Era necessario che io dicessi certe cose, e le ho dette: tipo che Maudie era una donna meravigliosa, e che aveva avuto una vita dura, e che aveva affrontato tutte le sue disgrazie con tanto coraggio, con tanta energia.

E la capoinfermiera è rimasta lì ad ascoltarmi, sorridente, comprensiva.

E poi non c'è stato più niente da fare, per me.

Il guaio era che non sembrava affatto che Maudie fosse morta, anche se la vedevo immobile per la prima volta da mesi; temevo addirittura che si fossero sbagliati, che non fosse affatto morta. Ma la sua mano, quando l'ho lasciata andare, era fredda, e si stava irrigidendo. Quando mi sono alzata, mentre raccoglievo le mie cose per andarmene, è arrivata di corsa una di quelle infermierine con la pelle scura, ha preso le mani di Maudie, le ha congiunte sul petto, e le ha tirato il lenzuolo sulla faccia. Aveva l'atteggiamento di una casalinga: Ecco anche questa è fatta! E adesso? Ah sì, adesso devo...

Mentre passavo in macchina davanti all'ospedale, ho visto l'infermiera graziosa di ieri sera. Sembrava un lampone morbido e maturo, con un vestito rosso scuro e una grande sciarpa rosa avvolta intorno al collo e alle spalle. Sorrideva, rosea, indolente, appagata: ogni atomo, ogni movimento del suo corpo dicevano che aveva passato la notte a fare all'amore, e che era ancora, col pensiero, nel letto caldo che doveva aver lasciato con riluttanza qualche minuto prima. Portava l'uniforme in un sacchetto, e lo faceva dondolare avanti e indietro spensieratamente, sorridendo... Era in anticipo, sull'orario del turno, e aveva in mente di infilarsi in ospedale, cercare un bagno libero, e usarlo, senza farsi vedere dalla capoinfermiera o dalla caposala. Anche se era facile immaginare che la donna più anziana, pronta al rimprovero, non avrebbe poi detto altro che, "Be',. non importa, basta che non succeda più", se l'avesse scoperta; e studiando la faccetta felice e assonnata, avrebbe capito il perché della propria istintiva indulgenza. E avrebbe pensato, be', tanto non rimarrà a lungo a lavorare con noi...

Finita la toilette, quella ragazza fortunata avrebbe girato da una corsia all'altra, con tutte le infermiere, i medici e le inservienti affacendati a portare a termine le loro mansioni prima della fine del turno, e avrebbe senz'altro trovato un'amica disponibile, che le avrebbe detto, "Ma certo, usa pure il nostro bollitore, com'è il tempo fuori? Caldo, no?"

All'inizio del turno, la ragazza avrebbe sbadigliato, avrebbe pensato, be', la giornata passerà in fretta, e poi... Oh, Mrs. Fowler è morta? L'avete già preparata? Sì, benissimo! Perché naturalmente detesta lavare e rivestire i morti, cerca sempre di evitare di farlo, per quanto possibile.

Entrando nella stanza di Maudie, e vedendo il lettino bianco rifatto, non più occupato da quel mucchietto irrilevante che era Maudie, avrebbe ricordato l'incidente della sera prima, e di nuovo si sarebbe portata le mani alla bocca in quel gesto antico, *Oh, che cosa ho fatto!* – ma avrebbe anche pensato, be', che male c'è se è morta un paio di giorni prima del necessario? Avrebbe pensato di andare a dare un'occhiata alla cartella clinica per vedere se avessero somministrato a Maudie una pozione extra durante la notte, per rassicurarsi, per verificare che non fosse stato il dolore a uccidere la vecchina, ma poi se ne sarebbe dimenticata, avrebbe lasciato perdere.

All'apertura dell'ufficio dell'Assistenza Pubblica, ho telefonato a Vera. È scoppiata in lacrime, con grande sorpresa mia e anche sua. "Oh, Dio," ha detto, "mi dispiace, questa è davvero l'ultima goccia, è troppo – che stupida, l'ho sempre saputo che sarebbe morta, ma... E tu come stai? Bene, spero. Oh, non so, c'era qualcosa in quella vecchina, cos'era?" Vera ha continuato a chiacchierare ininterrottamente; la reazione nervosa. Ha ricominciato a piangere. Ha detto ancora, "Che stupida... non farci caso. hai detto di aver conosciuto i suoi parenti? Credi che pagheranno le spese del funerale?"

"Di certo possono permetterselo."

"Farò una telefonata... Oh, cielo, mi sento così depressa. No, non solo per via di Maudie, ho un sacco di problemi. No, non chiedermi niente. Quando mi sono messa a fare questo lavoro, ho detto a me stessa, terrò le due cose separate, il lavoro da una parte e la vita privata dall'altra. Finora ci sono riuscita. Ho accettato questo lavoro perché se non l'avessi fatto sarei impazzita. Lo so che pensi, dalla padella nella brace, il mio lavoro è praticamente identico a quello di una casalinga – ma lasciamo perdere, se non ti spiace."

Più tardi mi ha telefonato per avvertirmi che la sorella di Maudie le aveva detto che Maudie aveva pagato per anni, per avere una sepoltura decente, e che lei non poteva permettersi di aggiungere qualcosa di tasca sua.

"Dio mio," ha detto Vera, "non ti fa venir voglia di vomitare? Strano, ero sicura che avrebbe detto proprio qualcosa del genere. Bene, ci penserà il comune, allora, a pagare le spese. E ora devo chiederti un favore – ti occuperesti tu della gatta? È una di quelle cose che non riesco proprio a fare, quando uno di questi poveretti muore, portare i loro gatti dal veterinario e farli uccidere."

In ufficio c'è un grande andirivieni, una grande agitazione, perché Phyllis deve partire per Roma, per assistere alle sfilate – io ho detto che non ci sarei andata. Ho detto che avevo dei "problemi"; il problema è la morte di Maudie. Una follia, lo so. Ma per me va bene così. C'è ancora la neve, non si sa se gli aeroporti funzionino – be', alla fine tutto si sistema e Phyllis parte. Io vado subito a casa di Maudie. Oh, l'odore di quel posto, il buio, lo squallore! Senza il fuoco acceso, l'appartamento non ha vita. Ho passato un'ora a buttar via cibi vecchi. Comprese scatole e barattoli ancora sigillati. Provavo un assoluto bisogno di far pulizia, di chiudere. È per questo, dice Vera, che quando muore un vecchio i rivenditori di oggetti usati vanno a nozze: perché tutti provano questo bisogno, questa urgenza, di liberarsi degli oggetti del defunto, perfino gli impiegati del comune, che vengono a controllare, a valutare: Oh, facciamola finita, sbrighiamoci. Credo che le librerie di Maudie valgano qualcosa; poi ci sono delle stampe, non brutte; e un bel cassettone. Ma chi trarrebbe qualche vantaggio dalla situazione, se io dicessi a Vera, Sta' attenta che chiunque si occupi dell'inventario faccia le cose per bene? La sorella di Maudie, ecco chi...

La gatta. Sono uscita sul retro e ho trovato la povera bestiola davanti alla porta, in attesa, del ritorno di Maudie, immagino. Circa quindici anni fa, questa gatta è arrivata proprio qui, davanti alla porta di servizio di Maudie, e si è messa a miagolare, per chiedere aiuto. Era incinta. Maudie l'aveva fatta entrare, aveva sistemato i gattini in varie case, aveva fatto sterilizzare la bestiola. Rose e fiori, da allora, e adesso, all'improvviso, di nuovo un povero animale senza casa, accovacciato davanti alla porta di servizio. Sono andata dalla donna che avevo incaricato di darle da mangiare, sperando in un colpo di fortuna. Ma lei era arrabbiata, e ha detto, "Se avessi saputo che sarebbe stata una storia così lunga! Sono passate settimane intere... e io ho un altro gatto..." Poi si è addolcita e ha aggiunto, "Se potessi, la terrei, ma..."

Ho messo la gatta nella cesta, l'ho deposta, con l'animale che miagolava disperatamente, in macchina, e sono andata allo RSPCA. Sono arrivata proprio prima che chiudesse.

Oggi c'è stato il funerale di Maudie.

Maudie ha versato per molti anni dei contributi alla previdenza, per il proprio funerale. Nei momenti difficili, ha rinunciato a mangiare, per poter continuare a pagare. Alla fine, c'erano quindici sterline. Abbastanza, allora, da assicurare una buona sepoltura. Voleva esser sepolta vicino a sua madre, a Paddington, ma quelle tombe sono state svuotate, molti anni fa, e la zona è diventata edificabile. Maudie non ha mai saputo che il cimitero non c'era più, né che le sue quindici sterline al giorno d'oggi non basterebbero nemmeno per pagare il noleggio di una vanga.

Il funerale che il comune organizza per chi muore senza mezzi è dignitoso: per me andrebbe benissimo, ma d'altra parte io non ci tengo, a queste cose.

Oggi mi sono resa conto di non aver affatto partecipato al funerale di mia madre, né a quello di Freddie: ero presente, questo sì, ma niente di più. Invece ho partecipato, eccome, a quello di Maudie...

Una bella giornata di primavera, affollata di nuvole, qualche bucaneve, qualche croco nell'erba, intorno alla tomba. Un vecchio cimitero pieno di uccelli.

È arrivato il clan familiare, al completo, senza i pronipoti, però, i bambini che Maudie avrebbe tanto voluto conoscere. E poi, *naturalmente*, di questi tempi si cerca in ogni modo di evitare ai bambini ogni contatto con cose fondamentali quanto la morte e i funerali.

C'erano trentatré persone, tutte benestanti, ben vestite, e soddisfatte di sé.

Ero *furiosa*, uno stato d'animo che è durato per tutta la

cerimonia. E c'era la matriarca, blaterava, come al solito, sostenuta da entrambi i lati dai figli maschi più anziani.

Dopo la cerimonia, sono stata avvicinata dal figlio di una nipote. Ha cominciato a parlare di Maudie. Lo vedevo dall'esterno, il quadretto che presentavamo: là in piedi, accanto al tumulo di terra giallastra, profumata, io impeccabilmente vestita per un funerale, tailleur grigio scuro, guanti neri, cappello nero (quello che piaceva tanto a Maudie, diceva sempre che era una meraviglia!), scarpe nere coi tacchi altissimi, calze nere di seta. Avevo fatto l'impossibile, per essere perfetta, per far capire a quella gente in quanta considerazione tenessi Maudie. E lui, un ometto grigio, meschino, umile. Ho cominciato a chiedermi con *chi* fossi tanto arrabbiata. E l'ometto sorrideva, si sforzava di essere gentile.

Ha detto, "La zia Maudie aveva un gran senso dell'umorismo, oh, le piaceva tanto scherzare..."

E mi ha raccontato una storia che avevo già sentito, tante volte, da Maudie. Certa gente per cui lavorava come domestica aveva un negozio di frutta e verdura, e la donna le aveva detto, "Vuoi assaggiare le prime fragole della stagione?" E aveva messo davanti all'ansiosa Maudie una fragola, una sola, su un bel piattino, con la zuccheriera e la panna. Maudie aveva mangiato la fragola, e poi aveva detto alla donna, "forse le piacerebbe assaggiare le prime ciliegie dell'albero che ho in giardino?" E aveva portato alla donna una sola stupenda ciliegia in un sacchetto di carta marrone. Poi si era licenziata, sui due piedi.

A quel punto, parecchi dei parenti di Maudie si erano fatti intorno a noi. Alcuni li avevo già visti a quella famosa colazione, altri erano nuovi. Erano curiosi di sapere chi fosse l'elegante amica di Maudie.

Ho detto, "C'è un'altra storia, che mi raccontava sempre, questa: era disoccupata, perché aveva avuto l'influenza e aveva perso un lavoro di domestica. Stava andando a casa, col borsellino completamente vuoto, e mentre camminava, pregava, Dio mio, aiutami, Dio mio, ti prego, aiutami... Guardò per terra, e vide una moneta da mezza corona sul marciapiede. Disse, Dio mio, ti ringrazio. Entrò nel primo negozio, comperò una pasta al ribes, e la mangiò sui due piedi, tant'era affamata. Poi comperò pane, burro e marmellata, e un po' di latte. Le restavano sei pence. Sulla via del ritorno, entrò in chiesa, infilò i sei pence in una scatola per le offerte, e disse a Dio, Tu mi hai aiutato, e ora io aiuto Te."

Intorno a me le facce dicevano che non sapevano se ridere o meno. Una barzelletta? Perché Maudie adorava le barzellette!

Erano molto dubbiosi, e si vedeva, si scambiavano delle occhiate, si chiedevano se fosse il caso di raccontare altre storie, altri aneddoti. E io pensavo, A che serve? Quella gente aveva semplicemente cancellato Maudie, tanti anni prima. La sorella (che piangeva ancora, rumorosamente, mentre la fossa veniva riempita), incapace di affrontare la realtà, la realtà di aver usato Maudie per poi metterla da parte, ripetutamente, aveva sempre detto che era una donna *impossibile* – per una ragione o per l'altra; e quindi la famiglia l'aveva dimenticata, senza fatica. Sono rimasta là a guardare quelle facce *stupide*, imbarazzate, e ho deciso di lasciar perdere.

E l'hanno avuta loro l'ultima parola, alla fine, perché, mentre salivo in macchina, uno dei figli più anziani mi ha raggiunta e mi ha detto in tono bonario, condiscendente, "E ora suppongo che si troverà un'altra protetta, no?"

Ecco fatto.

Quando sono arrivata a casa, ero furiosa. Ho incominciato a girare per l'appartamento sbattendo le porte, borbottando. Come Maudie.

Quando è tornata dall'ufficio, Jill è rimasta a guardarmi per un po', poi si è avvicinata con calma, mi ha presa per mano, e mi ha accompagnata alla mia poltrona.

Io sono rimasta in piedi, e lei ha allungato le mani per prendermi il cappello. Me lo sono tolto e gliel'ho dato.

"Una delizia, questo cappello, Janna," ha detto lei.

Ha guardato i guanti, e io me li sono tolti e glieli ho dati.

"Deliziosi, questi guanti."

Mi ha fatto sedere, ha portato uno sgabello, e ci ha appoggiato le mie gambe.

"Scarpe deliziose," ha detto.

"Sono arrabbiata," ho detto, "sono così arrabbiata che potrei morire."

"Me n'ero accorta."

"Se mi lascio andare, se dimentico la rabbia, mi metto a piangere, a gridare."

"Mi sembra una buonissima idea."

"Nel frattempo, continuo a essere arrabbiata."

"Purché tu sappia con *chi*, sei arrabbiata," ha detto mia nipote Jill, ed è andata a prepararmi una bella tazza di tè.

Stampa Grafica Sipiel
Milano, gennaio 1995